古典詩歌研究彙刊

第十三輯

龔鵬程 主編

第12冊

稼軒詞借鑒宋詩研究

吳雅萍 著

國家圖書館出版品預行編目資料

稼軒詞借鑒宋詩研究／吳雅萍 著 -- 初版 -- 新北市：花木蘭
文化出版社，2013〔民 102〕
目 4+248 面；17×24 公分
（古典詩歌研究彙刊 第十三輯；第 12 冊）
ISBN 978-986-322-080-0（精裝）
1.（宋）辛棄疾 2. 宋詞 3. 詞論
820.91   102000929

ISBN-978-986-322-080-0

9 789863 220800

古典詩歌研究彙刊
第十三輯　第十二冊
　　　　　　　　　　ISBN：978-986-322-080-0

稼軒詞借鑒宋詩研究

作　　　者　吳雅萍
主　　　編　龔鵬程
總 編 輯　杜潔祥
出　　　版　花木蘭文化出版社
發 行 所　花木蘭文化出版社
發 行 人　高小娟
聯絡地址　235 新北市中和區中安街七二號十三樓
　　　　　　電話：02-2923-1455／傳眞：02-2923-1452
網　　　址　http://www.huamulan.tw 信箱 sut81518@gmail.com
印　　　刷　普羅文化出版廣告事業
初　　　版　2013 年 3 月
定　　　價　第十三輯 20 冊（精裝）新台幣 28,000 元

稼軒詞借鑒宋詩研究

吳雅萍 著

作者簡介

吳雅萍，東吳大學中國文學碩士。曾獲雙溪文學獎散文、小說獎，東吳大學學術論文獎助。參與商周出版社「中文經典 100 句」系列莊子、昭明文選、六祖壇經、曾國藩家書、老子等書撰作，紫石作坊策劃主題小說合輯寫作計四冊。目前任教於臺北市立大直高中。

提　　要

　　辛稼軒為中國文學家少見允文允武者。其詞作中，除無處可發之英雄悲憤外，善於借鑒前人典故更為稼軒詞作中重要特色。

　　宋代詞人好引用唐代詩人作品，大量擷採經史典籍以及人物掌故以入詞。而稼軒填詞，借鑒前人經典亦極為尋常，且技巧繁複，變化多端。經統計，稼軒詞借鑒宋詩四百多處，數量甚夥；而稼軒借鑒宋代詩人，以借鑒蘇軾詩二百多處為最多，其次，歐陽脩、王安石、黃庭堅等人作品，亦為稼軒詞所喜愛借鑒者。

　　本文以稼軒詞借鑒宋代詩人作品為研究範圍，首先說明本文研究動機，回顧前人研究成績，並簡述本文研究方法。其次依序討論稼軒詞借鑒宋代詩人作品，如歐陽脩、王安石、蘇軾、黃庭堅等四位主要借鑒對象，及其他主要、次要宋代詩人，由借鑒篇章統計、借鑒篇章分析等方式，探討稼軒借鑒原因。最後總結本文研究成果，並附錄稼軒詞借鑒宋詩統計表格，以供研究者參詳。

謝　誌

後來我才明白，人生中的許多過程，其實只不過，是一個翻頁的手勢。

剛開始的那個契機，在大一國文的第二堂課。王偉勇老師噙著笑走進來，我忽然想起，是很愛的那部電影春風化雨（Dead Poets Society），以及很喜歡的影星羅賓威廉斯（Robin Williams）。笑坐絳帳，如沐春風，這樣一個掀頁的指尖，帶著我進入了中國文學的浩瀚殿堂，帶著我進入了碩士班，同時也輕輕翻動了我對於詩詞的偏愛。

後來修了蘇淑芬老師的詞學專題以及蘇辛詞專題，男、女老師解讀詞作的不同角度，令我獲益匪淺。蘇老師細膩地批閱作業，並不吝給予批評及鼓勵，循循善誘，在老師課堂上完成的數篇論文，都順利獲得發表，或許因此在學術上步伐更為穩健，都是老師的指導有功。

然而兩位老師滿滿的愛及鼓勵，讓我常常忘了，要在學術面前表現謙卑。

後來我轉而投入教育，接連實習、教師甄試，成了一名教者。曾經我仰望我的老師們，也因此想將這樣的風範，傳達給仰望我的學生。然而工作及論文像是壓平書頁的手掌，沉沉地，久久地，放不開。時間擠壓著我，工作逼迫著我，我的眼中有飛蚊、我的髮間有白雪、我的臉上有滄桑。

然而多年後，突然得知當初某事緣由，當下我訥口無言，卻在腦

海裡奔跑著，想跑到深夜的愛徒樓，對著漆黑的走廊大喊：「我沒有！」但那些傷我極深的冤枉、委屈，已無能平反，或者，再也無人在意。因為只有自己糾結著，所以拋不開，放不下；因為曾經太過珍惜，所以不忍使用直接而尖銳的語言，在吞吐之間，成了一種「不平之氣」。從平復心情的過程中，我似乎漸漸懂得了稼軒；也懂得了將壓力之手暫時拋卻，給自己片刻抽離。

學位口考結束後，趁著學校放暑假時每天進到圖書館，在巨大的沉默中，用許多書將自己圍成一枚繭。但在翻查資料、處理論文的同時，不由得感到極大的無力與驚慌。常常，看著被寫在書裡那些真實或虛構的人物，隨他們悲喜起伏，但往往翻了個頁，那麼長的人生，就告了終。那麼輕易。即便過程是那麼艱辛焦急。

因為時間的關係，每日每日，我急地由溪畔後門穿過一徑幽靜來到學校，正值猛暑夏日，每日每日，狼狽不堪。但忽然一天早晨，強烈的陽光將樹林每片葉子曬得淺碧，顏色透明；林間有一群蟬，鳴聲與陽光一起，將整個夏日刮亮。我仰望遠山，山邊豔藍的天空，以及空中燦金的雲朵，往前走的路程，那樣明朗，令人安心。在長時間的壓力之下，這一片風景，像是輕盈的指印，在書頁即將回翻之際，摁一下，定一下，讓一切安好。

想起自從認識了這條名喚「外雙溪」的水，在溪畔行走的這十多年，不覺彎起了嘴角，心中充滿感激。感激這一路走來，有那麼那麼多的關愛及幫助。

謝謝指導教授王偉勇老師。老師雖身在南部，卻對學生的動態瞭如指掌，遠遠地注意著，擔憂著，同時展現極大的包容；但學生駑頓，未能成材，有負老師期望。謝謝師母張怡女士。在王老師忙於教學及其他公務時，擔任老師的「臺北聯絡處」，代為轉交文件，並總是體貼地給予學生溫暖關懷。師母實在是樸實而堅毅的女性。謝謝蘇淑芬老師。不僅在學術上引導方向，更謝謝老師曾經為我禱告，幫我求得許多許多勇氣，「妳不用作什麼，別人就會愛妳了。」這樣純粹，讓

我相信自己眞的是美好的人。謝謝口試委員陶子珍老師直指論文缺點，並拈出數處我在論文寫作時未發現的瑕疵，給予中肯意見。謝謝同學林宏達、陳新瑜、劉千惠、陳玉美；學長陳翔羚、吳栢青，陪我走了這一段，並在學術上、生活上、工作上協助及安慰。謝謝家人，在我生命中靜默的陪伴。謝謝老天爺給我的這一切。

　　謝謝指點我的，更謝謝挫折我的、給我眼界的。你們在翻頁的手勢中，是推動我不能回頭的力量，也是我偌大的依靠。

　　時間到了，再多的追悔也不能重來了，我也只好停下思緒，打上最後一個句號，交出我的論文，我生命中的一頁。

　　接下來你會翻個頁。

　　而我，靜待下一個輕輕掀動我的指尖。

吳雅萍

二零一零年七月　臺北城

目
次

第一章 緒 論

第一節 研究動機

　　辛稼軒爲中國文學家少見允文允武者。《宋史・辛棄疾傳》言稼軒：「棄疾豪爽，尚氣節，識拔英俊。」〔註1〕黃榦讚爲：「果毅之姿，剛大之氣，眞一世之雄也。」〔註2〕。其英勇事跡，據蘇淑芬師《辛派三家詞研究》〈辛棄疾與陳亮交遊考〉整理，有以下六項：

　　　一、勇擒義端：將義端頭、印帶回繳命，並奉耿京命到建
　　　　　康進謁勞軍的宋高宗，授天平節度掌書記。

　　　二、怒斬張安國，辛棄疾返回北方獲悉張安國殺耿京降
　　　　　金，便親擒張安國，直逃回南宋，將他斬首示眾。

　　　三、平劇盜賴文政。宋孝宗接受葉衡的建議，要辛棄疾「節
　　　　　制諸軍，討捕茶寇。」（孝宗本紀）辛棄疾便在三個月
　　　　　內，平定茶亂。

　　　四、創飛虎營，雷屬風行的作風和超群絕倫的才幹機智，
　　　　　引起「樞府有不樂之者，數阻撓之。」（《宋史・辛棄

〔註1〕〔元〕脫脫等同修：《宋史・卷401・列傳第160・辛棄疾傳》，見倪
　　　其心分史主編：《宋史》（上海：漢語大辭典出版社，《二十四史全譯》，
　　　2004年1月），冊14，頁8774。

〔註2〕〔南宋〕黃榦：《勉齋集》（臺北：臺灣商務印書館，1983年，《景印
　　　文淵閣四庫全書》本，冊1168），卷4，頁53。

疾傳》）並由樞密院降「御前金字牌」，命令他停止興
建工程。但他如期完成。

五、隆興賑災，下令「閉糴者配，搶糴者斬」。並把官錢
無息借貸給可靠的人到外地購糧，限月內運到境內販
賣，繳回欠賬。因此一月內糧價大跌。

六、在福建任內「屬威嚴，以法治下」，起浙東時，奏請
對貪官要「嚴加察劾，必罰無赦。」〔註3〕

然而壯志未酬，卻落得閒居帶湖、瓢泉，英雄之氣無處可發，故詩家
言稼軒之詞「慷慨縱橫，有不可一世之概。」〔註4〕南歸之後，更將
一腔悲憤傾注於詞中。

徐釚《詞苑叢談》引黃梨莊語：

辛棄疾當弱宋末造，負管、樂之才，不能盡展其用，一腔
忠憤，無處發洩。觀其與陳同甫抵掌談論，是何等人物。
故其悲歌慷慨，抑鬱無聊之氣，一寄之於其詞。〔註5〕

劉克莊又言：「公所作，大聲鏜鎝，小聲鏗鍧。橫絕六合，掃空萬古。
自古蒼生以來所無。」〔註6〕故稼軒詞以「悲壯激烈」〔註7〕、「激昂
措宕，不可一世。」〔註8〕為主要風格。

除此豪壯激昂風格，善於用典亦為稼軒詞作中重要特色。

王國維《人間詞話》云：「最工之文學，非徒善創，亦且善因。」

〔註3〕 蘇淑芬師：《辛派三家詞研究》（臺北：文史哲出版社，2005年1月），
第三章〈辛棄疾與陳亮、劉過交游考〉，第一節「辛棄疾與陳亮交游
考」，頁61～62。

〔註4〕 〔清〕永瑢、紀昀：《四庫全書總目提要》（臺北：臺灣商務印書館，
1983年10月），冊5，頁302。

〔註5〕 〔清〕徐釚編著，王百里校箋：《詞苑叢談校箋》（北京：北京人民
出版社，1998年2月），頁250。

〔註6〕 〔南宋〕劉克莊：《後村先生大全集》（臺北：臺灣商務印書館，《四
部叢刊初編縮本》，1967年），冊273，頁846。

〔註7〕 〔元〕脫脫等同修：《宋史・卷401・列傳第160・辛棄疾傳》，見倪
其心分史主編：《宋史》（上海：漢語大辭典出版社，《二十四史全譯》，
2004年1月），冊14，8775。

〔註8〕 〔清〕彭孫遹：《金粟詞話》，見《詞話叢編》，冊1，頁724。

〔註9〕所謂「善因」，即「善於借鑒前人作品及其創作經驗」。宋代詞壇即普遍彌漫此一風氣，好引用唐代詩人作品，大量摭探經史典籍以及人物掌故；〔註10〕而稼軒填詞，借鑒前人經典亦極為尋常，且技巧繁複，拉雜運用，變化多端：

> 稼軒詞龍騰虎擲，任古書中理語、瘦語、一經運用，便得風流。（劉熙載《藝概・詞概》）〔註11〕

> 辛稼軒別開天地，橫絕古今。論、孟、詩小序、左氏春秋、南華、離騷、史、漢、世說、選學、李杜詩，拉雜運用，彌見其筆力之峭。（吳衡照《蓮子居詞話》卷一）〔註12〕

> 稼軒驅使莊、騷、經、史，無一點斧鑿痕，比例甚峭。（《詞林紀事》引樓敬思語）〔註13〕

以上諸家評論，可見稼軒借鑒頻繁及化用不著痕跡。又宋人劉克莊《後村題跋》卷二〈跋劉叔安感秋八詞〉云：

> 近歲放翁、稼軒一掃纖豔，不事斧鑿，高則高矣，但時時掉書袋，要是一癖。〔註14〕

劉克莊語，可作為某部分詩家對稼軒詞中處處典故之批評。然觀察所見，稼軒並非全然因襲用典，而是有主見地運用各項技巧，賦予新意義。誠如王易所言：

> 後人或譏之為「詞論」，或譏之為「掉書袋」，要皆未觀其大。特其天才學問蓄積之所就，非淺薄窒陋者所易學步耳。

〔註9〕 王國維：《人間詞話・拾遺》（北京：中國人民大學出版社，2004 年9 月），頁 52。

〔註10〕 見王師偉勇：《宋詞與唐詩之對應研究》（臺北：文史哲出版社，民國 93 年 3 月），頁 7。

〔註11〕 唐圭璋編：《詞話叢編》（北京：中華書局，2005 年 10 月 2 版 5 刷），冊 4，頁 3693。

〔註12〕 唐圭璋編：《詞話叢編》（北京：中華書局，2005 年 10 月 2 版 5 刷），冊 3，頁 2408。

〔註13〕 〔清〕張宗橚編，楊寶霖補正：《詞林紀事、詞林紀事補正合編》（上海：上海古籍出版社，1998 年 11 月），頁 668。

〔註14〕 〔南宋〕劉克莊：《後村題跋》（臺北：新文豐出版公司，《叢書集成新編本》，民國 74 年 1 月，冊 50），頁 589。

〔註15〕

爲發明稼軒借鑒之功，本文以斷代爲界，蒐羅考察稼軒所用典故，作全面性考察。選定宋代爲研究範圍，乃宋詩爲唐詩之後又一高峰，且稼軒詞中處處可見借鑒宋代詩人詩作之例，經統計，稼軒詞借鑒宋詩約四百處，數量不爲不多；且稼軒借鑒宋代詩人，亦有偏愛者，其中以借鑒蘇軾詩二百多處爲最多，其次有王安石、歐陽脩、黃庭堅等人作品，亦爲稼軒詞所喜愛原用借鑒者。

本文即以此爲研究範圍，進行全面性資料考察與分析研究。

第二節　文獻回顧

《稼軒詞》爲詞學研究者視爲瑰寶之重要詞集，歷來研究者不在少數，關於宋詩之研究，更不勝枚舉。然而涉及典故「借鑒」應用者，學位論文目前所見，僅鄧佳瑜《稼軒詞借鑒東坡作品及其軼事之研究》〔註16〕，及吳秀蘭《蘇辛詞借鑒杜詩之研究》〔註17〕。論及稼軒詞中宋詩之借鑒者，除《稼軒詞借鑒東坡作品及其軼事之研究》第三章〈稼軒詞借鑒東坡詩之研究〉討論外，其餘稼軒詞與宋代詩人詩作間之借鑒關係，則付之闕如。

而目前研究詩、詞「借鑒」與對應關係之專書，僅見王師偉勇《詞學專題研究》〔註18〕與《唐詩與宋詞之對應關係》〔註19〕二書。《詞學專題研究》一書，對於運用唐詩以箋注宋詞之研究方向，有卓越之見解，並梳理一工具資料，開創研究新途。而《唐詩與宋詞之對應關

〔註15〕王易：《中國詞曲史》（臺北：洪氏出版社，民國70年1月25日），頁195～196。

〔註16〕鄧佳瑜：《稼軒詞借鑒東坡作品及其軼事之研究》（臺南：國立成功大學中國文學研究所在職專班碩士論文，民國94年6月）。

〔註17〕吳秀蘭：《蘇辛詞借鑒杜詩之研究》（臺北：私立東吳大學中國文學系碩士在職專班碩士論文，民國97年1月）。

〔註18〕王師偉勇：《詞學專題研究》（臺北：文史哲出版社，民國94年4月）。

〔註19〕王師偉勇：《唐詩與宋詞之對應關係》（臺北：文史哲出版社，民國93年3月）。

係》一書，則分上、下二篇，上篇由宋詞借鑒唐詩角度切入，觀察兩宋詞人借鑒唐詩之技巧，並歸納整理，對王安石等詞人詞作借鑒唐詩深入剖析；下篇則以詞人借鑒之唐詩為工具，進行宋詞繫年、箋注、校勘等工作。當中包含〈唐詩校勘《全宋詞》——以北宋詞為例〉，及〈鄧廣銘《稼軒詞編年箋注》正補——以引用唐詩為例〉二篇。

王師論文雖以唐詩為材料進行分析，然其概念亦可應用於分析稼軒使用各種借鑒技巧，故本文以此概念出發，以宋詩為材料，進行稼軒詞借鑒宋詩之分析研究，主要以稼軒生平、經歷，與其他宋代詩人生命經驗比對，以期發明稼軒詞借鑒宋代詩人詩作之原因。

第三節　研究方法

鄧廣銘先生箋注之《稼軒詞編年箋注》〔註 20〕，自一九五七年十一月首次印行以降，經一九七八年一月、一九九三年十月兩次增訂，補正後再版，為現今研究稼軒詞最詳盡之注本。本文所舉稼軒詞部分，皆根據其二零零三年九月二版第三次校注本（以下簡稱「鄧注本」），編年亦依據此本；所舉稼軒詩文部分，皆根據鄧廣銘輯校審訂、辛更儒箋注《辛稼軒詩文箋注》〔註 21〕。至於稼軒行實，則參照鄧注本附《辛稼軒年譜》，及鄭騫先生《辛稼軒年譜》〔註 22〕。

其餘所引用之宋代詩人作品，則使用各詩人之編年箋注本；未見後人整理校箋者，則引用《全宋詩》〔註 23〕。為行文方便，於引用該詩詞後，逐行標注卷次頁碼，以利查詢，若再引用其他文本，則一一加註說明。

〔註20〕〔宋〕辛棄疾撰，鄧廣銘箋注：《(增訂本) 稼軒詞編年箋注》(臺北：華正書局，民國 92 年 9 月)。
〔註21〕鄧廣銘輯校審訂、辛更儒箋注《辛稼軒詩文箋注》(上海：上海古籍出版社，1995 年 12 月)。
〔註22〕鄭騫先生：《辛稼軒年譜》(臺北：華世出版社，民國 66 年 1 月補訂一版)。
〔註23〕傅璇琮等編：《全宋詩》(北京：北京大學出版社，1998 年 12 月 2 版 2 刷)。以下引用《全宋詩》版本皆以此書為主，不另出注。

　　本文採用之研究方法，首先進行統計，分別就稼軒詞中鄧廣銘出注之借鑒宋代詞人詩作，逐一檢索蒐羅，進行借鑒詩人、借鑒詩名、借鑒詩句等記錄。再者核對該詩人詩集，或以電子資料庫檢索，或逐行翻閱該集，就鄧廣銘所注詩名、詩句進行查核，若有謬誤者，於加註後改正為正確詩名，以利統計，並完成「附錄」，將稼軒詞借鑒宋詩相關資料表格化，附於本論文之後，以供查核。繼續則歸納同一宋詩作者詩作，以借鑒次數多寡為順序，羅列項次，以借鑒次數最多者為討論範疇。下一步則詮釋宋詩與稼軒詞間之關聯，進行詩人與詞人、詩作與詞作之討論，闡述借鑒之原因。

　　歸納出借鑒最多之詩人，略以長幼為次排列，進行各章節詩篇探討。順序依次為歐陽脩、王安石、蘇軾、黃庭堅，以及其他宋代詩人。茲就各章重點扼要說明如次：

　　一、第二章討論稼軒詞借鑒歐陽脩詩作。由稼軒借鑒之八首歐陽脩詩進行分析討論，並歸納借鑒原因。

　　二、第三章討論稼軒詞借鑒王安石詩作。因稼軒借鑒王安石詩作數量甚多，且各詩僅用一次，無法進行數量統計，故以王安石詩分期為別，討論稼軒借鑒各期王安石詩原因。

　　三、第四章討論稼軒詞借鑒蘇軾詩作。由稼軒借鑒次數最多之九首蘇軾詩進行分析討論，並歸納借鑒原因。

　　四、第五章討論稼軒詞借鑒黃庭堅詩作。由稼軒借鑒次數最多之六首黃庭堅詩進行分析討論，並歸納借鑒原因。

　　五、第六章討論稼軒詞借鑒其他宋代詩人詩作。依借鑒詩作多寡，再分重要詩人與次要詩人，進行個別分析討論，並歸納借鑒原因。

　　六、第七章為結論，將全文作一重點回顧整理。

　　七、最末則羅列參考書目，以及附錄稼軒詞借鑒各宋代詩人詩作統計表格，並標注鄧注本誤注或失注、漏注之處。

第二章　稼軒詞借鑒歐陽脩詩

稼軒詞借鑒歐陽脩詩，經統計凡 14 處。〔註1〕本文所舉歐陽脩詩，採用上海古籍出版社洪本健校箋《歐陽修詩文集校箋》〔註2〕，附註卷次頁碼於歐詩後，以利檢索。以下先分析稼軒詞中借鑒歐陽脩詩之各種技巧，再進行借鑒歐陽脩重要篇章之析論；進而由重要篇章借鑒中，梳理稼軒借鑒歐詩之原由。

第一節　借鑒歐陽脩詩篇章析論

經統計，稼軒借鑒之歐詩，均爲歐陽脩任官時期作品，僅有兩首於貶官時期作。歐陽脩二次遭貶，惶恐不安，然爲官時亦屢遭調任，旅次動盪，心情亦多有起伏，不若貶謫退職時期詩作之安定、舒緩。因篇章數量較少，且各篇均有可觀之處，故以下一一列舉，以明稼軒借鑒歐陽脩詩源由及手法。

〔註1〕 含一處用歐陽脩〈句〉：「一句坐中得，片心天外來。」一處用歐陽脩「六一居士」名號。此二處因未有完整詩篇可見，故不列入討論。另，鄧廣銘有一處〈太常引〉（仙機似欲織纖羅）用〈讀易〉句漏注，見附錄一、一、稼軒詞借鑒歐陽脩詩一覽表，本書頁 209。。

〔註2〕 〔宋〕歐陽修著，洪本健校箋：《歐陽修詩文集校箋》（上海：上海古籍出版社，2009 年 8 月）。以下引用歐陽脩詩文皆以此書爲主，不另出注。

一、〈縣舍不種花惟栽楠木冬青茶竹之類因戲書七言四韻〉

結綬當年仕兩京，自憐年少體猶輕。

伊川洛浦尋芳遍，<u>魏紫姚黃照眼明</u>。

客思病來生白髮，山城春至少紅英。

芳叢密葉聊須種，猶得蕭蕭聽雨聲。（居士集卷十一，頁 316）

本詩作於景祐四年（1037），時歐陽脩三十一歲。

　　歐陽脩於宋仁宗景祐三年，先因新政與宰相呂夷簡有忤，後因營救遭貶之范仲淹失敗，貶爲峽州夷陵（今湖北宜昌）縣令，自始開啓因言事見黜之後半生；隔年三月，謁告至許昌（今屬河南），娶資政殿學士薛簡蕭公奎女。歐陽脩年幼失怙，與母依叔父，此年夏，叔父歐陽曄病故，享年七十九歲。九月，還夷陵，移光化（今湖北光化）軍乾德令。

　　景祐三、四年間，歐陽脩經歷人生之悲喜跌宕。回憶「結綬當年仕兩京」，天聖八年（1030）爲西京留守推官，景祐元年（1034）如東京（今河南開封）爲館閣校勘，初仕宦途不識愁滋味，或如孟郊〈登科後〉詩云：「春風得意馬蹄疾，一日看盡長安花。」〔註3〕之心境。

　　而長安花種，最名貴者爲牡丹；牡丹間佼佼者，爲魏紫、姚黃。據歐陽脩〈洛陽牡丹記〉言：「魏家花者，千葉肉紅花，出於魏相仁溥家。」又言：「初姚黃未出時，牛黃爲第一，牛黃未出時；魏花爲第一」〔註4〕。本詩中：「伊川洛浦尋芳遍，魏紫姚黃照眼明。」即言魏紫盛麗，炫人眼目。

　　年少時意氣風發四處尋芳，然而經歷貶謫，始明風波險惡，故而此詩言「自憐年少體猶輕」，對照而今「客思病來生白髮」，所居縣舍不種花，僅栽楠木、冬青、茶、竹之類，眼前所見紅英猶少，遑論名貴之魏紫、姚黃牡丹花種，只得愁坐山城，聽雨聲蕭蕭。

〔註3〕　見《全唐詩》（北京：中華書局，1996年1月6刷），冊12，卷417，頁4599。本文引用唐人詩皆以此書爲主，不另出注。

〔註4〕　歐陽脩〈洛陽牡丹記·花釋名第2〉，見《歐陽修詩文集校箋》，外集卷22，頁1896、1898。

稼軒借鑒此詞，作〈臨江仙〉一闋：

〈臨江仙〉昨日得家報，牡丹漸開，連日少雨多晴，常年未有。僕留龍
　　　　安蕭寺，諸君亦不果來，豈牡丹留不住爲可恨耶？因取來韻，
　　　　爲牡丹下一轉語

　　袛恐牡丹留不住，與春約束分明：未開微雨半開晴。要花
開定準，又更與花盟。　　　魏紫朝來將進酒，玉盤盂樣先
呈。鞓紅似向舞腰橫。風流人不見，錦繡夜間行。（卷四，
頁 398）

本詞約作於慶元二年（1196）止酒期。稼軒爲牡丹盛開卻未能令眾人
得見而感慨，以爲如身衣錦繡卻行於夜間，徒費絢麗之姿。爲惜牡丹，
此詞爲之作一轉語，故與春、與牡丹分別期約，願春晴好賞花，願花
開定準，如此異想費心，乃不願眾人再錯過花期。

　　本詞詠牡丹，故所用典故均與牡丹相關，如「魏紫」、「鞓紅」均
爲牡丹名品，分別爲肉紅、深紅色花；「玉盤盂」乃蘇軾爲白芍藥所
命之名，稼軒此處用以指白色牡丹。同爲看花之作，歐陽脩以花種名
貴、繁稀不同，對照己身榮辱差異；稼軒則多情憐花不見，喚取眾人
留賞。

　　另，稼軒「風流人不見，錦繡夜間行」句用《史記・項羽本紀》
典故，項羽言：「富貴不歸故鄉，如衣繡夜行，誰知之者！」〔註5〕
宋代名相韓琦於至和年間拜相之後，曾於相州故宅後圃築一「畫錦
堂」，以顯衣錦還鄉之榮；歐陽脩爲之作〈相州畫錦堂記〉，盛讚韓琦
「乃邦家之光，非閭里之榮也。」〔註6〕稼軒此處亦反用「畫錦堂」
典故。此外稼軒於〈水龍吟〉（玉皇殿閣微涼）下片亦曾用此典：「金
印明年如斗。向中州錦衣行畫。」（卷二，頁 153）

〔註5〕《史記・本紀第七・項羽本紀》：「項王見秦宮皆以燒殘破，又心懷
　　　　思欲東歸，曰：『富貴不歸故鄉，如衣繡夜行，誰知之者！』」見安
　　　　平秋分史主編：《史記》（上海：漢語大辭典出版社，2004 年 1 月，《二
　　　　十四史全譯》本），冊 1，頁 110。
〔註6〕歐陽脩〈相州畫錦堂記〉，見《歐陽修詩文集校箋》，居士集卷 40，
　　　　頁 1038。

二、〈別滁〉

花光濃爛柳輕明，酌酒花前送我行。

我亦且如常日醉，莫教弦管作離聲。（居士集卷十一，頁339）

慶曆五年（1045）正月，范仲淹、杜衍、富弼等因慶曆新政相繼罷去；三月，韓琦亦罷去，歐陽脩上〈論杜衍等罷政事狀〉，又作〈朋黨論〉，得罪當朝；八月，因「張甥案」〔註7〕，落龍圖閣直學士，罷都轉運按察使，以知制誥出知滁州（今安徽滁縣）。慶曆六年，作〈豐

〔註7〕 此案乃因歐陽脩甥張氏原嫁歐陽脩遠房侄歐陽晟，卻與家僕陳諫私通，送開封府右軍巡院審理。然陳氏竟向知府楊日嚴揭發歐陽脩與之通姦。諫官錢明逸與楊日嚴誣陷，有意牽連歐陽脩，縛之以罪。雖最終查明爲誣陷，但宋仁宗迫於壓力，仍罷去歐陽脩龍圖閣直學士、河北都運轉按察使之職，改爲滁州太守。

〔宋〕王銍《默記》載：「會公甥張氏，妹婿龜正之女，非歐生也，幼孤，鞠育于家，嫁侄晟。晟自虔州司戶罷，以替名僕陳諫同行，而張與諫通。事發，鞠于開封府右軍巡院。張懼罪，且圖自解免，其語皆引公未嫁時事，詞多醜異。」見〔宋〕王銍撰，朱杰人點校：《默記》（北京：中華書局，1997年2月初版2刷，《唐宋史料筆記叢刊》本），卷下，頁39～40。除此，蔣一夔《堯山堂外紀》，曾敏行《獨醒雜誌》卷八，馬永卿《懶眞子》卷二等書皆有類似記載。又，〔宋〕錢世昭《錢氏私誌》稱：「歐（陽脩）後爲人言其盜甥，《表》云：『喪厥夫而無托，攜孤女以來歸。』張氏此時年方七歲，内翰伯見而笑云：『七歲正是學簸錢時也。』歐詞云：『江南柳，葉小未成陰，人爲絲輕那忍折，鶯憐枝嫩不勝吟，留取待春深。十四五開抱琵琶尋，堂上簸錢堂下走，恁時相見已留心，何況到如今？』」見〔宋〕錢世昭《錢氏私誌》（北京：商務印書館，2005年，《文津閣四庫全書》本，冊345），頁72。

除此，歐陽脩尚爲人指控與兒媳婦吳春燕亂倫，御史蔣之奇上書彈劾。〔宋〕司馬光《涑水紀聞》記載：「士大夫以濮議不正，咸疾歐陽脩，有謗其私從子婦者。御史中丞彭思永、殿中侍御史蔣之奇承流言劾奏之，之奇仍伏於上前，不肯起。詔二人具語所從來，皆無以對，治平四年三月五日，俱坐謫官。……先是，之奇盛稱濮議之是以媚脩，由是薦爲御史，既而反攻脩，脩尋亦外遷。其上謝表曰：『未乾薦禰之墨，已關射羿之弓。』」見〔宋〕司馬光撰，鄧廣銘、張希清點校：《涑水紀聞》（北京：中華書局，1997年12月2刷，《唐宋史料筆記叢刊》本），卷16·445，頁318～319。此外，同書〈卷三·103〉、〈附錄二·溫公日記·4〉亦有類似記載。

樂亭記〉、〈醉翁亭記〉，直至慶曆八年（1048），時歐陽脩四十二歲，閏正月轉起居舍人，依舊知制誥，徙知揚州（今屬江蘇）。二月，離滁至揚州赴任。此詩即作於慶曆八年離滁時。

前二句寫景敘事，於穠麗春光中送行太守，太守轉任將行，仍同〈醉翁亭記〉中所言，如往常般醉倒父老之間。後二句引出人物心情，歐陽脩貶居滁州二年，頗有德政；且滁州地遠，然仰慕歐陽脩之名而前來請益求教者，仍不絕於途。臨別時刻，歐陽脩面對百姓之不捨，心情自然難以平靜，依戀之情溢生。吳曾《能改齋漫錄》引本詩「我亦」二句云：「按《吳越春秋》：『句踐伐吳，乃命國中與之訣，而國人悲哀，皆作離別之聲。』」〔註8〕但歐陽脩卻不願以憂愁情緒作別，唯請管弦仍奏歡曲，莫放離聲，延續與太守同樂之美好時光。

稼軒借鑒本詩，作詞〈鷓鴣天〉：

〈鷓鴣天〉離豫章，別司馬漢章大監

聚散匆匆不偶然，二年遍歷楚山川。但將痛飲酬風月，莫放離歌入管絃。　　縈綠帶，點青錢。東湖春水碧連天。明朝放我東歸去，後夜相思月滿船。（卷一，頁51）

稼軒於淳熙三年（1176）由江西提點刑獄調京西轉運判官；四年差知江陵（今屬湖北）府，兼湖北安撫，秋冬間又遷知隆興府（今江西南昌）兼江西安撫使；二年間輾轉遷徙，均在楚地宦遊，然而淳熙五年（1178）召為大理少卿，又出為湖北轉運副使。此刻離豫章（今江西南昌），與同僚司馬倬辭別，本詞便作於此刻。

「聚散匆匆不偶然」句用歐陽脩〈浪淘沙〉（把酒祝東風）詞：

〔註8〕見〔宋〕吳曾《能改齋漫錄》（臺北：木鐸出版社，不著出版年），卷6・事實，頁163～164。又，事見《吳越春秋》：「王乃令國中不行者，與之訣而告之曰：『爾安土守職，吾方往征討我宗廟之讎，以謝於二三子。』」令國人各送其子弟於郊境之上。軍士各與父兄昆弟取訣，國人悲哀，皆作離別相去之詞。」見〔漢〕趙曄撰，〔元〕徐天祐音注，苗麓校點，辛正審訂：《吳越春秋》（南京：江蘇古籍出版社，《江蘇地方文獻叢書》，1999年8月），卷10・勾踐伐吳外傳・勾踐二十一年，頁163～164。

「聚散苦匆匆，此恨無窮。」〔註9〕不得已而去，歐陽脩心中有離恨無窮，然究竟何因致使離別匆匆？稼軒推究原因，認爲聚散匆匆，絕非偶然；轉任頻繁，乃因朝廷未能信任歸正北人，亦未能採用所獻《美芹十論》之「久任」〔註10〕一策，使得稼軒於淳熙三、四年間數度轉任，故而言「二年遍歷楚山川」。然歐陽脩任滁守二年，用心經營，絕非偶然，雖聚散匆匆，卻留予百姓萬般愛戴。其晚年所作〈憶滁州幽谷〉：「滁南幽谷抱千峰，高下山花遠近紅。當日辛勤皆手植，而今開落任春風。主人不覺悲華髮，野老猶能說醉翁。誰與援琴親寫取，夜泉聲在翠微中。」〔註11〕由頷頸二聯可見，歐陽脩仍對滁州風物及父老厚情念念不忘。稼軒亦曾治滁州二年〔註12〕，而後便頻經調任，作此詞前二年光陰，更虛擲於遷徙間；同爲滁州之守，對照歐陽脩離滁時官民不捨，稼軒此際只與同僚離別，心中難免感慨。

　　稼軒屢次辭別當地同寅、父老，心境應由原先難捨，漸習於離別，後心冷且坦然。既轉任乃身不由己，「但將痛飲酬風月，莫放離歌入管絃。」離別時分但且痛飲求一醉，樽前莫奏離別歌，只因或許再有回任之時？僅能記取此間春水連天風景，明朝歸去後，滿載一船相思，以供日後懸念。

〔註9〕歐陽脩〈浪淘沙〉（起句：把酒祝東風）。見邱少華編著：《歐陽脩詞新釋輯評》（北京：中國書店，2001年1月），頁192。

〔註10〕乾道元年（1165），稼軒奏進《美芹十論‧久任第九》：「惟陛下推至誠，疏讒慝，以天下之事盡付之宰相，使得優游無疑，以悉力於圖回，則可和與戰之機，宰相其任之矣。……臣願陛下要成功於宰相，面使宰相責成功於計臣、守將，俾其各得專於職治，而以祿秩旌其勞績，不必輕移遽遷，則人無苟且之心，樂於奮激以自見其才。一綱既舉，衆目自張，天下之事猶有不辦者，臣不敢信其然也。」見鄧廣銘輯校審訂、辛更儒箋注：《辛稼軒詩文箋注》（上海：上海古籍出版社，1995年12月），頁51～52。

〔註11〕歐陽脩〈憶滁州幽谷〉，見《歐陽修詩文集校箋》，居士集卷12，頁370。

〔註12〕稼軒於乾道八年（1172）春出知滁州，創建奠枕樓、繁雄館，至淳熙元年（1174）辟江東安撫司參議官爲止，守滁二年。

　　歐陽脩不願陷入離別之悲傷情緒，故言「莫教弦管作離聲」，其〈玉樓春〉（尊前擬把歸期說）詞亦言：「離歌且莫翻新闋，一曲能教腸寸結。」〔註13〕稼軒亦襲此離情，不以離別爲苦，將此情留待他年相逢再見，可資談笑。

三、〈贈王介甫〉

　　翰林風月三千首，吏部文章二百年。

　　老去自憐心尚在，後來誰與子爭先！

　　朱門歌舞爭新態，綠綺塵埃試拂弦。

　　常恨聞名不相識，相逢樽酒盍留連？（外集卷七，頁 1475）

　　本詩爲嘉祐元年（1056），歐陽脩贈王安石之詩。時年五十，任官京師。

　　王安石與歐陽脩門生曾鞏爲好友，歐陽脩貶滁州時，曾鞏攜王安石作品上呈，歐陽脩「愛嘆誦寫，不勝其勤」，並感嘆：「此人文字可驚，世所無有。蓋古之學者有，或氣力不足動人。使如此文字不光耀於世，吾徒可恥也。」同時又指點王文缺點，勸之曰：「（歐公更欲足下）少開廓其文，勿用造語及模擬前人。」又曰：「孟、韓文雖高，不必似之也，取其自然耳。」〔註14〕直言王安石學孟子、韓愈，然期盼能自闢蹊徑。

　　歐陽脩少年即習韓愈文，蘇軾評歐陽脩文曾言：「歐陽子論大道似韓愈，論本似陸贄，記事似司馬遷，詩賦似李白。」〔註15〕指出歐文學李、韓之風。錢鍾書又言歐陽脩文：「苦學昌黎，參以太白、香山。」〔註16〕可見李、韓爲歐陽脩極爲推崇、效法之作家。本詩起首

〔註13〕歐陽脩〈玉樓春〉（起句：尊前擬把歸期說）。見邱少華編著：《歐陽脩詞新釋輯評》（北京：中國書店，2001 年 1 月），頁 108。

〔註14〕曾鞏〈與王介甫第一書〉，見〔宋〕曾鞏撰，陳杏珍、晁繼周點校：《曾鞏集》（北京：中華書局，1998 年 12 月），卷 16，頁 255。

〔註15〕蘇軾〈六一居士集敘〉，見〔宋〕蘇軾著，傅成、穆儔標點：《蘇軾全集》（上海：上海古籍出版社，2000 年 5 月），冊上，文集·卷 10，頁 853。

〔註16〕周鎮甫、冀勤編著：《錢鍾書《談藝錄》讀本》（上海：上海教育出版社，1996 年 5 月初版 3 刷），三、作家作品論（一四）論梅堯臣詩，

言「翰林風月三千首，吏部文章二百年。」翰林、吏部即指李、韓，以此二人比王安石，已屬極高評價，更且後二句言「老去自憐心尚在，後來誰與子爭先」，自憐尚有學李、韓之心，卻須厭服後浪推前浪，避後輩出一頭地〔註17〕，可見對晚輩之提攜獎掖。惜曾鞏多次向歐陽脩推薦王安石，然王安石恃才自傲，不肯遊於歐陽脩門下。〔註18〕故本詩末聯曰：「常恨聞名不相識，相逢樽酒盍留連？」愛才之心甚切，亦對王安石推崇備矣。

然而王安石答詩〈奉酬永叔見贈〉曰：「欲傳道義心雖壯，學作文章力已窮。他日若能窺孟子，終身何敢望韓公。摳衣最出諸生後，倒屣常傾廣座中。只恐虛名因此得，嘉篇為貺豈宜蒙？」〔註19〕雖語多自謙，卻透露與歐陽脩不同之文學觀，王安石認為文以傳道為重，故而寄望能同孟子辭理暢達；詩中更有自比孟子，而處歐陽脩為韓愈之意，然歐陽脩不以為意，更見其胸襟氣度。

稼軒借鑒此詩凡詞作三首，分別如次：

〈太常引〉壽韓南澗尚書

　　君王著意履聲間，便合押，紫宸班。今代又尊韓，道吏部
　　文章泰山。　　　一杯千歲，問公何事，早伴赤松閒？功業

頁224。

〔註17〕歐陽脩言蘇軾語，見於歐陽脩〈與梅聖俞書〉：「讀（蘇）軾書，不覺汗出。快哉快哉！老夫當避路，放他出一頭地也。」見《歐陽修全集・卷149》。另，《宋史・卷338・列傳第97・蘇軾傳》：「脩語梅聖俞曰：『吾當避此人出一頭地。』」見倪其心分史主編：《宋史》（上海：漢語大辭典出版社，2004年1月，《二十四史全譯》本），冊12，頁7545。

〔註18〕〔宋〕葉夢得《避暑錄話》：「王荊公初未識歐文忠公，曾子固力薦之，公願得游其門，而荊公終不肯自通。至和初為羣牧判官，文忠還朝始見之，遂有『翰林風月三千首，吏部文章二百年』之句。然荊公以為非知己也，故酬之曰：『他日倘能窺孟子，此身安敢望韓公』，自期以孟子而處公韓愈，公亦不以為嫌。」見〔宋〕葉夢得：《避暑錄話》（河南：大象出版社，2006年1月，《全宋筆記・第二編・十》），卷上，頁274。

〔註19〕王安石〈奉酬永叔見贈〉，見李之亮：《王荊公詩注補箋》（成都：巴蜀書社，2002年1月），卷33，頁612。

後來看。似江左風流謝安。（卷二，頁125）

〈水調歌頭〉提幹李君索余賦秀野、綠遶二詩，余詩尋醫久矣，姑合
　　　　　　二榜之意，賦水調歌頭以遺之。然君才氣不減流輩，豈
　　　　　　求田問舍而獨樂其身耶

文字覷天巧，亭榭定風流。平生丘壑，歲晚也作稻粱謀。
五畝園中秀野，一水田將綠繞，穤稏不勝秋。飯飽對花竹，
可是便忘憂？　　　吾老矣，探禹穴，欠東遊。君家風月幾
許，白鳥去悠悠。插架牙籤萬軸，射虎南山一騎，容我攬
鬚不？更欲勸君酒，百尺臥高樓。（卷二，頁133）

此二闋均作於淳熙九年（1182），同為贈友之作。

前闋贈韓元吉。韓元吉，字無咎，號南澗，家居信州上饒，與
稼軒、葉夢得、陸游等人唱和，曾任吏部尚書、龍圖閣學士，亦曾
出使金國。有子韓淲，亦與稼軒唱和。本詞為稼軒為韓元吉祝壽，
故詞中著意推崇韓元吉功勳，用《漢書・鄭崇傳》：「每見（鄭崇）
曳革履，上（哀帝）笑曰：『我識鄭尚書履聲。』」〔註20〕以履聲為
君王所識，言韓元吉為君王左近，且擔任紫辰殿奏事官員之首，在
在強調韓元吉位高而極受器重。除位高權重，韓元吉「政事文章為
一代冠冕」〔註21〕，故本詞以同姓之韓愈相比，讚韓元吉文如泰山
北斗，眾人仰之。又，稼軒「似江左風流謝安」句用蘇軾〈跋王進
叔所藏畫五首・徐熙杏花〉詩：「江左風流王謝家，盡攜書畫到天
涯。」〔註22〕

後闋贈李泳。李泳字子永，廣陵人，淳熙中嘗為溧水令，又為坑

〔註20〕《漢書・卷77・列傳第47・鄭崇傳》，見安平秋、張傳璽分史主編：
　　　　《漢書》（上海：漢語大辭典出版社，2004年1月，《二十四史全譯》
　　　　本），冊3，頁1593。
〔註21〕〔清〕陸心源輯：《宋史翼・卷14，列傳第14・韓元吉傳》（北京：
　　　　北京圖書館出版社，2006年10月，《宋代傳記資料叢刊》本），引《花
　　　　菴詞選》言，頁51。
〔註22〕〔宋〕蘇軾著，〔清〕馮應榴輯注，黃任軻、朱懷春校點：《蘇軾
　　　　詩集合注》（上海：上海古籍出版社，2001年6月），卷44，頁2243。

冶司幹官〔註23〕，與稼軒友好。此詞乃因李泳向稼軒索詩，稼軒合二詩作詞回贈。〔註24〕此時李泳爲分司信州之坑冶司幹官，然不甘任此職，多有牢騷。〔註25〕稼軒認爲李泳才氣不輸同輩之人，豈能求田問舍獨善其身，而不思忘身報效家國？因此詞中多所寬慰。下片自言身老，即便想學太史公探禹穴，亦未能起身東遊。而今閒居，僅積書滿架相伴，未能效飛將軍射虎，而於不凡使君面前，更難容攬鬚展才。末句用《三國志》所載陳登「高臥百尺樓」典故〔註26〕，望李泳望君憂國忘家，有救世之意。

　　「禹穴」句，與杜甫〈送孔巢父謝病歸遊江東兼呈李白〉詩同用司馬遷典故：「南尋禹穴見李白，道甫問訊今何如。」〔註27〕又「君家風月幾許」用歐陽脩「翰林風月三千首，吏部文章二百年」，翰林乃李白，與李泳同宗，故云「君家」。「插架牙籤萬軸」句則用韓愈〈送諸葛覺往隨州讀書〉詩：「鄴侯家多書，插架三萬軸。一一懸牙籤，新若手未觸。」〔註28〕鄴侯即唐代李泌。詞中用李白、李泌典故，均扣合贈詞對象李泳，特意以李家先人典故出之。又，此詞序「詩尋醫」

〔註23〕鄧注本，頁131。
〔註24〕詞序中提及之秀野、綠遶爲李泳二亭榭名，故有「亭榭定風流」句。因李泳以隱養名，請稼軒爲之賦詩，又稼軒再賦此詞以諷之。然經檢索稼軒現存詩作，未見此二詩。
〔註25〕參見鞏本棟：《辛棄疾評傳》（南京：南京大學出版社，《中國思想家評傳》，1998年12月），頁290。又見〈水調歌頭〉再用韻答李子永提幹（卷二，頁130），詳見本論文第五章〈稼軒詞借鑒黃庭堅詩〉第一節四、〈次韻任道食荔支有感三首〉之一。
〔註26〕《三國志‧卷7‧魏志7‧呂布傳附陳登》記載許汜與劉備、劉表共論天下人，「汜曰：『昔遭亂過下邳，見元龍。元龍無客主之意，久不相與語，自上大床臥，使客臥下床。』備曰：『君有國士之名，今天下大亂，帝主失所，望君憂國忘家，有救世之意，而君求田問舍，言無可采，是元龍所諱也，何緣當與君語？如小人，欲臥百尺樓上，臥君於地，何但上下床之間邪？』」見許嘉璐分史主編：《三國志》（上海：漢語大辭典出版社，2004年1月，《二十四史全譯》本），冊1，頁110。
〔註27〕《全唐詩》，冊7，卷216，頁2259。
〔註28〕《全唐詩》，冊10，卷342，頁3838。

用蘇軾〈七月五日〉詩「避謗詩尋醫，畏病酒入務。」〔註29〕

〈滿江紅〉呈趙晉臣敷文

老子平生，元自有金盤華屋。還又要萬間寒士，眼前突兀。
一舸歸來輕似葉，兩翁相對清如鵠。道如今吾亦愛吾廬，
多松菊。　　人道是，荒年穀；還又似，豐年玉。甚等閒
卻爲，鱸魚歸速？野鶴溪邊留杖屨，行人牆外聽絲竹。問
近來風月幾篇詩？三千軸。（卷四，頁505）

　　本闋疑作於慶元六年（1200），爲趙晉臣宦遊初歸期間作。〔註30〕
趙不迁，字晉臣，乃宋代宗室，爲稼軒摯友，因曾任中奉大夫直敷文
閣〔註31〕，故以敷文稱之。詞中以《世說新語・鑑賞》「荒年穀」、「豐
年玉」典故〔註32〕，讚趙晉臣乃難得人才，而此時趙晉臣罷職歸來，
稼軒亦閒居瓢泉，故詞中有「兩翁相對清如鵠」句。

　　上片「金盤華屋」用蘇軾〈寓居定惠院之東雜花滿山有海棠一株
土人不知貴也〉詩：「自然富貴出天姿，不待金盤薦華屋。」〔註33〕
然此處單純借鑒字面之義，言屋舍華美精巧，「還又要」二句用杜甫
〈茅屋爲秋風所破歌〉〔註34〕，「道如今」二句用陶潛〈讀山海經十
二首〉之一〔註35〕、〈歸去來辭并序〉〔註36〕，所用典故均言屋舍之
事，乃爲趙晉臣感嘆原也曾有華屋，又要廣廈萬間，卻非因貪求富貴

〔註29〕〔宋〕蘇軾著，〔清〕馮應榴輯注，黃任軻、朱懷春校點：《蘇軾詩
　　　　集合注》（上海：上海古籍出版社，2001年6月），卷14，頁663。

〔註30〕鄧注本，頁489。

〔註31〕鄧注本，頁500。

〔註32〕〔南朝宋〕劉義慶：《世說新語・賞譽第八》：「世稱庾文康爲豐年玉，
　　　　稱恭爲荒年穀。」見余嘉錫：《世說新語箋疏》（臺北：華正書局，
　　　　民國92年11月3刷），頁461。

〔註33〕〔宋〕蘇軾著，〔清〕馮應榴輯注，黃任軻、朱懷春校點：《蘇軾
　　　　詩集合注》（上海：上海古籍出版社，2001年6月），卷20，頁1001。

〔註34〕《全唐詩》，冊7，卷219，頁2310

〔註35〕〔晉〕陶潛著，龔斌校箋：《陶淵明集校箋》（上海：上海古籍出版
　　　　社，1999年12月2刷），卷4，頁334。

〔註36〕〔晉〕陶潛著，龔斌校箋：《陶淵明集校箋》（上海：上海古籍出版
　　　　社，1999年12月2刷），卷5，頁390。

榮華，乃因原有杜甫之志，但願庇護天下寒士，得展歡顏。然而今退居清閒，如隱士陶潛居鄉間，華屋成破廬，勉強如眾鳥有託，滿栽象徵人格高潔之松菊，平淡度日而已。下片寫歸後悠閒自得生活，「問近來」二句用歐陽脩〈贈王介甫〉詩，寫詩文創作之豐，顯示趙晉臣鄉居生活之充實，亦含讚頌之意。

稼軒此三詞借鑒歐陽脩〈贈王介甫〉：「翰林風月三千首，吏部文章二百年。」均用以稱讚友人文章成就。除符合所贈者身份（韓元吉曾任吏部尚書）、姓字（李泳與李白同姓），亦用創作數量三千之多數，讚趙晉臣之才。

四、〈和韓學士襄州聞喜亭置酒〉

> 巉嵒高城漢水邊，登臨誰與共躋攀？
> 清川萬古流不盡，<u>白鳥雙飛意自閑</u>。
> 可笑沉碑憂岸谷，誰能把酒對江山？
> 少年我亦曾遊目，風物今思一夢還。（居士集卷十二，頁 370）

嘉祐二年（1057）作，〔註 37〕年五十一，權知禮部貢舉。韓學士乃韓宗彥，字欽聖，韓億之孫。聞喜亭在襄陽（今湖北襄樊），唐太守裴坦建，趙璘撰記。梅堯臣有〈和韓欽聖學士襄陽聞喜亭〉詩（亭欄下望漢江水）〔註 38〕，或為諸人同時登臨之作。曾鞏亦有〈聞喜亭〉詩。

起句言聞喜亭地勢，聳然高峻，臨於漢水之濱，然登臨有誰共賞風景？想逝者如斯，不捨晝夜，歷史如水蕩去，古人而今餘幾？但放寬胸懷，如天邊掠過雙白鳥，意興悠閒。杜預曾銘功於石上，置於山巔水淵，然只知陵谷有變，忘卻石碑亦有時而磨滅。〔註 39〕歐陽脩用

〔註37〕見《歐陽修詩文集校箋》，居士集卷 12，頁 371。
〔註38〕〔宋〕梅堯臣著，朱東潤編年校注：《梅堯臣集編年校注》（上海：上海古籍出版社，2006 年 11 月），卷 27，頁 988。
〔註39〕歐陽脩〈峴山亭記〉：「元凱（杜預字）銘功於二石，一置茲山之上，一投漢水之淵。是知陵谷有變，而不知石有時而磨滅也。」見《歐陽修詩文集校箋》，居士集卷 40，頁 1044。

此典故，以爲誇耀功業爲可笑，時光且遠去，淘洗殆盡，又僅止石碑岸谷？江山多少才人，誰能把酒永遠笑傲？又憶年少時曾因隨母依叔父，居於隨州（今湖北隨州）多年，熟悉隔鄰之襄州（今河北襄陽）風物，如今識得仕途風波，少年夢還，多添感觸。

稼軒借鑒此詩「白鳥雙飛意自閑」句，塡詞〈賀新郎〉。

〈賀新郎〉 題趙兼善龍圖東山園小魯亭

> 下馬東山路。恍臨風周情孔思，悠然千古。寂寞東家丘何在？縹緲危亭小魯。試重上巖巖高處。更憶公歸西悲日，正濛濛陌上多零雨。嗟費却，幾章句。　　謝安雅志還成趣。記風流中年懷抱，長攜歌舞。政爾良難君臣事，晚聽秦箏聲苦。快滿眼松篁千畝。把似渠垂功名淚，算何如且作溪山主。雙白鳥，又飛去。（卷四，頁 421）

作於紹熙四年（1193）瓢泉時期。

趙充夫字可大，魏悼王七世孫。始名達夫，字兼善，孝宗爲更名，趙充夫本人亦易其字。從外舅寓居信州鉛山，曾在各地爲官，〈運判龍圖趙公墓誌銘〉言：「（趙兼善）守吳興時，忤時宰之親，遄歸故里，結亭二十有五，放懷巖壑，若將終身。」〔註40〕趙兼善出守吳興（今屬浙江）時爲紹熙四年三月至九月，可知此詞應作於歸自吳興（今屬浙江）結亭之後。〔註41〕稼軒送趙兼善詞尚有〈虞美人〉送趙達夫。

本闋題趙兼善小魯亭，「小魯」名稱用《孟子·盡心上》：「孔子登東山而小魯，登泰山而小天下。」〔註42〕孔子所登臨者爲東山，其實鉛山縣亦有東山，稼軒即以「東山」二字爲主題，用周公、孔子、謝安等三人典故，敘寫趙兼善建此亭目的，即在表達其「周情孔思」、

〔註40〕〔宋〕袁燮：《絜齋集》（臺北：臺灣商務印書館，《景印文淵閣四庫全書》本，冊 1157），卷 18，頁 253 下。

〔註41〕《辛棄疾詞新釋輯評》，頁 1073。

〔註42〕《孟子·盡心上》，見朱熹撰，徐德明校點：《四書章句集注》（上海：上海古籍出版社、安徽教育出版社，2001 年 12 月），頁 421。

「東山之志」，暗示因「忤時宰之親」而放歸之不滿情緒。

「下馬東山」三句，用周公東征「我徂東山」，及孔子登東山典故，寫登臨高處放眼千里所思，而起思古幽情。然「下馬」二字亦潛藏趙兼善遭黜處境，對照周情孔思，引起下句「寂寞」情懷。山行愈高愈見視野之寬，朱熹注孔子登泰山云：「此言所處益高，則其視下益小；所見既大，則其小者不足觀也。」〔註43〕且亦有柳宗元〈始得西山宴游記〉所言：「然後知是山之特立，不與培塿爲類」〔註44〕之人格胸懷。稼軒此處化用柳宗元及朱熹之意，既點詞題，又將趙兼善之情懷作一描述鋪陳。

下片用三處謝安典故。「謝公雅志」言其歸隱東山不出，「記風流」二句言謝安自言中年傷於哀樂，與親友別輒作數日惡，須賴絲竹歌舞陶寫。「政爾」二句乃謝安晚年爲君王所疑，筵席上聞箏節聲慷慨，嘆君臣相處實難，於是泣下沾襟。以上六句言謝安東山高臥之樂，與在朝爲官之苦。末「算何如」三句用歐陽脩「清川萬古流不盡，白鳥雙飛意自閑。」含蓄寬慰趙兼善，且縱情溪山風景間，如白鳥閒適，從容自由。

稼軒用白鳥悠閒意象，又見於〈水調歌頭〉（文字虧天巧）：「君家風月幾許，白鳥去悠悠。」（卷二，頁 133）然此處歐詩及稼軒詞所寫，同爲登臨所見所感，稼軒化「白鳥雙飛意自閑」爲「雙白鳥，又飛去」，將閒適之情寄寓於白鳥，更作爲自己與趙兼善化身，蕩開餘韻，徜徉於溪山風物中。

五、〈禮部貢院閱進士就試〉

紫案焚香暖吹輕，廣庭清曉席群英。
無譁戰士銜枚勇，下筆春蠶食葉聲。
鄉里獻賢先德行，朝廷列爵待公卿。
自慚衰病心神耗，賴有羣公鑒裁精。（居士集卷十二，頁 378）

〔註43〕 《孟子・盡心上》，見朱熹撰，徐德明校點：《四書章句集注》（上海：上海古籍出版社、安徽教育出版社，2001 年 12 月），頁 421。

〔註44〕 〔唐〕柳宗元：〈始得西山宴游記〉，見《柳宗元集》（北京：中華書局，2000 年 1 月初版 3 刷），卷 29・記，頁 762。

　　本詩與前及〈和韓學士襄州聞喜亭置酒〉同爲嘉祐二年（1057）作。年五十一，權知禮部貢舉，時與同知韓絳、王珪、范鎮、梅摯、參詳官梅堯臣等人鎖院五十日，相與唱和，後集結爲《禮部唱和詩》三卷，凡一百七十三首，由歐陽脩序。

　　爲杜絕唐代科舉舞弊情況，宋代採鎖院、別頭、彌封、謄錄等制度，並訂下規條，爲求科場公平。歐陽脩知貢院後，大力消弭弊端。本詩前二聯即寫科考進行狀況，群英列席競試，如將士勇敢，如春蠶專注；「無譁」二句即寫考場鴉雀無聲之景，與肅穆莊重氣氛。又同知貢院之梅堯臣亦有〈較藝和王禹玉內翰〉詩：「分庭答拜士傾心，却下朱簾絕語音。白蟻戰來春日暖，五星明處夜堂深。力搥頑石方逢玉，盡撥寒沙始見金。淡墨牓名何日出，清明池苑可能尋。」〔註45〕言主試官閱卷拔擢舉子之難，如搥石見玉，披沙簡金，亦同將舉子比爲白蟻頑戰。

　　然因歐陽脩大刀闊斧改革科舉弊端，同時有意改革當時流行之「太學體」〔註46〕，故舉拔二蘇兄弟。當時舉子戮力習太學體卻落榜，因此「士人紛然，驚怒怨謗」〔註47〕，「囂薄之士候脩晨朝，群聚詆斥之，至街司邏吏不能止。」〔註48〕好事者更以唱和詩爲攻擊目標，言：「主司耽於唱酬，不暇詳考校，且言以五星自比，而待我曹爲蠶

〔註45〕〔宋〕梅堯臣著，朱東潤編年校注：《梅堯臣集編年校注》（上海：上海古籍出版社，2006年11月），卷27，頁930。

〔註46〕所謂「太學體」，乃當時由太學而生之文體，以新奇相尚，喜用鉤章棘句，聞風險怪艱澀。據《宋史‧卷319‧列傳第78‧歐陽脩傳》載述：「時士子尚爲險怪奇澀之文，號『太學體』。脩痛排抑之，凡如是者輒黜。畢事，向之囂薄者伺脩出，聚噪於馬首，街邏不能制。然場屋之習，從是遂變。」見倪其心分史主編：《宋史》（上海：漢語大辭典出版社，2004年1月，《二十四史全譯》本），冊11，頁7158。

〔註47〕〔宋〕歐陽發等述〈先公事跡〉，見李逸安點校：《歐陽脩全集》（北京：中華書局，2001年3月），冊6，附錄2，頁2637。

〔註48〕〔宋〕李燾撰，上海師範大學古籍整理研究所、華東師範大學古籍整理研究所點校：《續資治通鑑長編》（北京：中華書局，2004年9月2版），冊8，卷185，仁宗嘉祐二年丁酉（1057），頁4467。

蟻，因造爲配語。」〔註49〕更甚者「或爲祭歐陽修文投其家」〔註50〕，
參與嘩變者動滿千百，「卒不能求其主名置於法。」〔註51〕歐陽脩面
對舉子責難不動於心，自誓「除惡務力，今必痛斥輕薄子，以除文章
之害」〔註52〕，終於「使場屋之習，從是遂變」〔註53〕，革新「太學
體」之積弊。

稼軒借鑒此詩，爲詞一闋。

〈鷓鴣天〉送廓之秋試

白苧新袍入嫩涼，<u>春蠶食葉響迴廊</u>。禹門已準桃花浪，月
殿先收桂子香。　　鵬北海，鳳朝陽，又攜書劍路茫茫。
明年此日青雲去，却笑人間舉子忙。（卷二，頁185）

作於淳熙十三年（1186），時罷官閒居帶湖。范開，字廓之，稼軒門
生，將赴秋試，故稼軒爲詞一首送之。

首句破題，宋代舉子例著苧麻材質外袍，參加八月舉行之秋試，
點明「秋」季。「春蠶」句則用歐陽脩「無譁戰士銜枚勇，下筆春蠶
食葉聲。」歐陽脩形容應試舉子如銜枚之戰士，奮力向前，而試場
無聲，僅答卷落筆沙沙，如春蠶食葉，晝夜不舍。然稼軒此處除用
歐句意，更擴其意境，極言聲響之大，令迴廊響徹，襯舉子之專注
無聲。「禹門」乃言鯉躍龍門能化龍，「月殿」隱含「月宮折桂」典，
處處曲折，乃寓祝福之意。下片末二句更預想范廓之高登金榜，青

〔註49〕〔宋〕葉夢得：《石林詩話》（北京：商務印書館，2005年，《文津閣
　　　　四庫全書》本，冊494），頁667。

〔註50〕〔宋〕李燾撰，上海師範大學古籍整理研究所、華東師範大學古籍
　　　　整理研究所點校：《續資治通鑑長編》（北京：中華書局，2004年9
　　　　月2版），冊8，卷185，仁宗嘉祐二年丁酉（1057），頁4467。

〔註51〕〔宋〕李燾撰，上海師範大學古籍整理研究所、華東師範大學古籍
　　　　整理研究所點校：《續資治通鑑長編》（北京：中華書局，2004年9
　　　　月2版），冊8，卷185，仁宗嘉祐二年丁酉（1057），頁4467。

〔註52〕〔宋〕沈括著，侯真平校點：《夢溪筆談・卷9・人事1》（湖南：岳
　　　　麓出版社，2002年9月），引歐陽脩言，頁65。

〔註53〕〔元〕脫脫等修：《宋史・卷319・列傳第78・歐陽脩傳》，見倪其
　　　　心分史主編：《宋史》（上海：漢語大辭典出版社，2004年1月，《二
　　　　十四史全譯》本），冊11，頁7158。

雲直上，將來回頭懷想應試情狀，更見人間舉子為試惴惴難安，應啞然失笑，有所感觸。

　　稼軒用「無譁戰士銜枚勇，下筆春蠶食葉聲」，更擴其聲響，「春蠶食葉響迴廊」得想像試院之廣，應試者之多，令迴廊俱充盈此聲。且因此句甚美，初始梅堯臣唱和此詩，有〈較藝贈永叔和禹玉〉詩，詩中即用：「食葉蠶聲句偏美，當時曾記賦將成。」〔註54〕援引歐公此句，且記當時鎖院唱和之樂。

六、〈清明前一日韓子華以靖節斜川詩見招遊李園既歸遂苦風雨三日不能出窮坐一室家人輩倒殘壺得酒數杯泥深道路無人行去市又遠索於筐筥得枯魚乾鰕數種彊飲疾醉昏然便寐既覺索然因書所見奉呈聖俞〉

少年喜追隨，老大厭諠譁。慚愧二三子，邀我行看花。
花開豈不好，時節亦云嘉。因病既不飲，眾歡獨成嗟。
管弦暫過耳，風雨愁還家。三日不出門，堆塒類寒鴉。
妻兒強我飲，飣餖果與瓜。濁酒傾殘壺，枯魚雜乾鰕。
小婢立我前，赤腳兩鬢丫。軋軋鳴雙弦，正如觴嘔啞。
坐令江湖心，浩蕩思無涯。寵祿不知報，鬢毛今已華。
有田清潁間，尚可事桑麻。安得一黃犢，幅巾駕柴車。

（居士集卷八，頁221）

　　嘉祐四年（1059）作。年五十三歲，仍在京任官，免權知開封府，轉給事中，同提舉在京諸司庫務，並移居城南。據詩題言，本詩乃作於清明後。適逢韓子華邀約遊李園，歸後，竟苦於風雨，三日不能出，家人窮坐一室，又泥深道路難行，去市遙遠，蒐羅壺篋，僅得酒數杯、枯魚乾鰕數種，彊飲疾醉。後以此事賦詩，奉呈梅堯臣。

　　本詩前半敘本事。歐陽脩自言少年浪漫，老大後少喧嘩往來，因友人邀約，乃前去看花。賞花、飲酒、管弦作樂，歡宴過後竟遇風雨，

〔註54〕〔宋〕梅堯臣著，朱東潤編年校注：《梅堯臣集編年校注》（上海：上海古籍出版社，2006年11月），卷27，頁931～932。

閉門三日不能出，困頓垂頭群聚，有如寒鴉。尚賴家人張羅飲食，勉強果腹，然絲竹之樂無法可解，小婢可愛，撥弄雙弦，然樂聲如盪船搖櫓聲，嘔啞嘈雜難以入耳。困居之際，寵辱之思暫生。回想而今鬢髮已白，前半生仕途輾轉，好在此時有田地，可桑麻從事，安穩度日，不如牽黃牛，戴幅巾，駕柴車，於此間樂享餘年爾。由此詩可見歐陽脩經歷人世風波，索居在門細思往事，遂生隱遁之意。

稼軒用本詩「堆豗類寒鴉」句填詞一闋。

〈水調歌頭〉元日投宿博山寺，見者驚歎其老

頭白齒牙缺，君勿笑衰翁。無窮天地今古，人在四之中。臭腐神奇俱盡，貴賤賢愚等耳，造物也兒童。老佛更堪笑，談妙說虛空。　　坐堆豗，行答颯，立龍鍾。有時三盞兩盞，淡酒醉蒙鴻。四十九年前事，一百八盤狹路，拄杖倚牆東。老境竟何似？只與少年同。（卷二，頁243）

本詞作於淳熙十六年（1189），閒居帶湖家中。

因見者驚嘆其老，故而對人生老死有所感悟，作此極富哲理之詞。首句扣題，頭白齒牙缺乃衰老之貌，然處於「天地今古」四象之中者，孰能不為老所逼？「臭腐」三句用《莊子‧知北遊》典故〔註55〕，言臭腐、神奇、貴賤、賢愚、造物、兒童等，無高下美惡之別，均為齊一之觀念。下片首三句主要寫老態，坐則無精打采，行則疏懶遲緩，立則老態龍鍾。年少時痛飲千杯不醉，而今竟三杯兩盞便醉眼迷濛，為何人竟衰老如此？只因五十年歲月，卻曲折百盤，同羊腸九曲。而今老態如何？又勾回〈齊物論〉思想，老、少其實無二別，老態如少年時一般。

「堆豗」用歐陽脩「三日不出門，堆豗類寒鴉」句，即無精打

〔註55〕《莊子‧外篇‧知北遊》：「生也死之徒，死也生之始，孰知其紀！人之生，氣之聚也，聚則為生，散則為死。若死生為徒，吾又何患！故萬物一也，是其所美者為神奇，其所惡者為臭腐；臭腐復化為神奇，神奇復化為臭腐。故曰：『通天下一氣耳。』聖人故貴一。」見〔清〕郭慶藩撰，王孝魚點校：《莊子集釋》（北京：中華書局，1997年10月初版8刷），頁733。

采，病困不堪貌，稼軒此處用以形容老時坐態。黃庭堅亦曾用此詞句爲詩，其〈戲呈聞善〉詩曰：「堆豗病鶴怯雞群，見酒特地生精神。坐中索起時被肘，亦任旁人嫌我眞。」〔註56〕亦用以指衰弱病懦貌。

七、〈明妃曲和王介甫作〉

　　胡人以鞍馬爲家，射獵爲俗。
　　泉甘草美無常處，鳥驚獸駭爭馳逐。
　　誰將漢女嫁胡兒，風沙無情貌如玉。
　　身行不遇中國人，馬上自作思歸曲。
　　<u>推手爲琵卻手琶</u>，胡人共聽亦咨嗟。
　　玉顏流落死天涯，琵琶卻傳來漢家。
　　漢宮爭按新聲譜，遺恨已深聲更苦。
　　纖纖女手生洞房，學得琵琶不下堂。
　　<u>不識黃雲出塞路，豈知此聲能斷腸</u>。（居士集卷八，頁 231）

　　本詩與前〈清明前一日（題長略）〉詩同爲嘉祐四年（1059）作。時年五十三歲，仍在京任官，免權知開封府，轉給事中，同提舉在京諸司庫務。並移居城南。

　　歐陽脩與王安石之往來，於本節前及「三、〈贈王介甫〉」之借鑑中已說解，此詩亦爲和王安石之作。〈明妃曲〉爲王安石名著，嘉祐四年（1059）王安石作〈明妃曲〉二首〔註57〕，梅堯臣、司馬光、劉

〔註56〕〔宋〕黃庭堅著，〔宋〕任淵、史容、史季溫注，黃寶華點校：《山谷詩集注》（上海：上海古籍出版社，2003 年 12 月），卷 15，頁 388。
〔註57〕王安石〈明妃曲二首〉之一：「明妃初出漢宮時，淚濕春風鬢腳垂。低徊顧影無顏色，尚得君王不自持。歸來卻怪丹青手，入眼平生未曾有。意態由來畫不成，當時枉殺毛延壽。一去心知更不歸，可憐著盡漢宮衣。寄聲欲問塞南事，只有年年鴻雁飛。家人萬里傳消息，好在氈城莫相憶。君不見，咫尺長門閉阿嬌，人生失意無南北。」之二：「明妃初嫁與胡兒，氈車百兩皆胡姬。含情欲說獨無處，傳與琵琶心自知。黃金捍撥春風手，彈看飛鴻勸胡酒。漢宮侍女暗垂淚，沙上行人卻回首。漢恩自淺胡自深，人生樂在相知心。可憐青冢已蕪沒，尚有哀弦留至今。」以上二詩見李之亮：《王荊公詩注補箋》（成都：巴蜀書社，2002 年 1 月），卷 6，頁 109。
　　又，王安石尚有集句〈明妃曲〉一首：「我本漢家子，早入深宮裏。

敞、曾鞏等均有和詩。歐陽脩作本詩，又作〈再和明妃曲〉，均為同年作。〔註58〕

明妃即王嬙，字昭君，漢元帝宮女，容貌美麗，因不肯賄賂畫師毛延壽，畫像逐被有意醜化，未曾受元帝召見。後匈奴呼韓邪單于入朝，求美人為閼氏和親，元帝以王嬙賜之。晉時因避司馬昭諱，故改稱明妃。歐陽脩此詩為明妃訴怨，身為漢家女而遠赴胡地，受無情風沙催折，僅能將愁思賦予琵琶，推手卻手間，樂音聲切，令不解音律之胡人亦感染傷悲，為之嘆息。為何特以琵琶為知音？琵琶原出於胡中，為明妃熟習樂器，傳至漢宮中，人人爭學新譜，反而不聞明妃聲苦，只因此等女子藏於深閨之中，未曾離漢出塞，不知琵琶聲能斷思鄉之腸。王安石之集句詩〈胡笳十八拍十八首〉之五亦有句：「齊言此夕樂未央，豈知此聲能斷腸。」〔註59〕便集此句寫哀愁。

歐陽脩除本詩，又有〈再和明妃曲〉（居士集卷八，頁244），均為嘉祐四年（1059）作。稼軒借鑒此詩，作〈賀新郎〉。

〈賀新郎〉賦琵琶

鳳尾龍香撥。自開元霓裳曲罷，幾番風月？最苦潯陽江頭客，畫舸亭亭待發。記出塞黃雲堆雪。馬上離愁三萬里，望昭陽宮殿孤鴻沒。絃解語，恨難說。　　遼陽驛使音塵絕。瑣窗寒輕攏慢撚，淚珠盈睫。推手含情還卻手，一抹梁州哀徹。千古事雲飛煙滅。賀老定場無消息，想沈香亭北繁華歇。彈到此，為嗚咽。（卷二，頁137）

遠嫁單于國，惟悴無復理。穹廬為室旃為牆，胡塵暗天道路長。去住彼此無消息，明明漢月空相識。死生難有卻回身，不忍回看舊寫真。玉顏不是黃金少，愛把丹青錯畫人。朝為漢宮妃，暮作胡地妾。獨留青塚向黃昏，顏色如花命如葉。」見〔宋〕王安石《王安石詩集》（臺北：廣文書局，民國63年3月），卷36，頁238～239。

〔註58〕見歐陽脩〈廬山高贈同年劉中允歸南康〉箋注，歐作本詩甚自負，言：「吾〈廬山高〉今人莫能為，唯李太白能之。」見《歐陽修詩文集校箋》，居士集卷5，頁142、143。

〔註59〕〔宋〕王安石：《王安石集》（臺北：廣文書局，民國63年3月），卷37，頁244。

作於帶湖時期，約爲淳熙九年（1182）爲一詠物抒情詞，通篇用與琵琶相關之典故綴連，並藉此抒憤。

　　起句「鳳尾龍香撥」用蘇軾〈宋叔達家聽琵琶〉詩：「數弦已品龍香撥，半面猶遮鳳尾槽」〔註60〕句，琴槽似鳳尾，撥彈之具則用龍香柏木削就，言琵琶之名貴。然此物由開元盛世以後，卻經歷無限傷感：〈霓裳羽衣曲〉奏罷，〈琵琶行〉亦噤聲，弦弦切切之幽恨，由琵琶傳達，卻又難以言宣，更且昭君離漢宮，望黃雲堆雪，萬里出塞，即便有琵琶相伴，卻又如何能訴悲苦？昭君典故用歐陽脩〈明妃曲和王介甫作〉：「不識黃雲出塞路，豈知此聲能斷腸。」寫美人出塞之恨，乃因美貌而失意，其實稼軒以爲自身之喻，故上片三典故，於此用最多筆墨形容之，其幽憤可見。下片延續美人彈琵琶之意象，勾勒含怨美人賦思畫面，更以各種具體動作融入其中，如「輕攏慢撚」、「推手」、「却手」等，使美人形象更具動感。然演奏琵琶聲幽戚，如哀切泣訴心曲，千古韻事雲飛煙滅，遙想沈香亭北繁華而今消散，亦黯然神傷，聊以樂聲寄訴嗚咽。

　　稼軒借鑒歐陽脩詩，用「推手爲琶却手琶」及「不識黃雲出塞路，豈知此聲能斷腸」二處，一則扣緊彈琵琶動作，一則闡釋離鄉哀愁。

　　清代周濟《宋四家詞選目錄序論》附錄《宋四家詞眉批》言，此闋上片「譖逐正人，以致離亂」；下片「宴安江沱，不復北望。」〔註61〕劉永濟《唐五代兩宋詞簡析》云：「此詞雖題爲《賦琵琶》，言外仍是借琵琶以寫其所懷也。……以託其憂國無人之情，雖題曰〈賦琵琶〉，實非但描寫琵琶也。」〔註62〕且因以琵琶寄託愁思，故

〔註60〕〔宋〕蘇軾著，〔清〕馮應榴輯注，黃任軻、朱懷春校點：《蘇軾詩集合注》（上海：上海古籍出版社，2001 年 6 月），卷 8，頁 392。

〔註61〕唐圭璋編：《詞話叢編》（北京：中華書局，2005 年 10 月 2 版 5 刷），冊 2，頁 1654。

〔註62〕劉永濟：《唐五代兩宋詞簡析》（北京：中華書局，2007 年 10 月），頁 83。

所舉琵琶故事皆與怨思有關，而最見寄託者，爲「賀老」句，句用元稹〈連昌宮詞〉：「夜半月高弦索鳴，賀老琵琶定場屋。」〔註63〕又用蘇軾〈虞美人〉詞：「定場賀老今何在？幾度新聲改。」〔註64〕善彈琵琶之藝人賀懷智已沒，又誰能「定場」？琵琶聲調本激越淒涼，稼軒以詠琵琶寄託心中爲國擔憂之情懷，以唐代暗喻南宋，確有濃厚政治意味。

八、〈讀易〉

莫嫌白髮擁朱輪，恩許東州養病臣。飲酒橫琴銷永日，焚香讀易過殘春。　　昔賢軒冕如遺屣，世路風波偶脫身。寄語西家隱君子，奈何名姓已驚人。（居士集卷十四，頁460）

本詩熙寧二年（1069）作，時知青州（今屬山東）。冬，二上乞壽州（今安徽壽縣）札子，以壽州近穎，便於歸計。不允。時年六十三歲，爲歐陽脩死前三年。

莫言年老位居高官，坐擁華轂軒車，請聖上許東州與病臣養天年。致仕後所爲何事？飲酒、彈琴、讀易經，如此度日。回想當年，舜棄天下若棄敝屣，而自己曾高車軒冕，亦慶幸於苦惡世途暫且脫身。且將此句寄予西鄰君子常秩，似有意勸君早脫仕途，因其名「常秩」出自《左傳・文公六年》：「委之常秩。」杜預注：「常秩，官司之常職。」〔註65〕歐陽脩言「名姓驚人」乃指恆久爲官，然奈何常秩爲著名之隱士，《宋史》有傳：「（常秩）舉進士不中，屏居里巷，以經術著稱。嘉祐中，賜束帛，爲穎州教授，除國子直講，又以爲大理評事；治平中，授忠武軍節度推官、知長葛縣，皆不受。」〔註66〕未

〔註63〕見楊軍箋注：《元稹集編年箋注（詩歌卷）》（西安：三秦出版社，2002年6月），頁786。

〔註64〕蘇軾〈虞美人〉（起句：定場賀老今何在），見鄒同慶、王宗堂著：《蘇軾詞編年校注》（北京：中華書局，2002年9月），頁789。

〔註65〕復文圖書出版社編輯部編：《春秋左傳會注》（高雄：復文圖書出版社，民國75年8月），文公六年，頁549。

〔註66〕《宋史・卷329・列傳第88・常秩傳》，見倪其心分史主編：《宋史》（上海：漢語大辭典出版社，2004年1月，《二十四史全譯》本），

及以此詩相勸，已由風波惡路脫身。

稼軒借鑒此詩，作〈賀新郎〉。

〈賀新郎〉和吳明可給事安撫

　　世路風波惡。喜清時邊夫袖手，□將帷幄。正值春光二三
　　月，兩兩燕穿簾幕。又怕箇江南花落。與客攜壺連夜飲，
　　任蟾光飛上闌干角。何時唱，從軍樂？　　歸歟已賦居巖
　　壑。悟人世正類春蠶，自相纏縛。眼畔昏鴉千萬點，□欠
　　歸來野鶴。都不戀黑頭黃閣。一詠一觴成底事，慶康寧天
　　賦何須藥。金盞大，爲君酌。（卷六，頁 577）

此詞約作於乾道六年（1170）至乾道九年間。時稼軒南歸不久，吳明
可亦奉祠退閒。吳芾，字明可，自號湖山居士，曾知婺州（今屬浙江）、
紹興（今屬浙江），權刑部侍郎，遷給事中。又曾以敷文閣直學士知
臨安府、知隆興府（今江西南昌），《宋史》言「以剛直見忌」，又「前
後守六郡，各因其俗爲寬猛，吏莫容奸，民懷惠利。」〔註67〕然足以
當大任者，惜不盡其用焉，以龍圖閣直學士致仕。

　　本詞寫吳明可退閒之後生活，並用以唱和。起首三句由正、反二
面寫退閒背景，「世路風波惡」用歐陽脩句；其〈讀易〉詩有「世路
風波偶脫身」句，〈聖無憂〉詞亦言：「世路風波險，十年一別須臾。」
〔註68〕因見妨於當朝小人，行不得志，只能力求去；後二句言當時宋、
金雙方暫無戰事，社會安定，一正一反，均給予吳明可退隱之理由依
據。後寫退隱生活。先言暮春景色，「江南花落」用杜甫〈江南逢李
龜年〉：「正是江南好風景，落花時節又逢君」〔註69〕，暗示稼軒與吳
明可兩人均在歷經波折後相逢，更隱寓對國事如花凋零之憂慮，故有

册 12，頁 7361。

〔註67〕見《宋史・卷 387・列傳第 146・吳芾傳》，見倪其心分史主編：《宋
　　　　史》（上海：漢語大辭典出版社，2004 年 1 月，《二十四史全譯》本），
　　　　册 13，頁 8526。

〔註68〕邱少華編著：《歐陽脩詞新釋輯評》（北京：中國書店，2001 年 1 月），
　　　　頁 191。

〔註69〕《全唐詩》，册 7，卷 232，頁 2562。

後「何時唱」二句引出，盼吳明可再度爲國獻身。下片轉以吳明可角度，寫退居後醒悟人生之願，莫如春蠶自縛，即便仕途年少得志，早成「黑頭公」，官至黃閣，仍不戀棧，但願如王羲之〈《三月三日蘭亭詩》序〉：「一觴一詠，亦足以暢敘幽情。」﹝註70﹞歸隱山林，自可得康壽、安寧，且進觴詠，多飲數杯爲歡。詞以勸飲作結，顯示稼軒對吳明可退居之理解，並寄與同病之情。

白居易〈除夜寄微之〉亦用「世路風波」句：「家山泉石尋常憶，世路風波子細諳。」﹝註71﹞原詩書寫年老感慨，勸元微之謹愼世路風波。歐詩或由此得成句，摭採入詩。然白詩僅言「細諳」，歐陽脩於此詩中更欲棄廢一切歸壽州，由世路上脫身，乃更進一步以爲風波險惡；相較於白詩，稼軒詞中「世路風波惡」與歐詩更爲相近。

第二節　借鑒歐陽脩詩原因分述

經以上探討稼軒借鑒歐陽脩詩篇，自重要篇章之析論中，可見稼軒借鑒歐陽脩詩之緣由及手法。綜上所論，稼軒多次借鑒歐陽脩詩，除歐公爲宋代文壇盟主，詩名遠播外，尚可歸出以下四點原因：

一、遭遇及心境近似

（一）遭誣與遭貶

歐陽脩生平經歷二件傳聞纏身，一爲「孤甥張氏案」，一爲「媳吳春燕亂倫案」，﹝註72﹞且遭二次貶謫，一次貶官夷陵（今湖北宜昌），一次貶官滁州（今安徽滁縣）。﹝註73﹞貶謫遭遇，於歐陽脩實爲打擊，

﹝註70﹞﹝東晉﹞王羲之：〈《三月三日蘭亭詩》序〉，見﹝清﹞嚴可均輯：《全上古三代秦漢三國六朝文・全晉文》（石家庄：河北教育出版社，1997年10月），卷26，王羲之5，頁273。

﹝註71﹞《全唐詩》，冊13，卷446，頁5002。

﹝註72﹞關於歐陽脩兩件傳聞，見本章第一節二、〈別滁〉詩注，本章注7。

﹝註73﹞歐陽脩第一次貶官夷陵。
　　　宰相呂夷簡因在位日久，任人唯親，政事積弊甚多，范仲淹曾多次

且對其性格產生重大影響。歐陽脩爲人「論事切直，人視之如仇」，
〔註74〕且年少於西京任官時，生活作風浪漫，放任自在，散漫不羈，
友朋以「逸老」稱之，曾自言「余本浪漫者」〔註75〕、「醉必如張顚」
〔註76〕，也因此曾受上司王曙批評。〔註77〕不久，經歷夷陵之貶，方
「悔其往咎」〔註78〕，稍事收斂。

上書指斥之，《宋史‧卷319‧列傳第78‧歐陽脩傳》載：「范仲淹
以言事貶，在廷多論救，司諫高若訥獨以爲當黜。脩貽書責之，謂
其不復知人間有羞恥事。若訥上其書，坐貶夷陵令，稍徙乾德令、
武成節度判官。」見倪其心分史主編：《宋史》（上海：漢語大辭典
出版社，2004年1月，《二十四史全譯》本），冊11，頁7155。
歐陽脩第二次貶官滁州。
被貶夷陵令後四年，歐陽脩返朝廷，此時慶曆新政由范仲淹等人主
持，正展開序幕。然新政之推行受保守派官員阻礙，誣范仲淹等人
爲朋黨。《宋史‧卷319‧列傳第78‧歐陽脩傳》載：「方是時，杜
衍等相繼以黨議罷去，脩慨然上疏曰：『杜衍、韓琦、范仲淹、富弼，
天下皆知其有可用之賢，而不聞其有可罷之罪。自古小人讒害忠賢，
其說不遠。欲廣陷良善，不過指爲朋黨；欲動搖大臣，必須誣以顓
權。其故何也？去一善人，而眾善人尚在，則未爲小人之利；欲盡
去之，則善人少過，難爲一一求瑕，唯指以爲黨，則可一時盡逐。……
今此四人一旦罷去，而使群邪相賀於內，四夷相賀於外，臣爲朝廷
借之。』於是邪黨益忌脩，因其孤甥張氏獄傅致以罪，左遷知制誥、
知滁州。居二年，徙揚州、潁州。復學士，留守南京，以母憂去。
服除，召判流內銓，時在外十一年矣。帝見其髮白，問勞甚至。小
人畏脩復用，有詐爲脩奏，乞澄汰內侍爲奸利者。其群皆怨怒，譖
之，出知同州，帝納吳充言而止。」見倪其心分史主編：《宋史》（上
海：漢語大辭典出版社，2004年1月，《二十四史全譯》本），冊11，
頁7157～7158。
〔註74〕《宋史‧卷319‧列傳第78‧歐陽脩傳》，見倪其心分史主編：《宋
史》（上海：漢語大辭典出版社，2004年1月，《二十四史全譯》本），
冊11，頁7156。
〔註75〕歐陽脩〈七交七首之七‧自敘〉，見《歐陽修詩文集校箋》，外集卷1，
頁1260。
〔註76〕歐陽脩〈書懷感事寄梅聖諭〉，見《歐陽修詩文集校箋》，外集卷2，
頁1289。
〔註77〕見《歐陽脩評傳》，頁425。
〔註78〕歐陽脩〈答孫正之第二書〉，見《歐陽修詩文集校箋》，外集卷68，
頁1812。

此等憂讒畏譏之情，於歐陽脩詩作中往往可見，如〈啼鳥〉詩：「我遭讒口身落此，每聞巧舌宜可憎。春到山城苦寂寞，把盞常恨無娉婷。」又「可笑靈均楚澤畔，離騷憔悴愁獨醒。」（居士集卷三，頁 66、67）詩中以鳥自喻，因口舌遭難淪落至此，愁怨心情如屈原行吟澤畔，憔悴不堪。又如〈畫眉鳥〉詩：「百囀千聲隨意移，山花紅紫樹高低。始知鎖向金籠聽，不及林間自在啼。」（居士集卷十一，頁 337）因誤落塵網，為人鎖在金籠，只得小心度日，心中卻對林間巧囀自在生涯，充滿無限嚮往。

然而歐陽脩繼承並發展韓愈「不平則鳴」說，提出詩文創作「窮而後工」理論。於〈梅聖俞詩集序〉中言：

> 予聞世謂詩人少達而多窮，夫豈然哉？蓋世所傳詩者，多出於古窮人之辭也。凡士之蘊其所有而不得施於世者，多喜自放於山巔水涯。外見蟲魚、草木、風雲、鳥獸之狀類，往往探其奇怪。內有憂思感憤之鬱積，其興於怨刺，以道羈臣、寡婦之所歎，而寫人情之難言，蓋愈窮而愈工。然則非詩之能窮人，殆窮者而後工也。（居士集卷四十二，頁 1092～1093）

歐陽脩所言「窮」、「達」實乃二相對概念，特指政治得失。貶謫生涯，確實為歐陽脩生命轉折起始。袁枚《隨園詩話》：「廬陵事業起夷陵，眼界原從閱歷增。」〔註79〕因貶夷陵而閱歷始大，眼界始寬，歐陽脩於夷陵見吏制敗壞，亟需整頓，體悟改革政治之責任感及緊迫性，同時，詩文經義亦有所成就，書寫夷陵風情詩文，及自抒貶謫心情之作約四、五十篇，又先後完成《春秋論》、《易或問》等著作，《五代史記》亦由此時期開始寫作，足見政治之困頓，確為文學之成就鋪墊基礎。

稼軒曾於淳熙二年（1175）平茶商之亂，殺賴文政；亦曾於淳熙七年（1180）創置湖南「飛虎軍」，「軍成，雄鎮一方，為江上諸軍之

〔註79〕〔清〕袁枚：《足本隨園詩話及補遺》（臺北：長安出版社，民國 67 年 6 月），卷 1，引莊有恭詩句，頁 18。

冠。」〔註80〕足見其軍事才能。然淳熙八年（1181）卻爲臺臣王藺彈劾「用錢如泥沙，殺人如草芥」〔註81〕落職，終日惶惶，如〈菩薩蠻〉（錦書誰寄相思語）：「心事莫驚鷗。人間千萬愁。」（卷二，頁155）〈一翦梅〉（記得同燒此夜香）：「鴈兒何處是仙鄉？來也恓惶。去也恓惶。」（卷二，頁166）又如〈再用儒字韻〉詩二首：「人才長與世相疏，若謂無才即厚誣。」、「是是非非好讀書，莫將名實自相誣。」（頁209、210）相對歐陽脩遭黜後驚弓之鳥心境，如出一轍。

（二）多次轉任

歐陽脩由景祐元年（1034）六月應召入京，至慶曆五年（1045）八月貶知滁州，經歷多職。以下據黃進德《歐陽脩評傳》附錄歐陽脩簡譜，將此數年轉宦歷任整理如下：

景祐元年（1034）二月西京秩滿，歸襄城（今屬河南）。五月，如京師。閏六月，授宣德郎、試大理評事、兼監察御史、充鎮南軍節度掌書記，館閣校勘。

景祐二年（1035）仍在任。

景祐三年（1036）五月，因范仲淹、余靖、尹洙坐朋黨貶外一事，修貽書切責司諫高若訥，貶夷陵（今湖北宜昌）令。

景祐四年（1037）十二月，移光化軍（今湖北光化）乾德令。

寶元元年（1038）三月，赴乾德任。

寶元二年（1039）六月，復舊官，權武成軍節度判官廳公事。九月，奉母寓居南陽，待舊官任滿往赴滑州（今河南滑縣）。十二月，暫赴襄城協辦謝絳後事。

康定元年（1040）春，至滑州。五月，范仲淹爲陝西經略安撫副

〔註80〕〔元〕脫脫等同修：《宋史‧卷401‧列傳第160‧辛棄疾傳》，見倪其心分史主編：《宋史》（上海：漢語大辭典出版社，2004年1月，《二十四史全譯》本），冊14，頁8773。

〔註81〕〔元〕脫脫等同修：《宋史‧卷401‧列傳第160‧辛棄疾傳》，見倪其心分史主編：《宋史》（上海：漢語大辭典出版社，2004年1月，《二十四史全譯》本），冊14，頁8774。

使，辟歐陽脩掌書記，辭不就。六月，詔還京師，復充館閣校勘，修《崇文總目》。十月，轉<u>太子中允</u>，同修禮書。

慶曆元年（1041）五月，權同知太常禮院，以見修《崇文總目》辭。十二月，加騎都尉。

慶曆二年（1042）正月，考試別頭舉人。四月，復差同<u>知禮院</u>。八月，請補外。九月，<u>通判滑州</u>。閏九月，至滑州。

慶曆三年（1043）三月，召還，轉<u>太常丞、知諫院</u>。九月，賜緋衣銀魚五品服。十月，擢同修起居注。十二月，有旨不試，直以右正言知制誥，仍供諫職。

慶曆四年（1044）四月，奉<u>使河東</u>。七月還京。八月，除<u>龍圖閣直學士、河北都轉運按察使</u>。十一月，因南郊，進階<u>朝散大夫、封信都縣開國子</u>，食邑五百戶。

慶曆五年（1045）因范仲淹、杜衍、富弼、韓琦等相繼罷去，上〈論杜衍等罷政事狀〉，又作〈朋黨論〉，有所得罪；後又因「孤甥張氏案」遭誣陷，八月，貶<u>知滁州</u>。

由上可知，歐陽脩任官約十年之內多次遷調，往往席不暇暖，未能於任所發揮所長。稼軒為歸正北人，職務亦多受調配，自紹興三十二年（1162）南歸以來至淳熙八年（1181）之仕歷，據鄧廣銘《辛棄疾詞編年箋注・辛稼軒年譜》列表如下：

紹興三十二年（1162）正月，奉耿京命，奉表南歸，召見，授<u>右承務郎</u>。後縛張安國獻俘行在，改差<u>江陰簽判</u>。

乾道四年（1168）<u>通判健康府</u>。

乾道六年（1170）遷<u>司農寺主簿</u>。

乾道八年（1172）春，出<u>知滁州</u>。

淳熙元年（1174）春，辟<u>江東安撫司參議官</u>。後遷倉部郎官。

淳熙二年（1175）倉部郎官任。六月出為<u>江西提點刑獄</u>。九月平茶商軍，加秘閣修撰。

淳熙三年（1176）江西提點刑獄任。秋冬之交調<u>京西轉運判官</u>。

淳熙四年（1177）差知江陵府，兼湖北安撫使。多遷知隆興府兼
　　　　　　　　　江西安撫使。

淳熙五年（1178）江西安撫使任。召爲<u>大理少卿</u>。夏秋之交出爲
　　　　　　　　　<u>湖北轉運副使</u>。

淳熙六年（1179）湖北轉運副使任。春三月，改<u>湖南轉運副使</u>。
　　　　　　　　　秋冬之交，改<u>知潭州，兼湖南安撫使</u>。

淳熙七年（1180）湖南安撫使任。歲杪加右文殿修撰，差<u>知隆興</u>
　　　　　　　　　<u>府兼江西安撫使</u>。

淳熙八年（1181）江西安撫使任。秋七月，以荒政修舉，轉奉議
　　　　　　　　　郎。冬十一月，改除<u>兩浙路提點刑獄公事</u>，旋以臺臣
　　　　　　　　　王藺論列，落職罷新任。

由上所條列，可見職務調動之頻。短短數年內，於各任所輾轉遷移，
歐陽脩〈自勉〉詩云：「居官處處如郵傳，誰得三年作主人？」（居士
集卷十一，頁 332）言明不能久任，甚任期未滿三年之病。稼軒〈偶
題〉詩三首之一：「人生憂患始於名，且喜無聞過此生。卻得少年耽
酒力，讀書學劍兩無成。」〔註82〕更明白展露一事無成之憾。

（三）曾經略滁州、南昌

此外，稼軒與歐陽脩均曾經略滁州。

歐陽脩於慶曆五年（1045）落龍圖閣直學士，罷都轉運按察使，
以知制誥出知滁州，知滁二年，至慶曆八年（1048）離滁。歐陽修治
滁頗有德政，尤其〈醉翁亭記〉言太守與民同樂，更爲千古佳話。好
友梅堯臣〈寄滁州歐陽永叔〉詩亦將歐陽脩比爲韋應物，詩云：「昔
讀韋公集，固多滁州詞。爛熳寫風土，下上窮幽奇。君今得此郡，名
與前人馳。君才比江海，浩浩觀無涯。」〔註83〕均不難發現歐陽脩對

〔註82〕 鄧廣銘輯校審訂、辛更儒箋注：《辛稼軒詩文箋注》（上海：上海古
　　　　籍出版社，1995 年 12 月），頁 149。
〔註83〕 〔宋〕梅堯臣著，朱東潤編年校注：《梅堯臣集編年校注》（上海：

於滁州之重要性。

稼軒亦於乾道八年（1172）出知滁州，《宋史》：「州罹兵燼，井邑凋殘，棄疾寬征薄賦，招流散，教民兵，議屯田。乃創奠枕樓、繁雄館。」〔註84〕樓成後，嚴子文作〈滁州奠枕樓記〉，文中記略樓成酒宴，稼軒舉酒樓上，告父老曰：

> 今日之居安乎？……今疆事清理，年穀順成，連甍比屋之民各復其業。吾與父老登樓以娛樂，東望瓦梁清流關，山川增氣，鬱乎葱葱，前瞻豐山，玩林壑之美，想醉翁之遺風，豈不休哉？〔註85〕

稼軒所主張寓民於兵、練兵以據淮保之戰略，或許於治滁時期獲得實踐〔註86〕，因此，滁州之於稼軒亦為重要所在。

又，稼軒曾於淳熙五年與八年前後二次帥江西，八年冬季去職時，曾作〈鷓鴣天・離豫章，別司馬漢章大監〉詞送別〔註87〕，故知曾經略江西南昌（豫章）。而歐陽脩曾於嘉祐元年（1056）冬，上疏乞知洪州（今江西南昌），惜終不報。稼軒行南昌，雖歐陽脩未能歸老此地，然想其風標，用其人其詩入詞，當屬自然。

（四）欲抒陳之心境相同

承上所述，稼軒與歐陽脩遭遇類似，心境亦多半相同，因此遇感慨深刻之際，稼軒往往聯想，隨手援用成句。如前及歐陽脩〈別滁〉

上海古籍出版社，2006年11月），卷16，頁330。

〔註84〕〔元〕脫脫等同修：《宋史・卷401・列傳第160・辛棄疾傳》，見倪其心分史主編：《宋史》（上海：漢語大辭典出版社，2004年1月，《二十四史全譯》本），冊14，頁8772。

〔註85〕〔宋〕崔敦禮〈代嚴子文滁州奠枕樓記〉，見〔宋〕崔敦禮：《宮教集》（臺北：臺灣商務印書館，1983年，《景印文淵閣四庫全書》本，冊1151），卷6，頁824上右。

〔註86〕關於稼軒治滁所為，及立奠枕樓始末，可參見王偉建：《辛稼軒軍事文學與兵學思想研究》（臺北：私立東吳大學中國文學系碩士在職專班碩士論文，民國95年7月），第四章〈稼軒的武功與政績〉，第二節卓越的政績，一、滁州救荒一節，頁61～64。

〔註87〕見本章第一節，二、別滁。

詩，臨別之際，呈現寬闊、瀟灑之胸懷，稼軒用於離豫章別司馬漢章大監之送別詞，乃因情境相同，描繪離情亦深刻纏綿。

　　此外，歐陽脩詩作中，直陳國計民生、反映現實之作數量並不多，面向亦不廣。原因乃在於歐陽脩長期爲官，直接參與朝政論衡，其改革吏治以紓民困之主張，多可以政論、奏疏等文書直截陳述，因此歐詩較多用以表現個人經歷與感受，被讒見逐、含冤負屈等情懷，尤其貶謫在外期間，作品既豐，詩味亦濃。〔註88〕歐陽脩雖爲文官，然儒家經世濟民思想，亦往往藏於其詩文中。如〈寶劍〉詩：

> 寶劍匣中藏，暗室夜常明。欲知天將雨，錚爾劍有聲。
> 神龍本一物，氣類感則鳴。常恐躍匣去，有時暫開扃。
> 煌煌七星文，照曜三尺冰。此劍在人間，百妖夜收形。
> 姦兇與佞媚，膽破骨亦驚。試以向星月，飛光射攙槍。
> 藏之武庫中，可息天下兵。奈何狂胡兒，尚敢邀金繒！

　　（居士集卷三，頁 81〜82）

此詩託物抒情，藉寶劍之威武豪壯，正氣凜然，表現對時局之關注，並抒發始終不渝之報國熱忱，然雖有壯志，卻多爲老病之身軀消折，如〈洛陽牡丹圖〉詩，詩末對花傷懷，言：「但應新花日愈好，惟有我老年年衰。」（居士集卷二，頁 55）今春於洛陽賞牡丹，明年賞花又何處？人間老去事常有，似乎牡丹永不老。〈寶劍〉與〈洛陽牡丹圖〉二詩，或同爲慶曆五年（1045）左右作〔註89〕，此時歐陽脩對朝廷與西夏達成議和，並納進歲貢之事不滿，故詩中有此情緒。

　　稼軒時刻懷抱經國之略，北伐之志，其吞吐不得之挫折，慷慨激昂之意氣，往往於詞中呈現。如〈滿江紅〉（快上西樓）起首：「快上西樓，怕天放浮雲遮月。但喚取玉纖橫笛，一聲吹裂。」（卷一，頁14）〈賀新郎〉（老大那堪說）下片末句：「道男兒到死心如鐵。看試手，補天裂。」（卷二，頁 238）均含藏豪邁之情。

　　又〈木蘭花慢〉上片：「老來情味減，對別酒、怯流年。況屈指

〔註88〕《歐陽脩評傳》，頁 427。
〔註89〕見《歐陽修詩文集校箋》，頁 82 注。

中秋，十分好月，不照人圓。」（卷一，頁25）〈水調歌頭〉（落日塞塵起）：「季子正年少，匹馬黑貂裘。今老矣，搔白首，過揚州。」（卷一，頁58）均吐露衰老之嘆。

清代劉熙載《藝概·詞概》言：「馮延巳詞，晏同叔得其俊，歐陽永叔得其深。」〔註90〕又馮煦言歐陽脩詞：

> 其詞與元獻同出南唐，而深致則過之。宋至文忠，文始復古，天下翕然師尊之，風尚為之一變。即以詞言，亦疏儁開子瞻，深婉開少游。本傳云，超然獨騖，眾莫能及，獨其文乎哉，獨其文乎哉。〔註91〕

均言其深邃幽折之情懷。歐陽脩與稼軒之憤懣之氣，一以詩陳，一以詞吐，故明稼軒詞借鑒歐陽脩詩原因。

二、創作手法雷同

清代王士禛曾言：「宋承唐季衰陋之後，至歐陽文忠公始拔流俗，七言長句高處直追昌黎，自王介甫輩皆不及也。」〔註92〕歐陽脩少年因讀韓愈文殘卷，立時傾倒，甚或為人戲稱為「韓文究」。而宋代以降之詩論家多以為歐陽脩師法韓愈，並認為於眾多學韓之人中，歐陽脩乃其中出藍勝藍者。〔註93〕如：

> 歐陽公自韓吏部以來未有也。辭如劉向，詩如韓愈而工妙過之。（何谿汶《竹莊詩話》引荊公語錄）〔註94〕

〔註90〕〔清〕劉熙載《藝概·詞概》，見唐圭璋編：《詞話叢編》（北京：中華書局，2005年10月2版5刷），冊4，頁3689。

〔註91〕〔清〕馮煦《蒿庵論詞》，見唐圭璋編：《詞話叢編》（北京：中華書局，2005年10月2版5刷），冊4，頁3585。

〔註92〕〔清〕王士禛著，張宗柟纂集，戴鴻森校點：《帶經堂詩話》（北京：人民文學出版社，2006年1月初版2刷），卷4，總集門1纂輯類2，頁95。

〔註93〕谷曙光：〈論歐陽修對韓愈詩歌的接受與宋詩的奠基〉（北京師範大學學報社會科學版，2005年第3期，總第189期），頁85。

〔註94〕〔宋〕何谿汶：《竹莊詩話》（臺北：臺灣商務印書館，《景印文淵閣四庫全書》本，冊1481），卷9〈六一居士〉，頁652下右。

歐陽公詩學退之，文學李太白。(張戒《歲寒堂詩話》) 〔註95〕

國初之詩尚沿襲唐人：王黃州學白樂天，……歐陽公學韓
退之古詩。(嚴羽《滄浪詩話》) 〔註96〕

宋賢效韓，以歐陽永叔、王逢原爲最善。(程學恂《韓詩臆說》
題辭引陳三立語) 〔註97〕

唐後首學昌黎詩，升堂窺奧者，乃歐陽永叔。(錢鍾書《談藝
錄》) 〔註98〕

綜上所論，可明歐陽脩爲學韓之佼佼者；而韓愈擅以文爲詩，然歐
陽脩學韓，卻不學韓愈詩之奇險怪誕，「其長篇多效韓愈，以文爲詩
而多議論，但又不像韓愈那樣故作盤空硬語」 〔註99〕 ，蘇軾評歐陽
脩作品曰：「論大道似韓愈，論本似陸贄，紀事似司馬遷，詩賦似李
白。」〔註100〕 其七古之飄逸豪邁，略近李白，可見歐陽脩雖素慕韓
文之深厚雄博，然學韓並非亦步亦趨，而有所刪取。

　　李調元《雨村詩話》：「歐陽文忠公詩，則全是有韻古文，當與古
文合看可也。」〔註101〕方東樹《昭昧詹言》評歐詩曰：「詩莫難於七
古。……觀韓歐蘇三家，章法剪裁，純以古文之法行之，所以獨步千
古。」〔註102〕羅大經《鶴林玉露》又曰：「韓、柳猶用奇字重字，歐、

〔註95〕〔宋〕張戒：《歲寒堂詩話》(北京：商務印書館，2005 年，《文津閣
　　　　四庫全書》本，冊 494)，卷上，頁 681。
〔註96〕〔宋〕嚴羽著，郭紹虞校釋：《滄浪詩話校釋》(北京：人民文學出
　　　　版社，2005 年 12 月 3 刷)，詩辨・5，頁 26。
〔註97〕程學恂：《韓詩臆說》(臺北：臺灣商務印書館，民國 59 年 7 月臺一
　　　　版，《人人文庫》本)，陳三立題辭，書前拉頁。
〔註98〕周鎮甫、冀勤編著：《錢鍾書《談藝錄》讀本》(上海：上海教育出
　　　　版社，1996 年 5 月初版 3 刷)，三、作家作品論 (二四) 論學人之詩，
　　　　頁 276。
〔註99〕《歐陽脩評傳》，頁 425～426。
〔註100〕蘇軾〈六一居士集敘〉，見〔宋〕蘇軾著，傅成、穆儔標點：《蘇軾
　　　　全集》(上海：上海古籍出版社，2000 年 5 月)，冊上，文集・卷
　　　　10，頁 853。
〔註101〕〔清〕李調元，詹杭倫、沈時蓉校正：《雨村詩話校正》(四川：巴
　　　　蜀書社，2006 年 12 月)，二卷本・卷下・39，頁 21。
〔註102〕〔清〕方東樹：《昭昧詹言》(上海：上海古籍出版社，2005 年，《續

蘇唯用平常輕虛字，而妙麗古雅，自不可及，此又韓、柳所無也。」
〔註103〕可見「以古文之法爲詩」、「用虛字入詩」乃詩論家所認爲歐
詩特色，亦即所謂散文化、議論化。

　　劉辰翁《須溪集》卷六〈辛稼軒詞序〉云：

　　　詞至東坡，傾蕩磊落，如詩如文，如天地奇觀，豈與群兒
　　　雌聲較工拙。然猶未至用經用史，牽雅頌入鄭衛也。自辛
　　　稼軒前，用一語如此者，必且掩口。乃稼軒橫豎爛漫，乃
　　　知禪家棒喝，頭頭皆是。〔註104〕

此段評論蘇軾詞以詩爲詞之特色，然而與稼軒相較，猶未用經、史入
詞。稼軒「以文爲詞」之書寫特色，實爲定論。

　　然則據趙曉嵐〈南宋惟一稼軒可比昌黎：從「以文爲詩」到「以
文爲詞」〉一文，將韓愈「以文爲詩」視作稼軒「以文爲詞」之先導，
並提出數點原因：一爲創作觀念相近，均以「氣」爲文學吞吐之發源；
二爲創作手法相似，即以文爲詩爲詞之創作特徵；細部討論歸納創作
手法相似之原因，乃源於結構、表現手法、所用典故語言相似等特徵。
〔註105〕趙文之分析足見稼軒與韓愈創作手法之相似，幾乎如出一
轍。且依谷曙光〈論歐陽修對韓愈詩歌的接受與宋詩的奠基〉一文，
將歐陽脩詩略分爲三期，分別爲：

　　（1）自少年應舉至貶官夷陵前，這是歐陽修詩歌創作的起
　　　　點，也是他苦心追摹、嘗試「以文爲詩」的「學韓」
　　　　時期；

　　（2）兩次貶官外任時期（指被貶夷陵與滁州），這是他大
　　　　力標舉研習「以文爲詩」、進入神形兼備的「似韓」

　　　修四庫全書》本，冊 1705），卷 11，頁 602。

〔註103〕　〔宋〕羅大經撰，王瑞來點校：《鶴林玉露》（北京：中華書局，1997
　　　　年 12 月初版 2 刷，《唐宋史料筆記叢刊》本），甲編・卷 5・〈韓柳
　　　　歐蘇〉，頁 93。

〔註104〕　〔宋〕劉辰翁：《須溪集》（北京：商務印書館，2005 年，《文津閣
　　　　四庫全書》本，冊 396），卷 6，〈辛稼軒詞序〉，頁 469。

〔註105〕　趙曉嵐：〈南宋惟一稼軒可比昌黎：從「以文爲詩」到「以文爲詞」〉
　　　　（江海學刊，2005 年 5 期），頁 182～184。

　　時期：

（3）從再次入朝直至去世，歐陽脩「以文爲詩」達到隨心
　　所欲的境地，是他建立平易疏暢詩風的「變韓」時期，
　　晚年的歐陽脩和韓愈一樣，詩風也體現出某種回歸傳
　　統的態勢。〔註106〕

由以上所見借鑒篇章，均屬第二及第三時期作品，亦即歐陽脩學韓神
情兼備，直至隨心所欲時期，因此可將稼軒學歐，視爲學韓之表徵。
歐陽脩爲學韓能手，稼軒創作手法又與韓愈有極大相似之處，故而拈
取運用，便自然流利，而未見扞格。

三、視歐詩爲原典

　　歐陽脩既爲北宋文壇領袖，亦是百姓景仰父母官，生平各事蹟、
典故，往往爲後世援引、化用。如其詩文〈洛陽牡丹記〉、〈醉翁亭記〉
等，又如爲韓琦所作〈相州畫錦堂記〉，甚或己身字號「醉翁」、官職
「太守」等。爲便利引用同典故詩句，故詩文借鑒歐陽脩詩文事蹟，
處處見之。如稼軒〈最高樓・和楊民瞻席上用前韻，賦牡丹〉（西園
買）（卷二，頁 202）詞中「居士譜」即指六一居士歐陽脩，且因著
〈洛陽牡丹記〉，故用事。

　　此外，歐陽脩〈讀易〉詩「昔賢軒冕如遺屣，世路風波偶脫身」
句，後多爲人襲用，成慣用典故。蘇軾〈李行中秀才醉眠亭三首〉
其一：「從教世路風波惡，賀監偏工水底眠。」〔註107〕又黃庭堅〈送
劉道純〉：「老身風波諳世味，如食橘柚知甘酸。」〔註108〕又蘇軾〈西

〔註106〕　谷曙光：〈論歐陽修對韓愈詩歌的接受與宋詩的奠基〉（北京師範大
　　　　　學學報社會科學版，2005 年第 3 期，總第 189 期），頁 86。
〔註107〕　〔宋〕蘇軾著，〔清〕馮應榴輯注，黃任軻、朱懷春校點：《蘇軾
　　　　　詩集合注》（上海：上海古籍出版社，2001 年 6 月），卷 12，頁
　　　　　563。
〔註108〕　〔宋〕黃庭堅著，〔宋〕任淵、史容、史季溫注，黃寶華點校：《山
　　　　　谷詩集注》（上海：上海古籍出版社，2003 年 12 月），外集卷 16，
　　　　　頁 1004。

江月〉:「欲弔文章太守,仍歌楊柳春風。」〔註109〕其中「文章太守」
乃指歐陽脩。楊萬里〈送趙民則少監提舉〉二首之一〔註110〕亦借鑒
歐陽脩〈贈王介甫〉:「翰林風月三千首,吏部文章二百年」句,化
為「高帝子孫誰宿得?翰林風月得先生。」

　　前節已陳稼軒詞借鑒歐陽脩詩出處典故,然不僅詞作,稼軒詩於
歐陽脩詩,亦多有借鑒。如稼軒〈林貴文買牡丹見贈至彭村偶題〉詩:
「寶刀和雨剪流霞,送到彭村刺史家。聞道名園春已過,千金還買瞽
家花。」〔註111〕「千金」句用歐陽脩〈寄題劉著作羲叟家園效聖俞
體〉詩:「千金買姚黃,慎勿同流俗。」(居士集卷九,頁239)又,
稼軒〈即事〉二首其一:「野人日日獻花來,只倩渠儂取意栽。高下
參差無次序,要令不似俗亭臺。」〔註112〕「只倩」三句,用歐陽脩
〈謝判官幽谷種花〉詩:「淺深紅白宜相間,先後仍須次第栽。我欲
四時攜酒去,莫教一日不花開。」(居士集卷十一,頁 336)稼軒詩
反用歐陽詩意。再者,稼軒〈重午日戲書〉詩:「青山吞吐古今月,
綠樹低昂朝暮風。萬事有為應有盡,此身無我自無窮。」〔註113〕用
歐陽脩〈柳〉:「綠樹低昂不自持,河橋風雨弄春絲。」(外集卷五,
頁 1410)以上數則,均為借鑒之例。

〔註109〕　蘇軾〈西江月〉(起句:三過平山堂下),見鄒同慶、王宗堂著:《蘇
　　　　　軾詞編年校注》(北京:中華書局,2002 年 9 月),頁 533。
〔註110〕　《全宋詩》,冊 42,卷,頁 26063。
〔註111〕　鄧廣銘輯校審訂、辛更儒箋注:《辛稼軒詩文箋注》(上海:上海古
　　　　　籍出版社,1995 年 12 月),頁 230。
〔註112〕　鄧廣銘輯校審訂、辛更儒箋注:《辛稼軒詩文箋注》(上海:上海古
　　　　　籍出版社,1995 年 12 月),頁 146。
〔註113〕　鄧廣銘輯校審訂、辛更儒箋注:《辛稼軒詩文箋注》(上海:上海古
　　　　　籍出版社,1995 年 12 月),頁 193。

第三章　稼軒詞借鑒王安石詩

　　稼軒借鑒王安石詩，經統計，鄧注本所注凡48處，然其中有一闋〈一剪梅・遊蔣山，呈葉丞相〉（卷一，頁28）引二首王安石詩為同一詞句作注；另〈永遇樂・京口北固亭懷古〉（卷五，頁553）僅引王安石詩作為考證地名之用，故稼軒借鑒王安石詩總數應為46處，用王安石詩47首。然此47首詩，稼軒各詩僅用一次，篇章甚夥，不若借鑒歐陽脩詩數量較少，可以一一探究；亦不若借鑒蘇軾、黃庭堅等人詩作，可由借鑒詩作次數多寡窺其愛好或用意。因此本章不以個別詩作討論為分析方式，改採王安石詩分期為界，統計稼軒借鑒王安石各時期詩作數量，再以王安石各時期經歷、行蹤等為背景，析論稼軒借鑒手法及用意。

　　本文所舉王安石詩部分採用《王荊公詩注補箋》〔註1〕，附註卷次頁碼於王詩後，以利檢索。以下先分析借鑒王安石重要篇章之析論；進而由重要篇章借鑒中，梳理稼軒借鑒王安石詩之原因。

第一節　借鑒王安石詩篇章析論

　　王安石詩作編年本，目前僅見李德身編著之《王安石詩文繫年》〔註2〕，及劉乃昌、高洪奎著《王安石詩文編年選釋》〔註3〕，二書

〔註1〕李之亮：《王荊公詩注補箋》（成都：巴蜀書社，2002年1月）。
〔註2〕李德身編著：《王安石詩文繫年》（西安：陝西人民教育出版社，1987年9月）。

爲王安石部分詩文繫年，故本章討論王安石詩寫作年代，以《王安石詩文繫年》所編年爲主，佐以《王安石詩文編年選釋》所劃分年代。茲依《王安石詩文編年選釋》所分王安石詩作六期，將各期及稼軒借鑒次數列表如下：

分　　期	年　　代	王安石歲數	稼軒借鑒次數
一、讀書應舉時期	天禧五年（1021）至慶曆六年（1046）	二十五歲前	1
二、游宦鄞縣舒州時期	慶曆七年（1047）至至和二年（1055）	二十七歲至三十五歲	3
三、知常州、官饒州時期	嘉祐元年（1056）至嘉祐三年（1058）	三十六至三十八歲	0
四、任度支判官遷知制誥時期	嘉祐四年（1059）至治平四年（1067）	四十〔註4〕至四十七歲	12
五、入參大政主持變法時期	熙寧元年（1068）至熙寧九年（1076）	四十八至五十六歲	3
六、閒居江寧時期	熙寧九年十月（1076）至元祐元年四月（1086）	五十六至六十六歲	15

除此，尚有不編年詩，稼軒借鑒 12 處。由上表可知，稼軒借鑒王安石詩，以第四期任度支判宦遷知制誥時期，及第六期閒居江寧時期爲最多。而第三期知常州、官饒州時期則未見借鑒。

以下分各時期分別論析稼軒借鑒王安石詩，不編年詩則因未見王安石確切行實，而不在此討論。

一、第一期：讀書應舉時期

天禧五年（1021）至慶曆六年（1046），王安石二十五歲前爲第一期，乃讀書應舉時期。

〔註3〕 劉乃昌、高洪奎著：《王安石詩文編年選釋》（濟南：山東教育出版社，1992 年 12 月）。

〔註4〕 《王安石詩文編年選釋》誤植爲三十歲，見頁 56。

天禧五年（1021）王安石生於臨江軍（今江西清江），慶曆二年（1042）登揚賓榜第四名，秋，簽淮南判官。五年（1045）滿秩解淮南官，六年（1046）居京師，任大理評事。稼軒借鑒此時期作品僅一首。

項次	詞牌	起　句	借鑒詞句	卷次	頁碼	借鑒王安石詩名	借鑒王安石詩句	編年
1.	鷓鴣天	去歲君家把酒杯	去歲君家把酒杯	卷四	509	過外弟飲	一自君家把酒杯，六年波浪與塵埃	1043

慶曆三年（1043），王安石二十三歲，時官淮南。三月自揚州還臨川，五月至家省親，還家後，復至舅家見諸外弟，至南豐謁曾鞏。有〈同學一首別子固〉，此年又作〈過外弟飲〉：

　　一自君家把酒杯，六年波浪與塵埃。

　　不知烏石崗邊路，至老相尋得幾回？（卷四十四，頁862）

烏石岡乃王安石外家金溪縣附近地名，於王安石詩中多次提及，如〈烏石〉：「烏石崗邊繚繞山，柴荊細徑水雲間。」（卷四十四，頁863）〈寄吉甫〉：「解鞍烏石崗邊路，攜手辛夷樹下行。」（卷三十，頁552）王安石自景祐三年（1036）離臨川，至此約有六、七年時間，故曰「六年波浪與塵埃」。面對舊時熟悉景物，多有感慨，對諸外弟，亦充滿眷戀之情。

　　稼軒借鑒此詩，作〈鷓鴣天·再賦牡丹〉，借鑒詞句爲：「去歲君家把酒杯。雪中曾見牡丹開。而今紈扇薰風里，又見疏枝月下梅。」（卷四，頁509）並非首見牡丹，由冬至夏，曾於此處二度見之。稼軒乃截取王安石成句，言歡飲賞花情境。

二、第二期：游宦鄞縣舒州時期

　　此時期爲慶曆七年（1047）至至和二年（1055），王安石二十七歲至三十五歲間。

　　王安石於慶曆七年（1047）調知鄞縣（今浙江寧波），皇祐二年

（1050）鄞縣秩滿歸臨川，皇祐三年（1051）赴舒州（今山東滕州）通判任，至和元年（1054）秩滿回京，二年（1055）於汴京任群牧司判官。此時王安石先後於鄞縣與舒州任縣令與通判，任官時期，接觸官場實際狀況，瞭解民生疾苦，改革弊端之心念已於王安石心中醞釀。故而此時除抒懷之詩作外，亦有部分關乎國計民生之政治詩，用以表達改革主張。

　　稼軒借鑒此時期作品三首。

項次	詞牌	起　句	借鑒詞句	卷次	頁碼	借鑒王安石詩名	借鑒王安石詩句	編年
1.	定風波	百紫千紅過了春	百紫千紅過了春	卷四	494	越人以幕養花游其下二首其一〔註5〕	幕天無日地無塵，百紫千紅占得春	1047
2.	一剪梅	塵灑衣裾客路長	雲遮望眼	卷六	573	登飛來峯	不畏浮雲遮望眼，自緣身在最高層	1047
3.	沁園春	佇立瀟湘	雪浪黏天江影開	卷一	93	舟還江南阻風有懷伯兄	白浪黏天無限斷	1050

（一）慶曆七年（1047）王安石二十七歲，是年春調知鄞縣，「大興水利，貸穀於民，邑人便之。」〔註6〕十一月，周遊縣屬十四鄉，屬縣民浚渠川。又曾上書乞告歸葬父，並曾得杜甫遺詩二百餘篇。

　　此時作品有〈越人以幕養花因遊其下〉二首其一：

　　幕天無日地無塵，<u>百紫千紅占得春</u>。

　　野草自花還自落，落時還有惜花人。（卷四十八，頁957）

南方人以幕為溫室養花，故上無見日，下不見塵，備受呵護。然相較野外之花草，自開自落，「落時還有惜花人」，花開多為人所愛，然花落時春去花嬌弱，或許更受人憐惜。「百紫千紅占得春」句，言花之

〔註5〕又作「越人以幕養花因遊其下」，《王安石詩文編年選釋》歸入第五期，入參大政主持變法時期，且以為「詩雖詠花，隱隱融入了身世之感，或許作者預感到新法前景艱難而藉物遣懷有所寓托。」見《王安石詩文編年選釋》，頁130。然可不必刻意多作聯想。

〔註6〕《王安石詩文繫年》，頁44。

繁多繽紛，爲春天最受注目者。

　　稼軒塡詞〈定風波・賦杜鵑花〉，上片起句便借鑒王安石此詩：「<u>百紫千紅過了春</u>，杜鵑聲苦不堪聞。卻解啼教春小住，風雨，空山招得海棠魂。」（卷四，頁 494）改易王安石詩句，姹紫嫣紅春過後，杜鵑聲苦，勸人襲取光陰。末句「記取：大都花屬惜花人。」用白居易〈游雲居寺贈穆三十六地主〉：「勝地本來無定主，大都山屬愛山人。」〔註 7〕名勝本無定主所擁，愛山人便能得之。稼軒用此詩典，更有回應王安石詩中末句之意。

　　此年所作更有〈登飛來峰〉：

　　　飛來山上千尋塔，聞說雞鳴見日昇。

　　　<u>不畏浮雲遮望眼</u>，自緣身在最高層。（卷四十八，頁 961）

飛來峰，爲越州（今浙江紹興）飛來山。爲王安石鄞縣任上過越州時作。〔註 8〕寫置身高峰時開闊之眼界，與寬大之襟懷。並寄寓人生哲理，透露青年壯志理想，並爲將來之作爲開端。

　　稼軒作〈一剪梅〉，下片云：「天宇沈沈落日黃。<u>雲遮望眼</u>，山割愁腸。滿懷珠玉淚浪浪。欲倩西風，吹到蘭房。」（卷六，頁 573）浮雲遮望眼，尖山割愁腸，除前句用王安石詩，後句引柳宗元〈與浩初上人同看山寄京華親故〉：「海畔間山似劍鋩，秋來處處割愁腸。」〔註 9〕舉目所見，盡引人悲傷，只將心事寄託西風，將以淚所寫之書信，送達蘭房。「蘭房」典出於宋玉〈諷賦〉：「女欲置臣，堂上太高，堂下太卑，乃更于蘭房之室，止臣其中。中有鳴琴焉，臣援而鼓之，爲《幽蘭》、《白雪》之曲。」〔註 10〕所指或爲妻子閨房〔註 11〕，亦或

〔註 7〕　《全唐詩》，冊 13，卷 436，頁 4832。

〔註 8〕　高克勤：《王安石詩文選評》（上海：上海古籍出版社，2002 年 12 月），頁 48。

〔註 9〕　《全唐詩》，冊 11，卷 351，頁 3932。

〔註 10〕宋玉〈諷賦〉，見〔清〕嚴可均輯：《全上古三代秦漢三國六朝文・全上古三代文》（石家庄：河北教育出版社，1997 年 10 月），卷 10・宋玉，頁 128。

〔註 11〕《辛棄疾詞新釋輯評》，頁 1505～1506。

自言操守之清高潔白。

（二）皇祐二年（1050），王安石三十歲，知鄞滿秩，五月至臨
　　　川，旋赴錢塘。授殿中丞，未赴闕，居於高郵。

此時有〈舟還江南阻風有懷伯兄〉詩：

幾時重接汝南評，兩槳留連不計程。
<u>白浪黏天無限斷</u>，玄雲垂野少晴明。
平皋望望欲何向，薄宦嗟嗟空此行。
會有開樽相勸日，鶺鴒隨處共飛鳴。（卷三十二，頁604）

行舟至江上風阻，「白浪黏天無限斷，玄雲垂野少晴明」寫水浪滔天，
烏雲密佈，天況不佳。因此望向水岸漫無去處，感嘆官微而前程縹
緲。「鶺鴒」用《詩經・小雅・常棣》典故：「脊令在原，兄弟急難。
每有良朋，況也永嘆。」〔註12〕用待再相逢對酒相勸，將如「鶺鴒
在原」，兄弟共處急難，相為援助。

　　稼軒借鑒此詩，作〈沁園春・送趙景明知縣東歸，再用前韻〉，趙
景明出知江陵縣任滿東歸，稼軒賦詞寄之。下片云：「錦帆畫舫行齋。
<u>悵雪浪黏天江影開</u>。記我行南浦，送君折柳；君逢驛使，為我攀梅。
落帽山前，呼鷹臺下，人道花須滿縣栽。都休問，看雲霄高處，鵬翼
徘徊。」（卷一，頁93）主要懷想送別情景，並多舉離別相關典故，傳
達不捨之情。「悵雪浪黏天江影開」乃摹寫江浪如雪，為行人之畫舫沖
開；「南浦」、「折柳」等詞不僅為送別慣用，且化江淹〈別賦〉：「送君
南浦，傷如之何」〔註13〕句意；「逢驛使」用陸凱〈贈范曄〉：「折花逢
驛使，寄與隴頭人。江南無所有，聊贈一枝春。」〔註14〕最後以景語

─────────────

〔註12〕《詩經・小雅・常棣》：「脊令在原，兄弟急難。每有良朋，況也永
　　　　嘆！」見諸斌杰注：《詩經全注》（北京：人民文學出版社，2007年
　　　　7月），頁177。
〔註13〕江淹〈別賦〉，見〔梁〕蕭統編，〔唐〕李善注：《文選》（湖南：岳
　　　　麓書社，2002年9月），卷16，頁517。
〔註14〕《太平御覽》引〔南朝宋〕盛弘之《荊州記》：「陸凱與范曄相善，
　　　　自江南寄梅花一枝，詣長安與曄。并贈花范詩曰：『折花逢驛使，寄
　　　　與隴頭人。江南無所有，聊贈一枝春。』」見〔宋〕李昉等奉敕撰：

作結，並期勉趙景明如大鵬展翅，迴旋青雲。

三、第四期：任度支判官遷知制誥時期

　　嘉祐四年（1059）至治平四年（1067），王安石四十〔註15〕至四十七歲，爲任度支判官遷知制誥時期。

　　嘉祐四年（1059）王安石因上萬言書，就度支判官任，至六年（1061）六月遷知制誥。八年（1063）八月母喪，在江寧居喪至治平四年（1067）應詔出知江寧府。此時期作品多有涉及國家制度如茶法、選考制度等現實性較強之政治詩，及邊事國防詩，體現其政見及愛國之情。〔註16〕此時期守制江寧，曾與歐陽脩、司馬光、曾鞏等人唱和，著名之〈明妃曲〉亦作於此時。

　　稼軒借鑒此時期詩作，多在鄉間所作，或與友人唱和作品。其借鑒詞作共十二闋，分別爲卷一（江、淮、兩湖時期）二闋、卷二（帶湖時期）五闋、卷三（七閩時期）一闋、卷四（瓢泉時期）四闋。列表如下：

項次	詞牌	起句	借鑒詞句	卷次	頁碼	借鑒王安石詩名	借鑒王安石詩句	編年
1.	滿江紅	過眼溪山	笑塵勞三十九年非	卷一	60	省中	身世自知還自笑，悠悠三十九年非	1059
2.	水調歌頭	木末翠樓出	削出四面玉崔嵬	卷三	329	次韻和甫詠雪〔註17〕	奔走風雲四面來，坐看山隴玉崔嵬	1059

　　　《太平御覽》（臺北：臺灣商務印書館，2007 年 7 月臺一版 7 刷），冊 5，卷 970・果部 7，梅，頁 4432 上右。
〔註15〕《王安石詩文編年選釋》誤植爲三十歲，見頁 56。
〔註16〕見《王安石詩文編年選釋》，頁 56～57。
〔註17〕《王安石編年選釋》將本詩歸入第五期：入參大政主持變法時期，因以末四句：「勢合便疑包地盡，功成終欲放春回。寒鄉不念豐年瑞，只憶青天萬里開。」判斷爲執政時期所作。見頁 112～133。

項次	詞牌	起 句	借鑒詞句	卷次	頁碼	借鑒王安石詩名	借鑒王安石詩句	編年
3	水調歌頭	萬事到白髮	萬事到白髮	卷二	158	愁臺	萬事因循今白髮,一年容易即黃花	1060
4	武陵春	桃李風前多嫵媚	草草杯盤不要收	卷四	465	示長安君	草草杯盤供笑語,昏昏燈火話平生	1060
5	鷓鴣天	樽俎風流有幾人	當年未遇已心親	卷一	54	和貢父燕集之作〔註18〕	心親不復異新舊	1061
6	定風波	仄月高寒水石鄉	史君子細與平章	卷二	179	和微之藥名勸酒	史君子細看流光	1064
7	西江月	宮粉厭塗嬌額	宮粉厭塗嬌額	卷二	204	與微之同賦梅花得香字	漢宮嬌額半塗黃,粉色凌寒透薄粧	1064
8	浣溪沙	梅子生時到幾回	晚雲挾雨喚歸來	卷四	365	江上	晚雲含雨卻低徊	1064〔註19〕
9	浣溪沙	歌串如珠箇箇勻	向來驚動畫梁塵	卷四	454	和王微之登高齋有感三首〔註20〕	登高一曲悲亡國,想繞紅梁落暗塵	1064
10	水調歌頭	簪履競晴晝	高插侍中貂	卷二	258	賈魏公挽辭二首〔註21〕	戎冠再插侍中貂	1065
11	玉蝴蝶	古道行人來去	春已去光景桑麻	卷四	466	出郊	風日有情無處着,初回光景到桑麻	1066
12	六么令	倒冠一笑	放浪兒童歸舍	卷二	124	和惠思歲二日二絕	爲嫌歸舍兒童聒	1067

（一）嘉祐四年（1059）三十九歲，五月詔王安石直集賢院，累辭乃受。秋，以直賢院為三司度支判官。

此年所作，爲稼軒借鑒者二首。

〔註18〕鄧注本作「和劉貢甫燕集之作」。

〔註19〕《王安石詩文編年選釋》編入第六期：閑居江寧時期，見頁180。高克勤《王安石詩文選評》亦歸入退隱鍾山時期。見高克勤：《王安石詩文選評》（上海：上海古籍出版社，2002年12月），頁189。

〔註20〕鄧注本誤注爲「次韻登微之高齋有感」。

〔註21〕鄧注本誤注爲「文元賈公挽辭」。

一爲〈省中〉二首之二：

> 大梁春雪滿城泥，一馬常瞻落日歸。
>
> 身世自知還自笑，<u>悠悠三十九年非</u>。（卷四十五，頁 875）

此詩於中書省中作，對雪融落日之景感嘆。《淮南子》卷一〈原道訓〉言：「故蘧伯玉年五十而有四十九年非。」高誘注：「今年則行是也，則顧知去年之所行非也，歲歲悔之，以至於死，故有四十九年非。」〔註22〕王安石行年三十九，自嘆身世，並笑今日以前種種所爲，俱爲當悔。

　　稼軒借鑒此詩，作〈滿江紅‧江行，簡楊濟翁、周顯先〉，上片云：「過眼溪山，怪都似舊時曾識。還記得夢中行遍，江南江北。佳處徑須攜杖去，能消幾緉平生屐。笑塵勞<u>三十九年非</u>，長爲客。」（卷一，頁 60）稼軒感嘆宦遊生活蹉跎，未能得嘗壯志，故眼前山水「怪似」、「舊時相識」、「夢中行遍」，恍惚如幻，不能踏實。此詞作於淳熙五年（1178），年三十九歲，故言「三十九年非」，塵世俗勞長爲客，消極中隱約含有幽憤情緒。

　　魏了翁〈水調歌頭‧叔母生日〉：「人道三十九，歲暮日斜時。兒今如許，才覺三十九年非。」〔註23〕且用此句，悟前生如幻。

　　又一爲〈次韻和甫詠雪〉：

> 奔走風雲四面來，<u>坐看山壟玉崔嵬</u>。
>
> 平治險穢非無德，潤澤焦枯是有才。
>
> 勢合便疑包地盡，功成終欲放春回。
>
> 寒鄉不念豐年瑞，只憶青天萬里開。（卷三十一，頁 568）

此詩以擬人手法及新奇想像，描繪格局開闊之雪景。起首以「奔走風雲四面來，坐看山壟玉崔嵬」寫風雪洶湧奔騰，令山岡如玉石巍峨高聳之壯盛景致；後再以雪能潤澤大地，爲豐年預兆，讚雪爲「有才」

〔註22〕〔漢〕劉安撰，高誘注，趙宗乙譯注：《淮南子譯注》（哈爾濱：黑龍江人民出版社，2004 年 1 月初版 2 刷），卷 1‧原道訓，冊上，頁 25。

〔註23〕唐圭璋編：《全宋詞》（北京：中華書局，1998 年 11 月 7 刷），冊 4，頁 2381～2382。

者，盡覆大地後便能使春回人間。且「以普降大雪暗喻清除積弊的改革，他不滿那種畏懼寒冷，只顧目前溫暖的安於現狀者」〔註24〕，諷刺寒時忘卻雪爲豐年預告，一心只盼天晴開朗之人，從詩中並可觀見其豪情壯志。

　　稼軒借鑒此詩，作〈水調歌頭・題張晉英提舉玉峯樓〉，上片云：「木末翠樓出，詩眼巧安排。天公一夜，<u>削出四面玉崔嵬</u>。疇昔此山安在，應爲先生見挽，萬馬一時來。白鳥飛不盡，卻帶夕陽回。」（卷三，頁329）張濤，字晉英，時任福建提舉茶鹽公事，稼軒時任福建安撫使。詞中將玉峯樓比作詩中最精巧之「詩眼」，且以「天公一夜，削出四面玉崔嵬」，說明景物鬼斧神工，非人力所爲。然自然景物與人爲建築和諧統一，「白鳥」句反用李白〈獨坐敬亭山〉：「眾鳥高飛盡，孤雲獨去閒。」〔註25〕說明人與禽鳥均愛不忍去，悠遊其中。

　　（二）嘉祐五年（1060），王安石四十歲，仍為三司度支判官。春，伴送契丹使臣至北境，二月中旬返京。四月詔令修起居注，固辭不受。八月，任為契丹正旦使，辭行，改命王繹代。十一月，詔令司馬光、王安石同修起居注，司馬光五辭乃受，王安石終辭之，朝廷莫能奪。是年，編有《唐百家詩選》。

　　此年作〈愁臺〉詩：

頹垣斷塹有平沙，老木荒榛八九家。

河勢東南吹地坼，天形西北倚城斜。

傾壺語罷還登眺，岸幘詩成卻嘆嗟。

<u>萬事因循今白髮</u>，一年容易即黃花。（卷三十一，頁584）

愁臺未詳何地，李壁注：「恐是愁崗，唐莊宗置酒處。」此詩或亦伴送契丹使臣歸時作。〔註26〕詩中描寫北地荒漠之景，且因蕭瑟之景而生感慨。「萬事因循今白髮」用杜牧〈東都送鄭處誨校書歸上

〔註24〕《王安石編年選釋》，頁112。
〔註25〕《全唐詩》，冊6，卷182，頁1858。
〔註26〕以上見《王荊公詩注補箋》，頁584。

都〉：「故人容易去，白髮等閒生。」〔註27〕取後句詩意，以爲萬事蹉跎年紀老大，一年將盡又是黃花時節，或因地名而有年華易逝之慨嘆。

稼軒借鑒此詩，作〈水調歌頭・和鄭舜舉蔗菴韻〉，上片言：「萬事到白髮，日月幾西東。羊腸九折歧路，老我慣經從。竹樹前溪風月，雞酒東家父老，一笑偶相逢。此樂竟誰覺，天外有冥鴻。」（卷二，頁 158）鄭汝諧，字舜舉，有蔗庵，稼軒曾有三詞題蔗庵，此爲其一。起句即借鑒王安石詩句，言歲月倏忽即逝，白髮又添許多，頗有幽憤況味。然羊腸之徑迂迴曲折，我早已慣行。「羊腸歧路」用《列子》歧路亡羊典故〔註28〕，在此比喻官場或人生之曲折複雜。後轉寫林間野趣，父老人情，點出此間安樂，同時側寫身處此境之鄭汝諧品格。

又有〈示長安君〉詩：

少年離別意非輕，老去相逢亦愴情。

草草杯盤供笑語，昏昏燈火話平生。

自憐湖海三年隔，又作塵沙萬里行。

欲問後期何日是，寄書應見雁南征。（卷三十，頁 553）

王安石大妹王文淑嫁工部侍郎張奎，封長安縣君。嘉祐五年（1060）春，王安石奉敕伴送契丹使臣至北境，臨行前與妹辭行。臨行前之歡筵杯盤簡單，情感醇厚，相對笑語，談至昏昏夜深之時。此際又要萬里分別，相會不知何時，只待北雁南來時，回寄家書傳報。詩中以簡單親切之語，展現兄妹不捨之情。

稼軒借鑒「草草杯盤供笑語」句，化爲〈武陵春〉，下片：「好趁晴時連夜賞，雨便一春休。草草杯盤不要收，才曉便扶頭。」（卷四，頁 465）結尾二句言醉酒之狀，將王安石「草草杯盤供笑語」改易爲

〔註27〕《全唐詩》，冊 16，卷 521，頁 5962。

〔註28〕《列子》：「楊子之鄰人亡羊，既率其黨，又請楊子之豎追之。楊子曰：『嘻！亡一羊何追者之眾？』鄰人曰：『多歧路。』既反，問：『獲羊乎？』曰：『亡之矣。』曰：『奚亡之？』曰：『歧路之中又有歧焉，吾不知所之，所以反也。』」見楊伯峻：《列子集釋》（北京：中華書局，1996 年 2 月），卷 8・説符篇，頁 265。

「草草杯盤不要收」，前者以酒助歡，後者以酒澆愁。杯盤草草尚未收起，且不願收拾，待到曉來再飲扶頭酒，醉而又醒醒而又醉，似有不願面對醒後世間之逃避心態。

（三）嘉祐六年（1061），王安石四十一歲。二月，為進士詳定官主考進士。六月，以三司度支判官知制誥，糾察在京刑獄。閏八月，辭使契丹，張瓌代往，同月又策賢良方正直言極諫之士，王介、蘇軾、蘇轍皆在舉中，王安石不肯為轍撰詞，乃改命沈遘為之詞。又王安石於知制誥糾察在京刑獄時，以駁鬥鶉少年不當死及爭舍人院無得申請除改文字事侵執政。

是年作〈和劉貢父燕集之作〉：

馮侯（名京）天馬壯不羈，韓侯（名維）白鷺下清池。
劉侯（名攽）羽翰秋欲擊，吳侯（名充）葩萼春爭披。
沈侯（名遘）玉雪照人潔，瀟灑已見江湖姿。
唯予貌醜駭公等，自鏡亦正如蒙供。
忘形論交喜有得，杯酒邂逅今良時。
心親不復異新舊，便脫巾履相諧嬉。
空堂無塵小雨定，濃綠翳水浮秋曦。
高談四坐掃炎熱，木末更送涼風吹。
此歡不盡忽分散，明月照屋空參差。
平明餘清在心耳，洗我重得劉侯詩。
劉侯未見聞已熟，吾友稱誦多文辭。
才高意大方用世，自有豪俊相攀追。
咎予後會恐不數，魂夢久向東南馳。
何時扁舟却顧我，還欲迎子遊山陂。（卷十，頁199）

劉攽，字貢父。王安石與劉攽等人宴飲聚會，相談甚歡，「心親不復異新舊」，無論舊雨新知，均心意相契，一見如故。稼軒借鑒此句，作〈鷓鴣天〉，上片：「樽俎風流有幾人。當年未遇已心親。金陵種柳歡娛地，庾嶺逢梅寂寞濱。」（卷一，頁54）「當年未遇已心親」，言

不待相會，相逢之前心已親近。

　　「心親」，見杜甫〈寄李十二白二十韻〉：「乞歸優詔許，遇我宿心親。」〔註29〕又黃庭堅〈上蘇子瞻書〉：「蓋心親則千里晤對，情異則連屋不相往來。」〔註30〕王安石用此二意，無論新舊之交，均無二致；稼軒則又化入韓愈〈答楊子〉：「故不待相見，相信已熟；既相見，不要約已相親，審知足下之才充其容也。」〔註31〕在未及相逢前已意氣相投。

　　（四）治平元年（1064），王安石四十四歲，在江寧居喪。

　　此年作〈和微之藥名勸酒〉：

　　　赤車使者錦帳郎，從客珂馬留閑坊。
　　　紫芝眉宇傾一坐，笑語但聞雞舌香。
　　　藥名勸酒詩實好，陟釐爲我書數行。
　　　眞珠的皪鳴槽床，金罌琥珀正可嘗。
　　　<u>史君子細看流光</u>，莫惜覓醉衣淋浪。
　　　獨醒至死誠可傷，歡華易盡悲酸早，人間沒藥能醫老。
　　　寄言歌管眾少年，趁取烏頭未白前。（卷十六，頁302）

藥名詞爲俳諧詞之一，每句至少用一藥名，雖可酌用同音字，然全詞須表現一定之情感或意境。〔註32〕趙翼《陔餘叢考》言：「藥名入詩，三百篇中多有之。」〔註33〕蔡條《西清詩話》亦曰：「藥名詩，世云起自陳亞，非也。東漢已有『離合體』，至唐始著『藥石』之號，如張籍〈答鄱陽客〉：『江皋歲暮相逢客，黃葉霜前半夏枝。子夜吟詩向

〔註29〕《全唐詩》，冊7，卷225，頁2430。
〔註30〕黃庭堅〈上蘇子瞻書〉，見〔宋〕黃庭堅著，劉琳、李勇先、王蓉貴點校：《黃庭堅全集》（成都：四川大學出版社，2004年5月初版1刷），正集卷18，頁457～458。
〔註31〕韓愈〈答楊子〉，見屈守元、常思春主編：《韓愈全集校注》（成都：四川大學出版社，1996年7月），冊4，頁1833。
〔註32〕劉揚忠〈唐宋俳諧詞敘論〉，《詞學第十輯》（上海：華東師範大學出版社，1992年12月），頁61～62。
〔註33〕〔清〕趙翼著，欒保群、呂宗力點校：《陔餘叢考》（石家庄：河北人民出版社，2003年12月2刷），卷24，頁458。

松桂，心中萬事喜君知。』是也。」〔註34〕王安石此詩亦以藥名入詩，如珂馬、紫芝、雞舌香、眞珠、金罌子、史君子、烏頭等，和友人王晳。王晳，字微之。「史君子細看流光」句，乃以藥名雙關，請王晳細數時光變化，莫借酒澆愁，卻反使年華蹉跎。

稼軒借鑒王安石詩，作〈定風波‧再和前韻，藥名〉，乃二首續作。稼軒與善醫之友人馬荀仲遊雨岩，因善醫與藥名聯想而作。〔註35〕上片云：「仄月高寒水石鄉。倚空青碧對禪床。白髮自憐心似鐵，風月，使君子細與平章。」（卷二，頁 179）詞中嵌有多種藥名，如上片即用「寒水石」、「空青」、「髮自（法子，即半夏）」、「憐（蓮）心」、「使君子」等四藥名連綴，造成詞境空峭寂靜。且「使君子細與平章」句，雖用藥名「史君子」，然同王安石用法，雙關指友人馬荀仲，言風月之事，無論風光或兒女情長，均留與君子細品味。

又有〈與微之同賦梅花得香字〉三首之一：

漢宮嬌額半塗黃〔註36〕，粉色凌寒透薄粧。
好借月魂來映燭，恐隨春夢去飛揚。
風亭把盞酬孤艷，雪徑回輿認暗香。
不爲調羹應結子，直須留此占年芳。（卷三十一，頁 575）

本詩爲賦梅花所作，故詩中多用與梅相關之典故。「漢宮嬌額半塗黃」句，乃以漢代額黃化妝方式，襯托梅花粉色黃蕊之樣貌。且因《宋書》記載：「武帝女壽陽公主人日臥於含章簷下，梅花落公主額上，成五出之華，拂之不去。皇后留之，自後有梅花粧，後人多效之。」〔註37〕

〔註34〕〔宋〕蔡絛：《明鈔本西清詩話》（南京：江蘇古籍出版社，2002 年 4 月），卷上‧23，頁 184。

〔註35〕見鄧注本，頁 178。

〔註36〕黃庭堅〈酴醾〉詩有「漢宮嬌額半塗黃，入骨濃薰貴女香」二句，詩後注引王安石〈梅花〉詩言：「詩句偶同，附載於此。」見〔宋〕黃庭堅著，〔宋〕任淵、史容、史季溫注，黃寶華點校：《山谷詩集注》（上海：上海古籍出版社，2003 年 12 月），外集卷 12，頁 887。

〔註37〕《太平御覽》引《宋書》語。見〔宋〕李昉等奉敕撰：《太平御覽》（臺北：臺灣商務印書館，2007 年 7 月臺一版 7 刷），冊 5，卷 970‧果部 7，梅，頁 4431 上左。

故而以額黃妝賦梅花。

　　稼軒作〈西江月・和楊民瞻賦牡丹韻〉，亦以額黃賦之，其上片曰：「宮粉厭塗嬌額，濃妝要壓秋花。西真人醉憶仙家。飛珮丹霞羽化。」（卷二，頁 204）鄧注本詞題賦牡丹，然四卷本乙集作「賦丹桂」或更爲正確。丹桂亦稱爲木樨、桂花，又因花蕊如金色之粟點綴枝頭，故亦稱爲金粟。檢索唐宋詞，用「嬌額塗黃」句賦花，除梅花、菊花外，便屬桂花，未見用以賦牡丹者。〔註38〕稼軒此處寫丹桂外貌，由反面落筆，言麗質天生，不以宮粉敷白嬌額，襯其「丹」色，豔壓秋花，故紅潤鮮妍，彷彿流霞。

　　又有〈江上〉詩：

　　　　江北秋陰一半開，晚雲含雨卻低回。

　　　　青山繚繞疑無路。忽見千帆隱映來。（卷四十四，頁 860）

此詩寫秋晚江上所見。前聯以宏觀角度寫江面景象，「晚雲含雨卻低回」特別寫出向晚雨雲徘徊不散之氣候特徵。後聯則特寫山水之繚繞、迂迴，及隱約之間忽見千帆點點之景象。秦觀〈秋日〉三首之一：「菰蒲深處疑無地，忽有人家笑語聲。」〔註39〕或受此詩啓發；而陸

─────────────────────────

〔註38〕唐宋詞中出現「嬌額塗黃」者凡 12 闋，用以賦花詞作者則僅 8 闋（含詞牌〈梅花曲〉一闋），賦桂花（木樨）者 5 闋，列表如下：

序號	詞　牌	作　者	詞題（序）	詞　文
1	梅花曲	劉几	以介父三詩度曲	嬌額半塗黃
2	江南新詞	向子諲	一、巖桂。二、蔪林改張元功所作	嬌額塗黃
3	浣溪沙	王之道	和張文伯木犀	可憐嬌額半塗黃
4	水龍吟	楊无咎	木樨	智瓊嬌額塗黃
5	減字木蘭花	李處全	詠木犀	嬌額妝成宮樣新
6	西江月	楊冠卿	詠黃菊	嬌額塗黃牢就
7	西江月	辛棄疾	賦丹桂	宮粉厭塗嬌額
8	浪淘沙	馬子嚴	蠟梅	嬌額尚塗黃

〔註39〕周義敢、程自信、周雷編注：《秦觀集編年校注》（北京：人民文學

游〈遊山西村〉：「山重水複疑無路，柳暗花明又一村。」〔註40〕則可視爲本詩詩境之發展與提高。〔註41〕

稼軒作〈浣溪沙·別成上人，並送性禪師〉，下片云：「慣聽禽聲渾可譜，飽觀魚陣已能排。<u>晚雲挾雨喚歸來</u>。」（卷四，頁365）本闋送別二僧人，以聽禽、觀魚描繪自然山林特徵，且有回歸自然之意。結句「晚雲挾雨喚歸來」且化趙德麟妻王氏詩：「晚雲帶雨歸飛急，去做西窗一夜秋。」〔註42〕寫山林晚雨，眾人一同歸去之景，且「歸來」又呼應上片「重來松竹意徘徊」句意，雙關且有韻。

再看〈次韻王微之登高齋有感〉詩：

臺殿荒墟辱井堙，豪華不復見臨春。

北山漠漠雲垂地，南埭悠悠水映人。

馳道蔽虧松半死，射場埋沒雉多馴。

登高一曲悲亡國，<u>想繞紅梁落暗塵</u>。（卷三十，頁558）

王晳，字微之，時知江寧府。高齋，南唐李昇於金陵所修建之望月臺，臺上有高閣，登臺遠望，風景絕殊。王安石於治平二年（1065）守母喪期滿，赴京謀職，王微之曾置酒餞行，故有〈和甫如京師微之置酒〉詩（卷十三）。又與王微之登高詩，尚有〈和王微之登高齋〉二首（卷九）、〈和微之登高齋〉（卷九）、〈次韻王微之登高齋有感〉（卷三十）等。

詩中藉湮滅之遺跡，蕭條之景象，對陳朝後主因荒淫亡國抒發感嘆，末句「登高一曲悲亡國，想繞紅梁落暗塵。」點明亡國題旨，「繞梁」典出於《列子·湯問》：「昔韓娥東之齊，匱糧，過雍門，鬻歌假食。既去而餘音繞梁欐，三日不絕，左右以其人弗去。」〔註43〕然陸

出版社，2001年7月），卷7，頁143。

〔註40〕〔宋〕陸游著，錢仲聯校注：《劍南詩稿校注》（上海：上海古籍出版社，2005年4月），卷1，頁102。

〔註41〕見《王安石詩文編年選釋》，頁180。

〔註42〕〔宋〕阮閱：《詩話總龜》（北京：商務印書館，2005年，《文津閣四庫全書》本，冊494），前集，卷27，頁505。

〔註43〕楊伯峻：《列子集釋》（北京：中華書局，1996年2月），卷5·湯問

機〈擬東城一何高〉:「一唱萬夫嘆,再唱梁塵飛。」李善注引《七略》曰:「漢興,魯人虞公善雅歌,發聲盡動梁上塵。」〔註44〕以聲動灰塵,指歌聲悠揚不已,令塵土紛落。見遺跡而追想遺聲,然感慨無限。本詩表面寫南朝,然其實寄旨遙深,對宋代累年耽於安逸,有一定諷刺性。王安石對南唐滅亡之事有感,尚有〈和微之重感南唐事〉(卷三十)一詩。

　　稼軒作〈浣溪沙〉,爲閑居瓢泉時期,偕杜叔高、吳子似宿山寺戲作三首系列。上片言:「歌串如珠箇箇勻,被花勾引笑和顰。<u>向來驚動畫梁塵</u>。」(卷四,頁454)起首寫歌聲之美,不僅圓潤如珠悅耳動聽,感染群花,使或笑或顰,更且驚動樑上塵埃,極言音樂之美。

（五）治平二年（1065）,王安石四十五歲,是年服除,仍在江
　　　寧。七月召赴闕,上狀三辭不赴。十月復為知制誥。

　　此年有〈賈魏公挽辭〉二首之一:
　　　功名烜赫在三朝,經術從容輔漢條。
　　　儒服早紆丞相綬,<u>戎冠再插侍中貂</u>〔註45〕。
　　　開倉六塔流人復,出甲甘陵叛黨銷。
　　　東第祇今空畫像,當時於此識風標。(卷四十九,頁983)
賈昌朝,字子明,諡文元。歷眞宗、仁宗、英宗三朝,曾拜相,亦曾任侍中。王安石此詩稱頌賈昌朝貢獻,且以「儒服」二句敘其職官,最後言及功勳,並以懷想高風作結。

　　稼軒借鑒此詩,作〈水調歌頭〉。本闋無題名,然觀察內容,或

篇,頁177～178。
〔註44〕陸機〈擬東城一何高〉,見〔梁〕蕭統編,〔唐〕李善注:《文選》(湖南:岳麓書社,2002年9月),卷30‧擬古詩十二首,頁971～972。
〔註45〕黃庭堅〈次韻元禮春懷〉十首之二:「試覓金張池館問,幾人能插侍中貂?」見〔宋〕黃庭堅著,〔宋〕任淵、史容、史季溫注,黃寶華點校:《山谷詩集注》(上海:上海古籍出版社,2003年12月),外集補卷12,頁1274。

為祝壽詞，對象應為退居在家之高級官員。〔註46〕下片：「頌豐功，祝難老，沸民謠。曉庭梅蕊初綻，定報鼎羹調。龍衮方思勳舊，已覆金甌名姓，行看紫泥褒。重試補天手，<u>高插侍中貂</u>。」（卷二，頁258）寫此人事功卓著，民間謠唱歌頌豐功並祝之長壽不老；民間既如此推崇，「龍衮」後寫朝廷之看重，金甌、紫泥均預言身分高貴，而末句「高插侍中貂」更極言此人為國補天裂，終得殊榮。

（六）治平三年（1066），王安石四十六歲，閑居於江寧。春游丹陽（今屬江蘇）。

於此年作〈和惠思歲二日〉二絕之一：

懶讀書來已數年，從人嘲我腹便便。

<u>為嫌歸舍兒童聒</u>，故就僧房借榻眠。（卷四十五，頁883）

此詩寫閑居生活，就懶愛靜，為避兒童喧嘩，故入僧房眠，展現退居後無所事事之悠閒。

稼軒作〈六么令‧再用前韻〉，送陸德隆。陸德隆為稼軒帥江西時所識，時有玉山之行，故賦二詞送之。此為系列之一。上片云：「倒冠一笑，華髮玉簪折。陽關自來淒斷，卻怪歌聲滑。<u>放浪兒童歸舍</u>，莫惱比鄰鴨。水連山接。看君歸興，如醉中醒、夢中覺。」（卷二，頁124）開篇言歡欣大笑之狀，使帽冠歪倒，玉簪折斷。然於歡樂之中賦別，卻覺〈陽關曲〉過於淒惻圓滑。「放浪」二句除用王安石詩外，亦襲自杜甫〈將赴成都草堂途中有作，先寄嚴鄭公〉五首之二：「休怪兒童延俗客，不教鵝鴨惱比鄰。」〔註47〕詞中殷殷囑咐，莫放歸家喧嘩兒童戲耍隔鄰鵝鴨，且與鄰為善。

（七）治平四年（1067），王安石四十七歲，仍居江寧。二月，子雱登許安世榜進士，時年二十四，調旌德尉，不赴。閏三月，王安石以知制誥出知江寧軍府事。九月，除翰林學士。

〔註46〕《辛棄疾詞新釋輯評》，頁643。
〔註47〕《全唐詩》，冊7，卷228，頁2477。

此年作〈出郊〉詩：

　　川原一片綠交加，深樹冥冥不見花。

　　風日有情無處著，<u>初回光景到桑麻</u>。（卷四十二，頁807）

王安石由江寧出郊，所見爲初夏一片蒼翠生機：平原綠色掩映，樹叢深密遮掩花色，暢日和風於青色上無處落腳，只能停駐桑麻之上，爲之添染顏色。詩中以平易字句，表達農作惠長之恬淡喜悅。

稼軒作〈玉蝴蝶・追別杜叔高〉用此詩句意，上片寫送別景狀：「古道行人來去，香紅滿樹，風雨殘花。望斷青山，高處都被雲遮。客重來風流觴詠，<u>春已去光景桑麻</u>。苦無多：一條垂柳，兩個啼鴉。」（卷四，頁466）「香紅」二句寫近景，花紅卻被風雨摧殘；「望斷」二句寫遠景，青山遠處卻被雲妨。在一片愁慘間與友人分別，古道中行人來去，看似毫不留戀。別時容易，再見時難，「春已去光景桑麻」，言客再歸來時已過春光，屆時夏日桑麻橫長，卻只有柳條稀疏，啼鴉二點，予人淒涼寂寞之感。

四、第五期：入參大政主持變法時期

本時期爲熙寧元年（1068）至熙寧九年（1076），王安石四十八至五十六歲。熙寧元年（1068）神宗即位，以爲天下弊事至多，而以理財最爲急務。四月，王安石應詔越次入對。王安石於二年（1069）任參知政事；四年（1071）任同中書門下平章事；七年（1074）四月因反對派攻擊新法，罷相出知江寧府；八年（1075）復相，六月，加尚書左僕射兼門下侍郎。至九年（1076）子王雱死，又因遭受變法派內訌，處境不利，迭次稱病求去。十月，詔准免相。

此時期王安石主持變法，其思想前後有所轉變。初始感激神宗知遇之恩，奮力爲國，爲變法展現決心及勇氣，提出「天變不足畏」等口號，或被稱爲「拗相公」。然面對舊黨反對勢力，不免心灰意冷，有意求去。此時期作品反映王安石「行與藏、濟時與獨善的複雜矛盾，

印烙下他思想變化的軌跡」〔註48〕，有關社會、政治問題，或思歸慕隱等篇章亦日漸增多。

　　稼軒借鑒此時期作品，多在爲官期間。分別爲卷一（江、淮、兩湖時期）一首〔註49〕、卷三（七閩時期）二首。列表如下：

項次	詞牌	起句	借鑒詞句	卷次	頁碼	借鑒王安石詩名	借鑒王安石詩句	編年
1.	一剪梅	獨立蒼茫醉不歸	白石岡頭曲岸西	卷一	28	出金陵	白石岡頭草木深	1068
2.	浣溪沙	細聽春山杜宇啼	而今堪誦北山移	卷三	307	松間	野人休誦北山移	1068
3.	一剪梅	獨立蒼茫醉不歸	白石岡頭曲岸西	卷一	28	中書即事	何時白石岡頭路，度水穿雲取次行	1070
4.	鷓鴣天	拋却山中詩酒窠	白髮栽埋日許多	卷三	318	偶成二首之二	年光斷送朱顏老，世事栽培白髮生	1075

（一）熙寧元年（1068）四十八歲，四月至京師，奉詔越次入對。

　　此年作〈松間〉（自注：被召將行作）詩：

　　　偶向松間覓舊題，<u>野人休誦北山移</u>。

　　　丈夫出處非無意，猿鶴從來不自知。（卷四十四，頁865）

王安石應神宗之詔赴京，在此之前，王安石家居金陵，曾多次拒絕朝廷徵召，然此次之行引起友人如王介誤解，作詩嘲諷，王安石遂賦此詩答之。題下有自注「被召將行作」。「野人休誦北山移」句「野人」指友人王介，「北山移」指南齊孔稚圭〈北山移文〉，文中假託山神斥責藉隱居換得官職之假隱士。本句意謂莫對我誦〈北山移文〉，我本非刻意隱居以求仕進之人。

　　稼軒借鑒此詩作〈浣溪沙・壬子春，赴閩憲，別瓢泉〉。上片言

〔註48〕《王安石詩文編年選釋》，頁101。
〔註49〕鄧廣銘分別以二首王安石詩〈松間〉、〈中書即事〉，注同一闋稼軒詞〈一剪梅〉（起句：獨立蒼茫醉不歸）。

杜鵑啼聲送行，忘機白鳥卻因稼軒出仕而背飛，似有怨恨違背先前歸帶湖時〈水調歌頭・盟鷗〉（卷二，頁 115）誓約之意。下片：「對鄭子眞巖石臥，赴陶元亮菊花期。<u>而今堪誦北山移。</u>」（卷三，頁 307）鄭子眞「不屈其志，而耕乎巖石之下，名振于京師。」〔註 50〕陶潛「不能爲五斗米折腰向鄉里小人」，二人均隱而不仕。稼軒本願學鄭、陶二人臥於石上，與菊爲友，然既言歸隱，後又出仕，只能用〈北山移文〉自嘲。詞中可見其或仕或隱掙扎，以及心理壓力。

孔稚圭〈北山移文〉爲歷代詩人慣使之熟典，然稼軒詞除截取字面，並改易王安石「野人休誦北山移」句，爲「而今堪誦北山移」，更同押「移」韻。字面及韻腳均與王詩相同，故此處列入借鑒王安石詩。

此年又有〈出金陵〉：

> 白石岡頭草木深，春風相與散衣襟。
> 浮雲映郭留佳氣，飛鳥隨人作好音。（卷四十八，頁 949）

白石岡，或見作白土岡，王安石詩中曾二次提及「白土岡」〔註 51〕，疑爲金陵之地名；鄧廣銘認爲白石岡即石子岡，在江寧縣城南十五里。〔註 52〕王安石由金陵奉詔入京商議改革之事，春風佳氣，草木好音，所見所感均自然清新，面對未來即將開展，於此詩中可見其明朗心情。

稼軒借鑒此詩，作〈一剪梅・遊蔣山，呈葉丞相〉，上片點題，說明送友人葉衡入朝後，獨遊蔣山之寂寞，並有「歸去來兮」之感嘆。下片：「<u>白石江頭曲岸西</u>，一片閒愁，芳草萋萋。多情山鳥不須啼。桃李無言，下自成蹊。」（卷一，頁 28）「白石江頭曲岸西」點明位置，並以芳草比喻閒愁之無邊無際。王安石句「飛鳥隨人作好音」，

〔註 50〕汪榮寶：《法言義疏》（上海：上海古籍出版社，2005 年，《續修四庫全書》本，冊 933），卷 8・問神卷第 5，頁 183 下左。

〔註 51〕除本詩外，尚有〈示耿天騭〉：「白土長岡路，朱湖小洞天。」（卷 22，頁 398～399）〈中書即事〉：「何時白土岡頭路，渡水穿雲取次行。」（卷 43，頁 837）

〔註 52〕見鄧注本，頁 29。

稼軒卻認為多情者不須鳴啼，將自己對友人之思念，寄入山鳥，頗為壓抑。最後以「桃李成蹊」作結，歌頌其德行如李廣芬芳，更且有勉勵友人之意。

（二）熙寧三年（1070），王安石五十歲，仍為參知政事。二月，河北安撫使韓琦請罷青苗法，安石稱疾不朝。三月，孫覺、呂公著等上疏極言新法，上不聽，相繼貶官。三月三日，司馬光撰〈與王介甫第二書〉，王安石答以〈答司馬諫議書〉。

此年作〈中書即事〉：

> 投老翻爲世網嬰，低佪終恐負平生。
>
> <u>何時白土岡頭路</u>，渡水穿雲取次行。（卷四十三，頁 837）

此詩李壁注云：「（王安石）既得請金陵，出東府，寓定力院。又題壁云：『溪北溪南水暗通，隔溪遙見夕陽春。當時諸葛成何事？只合終身作臥龍。』時熙寧九年十月，大抵皆此詩之意。」〔註 53〕文中所引「題壁」乃〈題定力院壁〉詩，詩中情緒與本詩相近，爲王安石罷相時襟懷之寫照。「投老翻爲世網嬰」用陸機〈赴洛道中作〉二首之一：「借問子何之？世網嬰我身。」〔註 54〕白土岡，或作白石岡，爲金陵地名，相關說明已見前及。王安石願任意自在行於白土岡頭，或因新法爭議紛擾，令之厭倦官場，有意還鄉。

稼軒借鑒此詩，作〈一剪梅·遊蔣山，呈葉丞相〉，已見於前段。

（三）熙寧八年（1075），王安石五十五歲。二月，以觀文殿大學士吏部尚書知江寧府，依前官加同平章事昭文館大學士。

此年有〈偶成〉二首之二：

> 懷抱難開醉易醒，曉歌悲壯動秋城。
>
> 年光斷送朱顏去，<u>世事栽培白髮生</u>。
>
> 三畝未成幽處宅，一身還逐眾人行。

〔註 53〕《王荊公詩注補箋》，頁 837。

〔註 54〕陸機〈赴洛道中作〉二首之一，見〔梁〕蕭統編，〔唐〕李善注：《文選》（湖南：岳麓書社，2002 年 9 月），卷 26，頁 836。

可憐蝸角能多少，獨與區區觸事爭。（卷三十一，頁572）

《王荊公詩注補箋》言〈偶成〉詩之作，乃因爲王安石熙寧八年復相，隨即謀退身之地，然此處言「未成」，當爲復相不久後作，且因此有「還逐眾人行」之感。〔註55〕然而由「年光斷送朱顏去，世事栽培白髮生」句，可見王安石因仕途煩憂，頗覺葬送青春，並催老白髮而發之嗟怨；且以《莊子》蠻觸於蝸牛角上交爭典故〔註56〕，意指人生幾何，不必與人爭區區官場小事。

稼軒借鑒此詩，作〈鷓鴣天・三山道中〉。此闋作於奉詔赴京，離別三山，赴臨安途中。上片：「拋卻山中詩酒窠，却來官府聽笙歌。閒愁做弄天來大，白髮栽埋日許多。」（卷三，頁318）原先隱居帶湖，詩酒爲伴，閒情且多；今而居官，閑愁不少，因而埋栽白髮甚多。詞中反映稼軒因前途未卜，而後悔出仕之複雜心情。「栽髮」一詞雖簡單，然卻極富形象，頗爲生動。經檢索宋代名家詩作，使用「栽培白髮」詞句者，僅見王安石此詩；且王安石詩境及稼軒詞意，均有感於仕途催人白髮之煩憂，字詞與意境相近，故判斷爲稼軒詞借鑒王安石詩。

五、第六期：閒居江寧時期

此時期爲熙寧九年（1076）十月至元祐元年（1086）四月，王安石五十六至六十六歲間。

王安石自熙寧九年（1076）罷相，退居金陵，至元祐元年（1086）病逝，生命之最後十年間，王安石充滿寂寞、徬徨、孤憤之意。鄭騫先生〈詩人的寂寞〉一文認爲王安石「是個抱有極大雄心的政治家，又曾居相位，一旦失敗，投閒置散，這當然不是尋常的寂寞。」加以個性執拗，一意孤行，「使他很難忍耐下去；而他還必須忍耐，於是

〔註55〕《王安石詩文繫年》，頁235。
〔註56〕《莊子・雜篇・則陽第25》：「有國於蝸之左角者曰觸氏，有國於蝸之右角者曰蠻氏，時相與爭地而戰，伏尸數萬，逐北旬有五日而後反。」見〔清〕郭慶藩撰，王孝魚點校：《莊子集釋》（北京：中華書局，1997年10月初版8刷），頁891～892。

只有把滿腔的佗傺憤悶寄託在詩上。」﹝註57﹞因此王安石罷相閒居金陵之後，詩作之精深妙華，均由於寂寞心情之涵蘊與展現。劉乃昌、高洪奎《王安石詩文編年選釋》評論此時期詩作，且認爲此時期因生活改變，思想轉折，使詩風亦發生明顯變化。﹝註58﹞由此可見，一生壯志或憤怨，於晚年收藏於山水之間，藉此間景物一一吞吐，最後此閒居江寧時期可視爲王安石詩作最爲成熟且多元之巔峰。

稼軒借鑒此時期作品凡十五闋，分別爲卷一（江、淮、兩湖時期）二闋、卷二（帶湖時期）三闋、卷四（瓢泉時期）十闋。卷三（七閩時期）則未見借鑒王安石此時期作品。列表如下：

項次	詞牌	起句	借鑒詞句	卷次	頁碼	借鑒王安石詩名	借鑒王安石詩句	編年
1	卜算子	百郡怯登車	乞得膠膠擾擾身	卷四	492	答韓持國芙蓉堂二首之二﹝註59﹞	乞得膠膠擾擾身，五湖煙水替風塵	1077
2	醜奴兒	鵝湖山下長亭路	明月臨關	卷四	531	贈長寧僧首	更邀江月夜臨關﹝註60﹞	1077
3	滿江紅	幾箇輕鷗	看雲連麥隴，雪堆蠶簇	卷四	401	木末﹝註61﹞	繰成白雪﹝註62﹞桑重綠，割盡黃雲稻正青	1080

﹝註57﹞以上所引，見鄭騫先生：《景午叢編·上集·從詩到曲》（臺北：台灣中華書局，民國61年1月），〈詩人的寂寞〉下，頁20。

﹝註58﹞《王安石詩文編年選釋》：「他早年銳意進取奮發有達的精神消磨殆盡，但並未忘卻現實，時時關注著政治局勢的變化。隱居中，他常常藉登山臨水、尋僧談禪、讀書吟詩來驅遣內心的幽憤，尋求精神寄託。生活思想的轉折，使其詩風發生明顯變化。在內容上，大量的寫景抒懷詩代替了早年的政治詩。或描繪秀雅幽靜的自然風光，攄寫恬淡閒適情趣；或借流連山水，傾泄對險惡仕途的激憤；或移情於物，喻寫自己倔強不屈的性格；或觸景興懷，抒發與親朋故舊的深摯情誼。」見《王安石詩文編年選釋》，頁130。

﹝註59﹞鄧注本依《臨川先生文集》注爲「芙蓉堂」。

﹝註60﹞鄧注本注爲「更邀明月夜臨關」。

﹝註61﹞鄧注本注爲「絕句」詩。

﹝註62﹞鄧注本注爲「白雲」。

項次	詞牌	起句	借鑑詞句	卷次	頁碼	借鑑王安石詩名	借鑑王安石詩句	編年
4	驀山溪	小橋流水	野花啼鳥，不肯入詩	卷四	413	送程公闢得謝歸姑蘇〔註63〕	吳王花鳥入詩來	1081
5	玉樓春	無心雲自來還去	無心雲自來還去	卷四	396	即事二首之一	雲從無心來，還向無心去。無心無處尋，莫覓無心處	1082
6	鷓鴣天	誰共春光管日華	閒愁投老無多子	卷四	433	擬寒山拾得詩二十首之十	佛法無多子	1082
7	行香子	雲岫如簪	岸輕鳥白髮鬖鬖	卷四	510	次吳氏女子韻二首之一	孫陵西曲岸烏紗	1082
8	水調歌頭	文字覷天巧	一水田將綠繞	卷二	133	書湖陰先生壁二首之一	一水護田將綠繞，兩山排闥送青來	1083
9	滿江紅	快上西樓	最憐玉斧修時節	卷一	14	題扇〔註64〕	玉斧修成寶月圓，月邊仍有女乘鸞	1085
10	祝英臺近	寶釵分	煙柳暗南浦	卷一	96	晚歸	煙迴重重柳，川低渺渺河。不愁南浦暗，歸伴有嫦娥	1085
11	江神子	玉簫聲遠憶驂鸞	雲一縷，玉千竿	卷二	220	金陵報恩大師西堂方丈二首之二	蕭蕭出屋千竿玉，靄靄當窗一炷雲	1085
12	鷓鴣天	陌上柔桑破嫩芽	細草、黃犢、斜日	卷二	225	題舫子	愛此江邊好，流連至日斜。眠分黃犢草，作占白鷗沙	1085
13	哨遍	一壑自專	一壑自專	卷四	424	偶書	我亦暮年專一壑，每逢車馬便驚猜	1085

〔註63〕鄧注本誤注爲「送程公闢還姑蘇」。
〔註64〕又作「題畫扇」。

項次	詞牌	起句	借鑒詞句	卷次	頁碼	借鑒王安石詩名	借鑒王安石詩句	編年
14	歸朝歡	我笑共工緣底怒	倚蒼苔，摩挲試問：千古幾風雨	卷四	463	謝公墩	摩挲蒼苔石，點檢屐齒痕	1085
15	江神子	兩輪屋角走如梭	兩輪屋角走如梭	卷四	518	客至當飲酒二首之二	天提兩輪光，環我屋角走。自從紅顏時，照我至白首	1085

（一）熙寧十年（1077），王安石五十七歲，以鎮南軍節度使同平
　　章事判江寧府。六月，以使相為集禧觀使居金陵，從其請
　　也。八月，再上表請以本官充集禧觀使，詔答不允。十月，
　　上憐王安石貧，命中使甘師顏賜金五十兩，王安石即以金
　　施之定林寺僧。十二月，司馬光與吳充書，勸罷新法。吳
　　充任相，嘗乞詔還司馬光及呂公著等，又薦孫覺、李常、
　　程顥等十數人，皆王安石所斥退者。然充不用光書，光卒
　　不起。

　　此年有〈答韓持國芙蓉堂〉二首之二：

　　　乞得膠膠擾擾身，五湖煙水替風塵。

　　　祇將鳧雁同為侶，不與龜魚作主人。（卷四十一，頁788）

韓維，字持國。芙蓉堂，位於江寧府治內。王安石〈答韓持國芙蓉堂〉
二首，《宋朝事實類苑》言前首作於第一次罷相後之金陵作；第二首，
即本詩，作於第二次罷相，以會靈觀使隱居鍾山時所作。〔註65〕詩中
「乞得膠膠擾擾身」乃請求由朝廷放還，脫離宦海，回歸自由塵俗，
與忘機鳧雁為伴。「膠膠擾擾」乃言紛擾貌，用《莊子‧天道》：「堯

〔註65〕《宋朝事實類苑‧卷35‧詩歌賦詠‧王荊公》：「王荊公初罷相，知
　　　　金陵，作詩曰：『投老歸來一幅巾，君恩猶許備藩臣。芙蓉堂下疏秋
　　　　水，聊與龜魚作主人。』再罷相，遂乞宮觀，以會靈觀使居鍾山，
　　　　又作詩曰：『乞得膠膠擾擾身，鍾山松竹替埃塵。只將鳧雁同為客，
　　　　不與龜魚作主人。』」見〔宋〕江少虞編纂：《宋朝事實類苑》（臺北：
　　　　源流出版社，民國71年8月），頁449～450。

曰：『膠膠擾擾乎！子，天之合也；我，人之合也。』」〔註66〕如此變動紛擾之宦途，王安石寧可乞身解職，回歸山林，同鳧雁為侶。

　　稼軒借鑒此詩，作〈卜算子・用韻答趙晉臣敷文，趙有真得歸、方是閒二堂〉，上片：「百郡怯登車，千里輸流馬。乞得膠膠擾擾身，卻笑區區者。」（卷四，頁 492）此段言出仕之苦。如得任統百郡之職，卻千里奔波，彷彿流馬來去，令人心寒膽怯；然終「乞得膠膠擾擾身」，由旋升旋降，忽罷忽起之宦途中解脫辭官，當初又何必費盡心思？似乎愚蠢可笑。方知出仕與辭官，均未能給予心靈慰藉。

　　又有〈贈長寧僧首〉：

> 秀骨龐眉倦往還，自然清譽落人間。
> 閒中用意歸詩筆，靜外安身比太山。
> 欲倩野雲朝送客，更邀江月夜臨關。
> 嗟予蹤跡飄塵土，一對孤峰幾厚顏。（卷三十八，頁706）

僧首，指寺中住持。詩中以數部分形容長寧僧，外表「秀骨龐眉」，安身比太山。而身有清譽，更擅詩筆，然此人行蹤渺茫，僅能與野雲、江月為伴相送。

　　稼軒借鑒此詩作〈醜奴兒・和鉛山陳簿韻二首〉，其一上片曰：「鵝湖山下長亭路，明月臨關。明月臨關，幾陣西風落葉乾。」（卷四，頁 531）本闋送別並和陳簿。稼軒藉由景物描寫，抒發臨別之情。上片點明送別之地點、時間、季節，以長亭、月、西風、落葉等，點染送別氣氛之淒苦。

（二）元豐三年（1080），王安石六十歲，居鍾山。四月，葬弟
　　　安國。九月，以觀文殿大學士、集禧觀使、左僕射、舒國
　　　公為特進，改封荊國公。

　　〈木末〉詩作於此年：

> 木末北山煙冉冉，草根南澗水泠泠。

〔註66〕〔清〕郭慶藩撰，王孝魚點校：《莊子集釋》（北京：中華書局，1997年 10 月初版 8 刷），外篇・天道第 13，頁 476。

繰成白雪桑重綠，割盡黃雲稻正青。（卷四十一，頁 777）

此詩以精簡字句，寫農村之景。前二句寫夏季山水之美，後二句以四種顏色，寫蠶繭抽絲，桑樹抽芽，小麥收割，水稻泛青光之農產豐收景況。其中「繰成白雪桑重綠，割盡黃雲稻正青」句，除此詩之外，亦同見於〈壬戌五月與和叔同遊齊安〉〔註 67〕及〈示俞秀老〉二首之一〔註 68〕詩中，可見為王安石極為自豪之苦心鍛鍊句。

稼軒借鑒此詩，作〈滿江紅‧山居即事〉，內容緊扣詞題，寫山居所見。上片寫山間初夏之景，下片：「春雨滿，秧新穀。閑日永，眠黃犢。看雲連麥隴，雪堆蠶簇。若要足時今足矣；以為未足何時足？被野老相扶入東園，枇杷熟。」（卷四，頁 401）春雨後，插新秧，黃犢閒臥，隴上麥子將熟，一片黃雲，而蠶絲朵朵如雪。稼軒化用王安石「繰成白雪桑重綠，割盡黃雲稻正青」句，窺入其意而另創新詞，亦勾勒鄉間豐收之景，故言「若要足時今足矣」，對鄉間生活感到滿足，將以往志不得伸之惆悵，以理排遣，展現平靜曠達之風。

（三）元豐四年（1081）王安石六十一歲，仍為集禧觀使，居鍾山。

此年作〈送程公闢得謝歸姑蘇〉：

東歸行路嘆賢哉，碧落新除寵上才。

白傅林塘傳畫去，吳王花鳥入詩來。

唱酬自有微之在，談笑應容逸少陪。

除此兩翁相見外，不知三徑為誰開。〔註 69〕（卷二十六，頁 480）

〔註 67〕王安石〈壬戌五月與和叔同遊齊安〉：「繰成白雪桑重綠，割盡黃雲稻正青。它日玉堂揮翰手，芳時同此賦林坰。」見〔宋〕王安石《王安石詩集》（臺北：廣文書局，民國 63 年 3 月），卷 29，頁 187。

〔註 68〕王安石〈示俞秀老〉二首之一：「繰成白雪三千丈，細草孤雲一片愁。」（卷四十三，頁 827）

〔註 69〕秦觀亦有〈呈公闢〉一詩，原詩與王安石詩全同，僅首句「賢哉」作「賢者」。詩注言，此詩同見於《淮海後集》卷 3 及《臨川先生文集》卷 17，題為〈送程公闢得謝歸姑蘇〉。據考為王安石詩，作於元祐元年春，其時程公闢致仕還鄉。見周義敢、程自信、周雷編注：《秦觀集編年校注》（北京：人民文學出版社，2001 年 7 月），卷 15，頁 331～332。

程師孟，字公闢，元豐四年自知青州（今屬山東）告老，以正議大夫致仕。王安石送程師孟，尚有〈送程公闢之豫章〉詩。此詩先讚程公闢賢能有才，然此刻將致仕歸姑蘇。姑蘇舊為吳地，故言「吳王花鳥入詩來」，又據《吳中舊事》言，程公闢「喜為詩，效白樂天而尤簡直，至老不改吳語。」〔註70〕葉夢得《避暑詩話》且有類似記載。

　　稼軒借鑒此詩，作〈驀山溪‧停雲竹徑初成〉，詞以賦停雲竹徑，表達隱逸生涯，及恬然自適情懷。詞中所用陶潛詩，除〈歸去來辭〉外，亦因竹徑取名停雲，多用〈停雲〉詩，如下片：「一尊遐想，剩有淵明趣。山上有停雲，看山下、濛濛細雨。<u>野花啼鳥，不肯入詩來</u>，還一似，笑翁詩，句沒安排處。」（卷四，頁 413）藉陶潛抒寫隱逸之趣，化用〈停雲〉：「靄靄停雲，濛濛時雨。」〔註71〕更用陳摶〈歸隱〉：「携取舊書歸舊隱，野花啼鳥一般春。」〔註72〕王安石「吳王花鳥入詩來」，言花鳥不肯入詩，即便因山居而詩興大發，卻不知如何暢言，彷彿正被花鳥所笑。

（四）元豐五年（1082）六十二歲，仍為集禧觀使居鍾山。

　　有〈即事〉二首之二：

> 雲從無心來，還向無心去。
>
> 無心無處尋，莫覓無心處。（卷四，頁 70）

蔡上翔《王荊公年譜考略》言：「此全類禪家機鋒語，而獨無其荒忽。『無心無處尋，莫覓無心處』正可為後來陽儒陰釋者下一針砭。」

〔註70〕《吳中舊事》：「程光祿師孟，吳下人。樂《易》，純質，喜為詩，效白樂天而尤簡直，至老不改吳語，與王荊公有場屋之舊，荊公頗喜之，晚相遇猶如布衣時。自江州致仕歸吳（按：《宋史》師孟致仕在知青州之後，此云江州，恐誤），適荊公在蔣山，留數日，時已年七十餘。荊公戲之曰：『公尚欲仕乎？』曰：『猶可，更作一郡。』荊公大笑，知其無隱情也。」見〔元〕陸友：《吳中舊事》（北京：商務印書館，2005 年，《文津閣四庫全書》本，冊 195），頁 847。

〔註71〕〔晉〕陶潛著、龔斌校箋：《陶淵明集校箋》（上海：上海古籍出版社，1999 年 12 月），卷 1，頁 1。

〔註72〕《全宋詩》，冊 1，卷 1，頁 9。

〔註73〕此詩極富禪味，藉眼前來去無蹤之雲，寄寓摒除心念，清靜無心之情懷。「無心無處尋」二句化自禪宗二祖慧可求初祖達摩安心之事：「（神）光曰：『我心未寧，乞師與安。』（菩提達摩祖）師曰：『將心來，與汝安。』曰：『覓心了不可得。』師曰：『我與汝安心竟。』」〔註74〕王安石將不可覓得之心形象化，以雲之來去舒卷自如，言心之不可覓。然此公案所闡釋，乃須明白心之不可覓，方爲安心之唯一方法。

　　稼軒借鑒此詩，作〈玉樓春〉，本闋與〈玉樓春・戲賦雲山〉（何人半夜推山去）同調同韻，內容亦相近，皆作於隱居瓢泉初期，詠雲山而作。上片言：「無心雲自來還去。元共青山相爾汝。雲時迎雨障崔嵬，雨過卻尋歸路處。」（卷四，頁396）「無心雲自來還去」除用王安石詩意，亦含有陶潛〈歸去來辭并序〉：「雲無心以出岫」〔註75〕意。「爾汝」，杜甫〈醉時歌〉有「忘形到爾汝，痛飲眞吾師」〔註76〕句，乃親切之稱呼，指彼此親近，以你我相稱，不拘小節。詞中賦予無生命之事物人性，浮雲漂浮自在，與青山親近，表達深愛山水之情懷。

　　又有〈擬寒山拾得〉二十首之十：

　　　昨日見張三，嫌他不守己。歸來自悔責，分別亦非理。

　　　今日見張三，分別心復起。若除此惡習，佛法無多子。

　　（卷四，頁70）

擬寒山拾得詩，白話且具禪機。詩中言見人而起分別心，非應有之行爲，若能去除此惡習，佛法僅如此而已。無多子，子，語助詞，猶言不多、無什麼之意。

〔註73〕見〔宋〕詹大和等著，裴汝誠點校：《王安石年譜三種》（北京：中華書局，1994年1月）卷22，元豐六年附錄，頁560～561。

〔註74〕〔宋〕道原著，顧宏義注譯：《新譯景德傳燈錄》（臺北：三民書局，2005年5月），卷3，第二十八祖菩提達磨，冊上，頁122。

〔註75〕〔晉〕陶潛著，龔斌校箋：《陶淵明集校箋》（上海：上海古籍出版社，1999年12月2刷），卷5，頁390。

〔註76〕《全唐詩》，冊7，卷216，頁2257。

　　稼軒借鑒此句，作〈鷓鴣天・和吳子似山行韻〉，寫山行所見所感，上片：「誰共春光管日華？朱朱粉粉野蒿花。<u>閒愁投老無多子</u>，酒病而今較減些。」（卷四，頁 433）起首兩句點明山行時間，及所見野蒿成片，點綴春天山林。後二句則寫自身生活所感，言時到年老閒愁不多，而酒病亦較減緩。「閒愁投老無多子」鄧廣銘注化用王安石詩，然檢索發現，蘇軾〈追和子由去歲試舉人洛下所寄・暴雨初晴樓上晚景五首其一〉：「烟雲好處無多子，及取昏鴉未到間。」〔註77〕宋人史浩〈青玉案・勸酒〉：「閒忙兩字無多子。歎舉世、皆由此。」〔註78〕更能符合稼軒詞意。

　　又有〈次吳氏女子韻〉二首之一：

　　<u>孫陵西曲岸烏紗</u>，知汝淒涼正憶家。

　　　人世豈能無聚散？亦逢佳節且吹花。（卷四十五，頁868）

王安石作品中，約有五首寄吳氏女子之作，此為其一。吳氏，即吳安持，丞相吳充之子，王安石之女嫁吳安持，封蓬萊君。魏泰《臨漢隱居詩話》：「張奎妻長安縣君，荊公之妹也。……吳安持妻蓬萊縣君，荊公之女也。」〔註79〕王安石於詩中自注：「南朝九日台在孫陵曲街旁，去吾園只數百步。吳氏女，即蓬萊君。詩云：『西風不入小窗紗，秋氣應憐我憶家。極目江南千里恨，依然和淚看黃花。』」〔註80〕見女因秋氣思家，王安石此詩次韻以贈。「吹花」乃重陽節之遊藝活動，故重陽又稱「吹花節」。此詩勸慰女兒思家之苦，言聚散乃人間常態，更逢重陽佳節，亦且隨俗度過，充滿慈父溫柔之情。

　　「孫陵西曲岸烏紗」於本詩中僅為地名，稼軒借鑒此詩，賦予不同含意，作〈行香子・雲巖道中〉，記遊雲巖道中所見所感。下片：

〔註77〕〔宋〕蘇軾著，〔清〕馮應榴輯注，黃任軻、朱懷春校點：《蘇軾詩集合注》（上海：上海古籍出版社，2001 年 6 月），卷9，頁 433～434。

〔註78〕《全宋詞》，冊2，頁 1280。

〔註79〕〔宋〕魏泰著，陳應鷺校注：《臨漢隱居詩話》（成都：巴蜀書社，2001 年 11 月），57 則，頁 186。

〔註80〕見《王荊公詩注補箋》，頁 868。

「拄杖彎環。過眼嵌巖。岸輕烏白髮鬖鬖。他年來種，萬桂千杉。聽小綿蠻，新格磔，舊呢喃。」（卷四，頁 510）鄧廣銘註解，烏紗帽質輕，故曰輕烏，而「岸」作「上推」解。烏紗帽本能覆髮，往上推之，則可見白髮鬖鬖也。〔註81〕鬖鬖，下垂貌。年歲既大，白髮難遮，行遊於山林之間，聽鳥鳴呢喃，復得回歸自然，安享閒適。

（五）元豐六年（1083），王安石六十三歲，仍為集禧觀使居鍾山。是年米芾過金陵，識安石於鍾山。

此年有名作〈書湖陰先生壁〉二首之一：

茆檐長掃靜無苔，花木成畦手自栽。

一水護田將綠繞，兩山排闥送青來。（卷四十三，頁 822）

楊德逢，號湖陰先生，住上元縣（今屬江蘇）城東北隅，與王安石為鄰。本詩寫湖陰先生住宅之整潔，環境清幽，且有山水懷抱，「一水護田將綠繞，兩山排闥送青來」二句乃名句。其中「護田」、「排闥」均出自於漢代典故。據《漢書·西域傳序》記載，漢代於西域置屯田，派使者校尉加以領護。〔註82〕而《漢書·樊噲傳》又載，漢高祖劉邦病臥禁中，令群臣不准見，僅樊噲排闥直入。〔註83〕暗用此二典故，將山水擬人，之所以主動與人相親，乃因人品高潔。雖不正面寫湖陰先生德行，卻將景物與人物互相照應，融化無痕。

稼軒借鑒此詩，作〈水調歌頭·提幹李君索余賦秀野、綠遶二詩，

〔註81〕見鄧注本，頁 511。

〔註82〕《漢書·卷 96·列傳第 66·西域傳》：「自武帝初通西域，置校尉，屯田渠犁。……而搜粟都尉桑弘羊與丞相御史奏言：『……臣愚以為可遣屯田卒詣故輪臺以東，置校尉三人分護，各舉圖地形，通利溝渠，務使以時益種五穀。……』」見安平秋、張傳璽分史主編：《漢書》（上海：漢語大辭典出版社，2004 年 1 月，《二十四史全譯》本），冊 3，頁 1959。

〔註83〕《史記·卷九十五·列傳第三十五·樊噲傳》：「先黥布反時，高祖嘗病甚，惡見人，臥禁中，詔戶者無得入群臣。群臣絳、灌等莫敢入。十餘日，噲乃排闥直入，大臣隨之。」見安平秋分史主編：《史記》（上海：漢語大辭典出版社，2004 年 1 月，《二十四史全譯》本），冊 2，頁 1186。

余詩尋醫久矣，姑合二榜之意，賦水調歌頭以遺之〉（卷二，頁133）。
本闋析論已見於第二章〈稼軒詞借鑒歐陽脩詩〉，第一節「借鑒歐陽
脩詩篇章析論」，三、〈贈王介甫〉一段中。此處借鑒王安石詩，化「一
水護田將綠繞，兩山排闥送青來」句成為「一水田將綠繞」，乃截取
字面以形容田園風光。

（六）元豐八年（1085）王安石六十五歲，以集禧觀使僦居秦淮
　　　小宅。三月，詔特進司空，依前觀文殿大學士、集禧觀使、
　　　加食邑四百戶、食實封一百戶，餘如故。四月，司馬光奔
　　　喪至京，議復舊法。五月，司馬光為門下侍郎，乞速罷一
　　　切新法。

　　此年作〈題扇〉詩：

　　玉斧修成寶月團，月邊仍有女乘鸞。
　　青冥風露非人世，鬢亂釵斜特地寒。（卷四十一，頁764）

本詩為題扇之作，扇面或有月邊女子，故詩前二句用與月相關之典。
據《酉陽雜俎》載，月乃由七種寶石合成，形狀如丸，但美中不足處
乃其上有凹凸之影，故常有八萬二千人持斧修磨之。〔註84〕又《列仙
傳》載蕭史與秦穆公之女弄玉吹簫，後皆乘鳳凰飛去。〔註85〕末二句
則寫女子形態，翩然非人世所有，雖釵橫鬢亂卻有冰清玉潔之姿。

　　稼軒借鑒此詩，作〈滿江紅・中秋寄遠〉。本闋因作於中秋，故

〔註84〕《酉陽雜俎・卷1・天咫》：「大和中，鄭仁本表弟，不記姓名，嘗
　　　與一王秀才遊嵩山，捫蘿越澗，境極幽夐，遂迷歸路。……其人
　　　笑曰：『君知月乃七寶合成乎？月勢如丸，其影，日爍其凸處也。
　　　常有八萬二千戶修之，予即一數。』因開襆，有斤鑿數事……」
　　　見〔唐〕段成式著，杜聰校點：《酉陽雜俎》（濟南：齊魯書社，
　　　2007年7月），頁7。
〔註85〕《列仙傳・卷上・蕭史》：「蕭史者，秦穆公時人也。善吹簫，能致
　　　孔雀白鶴於庭。穆公有女字弄玉好之，公遂以女妻焉。日教弄玉作
　　　鳳鳴，居數年，吹似鳳聲，鳳凰來止其屋。公為作鳳臺，夫婦止其
　　　上，不下數年。一日皆隨鳳凰飛去，故秦人留作鳳女祠於雍宮中，
　　　時有簫聲而已。」見王叔岷：《列仙傳》（臺北：中央研究院中國文
　　　哲研究所籌備處，民國84年4月），頁80。

起首寫中秋月。上片言:「快上西樓,怕天放、浮雲遮月。但喚取、玉纖橫笛,一聲吹裂。誰做冰壺浮世界,<u>最憐玉斧修時節</u>。問常娥、孤冷有愁無,應華髮。」(卷一,頁14)起句一「快」字表現怕月為雲遮之焦急,既見月,寫月之光華籠罩世界,如冰壺剔透清涼,再以「最憐玉斧修時節」典故,形容中秋月形狀圓滿無瑕。最後則念及傳說中居於月宮之嫦娥,或曾因孤寂清冷,而早發白髮。題名「寄遠」,故詞中將嫦娥作為自己之化身,藉月寫意,但問所寄贈對象,是否有與自己相同之眷戀心情?

又作〈晚歸〉詩:

> 岸迴重重柳,川低渺渺河。
>
> <u>不愁南浦暗</u>,歸伴有嫦娥。(卷四十,頁752)

寫沿河岸夜歸之景。岸邊有柳低垂,有川深渺,獨自沿岸步行,有嫦娥為伴,不覺寂寞無人送。

稼軒用此句,作〈祝英臺近‧晚春〉,上片:「寶釵分,桃葉渡,<u>煙柳暗南浦</u>。怕上層樓,十日九風雨。斷腸片片飛紅,都無人管;更誰勸啼鶯聲住。」(卷一,頁96)南浦,見《楚辭‧九歌‧河伯》:「子交手兮東行,送美人兮南浦」〔註86〕句,及江淹〈別賦〉:「春草碧色,春水淥波。送君南浦,傷如之何?」〔註87〕泛指送別之地。「煙柳暗南浦」除王安石詩句外,更用此二典故,營造傷春情懷,更以柳之意象,渲染離別之氣氛。龍沐勛認為此五字「加倍烘托出作者遭讒去國的沉痛心情,氣象是陰深沉鬱的」〔註88〕,寓有深層哀思。

又作〈金陵報恩大師西堂方丈〉二首之二:

> 蕭蕭出屋千竿玉,靄靄當窗一炷雲。
>
> 心力長年人事外,種花移石尚殷勤。(卷四十六,頁899)

〔註86〕〔宋〕洪興祖:《楚辭補注‧九歌第二‧河伯》(臺北:漢京文化事業有限公司,民國72年9月28日),頁78。

〔註87〕江淹〈別賦〉,見〔梁〕蕭統編,〔唐〕李善注:《文選》(湖南:岳麓書社,2002年9月),卷16,頁516。

〔註88〕龍沐勛:《倚聲學——詞學十講》(臺北:里仁書局,民國92年9月30日初版3刷),第七講‧論結構,頁116。

此詩爲題贈僧人之作，以平淡之景，化外之事寫心與地之淡然清靜。「蕭蕭出屋」二句，李壁注：「謂對竹燒香也。」〔註89〕佛門淨地植竹，對竹燒香切合佛徒行爲，而不問世事，潛心向佛，只爲種花移石等事奔忙，亦勾勒安詳脫俗詩境。

　　稼軒借鑒此句，作〈江神子·和陳仁和韻〉。稼軒以〈江神子〉詞和陳仁和韻凡二首〔註90〕，觀二詞內容，陳仁和應曾作詞追憶逝去之情人，或已生死兩隔，因此稼軒此詞方如此淒惻。上片：「玉簫聲遠憶驂鸞。幾悲歡，帶羅寬。且對花前，痛飲莫留殘。歸去小窗明月在，雲一縷，玉千竿。」（卷二，頁220）遠去者已不可留，僅能對花痛飲，對明月苦苦追憶。「雲一縷，玉千竿」仍繼承王安石詩意，然描繪竹上飄雲，如燒香狀之景；以景寫哀情，寄託愁思。

　　再有〈題舫子〉詩：

　　　愛此江邊好，留連至日斜。
　　　眠分黃犢草，坐占白鷗沙。（卷四十，頁753）

此詩精巧，以白描手法，勾勒江邊雅致風光。《苕溪漁隱叢話》載：「沙草則眾人所謂水邊林下之物，所與之游處者牛羊鷗鳥耳，而荊公造而爲語曰：『眠分黃犢草，坐占白鷗沙。』其筆力高妙，殆若天成。」〔註91〕「眠分黃犢草」句極爲簡妙，盧綸〈山中一絕〉：「飢食松花渴飲泉，偶從山後到山前。陽坡軟草厚如織，因與鹿麛相伴眠。」〔註92〕後二句，王安石僅用五字便道盡盧綸二句語意，且分派鳥、獸各有動作、顏色，寥寥數字點染斜日草色，足見功力。

　　稼軒借鑒此詩，作〈鷓鴣天·代人賦〉。上片：「陌上柔桑破嫩芽，東鄰蠶種已生些。平岡細草鳴黃犢，斜日寒林點暮鴉。」（卷二，頁

〔註89〕《王荊公詩注補箋》，頁899。
〔註90〕另一首〈江神子〉詞和陳仁和韻，起句：寶釵飛鳳鬢驚鸞。（卷二，頁221）
〔註91〕《苕溪漁隱叢話》引《禁臠》語。見〔宋〕胡仔：《苕溪漁隱叢話·前集》（臺北：木鐸出版社，民國71年8月），卷36·半山老人4，頁243～244。
〔註92〕《全唐詩》冊9，卷279，頁3174。

225）隨意擷取初春鄉間之景，桑樹發嫩芽，鄰家產蠶種，時近傍晚，又見黃牛臥於細草間，寒鴉穿飛斜日林。雖題爲「代人賦」，然所見所感，均出自己身，由此亦見稼軒樂於享受此間生活，故對鄉間景物，均充滿感情。

又〈偶書〉詩：

> 穰侯老擅關中事，長恐諸侯客子來。
>
> <u>我亦暮年專一壑</u>，每逢車馬便驚猜。（卷四十八，頁 964）

穰侯乃秦昭王宰相魏冉，在位日久，怕有人謀篡己位。秦使節王稽賞識范雎，助范返秦，然恐爲穰侯所知，暗藏於車中。不巧仍遇穰侯，問：「謁君得無與諸侯客子俱來乎？無益，徒亂人國耳！」〔註3〕可見其提防之心。王安石用此典，表示退居此處，如穰侯佔此山壑，一聽車馬便驚恐猜測，或有「諸侯客子」來奪山林清淨。

關於此詩，《侯鯖錄》有以下記載：

> 元豐末，有以王介甫罷相歸金陵後資用不足，達裕陵睿聽者，上即遣使，以黃金二百兩就賜之。介甫初喜，意召己；既知賜金，不悅，即不受，舉送蔣山修寺，爲朝廷祈福。裕陵聞之不喜。即有詩云：「穰侯老擅關中事，嘗恐諸侯客子來。我亦暮年專一壑，每聞車馬便驚猜。」此未能忘情在丘壑者也。〔註94〕

王安石受贈金之事在熙寧十年（1077），與《侯鯖錄》所言元豐末出入。然此詩意爲王安石用以明志，強烈表達退居山林之意願。

稼軒借鑒此詩，作〈哨遍・用前韻〉，稼軒此詞主要表達歸隱思想，故多用莊子與陶潛理念與實踐，闡述對人生之看法。起首三句言：「一壑自專，五柳笑人，晚乃歸田里。」（卷四，頁 424）「一壑自專」除用王安石詩外，更與王詩共同借鑒《莊子・秋水》「埳井之蛙」典

〔註3〕 《史記・卷79・列傳第19・范雎傳》，見安平秋分史主編：《史記》（上海：漢語大辭典出版社，2004 年 1 月，《二十四史全譯》本），冊 2，頁 1034。

〔註94〕 〔宋〕趙令畤：《侯鯖錄・卷3・王介甫暮年猶望朝廷召用》（北京：中華書局，2002 年 9 月，《唐宋筆記史料叢刊》本），頁 93。

故：「且夫擅一壑之水，而跨跱埳井之樂，此亦至矣，夫子奚不時來入觀乎！」〔註95〕暮年專一壑之水，如埳井之蛙，恬然自足，雖「五柳笑之」，亦不以爲意，可見對歸隱生活之心滿意足。

王安石此年尙有〈謝公墩〉詩：

> 走馬白下門，投鞭謝公墩。昔人不可見，故物尚或存。
> 問樵樵不知，問牧牧不言。<u>摩挱蒼苔石，點檢屐齒痕</u>。〔註96〕
> 想此絓長檣，想此倚短轅。想此玩雲月，狼籍盤與樽。
> 井逕亦已沒，漫然禾黍村。摧藏羊曇骨，放浪李白魂。
> 亦已同山丘，緬懷蒔蘭蓀。小草戲陳跡，甘棠詠遺恩。
> 萬事付鬼籙，恥榮何足論。天機自開闔，人理孰畔援。
> 公色無懼喜，儻知禍福根。涕淚對桓伊，暮年無乃昏。

（卷五，頁 88）

謝公墩相傳爲東晉謝安遊憩之地，在鍾山半山報寧寺後。《苕溪漁隱叢話》評論此詩，言：

> 介甫居金陵，作〈謝安墩絕句〉云：「我名公字偶相同，我屋公墩在眼中，公去我來墩屬我，不應墩姓尚隨公。」或云：「介甫性好與人爭，在廟堂則與諸公爭新法，歸山林則與謝安爭墩。」此亦善謔也。〔註97〕

以王安石維護新法處處與人抗衡之個性，想之閒歸山林亦要與名、字相同之古人爭丘壑，並以此爲笑。

詩中可見王安石遊歷此處，巡察舊跡，緬懷昔者，感慨人生。「摩挱蒼苔石，點檢屐齒痕」，言王安石撫摸長滿青苔之石階，仔細察看謝安及其姪孫等人登高所留之屐齒痕跡。

〔註95〕〔清〕郭慶藩撰，王孝魚點校：《莊子集釋・外篇・秋水》（北京：中華書局，1997 年 10 月初版 8 刷），頁 598。

〔註96〕范成大〈興安乳洞有上中下三巖，妙絕南州，率同僚餞別者二十一人游之〉：「曾有好事者，摩挱讀蒼苔。」見〔宋〕范成大著，富壽蓀標校：《范石湖集》（上海：上海古籍出版社，2006 年 4 月），卷 15，頁 189。

〔註97〕〔宋〕胡仔：《苕溪漁隱叢話・前集》（臺北：木鐸出版社，民國 71 年 8 月），卷 33・半山老人 1，頁 227。

　　稼軒借鑒此詩，作〈歸朝歡・題趙晉臣敷文積翠巖〉一闋，上片：「我笑共工緣底怒，觸斷峨峨天一柱。補天又笑女媧忙，却將此石投閑處。野煙荒草路。先生柱杖來看汝。<u>倚蒼苔，摩挲試問：千古幾風雨？</u>」（卷四，頁 463）趙晉臣，見第二章〈稼軒詞借鑒歐陽脩詩〉，第一節借鑒歐陽脩詩篇章析論，三、〈贈王介甫〉一段。此詞全圍繞積翠巖此一石山所寫，故用共工觸斷、女媧遺石之典故，寫地形之質材與高聳，並賦予神話傳說。且因傳說日久，山石布滿蒼苔，令人不禁對此懷想古往今來，經歷幾番風雨？「倚蒼苔」三句乃稼軒藉王安石「摩挲蒼苔石，點檢屐齒痕」句表達懷古詩意，摩挲苔痕間，懷想過往千古事。且將自身投射於積翠巖間，巨石爲人所遺，獨立於荒煙野草間，又豈非稼軒遭遇之寫照？此詞作於罷居瓢泉時期，對好友吐露心聲，難免含藏鬱悶。故詞作最終以「細思量，古來寒士，不遇有時遇」作結，終爲嘆息。

　　再看〈客至當飲酒〉二首之二：

　　　<u>天提兩輪光，環我屋角走。</u>自從紅顏時，照我至白首。
　　　纍纍地上土，往往平生友。少年所種樹，礧砢行復朽。
　　　古人有眞意，獨子無好醜。冥冥誰與論，客至當飲酒。

　　　（卷十六，頁 303）

日如車輪，見《列子・湯問》：「一兒曰：『日初出大如車蓋，及日中，則如盤盂：此不爲遠者小而近者大乎？』」[註98] 王安石此詩以時光如輪去而不返，感嘆時日無多，當與知交飲酒，且及時歡樂。

　　稼軒借鑒此詩，作〈江神子・侍者請先生賦詞自壽〉，上片言：「<u>兩輪屋角走如梭</u>，太忙些，怎禁他。擬倩何人，天上勸羲娥：何似從容來小住，傾美酒，聽高歌。」（卷四，頁 518）同樣感嘆時間不留，起首即寫歲月無情，倏忽即逝，無法禁止。爲何無人勸天上羲和與嫦娥，且從容來去，或與人間飲酒聽歌，令時光止而不前？此種奇想於

〔註98〕楊伯峻：《列子集釋》（北京：中華書局，1996 年 2 月），卷 5・湯問篇，頁 168。

稼軒詞中多見，如〈木蘭花慢・中秋飲酒，將旦，客謂前人詩詞有賦待月無送月者，因用天問體賦〉（卷四，頁 408）以奇想問天，並透露宇宙觀。此詞雖爲壽詞，卻亦見稼軒對歲月、宇宙之觀感。

綜上所見，稼軒所借鑒王安石詩，多數爲短詩，所借鑒王安石詩作長度達八句以上者，僅有〈和劉貢甫燕集之作〉、〈和微之藥名勸酒〉、〈謝公墩〉、〈客至當飲酒〉二首之二等四首。王安石詩以絕、律見長，尤其最後閒居金陵時期，創作體裁更以絕句爲多。從借鑒詩作以絕律爲多，亦可見稼軒對王安石詩之偏好。

此外，稼軒借鑒王安石詩手法，多半採用成句，或化用部分句意，或截取字面，少用言外之意或詩中心情。值得一提者，乃借鑒之餘，亦見稼軒回應王安石詩意，如〈越人以幕養花因遊其下〉二首其一，稼軒填詞〈定風波・賦杜鵑花〉，起句借鑒王安石此詩「百紫千紅占得春」，化爲「百紫千紅過了春」，末句「記取：大都花屬惜花人。」用白居易句回應王安石詩中末句「落時還有惜花人」。

第二節　借鑒王安石詩原因分述

經以上探討稼軒借鑒王安石詩篇，自重要篇章之析論中，可見稼軒借鑒王安石詩之緣由及手法。綜上所論，稼軒多次借鑒王安石詩，除王安石爲宋代文壇盟主，詩名遠播外，尚可歸出以下三點原因：

一、遭遇與心境近似

王安石以過人之毅力與精神，實行變法，然於熙寧七年（1074）新法實行第六年，由於連年大旱，糧食歉收，飢民四起，流離失所，景狀極爲悲慘。反對變法之保守派人士，趁機將災禍歸咎於新法實行不當，鄭俠繪《流民圖》上呈神宗，並斷言「旱由安石所致，去安石，天必雨。」〔註99〕一時群起反對新法，王安石於多方壓力下，首次罷相。

〔註99〕〔元〕脫脫等修：《宋史・卷 327・列傳第 86・王安石傳》，見倪其心分史主編：《宋史》（上海：漢語大辭典出版社，《二十四史全譯》，

稼軒亦且屢次受彈劾，據稼軒生平，及《辛稼軒年譜》〔註100〕
所載整理，稼軒一生共被彈劾七次，罪名多爲「用錢如泥沙，殺人
如草芥」、「姦貪兇暴」、「好色貪財，淫行聚斂」等。梁啓超言稼軒
性格「蓋歸正北人，驟躋通顯，已不爲眾人所喜，而先生以磊落英
多之姿，好談天下大略，又遇事負責任，與南朝士大夫泄沓柔靡風
習，尤不相容。」〔註101〕蘇淑芬〈辛棄疾與陳亮交游考〉且認爲：
「辛棄疾北方的個性使他寧鳴而死，不默而生。二十年的歸隱，七
次的彈劾都是因他逆時代潮流，而不被見容。」〔註102〕終至罷官
遭貶，抑鬱而終。

王安石與稼軒或主動罷相，或受讒遭觸，之後均閒居鄉間度過漫
長生涯。此間尋思良久，或有不平，或學莊、學陶、學佛，終究得以
消磨。王安石晚年作品，多有佛家思想，或因學佛所致。觀察稼軒借
鑒王安石晚年詩作，亦可發現藉佛法調適之痕跡。如〈贈長寧僧首〉、
〈即事〉二首之一、〈擬寒山拾得詩〉二十首之十、〈金陵報恩大師西
堂方丈〉二首之二等作品。

雖可以佛法平靜心情，然稼軒借鑒王安石第五期執政變法期詩
作又可窺見因官宦風波險惡難免，故多有預防之心態，如借鑒〈松
間〉、〈中書即事〉、〈偶成二首之二〉等詩之作品。

二、創作手法雷同

除以上心境遭遇相似外，稼軒與王安石之創作手法亦頗有雷同，
故詩詞間容易化用借鑒。

2004 年 1 月），冊 11，頁 7318。

〔註100〕 據鄧注本所附稼軒年譜及梁啓超：《辛稼軒年譜》（臺北：中華書局，
1960 年 1 月）。

〔註101〕 見梁啓超：《辛稼軒年譜》（臺北：中華書局，1960 年 1 月），頁 10。

〔註102〕 蘇淑芬：《辛派三家詞研究》（臺北：文史哲出版社，2005 年 1 月），
第三章〈辛棄疾與陳亮、劉過交游考〉，第一節「辛棄疾與陳亮交
游考」，頁 68。

（一）技巧方面：好用典鍊字

釋惠洪《冷齋夜話》云：「用事琢句，妙在言其用，不言其名耳。此法唯荊公、東坡、山谷三老知之。」〔註103〕又言「造語之工，至於荊公、山谷、東坡，盡古今之變。」〔註104〕又陳師道《後山詩話》云：「荊公詩：『力去陳言誇末俗，可憐無補費精神。』而公平生文體數變，暮年詩益工，用意益苦，故言不可不謹也。」〔註105〕以上所引詩家評論，均正面稱讚王安石琢句造語之工。葛立方《韻語陽秋》記載：

> 荊公嘗有詩云：「功謝蕭規慚漢第，恩從隗始詫燕臺。」或謂公曰：「蕭何萬世之功，則功字固有來處，若恩字未見有出也。」荊公答曰：「《韓集鬥雞聯句》則孟郊云：受恩慚始隗。」荊公詩用法之嚴如此。〔註106〕

由此可知王安石用典之講究。除此，洪邁《容齋隨筆》曾記載王安石為鍊字之苦思，為一「綠」字凡經十許字改定，方安一字，〔註107〕足見王安石對詩作之在意。又見葉夢得《石林詩話》云：

> 嘗與葉致遠諸人和頭字韻詩，往返數四，其末篇云：「名譽子真居谷口，事功新息困壺頭。」以「谷口」對「壺頭」，

〔註103〕〔宋〕釋惠洪：《冷齋夜話》，卷4・〈詩言其用不言其名〉。見張伯偉編校：《稀見本宋人詩話四種・日本五山版冷齋夜話》（南京：江蘇古籍出版社，2002年4月），頁43。

〔註104〕〔宋〕釋惠洪：《冷齋夜話》，卷5・〈荊公東坡句中眼〉。見張伯偉編校：《稀見本宋人詩話四種・日本五山版冷齋夜話》（南京：江蘇古籍出版社，2002年4月），頁49。

〔註105〕〔宋〕陳師道：《後山詩話》（臺北：臺灣商務印書館，1983年，《景印文淵閣四庫全書》本，冊1478），頁281下～283上

〔註106〕〔宋〕葛立方：《韻語陽秋》（北京：商務印書館，2005年，《文津閣四庫全書》本，冊494），卷2，頁702。

〔註107〕〔南宋〕洪邁《容齋隨筆》：「王荊公絕句云：『京口瓜州一水間，鍾山祇（按：應為祇）隔數重山。春風又綠江南岸，明月何時照我還。』吳中士人家藏其草，初云『又到江南岸』，圈去『到』字，注曰不好，改為『過』，復圈去而改為『入』，旋改為『滿』，凡如是十許字，始定為『綠』。」見〔南宋〕洪邁撰，孔凡禮點校：《容齋隨筆》（北京：中華書局，2005年11月，《唐宋史料筆記叢刊》），卷8・〈詩詞改字〉，頁320。

> 其精切如此。後數月取本追改云:「豈愛京師傳谷口,但知
> 鄉里勝壺頭。」今集中兩本並存。〔註108〕

字斟句酌,寫定後又追回改易,足見鍛鍊之功。且王安石小詩語多精
巧,對仗工整,亦多展現詩才、筆力。

岳珂《桯史》亦曾記載稼軒對填詞之講究:

> 稼軒以詞名,每燕必命侍妓歌其所作。……特置酒召數客,
> 使妓疊歌,益自擊節,遍問客,必使摘其疵,孫謝不可。
> 客或措一二辭,不契其意,又弗答,然揮羽四視不止。余
> 時年少,勇於言,偶坐於席側,稼軒因誦啓語,顧問再
> 四。……(稼軒)乃詠改其語,日數十易,累月猶未竟,
> 其刻意如此。〔註109〕

對於己作字斟句酌,屢次追問眾客意見,甚或「詠改其語,日數十易,
累月猶未竟,其刻意如此。」

然王安石用典多用於翻案,「詩中翻案,大抵掎摭故事或舊詩意,
反其意而用之,是活用典故的方式。主要目的是不隨古人言語,能自
拓思路,不因襲陳言,矯然特出新意。」〔註110〕用典而自出新意,
或爲善用典之稼軒學習之對象。

(二)形式方面:好以散文入詩

稼軒好用散文、虛字爲詞,於第二章〈稼軒詞借鑒歐陽脩詩〉已
見討論。

而王安石作詩手法,亦見此種以散文爲詩現象。陳錚《王安石詩
研究》分析王安石以散文爲詩之手法,曾言此乃唐宋人因襲之風氣,
「及至王安石,通文於詩的傾向,較韓歐尤有過之。其詩五言七言古
詩部分,不用散文句法入詩的幾乎找不到幾首,幾乎可說到了毫無避

〔註108〕 〔宋〕葉夢得:《石林詩話》(北京:商務印書館,2005年,《文津
閣四庫全書》本,冊494),卷上,頁662。

〔註109〕 〔南宋〕岳珂撰,吳企明點校:《桯史》(北京:中華書局,1997
年12月2刷,《唐宋史料筆記叢刊》),〈稼軒論詞〉,頁38~39。

〔註110〕 陳錚:《王安石詩研究》(臺北:私立東吳大學中國文學研究所博士
論文,民國81年6月),頁345。

忌大量使用的地步。」〔註111〕而此種手法又如句子單行不對仗，用大量虛字入詩等。

（三）內涵方面：以才學為詩

吳衡照《蓮子居詞話》卷一評論：「辛稼軒別開天地，橫絕古今。論、孟、詩小序、左氏春秋、南華、離騷、史、漢、世說、選學、李杜詩，拉雜運用，彌見其筆力之峭。」〔註112〕其中拉雜運用者，皆平時所累積之才學。

王安石於〈答曾子固書〉亦曾自言：「然世之不見全經久矣，讀經而已，則不足以知經。故某自百家諸子之書，至《難經》、《素問》、《本草》諸小說，無所不讀；農夫女工，無所不問；然後於經為能知其大體而無疑。」〔註113〕可見其學養宏博，且無所不讀，無所不問，故無所不知。錢鍾書《宋詩選註》曾如此評論王安石：「他的詩往往是搬弄詞彙和典故的遊戲、測驗學問的考題；借典故來講當前的情事，把不經見而有出處的或者看來新鮮而其實古舊的詞藻來代替常用的語言。典故詞藻的來頭愈大，例如出於『六經』、『四史』；或者出處愈僻，例如來自佛典、道書，就愈見功夫。」〔註114〕均證明博學於文，乃王安石詩作典故來源。葛立方《韻語陽秋》記載：

> 荊公嘗有詩云：「功謝蕭規慚漢第，恩從隗始詫燕臺。」或謂公曰：「蕭何萬世之功，則功字固有來處，若恩字未見有出也。」荊公答曰：「《韓集鬥雞聯句》則孟郊云：受恩慚始隗。」荊公詩用法之嚴如此。〔註115〕

〔註111〕　陳錚：《王安石詩研究》（私立東吳大學中國文學研究所，博士論文，民國81年6月），頁100。

〔註112〕　唐圭璋編：《詞話叢編》（臺北：新文豐出版公司，民國77年2月），冊5，頁3693。

〔註113〕　〔宋〕王安石撰，李之亮箋注：《王荊公文集箋注》（成都：巴蜀書社，2005年5月），卷39・書，頁1264。

〔註114〕　錢鍾書：《宋詩選註（增訂本）》（臺北：書林出版有限公司，民國79年9月），王安石小傳，頁86。

〔註115〕　〔宋〕葛立方：《韻語陽秋》（北京：商務印書館，2005年，《文津

既知王安石用典之講究，又此則記載後半提及其名句「一水護田將綠繞，兩山排闥送青來」所用典故有疑：「然『一水護田將綠繞，兩山排闥送青來』之句，乃以樊噲排闥事對護田，豈護田亦有所出耶？」〔註116〕《韻語陽秋》未得解釋。然此詩用典，葉夢得《石林詩話》已爲之解惑：

> 荆公詩用法甚嚴，尤精於對偶。嘗云，用漢人語，止可以漢人語對，若參以異代語，便不相類。如「一水護田將綠去，兩山排闥送青來」之類，皆漢人語也。此法惟公用之不覺拘窘卑凡。」〔註117〕

「護田」、「排闥」典故其實均出自於漢代。據《漢書・西域傳序》記載，漢代於西域置屯田，派使者校尉加以領護。〔註118〕因此以漢人語相對，更見工巧，且未有才學，難以如此之典故入詩。又《石林詩話》云：

> 荆公晚年，詩律尤精嚴，造語用字，間不容髮；然意與言會，言隨意遣，渾然天成，殆不見有牽率排比處。如「含風鴨綠鱗鱗起，弄日鵝黃嫩嫩垂」，讀之初不覺有對偶。至「細數落花因坐久，緩尋芳草得歸遲」，但見舒閒容與之態耳。而字字細考之，皆經礲括權衡者，其用意亦深刻矣。〔註119〕

如此用意深刻，渾然天成，亦爲王安石素來所累積之才學所致。

〔註116〕 閣四庫全書》本，冊494），卷2，頁702。
〔宋〕葛立方：《韻語陽秋》（北京：商務印書館，2005年，《文津閣四庫全書》本，冊494），卷2，頁702。

〔註117〕 〔宋〕葉夢得：《石林詩話》（北京：商務印書館，2005年，《文津閣四庫全書》本，冊494），卷上，頁665。

〔註118〕 《漢書・卷96・列傳第66・西域傳》：「自武帝初通西域，置校尉，屯田渠犁。……而搜粟都尉桑弘羊與丞相御史奏言：『……臣愚以爲可遣屯田卒詣故輪臺以東，置校尉三人分護，各舉圖地形，通利溝渠，務使以時益種五穀。……』」見安平秋、張傳璽分史主編：《漢書》（上海：漢語大辭典出版社，2004年1月，《二十四史全譯》本），冊3，頁1959。

〔註119〕 〔宋〕葉夢得：《石林詩話》（北京：商務印書館，2005年，《文津閣四庫全書》本，冊494），卷上，頁662。

三、傾慕王安石抱負及心胸

王安石初入仕途，充滿理想及銳氣。於揚州赴任後不久，作〈上田正言書・一〉：

> 今聯諫官朝夕耳目天子行事，即一切是非無不可言者。欲行
> 其志，宜莫若此時。國之疵、民之病亦多矣，執事亦抵職之
> 日久矣。向之所謂疵者，今或痤然若不可治矣；向之所謂病
> 者，今或痼然若不可起矣。曾未聞執事建一言窹主上也。何
> 向者斥之切而今之疏也？豈向之利於言而今之言不利邪？
> 豈不免若今之所謂舉方正者獵取名位而已邪？〔註120〕

責備田某身為諫議官，卻未向主上建言，不能盡責，僅獵取名位而已。

又於慶曆三年四月，得知范仲淹、韓琦任樞密副使，作〈讀鎮南邸報癸未四月作〉詩：「賜詔寬言路，登賢壯陛廉。相期正在治，素定不煩占。眾喜夔龍盛，予虞絳灌慊。太平詎可致，天意慎猜嫌。」（卷二十五，頁451）為范、韓二人受重用而興奮，以為如舜得夔、龍賢臣般，將可使國事獲得開展，然又怕小人阻礙改革之路，盼人主得慎重，並始終如一支持改革。

再者，有〈與參政王禹玉書〉：

> 某久尸宰事，每念無以塞責，而比者憂患之餘，衰疢浸加，
> 自惟身事，漫不省察。持此謀國，其能無所曠廢，以稱主
> 上任用之意乎？〔註121〕

> 某羈孤無助，遭值大聖，獨排眾毀，付以宰事，苟利於國，
> 豈辭糜殞？〔註122〕

〔註120〕　〔宋〕王安石撰，李之亮箋注：《王荊公文集箋注》（成都：巴蜀書社，2005年5月），卷39・書，頁1331～1332。

〔註121〕　〈與參政王禹玉書・一〉，見〔宋〕王安石撰，李之亮箋注：《王荊公文集箋注》（成都：巴蜀書社，2005年5月），卷39・書，頁1262～1263。

〔註122〕　〈與參政王禹玉書・二〉，見〔宋〕王安石撰，李之亮箋注：《王荊公文集箋注》（成都：巴蜀書社，2005年5月），卷39・書，頁1263。

書中念茲在茲，全爲謀國，甚或殞身亦在所不惜。此種儒家道統、忠孝之精神，於王安石人格展露無遺。

　　而推行新法後，受多方壓力圍攻，王安石有〈眾人〉詩：「眾人紛紛何足競，是非吾喜非吾病。頌聲交作莽豈賢，四國流言且猶聖。唯聖人能輕重人，不能銖兩爲千鈞。乃知輕重不在彼，要之美惡由吾身。」（卷二十一，頁 378）此詩中展現「天變不足畏，祖宗不足法，人言不足恤」之大無畏精神。對「眾人」議論新法之觀點秉持不以喜憂、不以爲病態度，並認爲唯聖人能批評衡量人；且輕重高下不在他人批評，而自身之美惡，在自身行得端正。

　　稼軒曾於金人統治之北方參與科考，亦爲儒家傳統仕宦思想展現；而後帥軍南歸，亦因不事異族之傳統觀念驅策。故王安石之精神，以及爲變法不屈之精神，爲稼軒所仰慕，因此於詞中時時援用借鑒。

　　且經觀察統計得知，王安石於執政變法之第五期詩作，多爲稼軒借鑒，且羅列稼軒借鑒此時期詞作，多爲任官期作品。可見此時期稼軒亟思振奮，欲有所作爲，而以王安石爲效法對象。

第四章　稼軒詞借鑒蘇軾詩

　　稼軒詞借鑒蘇軾詩，經統計有 229 處〔註1〕，爲稼軒所借鑒宋代詩人中，借鑒數量最多者。本文所舉蘇軾詩部分，採用上海古籍出版社《蘇軾詩集合注》〔註2〕，於援引詩篇後附註卷次頁碼，以利檢索。蘇軾行實參照《蘇軾詩集合注》之馮應榴、王文誥案語，及《蘇文忠公詩編著集成》〔註3〕王文誥案語，因單純考察行實，不一一出注。以下由稼軒詞中借鑒蘇軾詩之重要篇章之析論，梳理稼軒借鑒蘇軾詩之緣由。

第一節　借鑒蘇軾詩篇章析論

　　稼軒借鑒蘇軾詩之多，然礙於篇幅，僅將稼軒借鑒三次以上之詩作列入討論範圍，分別爲：

〔註1〕　含鄧廣銘漏注蘇軾詩 2 處。據鄧佳瑜《稼軒詞借鑒東坡作品及其軼事之研究》（臺南：國立成功大學中國文學研究所在職專班碩士論文，民國 94 年 6 月），第三章〈稼軒詞借鑒東坡詩之研究〉統計，稼軒詞借鑒蘇軾詩有 233 處，與本文統計次數略有出入，然同在二百次以上。

〔註2〕　〔宋〕蘇軾著，〔清〕馮應榴輯注，黃任軻、朱懷春校點：《蘇軾詩集合注》（上海：上海古籍出版社，2001 年 6 月）。以下引用蘇軾詩皆以此書爲主，不另出注。

〔註3〕　〔清〕王文誥《蘇文忠公詩編著集成》（臺北：臺灣學生書局，民國 76 年 10 月）。

借鑒五次僅一首：〈於潛僧綠筠軒〉（卷四）；

借鑒四次共三首：〈贈張刁二老〉〔註4〕（卷六）、〈寄吳德仁兼簡陳季常〉（卷十五）、〈寓居定惠院之東雜花滿山有海棠一株土人不知貴也〉（卷十一）；

借鑒三次共五首：〈越州張中舍壽樂堂〉（卷三）、〈與梁左藏會飲傅國博家〉（卷九）、〈同王勝之遊蔣山〉（卷二十四）、〈書林逋詩後〉（卷十五）、〈寄高令〉（卷四十）。以下便按編年先後順序，加以討論。

一、〈越州張中舍壽樂堂〉

青山偃蹇如高人，常時不肯入官府。
高人自與山有素，不待招邀滿庭戶。
臥龍蟠屈半東州，萬室鱗鱗枕其股。
背之不見與無同，狐裘反衣無乃魯。
張君眼力覷天奧，能遣荊棘化堂宇。
持頤宴坐不出門，收攬奇秀得十五。
才多事少厭閑寂。臥看雲煙變風雨。
筍如玉箸椹如簪，強飲且爲山作主。
不憂兒輩知此樂，但恐造物怪多取。
春濃睡足午窗明，想見新茶如潑乳。（卷七，頁301）

本詩作於熙寧五年（1072），蘇軾於（1071）四年發潤州（今浙江鎮江）赴杭州（今浙江杭州）通守任。時三十八歲。

張次山，字希元，建鄴（今南京）人，熙寧中以太子中舍簽書會稽郡判官廳公事，故稱張中舍。《續資治通鑑長編》熙寧三年（1070）四月載：「初，張次山力詆新法，辭提舉常平倉，弗就。會廣濟遣運闕官，……（陳）升之亟言次山可用。命既下，而中旨謂次山資淺，

〔註4〕稼軒〈漁家傲〉（起句：道德文章傳幾世）「三萬六千排日醉」句（卷二，頁288），鄧注本以用李白〈襄陽歌〉出注，然因字句與蘇軾詩「三萬六千場」略有出入，故不列入計算。但〈添字浣溪沙〉（起句：總把平生入醉鄉）「三萬六千場」（卷四，頁389）明顯用蘇軾句，鄧注本漏注，故列入計算。

改付宗道，實王安石惡次山異己，言于上而罷之。」〔註5〕熙寧五年
（1072）建張中舍壽樂堂，時蘇軾通判杭州，張次山有書求作〈寶墨
堂記〉。〔註6〕由此可見張次山性格，及與蘇軾往來之密切。

　　本詩前四句「青山偃蹇如高人，常時不肯入官府。高人自與山有
素，不待招邀滿庭戶。」高山如張次山之高人形象，高潔有才氣，因
此獲任提舉常平倉，辭而不就。然不待邀請而自來，亦因高山與高人
素有交往，顯示愛山者風韻自高。本詩雖為應酬之詩，然不落俗套，
為上乘之作〔註7〕，亦見蘇軾對張次山之推崇與讚許。

　　稼軒借鑒此詩三次，列表如下：

項次	詞牌	起　句	稼軒詞句	卷次	頁碼	借鑒蘇軾詩句
1	菩薩蠻	青山欲共高人語	青山欲共高人語	卷一	32	青山偃蹇如高人，常時不肯入官府。高人自與山有素，不待招邀滿庭戶。
2	生查子	青山招不來	青山招不來	卷二	299	青山偃蹇如高人，常時不肯入官府
3	洞仙歌	松關桂嶺	又卻怪先生多取	卷四	513	但恐造物怪多取

〈菩薩蠻〉金陵賞心亭為葉丞相賦

　　青山欲共高人語，聯翩萬馬來無數。煙雨卻低回。望來終
　　不來。　　人言頭上髮，總向愁中白。拍手笑沙鷗，一身
　　都是愁。（卷一，頁32）

　　本闋作於淳熙元年（1174），稼軒任江西提刑之前。詞中賦予青
山躍動姿態，如萬馬接連不斷，迎面而來，「實是內心蘊蓄的勃鬱雄

〔註5〕　〔宋〕李燾撰，上海師範大學古籍整理研究所、華東師範大學古籍
　　　　整理研究所點校：《續資治通鑑長編》（北京：中華書局，2004年9
　　　　月2版），冊9，卷210，頁5105。
〔註6〕　以上見〔清〕王文誥、馮應榴輯註：《蘇軾詩集》（臺北：學海出版
　　　　社，民國72年1月初版），卷7，頁326～327。
〔註7〕　吳鷺山、夏承燾、蕭湄合編：《東坡詩選註》（天津：百花文藝出版
　　　　社，1982年4月），頁23。

放之氣的外化」〔註8〕，然想望之煙雨卻始終未見。愛別離，求不得，從來便是世間煩惱，即便沙鷗盼忘憂，仍因此白頭，沾染全身愁緒。

〈生查子〉獨遊西巖

　青山招不來，偃蹇誰憐汝。歲晚太寒生，喚我溪邊住。　　山頭明月來，本在天高處。夜夜入清溪，聽讀離騷去。（卷二，頁299）

稼軒作〈生查子〉四首，時間無可考，因其中二首與上饒西巖相關〔註9〕，故編於帶湖時期。本詞起句用蘇軾詩「青山偃蹇如高人，常時不肯入官府」，然蘇軾以青山與張次山相喻，起筆擬山如高人，用《楚辭・離騷》：「望瑤臺之偃蹇兮，見有娀之佚女。」〔註10〕偃蹇，洪興祖注：高貌，指山之高立。然稼軒此詞且提及離騷，偃蹇卻不用高立意，反為困頓、失志解，將青山擬為失意之士，或為稼軒心境之投射。

〈洞仙歌〉浮石山莊，余友月湖道人何同叔之別墅也。山類羅浮，故以名。同叔嘗作遊山次序榜示余，且索詞，為賦洞仙歌以遺之。同叔頃遊羅浮，遇一老人，龐眉幅巾，語同叔云：「當有晚年之契。」蓋僊云

　松關桂嶺，望青蔥無路。費盡銀鉤榜佳處。悵空山歲晚，窈窕誰來，須著我，醉臥石樓風雨。　　僊人瓊海上，握手當年，笑許君攜半山去。劃疊嶂卷飛泉，洞府淒涼，又卻怪先生多取。怕夜半羅浮有時還，好長把雲煙，再三遮住。（卷四，頁512）

本詞約作於慶元五、六年間（1199～1200），稼軒隱居瓢泉時。

〔註8〕 陶文鵬、路成文：〈青山欲共高人語　連翩萬馬來無數——論稼軒詞與山〉，收錄於《稼軒新論》，2004年武夷山辛棄疾研究學術研討會論文集（福州：海風出版社，2005年12月），頁198。

〔註9〕 與上饒西巖相關者，二首同題「獨遊西巖」，一為本詞，一為（起句）青山非不佳。

〔註10〕 〔宋〕洪興祖：《楚辭補注・離騷經第一》（臺北：漢京文化事業有限公司，民國72年9月28日），頁32。

本事於詞序中甚詳，與有友人何異同遊羅浮山﹝註11﹞，見山有佳處，流連忘返，恍然若遇神仙洞府，又檃括張端義《貴耳集》：「月湖何文昌異，爲廣幕，校文惠州因游羅浮，至大石樓遇黃野人，一見便言做得尙書，年九十。袖出一柑分食之，月湖由是淸健無疾，後果如其言。」﹝註12﹞以此事，言何異於山中遇仙人，仙人允何異攜去半山，亦即鼓勵仿照此山景物，再建造何氏之羅浮山莊；卻又怪何異取自然之景太多，耽溺於尋訪名山勝景，而輕忽仙術修煉。﹝註13﹞「怕夜半」三句仍言何氏怕浮羅山於夜半歸去，故以雲煙將山團團遮住，意指此山長年有雲霧繚繞。

　　蘇軾於張中舍堂中，看雲煙風雨山勢奇景，窗邊午睡，覺來喝茶。不憂兒曹知此樂，從此耽溺享受，卻唯恐造物者怪罪，貪得美景。稼軒此詞亦襲蘇軾句意，恐上天發覺人間貪求，收回此山水盛景。

　　蘇軾寫作此〈越州張中舍壽樂堂〉詩，正通判杭州，與任越州簽判之張次山處境相似，惺惺相惜。稼軒借鑒此詩亦多在隱居時期，無論杭州、帶湖、瓢泉，均爲風光明媚之處。然見湖光山色，心境卻未能平靜徜徉，欲與山爲友，山又未能貼近心情，此間鬱積可見一斑。

二、〈於潛僧綠筠軒〉

可使食無肉，不可居無竹。無肉令人瘦，無竹令人俗。
人瘦尚可肥，士俗不可醫。旁人笑此言，似高還似癡。
若對此君仍大嚼，世間那有揚州鶴。（卷九，頁425）

﹝註11﹞ 羅浮山位於廣東省增城縣東，爲粵中名山。山有二峰，一峰羅生，一峰浮山，二山合體故稱爲「羅浮」，《太平御覽・卷41・地部・羅浮山》引裴淵《廣州記》語：「山之陽有一小嶺，曰蓬萊邊山浮來著，因此合號羅浮山。」見〔宋〕李昉等奉敕撰：《太平御覽》（臺北：臺灣商務印書館，1997年7月臺一版7刷），冊1，頁326上右。又相傳東晉葛洪得仙術於此，又名蓬萊山。稼軒此詞因山類廣東羅浮山，故名。

﹝註12﹞ 〔宋〕張端義撰，梁玉瑋校點：《貴耳集》（鄭州：中州古籍出版社，2005年4月），卷中，頁44。

﹝註13﹞ 《辛棄疾詞新釋輯評》，頁1354。

本詩作於熙寧六年（1073），時蘇軾三十八歲，在太常博士直史館杭州通守任。

於潛僧，名孜，字會覺，於潛縣（今浙江臨安市）南有寂照寺，於潛僧曾居於此。寺中有綠筠軒，因多竹，故名。後避諱，改用《晉書·王徽之傳》徽之寄居空宅中種竹，曰：「何可一日無此君」事〔註14〕，易名爲此君軒。

詩中以竹之高潔，對比人之俗氣，除用王徽之愛竹種竹典故，認爲寧可飲食清淡無肉，亦不能生活乏味，無所調劑。以俗士雅士對舉，認爲無竹令人俗，俗士無藥可醫，用詞之重，顯現痛恨之至。此外，「若對此君仍大嚼」採魏曹植〈與吳質書〉：「過屠門大嚼，雖不得肉，貴且快意」嚼肉快意之狀，殺風景如焚琴煮鶴，故而世間何處有鶴？再用《殷芸小說》卷六：「有客相從，各言所志，或願爲揚州刺史，或願多資財，或願騎鶴上升。其一人曰：『腰纏十萬貫，騎鶴上揚州。』欲兼三者。」〔註15〕世間可曾有任揚州刺史，又能蓄財萬貫，成仙逍遙三者得兼之事？既如此，賞竹雅士對竹大嚼，豈不狂妄？言無可同時得兼者，即意謂俗士與雅士不可等同視之，又再對俗士貶抑矣。

中國文學中，竹往往以中空且直，喻人以謙虛守份，擇善固持，且經霜後凋，更顯節操，故而爲文人所愛。蘇軾亦曾於熙寧三年（1070）作〈次韻子由綠筠堂〉詩：「愛竹能延客，求詩剩挂墻。風梢千纛亂，月影萬夫長。谷鳥驚碁響，山蜂識酒香。只應陶靖節，會取北窗涼。」（卷六，頁224）描繪林深幽靜，懷想處士之風。然同寫愛竹之情，卻不若本詩字句明白通易，故而膾炙人口，廣爲流傳。本詩除展現愛竹之情，更通篇使用魏晉人物之典故，顯現蘇軾對魏晉風流之喜好，

〔註14〕 《晉書·卷80·列傳第50·王羲之傳》：「嘗寄居空宅中，便令種竹。或問其故，徽之但嘯詠，指竹曰：『何可一日無此君邪！』」見許嘉璐分史主編：《晉書》（上海：漢語大辭典出版社，2004年1月，《二十四史全譯》本），冊13，頁1793。

〔註15〕 〔南朝梁〕殷芸《殷芸小說·卷6·吳蜀人》（上海：上海古籍出版社，1999年12月，《漢魏六朝筆記小說大觀》本），頁1039。

且以愛竹之癖，勾勒特定之名士形象，影響後世甚遠。

　　稼軒對此詩或心感戚戚焉，詞中屢次化用借鑒，經統計有五處，列表如下：

項次	詞牌	起句	稼軒詞句	卷次	頁碼	借鑒蘇軾詩句
1	滿江紅	天上飛瓊	揚州鶴	卷二	181	若對此君仍大嚼，世間那有揚州鶴
2	滿江紅	幾箇輕鷗	飽看脩竹何妨肉	卷四	401	可使食無肉，不可使居無竹，無肉令人瘦，無竹令人俗
3	滿庭芳	西崦斜陽	騎鶴揚州	卷四	406	若對此君仍大嚼，世間那有揚州鶴
4	六州歌頭	晨來問疾	食無魚	卷四	429	可使食無肉，不可使居無竹
5	賀新郎	聽我三章約	醫俗士，苦無藥	卷四	474	人瘦尚可肥，士俗不可醫

〈滿江紅〉和廓之雪

　　天上飛瓊，畢竟向人間情薄。還又跨玉龍歸去，萬花搖落。
　　雲破林梢添遠岫，月臨屋角分層閣。記少年駿馬走韓盧，
　　掀東郭。　　吟凍雁，嘲飢鵲。人已老，歡猶昨。對瓊瑤
　　滿地，與君酬酢。最愛霏霏迷遠近，却收擾擾還寥廓。待
　　羔兒酒罷又烹茶，揚州鶴。（卷二，頁181）

　　此詞作於閒居帶湖時期。詞題賦雪，故詞中多處圍繞雪之意象，如「飛瓊」、「凍雁」、「瓊瑤」等。最末句用蘇軾詩，言即便人老歡盡，與友朋冬季賞雪，吃罷羊羔酒，又品茗茶，又何必言雪中人情淡薄？此間歡樂確實直比騎鶴上揚州。此外，卷四另有一闋〈滿庭芳〉同用「揚州鶴」典故：

〈滿庭芳〉和章泉趙昌父

　　西崦斜陽，東江流水，物華不為人留。錚然一葉，天下已
　　知秋。屈指人間得意，問誰是騎鶴揚州？君知我，從來雅
　　興，未老已滄州。　　無窮身外事，百年能幾，一醉都休。
　　恨兒曹抵死，謂我心憂。況有溪山杖屨，阮籍輩須我來游。

還堪笑，機心早覺，海上有驚鷗。(卷四，頁 405)

歲月如流，不曾為人稍停。問人間有誰得意如騎鶴上揚州，事事順心？人未老，興已減，此間憂愁轉折，只好友得知。

　　除用「揚州鶴」典，蘇軾此詩中仍有其餘詩句為稼軒所借鑒，如「可使食無肉，不可使居無竹。」「居無竹」典已見前及，王徽之寄居空宅中種竹，曰：「何可一日無此君」。〔註16〕又「食無肉」典乃蘇軾化《戰國策‧齊策四》，馮諼彈鋏而歌，曰：「長鋏歸來乎！食無魚。」〔註17〕將魚改為肉。稼軒借鑒此句二處：

〈滿江紅〉山居即事

幾箇輕鷗，來點破一泓澄綠。更何處一雙鸂鶒，故來爭浴。
細讀離騷還痛飲，飽看脩竹何妨肉。有飛泉日日供明珠，
五千斛。　　春雨滿，秧新穀。閑日永，眠黃犢。看雲連
麥壟，雪堆蠶簇。若要足時今足矣；以為未足何時足？被
野老相扶入東園，枇杷熟。(卷四，頁 401)

〈六州歌頭〉屬得疾，暴甚，醫者莫曉其狀。小愈，因臥無聊，戲作
　　　　　　以自釋

晨來問疾，有鶴止庭隅。吾語汝：「只三事，太愁余；病難
扶，手種青松樹，礙梅塢，妨花逕，纔數尺，如人立，却
須鋤。其一。秋水堂前，曲沼明於鏡，可燭眉鬚。被山頭急
雨，耕壟灌泥塗。誰使吾廬，映污渠？其二。

歎青山好，簷外竹，遮欲盡，有還無。刪竹去？吾作可，
食無魚。愛扶疎，又欲為山計，千百慮，累吾軀。其三。
凡病此，吾過矣，子奚如？」口不能言臆對：「雖盧扁藥石

<hr>

〔註16〕《晉書‧卷 80‧列傳第 50‧王羲之傳》：「嘗寄居空宅中，便令種竹。
或問其故，徽之但嘯詠，指竹曰：『何可一日無此君邪！』」見許嘉
璐分史主編：《晉書》(上海：漢語大辭典出版社，《二十四史全譯》，
2004 年 1 月)，冊 13，頁 1793。

〔註17〕《戰國策》：「齊人有馮煖者，貧乏不能自存，使人屬孟嘗君，願寄
食門下。……居有頃，倚柱彈其劍，歌曰：『長鋏歸來乎！食無魚。』」
見《戰國策‧卷 4‧齊‧閔王‧齊人有馮煖者》(上海：上海古籍出
版社，2008 年 12 月)，頁 176。

難除。有要言妙道，事見七發。往問北山愚，庶有瘳乎。」

（卷四，頁428）

前闋寫山居悠閒，嚮往魏晉名士生活，故而痛飲酒、無所事事，讀離騷。〔註18〕而閒看飛泉點點噴濺如日供明珠五千斛，既又飽看脩竹，無肉又有何妨？後闋病中困臥，假借與鶴對談，戲作以排遣無聊。與鶴言三愁事，其中之三乃因愛竹，又愛青山，然竹林扶疏盡遮青山，不知留竹或留山？反覆思量，認爲刪竹寧可食無魚，留竹又爲不見山惱。閒居又染病，卻又要「千百慮，累吾軀。」平生所縈繞之煩惱，竟非家國大事，而爲此間山水竹石而已，又怎能不感嘆？

此二闋均呈現文人雅士賞竹愛竹之情懷，寧可形體消瘦，亦不願精神庸俗，爲泛泛之眾。

除此，稼軒更借鑒「人瘦尚可肥，士俗不可醫」句：

〈賀新郎〉 韓仲止判院山中見訪，席上用前韻

聽我三章約：用世說語。有談功談名者舞，談經深酌。作賦相如親滌器，識字子雲投閣。算枉把精神費卻。此會不如公榮者，莫呼來政爾妨人樂。醫俗士，苦無藥。　當年眾鳥看孤鶚。意飄然橫空直把，曹吞劉攫。老我山中誰來伴？須信窮愁有腳。似剪盡還生僧髮。自斷此生天休問，倩何人說與乘軒鶴。吾有志，在丘壑。（卷四，頁473）

詞中以古人爲譬，道盡牢騷。上片言有才如司馬相如、揚雄等輩，亦曾淪落，既如此又何必致力文章之事？此乃借古諷今，引出下句：「算枉把精神費卻」，讀詩書、求功名不過一場空，徒費精神而已。

《世說新語・簡傲》記載王戎與阮籍飲，時劉昶亦在座，然阮、王共飲，劉不得一杯，而三人言語談笑無異。人問，阮答：「勝公榮者，不得不與飲酒；不如公榮者，不可不與飲酒；唯公榮，可不與飲

〔註18〕《世說新語・任誕第二十三・53》引王孝伯言：「名士不必須奇才。但使常得無事，痛飲酒，熟讀離騷，便可稱名士。」見余嘉錫：《世說新語箋疏》（臺北：華正書局，民國92年11月3刷），頁764。

酒。」〔註19〕稼軒用此典，言此次宴會，若不如劉公榮者，必爲俗物，敗壞人興，切莫邀約而來妨礙酒樂，再與談亦索然無味，畢竟世間俗士，從來無藥可醫。

　　以上四闋均爲瓢泉時期作〔註20〕，閒居時期多次借鑒，可見稼軒對此詩極爲鍾愛。蘇軾詩中所言，乃世間俗士不解文人高雅之心，或爲稼軒藉以發洩憤怨，更以爲世間人均爲俗士，不解隱居高士心境。

三、〈贈張刁二老〉

　　兩邦山水未淒涼，二老風流總健強。

　　<u>共成一百七十歲，各飲三萬六千觴。</u>

　　藏春塢裏鶯花鬧，仁壽橋邊日月長。

　　惟有詩人被磨折，金釵零落不成行。（卷十一，頁568）

　　本詩作於熙寧七年（1074），蘇軾時三十九歲，通判杭州，熙寧六年（1073）十一月沿漕檄賑饑常、潤，至七年五月事竣還杭州。

　　二老，指張先〔註21〕與刁約〔註22〕，皆有文名，而與蘇軾友好。此年張先年八十六，刁約年八十一，合一百六十七歲，取其成數，故有「共成一百七十歲」句。蘇軾於杭州，乃其文學創作發展期，

〔註19〕《世說新語・簡傲》：「王戎弱冠詣阮籍，時劉公榮在坐。阮謂王曰：『偶有二斗美酒，當與君共飲。彼公榮者，無預焉。』二人交觴酬酢，公榮遂不得一杯。而言語談戲，三人無異。或有問之者，阮答曰：『勝公榮者，不得不與飲酒；不如公榮者，不可不與飲酒；唯公榮，可不與飲酒。』」見余嘉錫：《世說新語箋疏・簡傲第二十四・2》（臺北：華正書局，民國92年11月3刷），頁766。

〔註20〕此四闋寫作時間，其中〈滿庭芳〉（起句：西崦斜陽）作於慶元三年（1197）、〈賀新郎〉（起句：聽我三章約）作於慶元六年（1200），其餘二首無明確繫年。

〔註21〕張先（992～1039），字子野，開封（今河南開封）人，遜孫，敏中子。天聖二年進士，授漢陽（荊湖北路，漢陽軍）軍司理參軍，調河南（京西北路，河南府）法曹參軍，改著作佐郎知閡中縣，代還，拜秘書丞，知秦州（秦鳳路，鳳翔府）鹿邑縣。寶元二年卒，年四十八。

〔註22〕刁約，字景純，潤州人，湛子。天聖八年進士。寶元中爲館閣校理，歷知宣州、越州（兩浙路），入爲刑部郎中，直史館，治平中出知揚州（淮南東路），掛冠歸。築室號藏春塢，日游息其中。

在與此二老詩文風流，遊歷山水；二老自在，詩人卻因自請外任，嘆「惟有詩人被磨折，金釵零落不成行。」蘇軾用白居易〈酬思黯戲贈同用狂字〉：「鍾乳三千兩，金釵十二行。妒他心似火，欺我鬢如霜。」〔註23〕蘇軾未滿四十，卻暗示自己鬢髮如霜，且稀少零落不能簪髮，藉以表達心境之蒼涼。

稼軒借鑒此詩填詞四闋〔註24〕：

項次	詞 牌	起 句	稼軒詞句	卷次	頁碼	借鑒蘇軾詩句
1	鵲橋仙	豸冠風采	三萬六千場	卷二	289	共成二百七十歲，各飲三萬六千場
2	添字浣溪沙	總把平生入醉鄉	大都三萬六千場	卷四	389	共成二百七十歲，各飲三萬六千場
3	臨江仙	醉帽吟鞭花不住	三萬六千場	卷四	519	共成二百七十歲，各飲三萬六千場
4	臨江仙	手種門前烏柏樹	更從今日醉，三萬六千場	卷四	532	共成二百七十歲，各飲三萬六千場

〈鵲橋仙〉壽余伯熙察院

　　豸冠風采，繡衣聲價，曾把經綸少試。看看有詔日邊來，便入侍明光殿裏。

　　東君未老，花明柳媚，且引玉塵沉醉。好將三萬六千場，自今日從頭數起。（卷二，頁289）

〈浣溪沙〉簡傅巖叟

　　總把平生入醉鄉。大都三萬六千場。今古悠悠多少事，莫思量。　　微有寒些春雨好，更無尋處野花香。年去年來還又笑，燕飛忙。（卷四，頁389）

〈臨江仙〉

　　醉帽吟鞭花不住，却招花共商量。人生何必醉爲鄉。從教斟酒淺，休更和詩忙。　　一斗百篇風月地，饒他老子當行。

〔註23〕《全唐詩》冊14，卷457，頁5184。

〔註24〕四闋數字，不含稼軒〈漁家傲〉（起句：道德文章傳幾世）（卷二，頁288）「三萬六千排日醉」句，因鄧注用李白〈襄陽歌〉，然字句與蘇軾詩「三萬六千場」略有出入，故不列入計算。

從今三萬六千場。青青頭上髮，還作柳絲長。（卷四，頁 519）

〈臨江仙〉戲爲期思詹老壽

手種門前烏柏樹，而今千尺蒼蒼。田園只是舊耕桑。杯盤風月夜，簫鼓子孫忙。　　七十五年無事客，不妨兩鬢如霜。綠窗劃地調紅粧。更從今日醉，三萬六千場。（卷四，頁 532）

以上四闋均爲閒居時期作品，且借鑒詩句單純，均僅用「三萬六千場」一句。「三萬六千」之數字，爲李白喜用，其詩作中曾三見此數字，分別爲〈古風，五十九首之二十三〉：「三萬六千日，夜夜當秉燭。」〔註25〕〈陽春歌〉：「聖君三萬六千日，歲歲年年奈樂何。」〔註26〕〈襄陽歌〉：「百年三萬六千日，一日須傾三百杯。」〔註27〕蘇軾本詩用〈襄陽歌〉句，期盼日日大醉一場，好渡此生。

李白原典作「三萬六千日」，蘇軾此詩所用卻爲「各飲三萬六千觴」，稼軒借鑒詞句爲「三萬六千場」，據鄧注本所注，稼軒用李白及蘇軾典，然究竟援引來源爲何？經檢索蘇軾詞〈滿庭芳〉（起句：蝸角虛名）：「百年裡，渾教是醉，三萬六千場。」〔註28〕乃稼軒所用字句，本詩可視爲稼軒對蘇軾詩、詞共同借鑒之例。

稼軒有多闋飲酒詞，其性格亦喜狂歌痛飲，以澆胸中塊壘，故好用此詩句。然稼軒所用句意與蘇軾略有不同。蘇軾詩中所用乃飲酒之數，稼軒四闋詞中，〈鵲橋仙〉一闋所用「好將三萬六千場，自今日從頭數起。」乃回歸李白原意，指三萬六千日，非完全襲用蘇軾詩意。

蘇軾寄刁約之作，尚有〈寄題刁景純藏春塢〉詩一首，亦爲稼軒〈永遇樂・檢校停雲新種杉松，戲作。時欲作親舊報書，紙筆偶爲大

〔註25〕《全唐詩》，冊 5，卷 161，頁 1679。

〔註26〕《全唐詩》，冊 1，卷 21，頁 281。又見《全唐詩》，冊 5，卷 163，頁 1690。

〔註27〕《全唐詩》，冊 2，卷 29，頁 422。又見《全唐詩》，冊 5，卷 166，頁 1715。

〔註28〕見鄒同慶、王宗堂著：《蘇軾詞編年校注》（北京：中華書局，2002年 9 月），頁 458。

風吹去，末章因及之〉（卷四，頁 411）一詞所用。其中「萬松手種」句，即借鑒蘇軾此詩中「白首歸來種萬松，待看千尺舞霜風」句。（卷十四，頁 649）

四、〈與梁左藏會飲傅國博家〉

> 將軍破賊自草檄，論詩說劍俱第一。
> 彭城老守本虛名，識字劣能欺項籍。
> 風流別駕貴公子，欲把笙歌暖鋒鏑。
> 紅旆朝開猛士噪，翠帷暮卷佳人出。
> 東堂醉臥呼不起，啼鳥落花春寂寂。
> 試教長笛傍耳根，一聲吹裂階前石。（卷十六，頁 801～802）

作於元豐元年（1078），時四十三歲，知徐州（今山東徐州）。

梁交，字仲通，左藏為其官名。蘇軾有〈和子由送將官梁左藏仲通〉、〈送將官梁左藏赴莫州〉詩。傅燁，字子美，曾官國子監博士，時為徐州（今山東徐州）通判，蘇軾尚有〈傅子美召公擇飲，偶以病不及往，公擇有詩，次韻〉、〈聞李公擇飲傅國博家大醉〉二詩。

本詩前四句言「將軍破賊自草檄，論詩說劍俱第一。彭城老守本虛名，識字劣能欺項籍。」劣能，猶云僅能也。項籍即項羽，為「西楚霸王」，統治梁楚九郡，定都彭城，然最後兵敗劉邦，自刎烏江畔。蘇洵〈項籍〉評曰：「故籍雖遷沛公漢中，而卒都彭城，使沛公得還定三秦，則天下之勢在漢不在楚。楚雖百戰百勝，尚何益哉？故曰：兆垓下之死者，鉅鹿之戰也。」〔註29〕而項羽自幼不喜習字，「學書不成，去學劍，又不成」且認為「書足以記名姓而已」〔註30〕。此四句意謂雖詩劍雙絕，然又有何用？武力強盛不如項羽，且項羽

〔註29〕　〔宋〕蘇洵著，曾棗莊、金成禮箋註：《嘉祐集箋注》（上海：上海古籍出版社，2001 年 4 月 2 刷），卷 3．權書，頁 66。
〔註30〕　《史記．本紀第七．項羽本紀》，見安平秋分史主編：《史記》（上海：漢語大辭典出版社，2004 年 1 月，《二十四史全譯》本），冊 1，頁 101。

氣盛一時，彭城不過暫厝；學得詩文又如何？識字亦僅能欺項羽而已。

然與梁、傅二人共飲，二人詩文風流，更有官職，不妨拋卻戮力為國之壯志，且以笙歌帶兵戎，醉臥春風中，聽啼鳥賞花落。詩末雖以聽笛此雅事作結，笛音卻「一聲吹裂階前石」，欲將不平噴薄而出，乃用《太平廣記》典故〔註31〕。蘇軾為避朝爭，自請外任，然心中尚有不平之氣，故雖自欲寬心，仍無從排解心中憂悶。

稼軒借用本詩凡三處：

項次	詞牌	起　句	稼軒詞句	卷次	頁碼	借鑒蘇軾詩句
1	水調歌頭	白日射金闕	說劍論詩餘事	卷二	118	將軍破賊自草檄，論詩說劍均第一
2	念奴嬌	道人元是	別駕風流	卷二	274	風流別駕貴公子，欲把笙歌煖鋒鏑
3	瑞鶴仙	黃金堆到斗	風流別駕	卷二	276	風流別駕貴公子，欲把笙歌煖鋒鏑

〔註31〕《太平廣記‧卷204‧樂‧笛‧李謩》引逸史：「謩，開元中吹笛為第一部，近代無比。……其鄰居有獨孤生者年老，久處田野，人事不知，……李生捧笛，其聲始發之後，昏噎齊開，水木森然，仿佛如有神鬼之來。坐客皆更贊詠之，以為鈞天之樂不如也。獨孤生乃無一言，會者皆怒。李生為輕己，意甚忿之。……獨孤生乃取吹之。李生更有一笛，拂試以進。獨孤視之曰：『此都不堪取，執者粗通耳。』乃換之，曰：『此至入破，必裂，得無客惜否？』李生曰：『不敢。』遂吹。聲發入雲，四座震況，李生蹙踖不敢動。至第十三疊，揭示謬誤之處，敬伏將拜。及入破，笛遂敗裂，不復終曲。李生再拜。眾皆貼息，乃散。……」見〔宋〕李昉等編：《太平廣記》（北京：中華書局，1995年8月6刷），冊5，頁1553～1554。
又《太平御覽‧卷580‧樂部18‧笛》引唐‧李肇《唐國史補》載，為另一「吹裂山石」典：「李舟好事，嘗得村舍煙竹，截以為笛，堅如鐵石，以遺李牟。牟吹笛天下第一，月夜泛江，與舟吹之，溜亮逸發。俄有客立於岸，呼舡請載。既至，請笛而吹，甚為精壯，山石可裂，牟平生未嘗見。及入破，呼吸盤辟，應指粉碎，客散不知所之。舟著記，疑其蛟龍也。」見〔宋〕李昉等奉敕撰：《太平御覽》（臺北：臺灣商務印書館，1997年7月臺一版7刷），冊3，頁2748上左。
蘇軾所用，乃以後者較為接近。

〈水調歌頭〉湯朝美司諫見和，用韻爲謝

> 白日射金闕，虎豹九關開。見君諫疏頻上，談笑挽天回。
> 千古忠肝義膽，萬里蠻煙瘴雨，往事莫驚猜。政恐不免耳，
> 消息日邊來。　　笑吾廬，門掩草，徑封苔。未應兩手無
> 用，要把蟹螯杯。說劍論詩餘事，醉舞狂歌欲倒，老子頗
> 堪哀。白髮寧有種，一一醒時栽。（卷二，頁117）

〈念奴嬌〉再用前韻，和洪莘之通判丹桂詞

> 道人元是，道家風，來作煙霞中物。翠幰裁犀遮不定，紅透
> 玲瓏油壁。借得春工，惹將秋露，薰做江梅雪。我評花譜，
> 便應推此爲傑。　　憔悴何處芳枝，十郎手種，看明年花發。
> 坐斷虛空香色界，不怕西風起滅。別駕風流，多情更要，簪
> 滿常娥髮。等閑折盡，玉斧重倩修月。（卷二，頁273）

〈瑞鶴仙〉壽上饒倅洪莘之，時攝郡事，且將赴漕舉

> 黃金堆到斗。怎得似長年，畫堂勸酒。蛾眉最明秀。向水
> 沉煙裏，兩行紅袖。笙歌擁就。爭說道明年時候。被姮娥
> 做了慇懃，仙桂一枝入手。　　知否：風流別駕，近日人
> 呼，文章太守。天長地久。歲歲上，酹翁壽。記從來人道，
> 相門出相，金印纍纍儘有。但直須周公拜前，魯公拜後。（卷
> 二，頁275）

　　此三闋均作於閒居帶湖時期。第一闋寫於淳熙九年（1182）初春，
爲稼軒解官賦閒（事在淳熙八年 1181）後不久所作，故詞中仍有無
法平息之怨懟情緒。如「說劍論詩餘事」一句，相較於蘇軾「將軍破
賊自草檄，論詩說劍均第一」之意興高昂，「餘事」二字可見其喪志，
故反用此句。

　　第二、三闋約作於紹熙元年至二年（1190～1191）間，赴閩任官
之前，此時稼軒極思有所展現，且前期遭黜情緒爲時間消磨，漸能釋
懷，此二闋均借鑒蘇軾「風流別駕貴公子」一句。別駕，爲刺史佐官，
因隨刺史巡行時另乘車駕，故稱。蘇軾詩原以指友人梁交、傅楊，以
風流、貴公子讚其風神；稼軒此二闋均爲寄贈洪莘之作，亦用此句形
容友人風範。二用「風流別駕」句以形容同一人，極力推崇其形象，

足見稼軒對洪莘之敬仰。

　　此外，蘇軾此詩最末句用《太平廣記》「吹裂」典故，經檢索唐宋詞作，此典常爲詞人使用。稼軒詞中亦二見使用，如〈滿江紅・中秋寄遠〉（起句：快上西樓）有：「但喚取玉纖橫管，一聲吹裂。」（卷一，頁 14），又〈賀新郎・（序長略）〉（起句：把酒長亭說）：「長夜笛，莫吹裂。」（卷二，頁 236）由此可見，稼軒借鑒蘇軾詩不僅用單句，甚至蘇軾所借鑒之前人故實，亦見用於其他作品之中。

五、〈寓居定惠院之東雜花滿山有海棠一株土人不知貴也〉

　　　江城地瘴蕃草木，只有名花苦幽獨。
　　　嫣然一笑竹籬間，桃李漫山總麤俗。
　　　也知造物有深意，故遣佳人在空谷。
　　　自然富貴出天姿，不待金盤薦華屋。
　　　朱唇得酒暈生臉，翠袖卷紗紅映肉。
　　　林深霧暗曉光遲，日暖風輕春睡足。
　　　雨中有淚亦悽愴，月下無人更清淑。
　　　先生食飽無一事，散步逍遙自捫腹。
　　　不問人家與僧舍，拄杖敲門看修竹。
　　　忽逢絕豔照衰朽，歎息無言揩病目。
　　　陋邦何處得此花，無乃好事移西蜀。
　　　寸根千里不易到，銜子飛來定鴻鵠。
　　　天涯流落俱可念，爲飲一樽歌此曲。
　　　明朝酒醒還獨來，雪落紛紛那忍觸。（卷二十，頁 1001）

　　本詩爲元豐三年（1080）作，時蘇軾四十五歲。蘇軾因「烏臺詩案」於元豐二年（1079）十二月二十九日責授檢校尚書水部員外郎，充黃州（今屬湖北）團練副使，本州安置不得簽書公事，二月一日至黃州貶所。〔註32〕王安石罷相後，新黨人士爲打擊舊黨，以蘇軾詩文有謗上意，羅織誣陷，欲之置於死地。幸得各方營救，神宗憐憫，雖

〔註32〕蘇軾〈謝上表〉，見孔凡禮點校：《蘇軾文集》（北京：中華書局，1990年 2 月 4 刷），頁 654。

免一死，卻獲貶謫。然黃州經歷卻意外開啓蘇軾詩之顚峰。

　　蘇軾於黃州寓居定惠院〔註33〕，見滿山雜花，中有海棠一株，或因內心遭黜不平，借題發揮，有所寄託。蘇軾飯後拄杖看修竹，偶遇海棠，不禁有感，以海棠豔容對比自身衰朽，無言嘆息，且爲海棠不平。詩中描繪海棠花爲空谷佳人，不同桃李庸俗，天姿美妙秉性自然，朱唇翠袖酒暈臉，雨中淒愴，月下清淑，更不待金屋華盤外加，自有富貴身分；然意外流落陋邦，不知是否好事鴻鵠，不遠千里移居來此？既然二者同爲天涯淪落人，不妨共飲同歌，只因不知明早酒醒，嬌貴海棠是否能忍風雨？或早爲摧折？

　　詩中海棠或爲蘇軾自身投射，由詩題「土人不知貴」，至描摹海棠豔容之貌與富貴之姿，再感嘆無端淪落，或易憔悴折損，死病客途，在在反映蘇軾謫黃州後內心之憂懼。趙次公〈和東坡定惠院海棠〉：「可憐俗眼不知貴，空把容光照山谷。此花本出西南地，李杜無詩恨遺蜀。高才沒世孰雕龍，後輩補亡難刻鵠。」〔註34〕亦闡發本詩深意。

　　另，蘇軾於元豐七年（1084）又作〈海棠〉詩一首：「東風嫋嫋泛崇光，香霧空濛月轉廊。只恐夜深花睡去，故燒高燭照紅妝。」（卷二十二，頁 1139）寫海棠之姿可憐，亦寓有年華易逝，欲舉燭追索光陰之意。

　　魏慶之《詩人玉屑》云：「東坡作此詩，詞格超逸，不復蹈襲前人，其詩有『嫣然一笑竹籬間，桃李漫山總麤俗』……平生喜爲人寫，蓋人間刊石者，自有五六本云。軾平生得意詩也。」〔註35〕故稼軒亦喜借鑒，見凡四處：

〔註33〕同年所作定惠院詩，尚有〈定惠院寓居月夜偶出〉、〈定惠院顯師爲余竹下開嘯軒〉二首。

〔註34〕〔宋〕陳思：《海棠譜》（北京：商務印書館，2005 年，《文津閣四庫全書》本，冊279），頁 55。

〔註35〕〔南宋〕魏慶之著，王仲閗點校：《詩人玉屑》（北京：中華書局，2007 年 11 月），卷 17·雪堂·海棠詩，頁 550～551。

項次	詞牌	起句	稼軒詞句	卷次	頁碼	借鑒蘇軾詩句
1	念奴嬌	對花何似	華屋金盤	卷二	183	自然富貴出天資， 不待金盤薦華屋
2	鷓鴣天	桃李漫山 過眼空	桃李漫山過眼空， 也曾惱損杜陵翁	卷三	328	嫣然一笑竹籬間， 桃李漫山總粗俗
3	新荷葉	物盛還衰	拄杖敲門	卷四	489	不論人家與僧舍， 拄杖敲門看修竹
4	滿江紅	老子平生	金盤華屋	卷四	505	自然富貴出天資， 不待金盤薦華屋

〈念奴嬌〉賦白牡丹，和范廓之韻

　　對花何似？似吳宮初教，翠圍紅陣。欲笑還愁羞不語，惟
　　有傾城嬌韻。翠蓋風流，牙籤名字，舊賞那堪省。天香染
　　露，曉來衣潤誰整？　　最愛弄玉團酥，就中一朵，曾入
　　揚州詠。華屋金盤人未醒，燕子飛來春盡。最憶當年，沉
　　香亭北，無限春風恨。醉中休問，夜深花睡香冷。(卷二，
　　頁182)

　　此闋作於帶湖時期，詞為賦白牡丹而作，故所用典故均圍繞牡丹
之形貌、氣質形容而出。此外，牡丹為富貴象徵，故用「華屋金盤」
形容其華貴氣象。同用蘇軾此句者，尚有一闋〈滿江紅〉：

〈滿江紅〉呈趙晉臣敷文

　　老子平生，元自有金盤華屋。還又要萬間寒士，眼前突兀。
　　一舸歸來輕似葉，兩翁相對清如鵠。道如今吾亦愛吾廬，
　　多松菊。　　人道是，荒年穀；還又似，豐年玉。甚等閒
　　卻為，鱸魚歸速？野鶴溪邊留杖屨，行人牆外聽絲竹。問
　　近來風月幾篇詩？三千軸。(卷四，頁505)

　　同作於閒居之瓢泉時期，亦以「華屋金盤」指富貴氣象，且更引
入杜甫〈茅屋為秋風所破歌〉，盼得廣廈庇寒士。〔註36〕此外，稼軒
更借鑒「嫣然一笑竹籬間，桃李漫山總粗俗」句：

〔註36〕稼軒此闋〈滿江紅‧呈趙晉臣敷文〉詳細說解，參見本論文第二章
　　　　〈稼軒詞借鑒歐陽脩詩〉，三、〈贈王介甫〉頁11。

〈鷓鴣天〉

　　桃李漫山過眼空，也宜惱損杜陵翁。

　　若將玉骨冰姿比，李蔡爲人在下中。

　　尋驛使，寄芳容，隴頭休放馬蹄鬆。

　　吾家籬落黃昏後，剩有西湖處士風。（卷三，頁 327）

作於紹熙四年（1193），時五十四歲，任福建安撫使。

本闋同前闋（起句：病繞梅花酒不空）同爲賦梅之作。起句「桃李漫山過眼空，也宜惱損杜陵翁」除用蘇軾「嫣然一笑竹籬間，桃李漫山總粗俗」句，更用杜甫事。杜甫〈絕句漫興〉九首其二有：「手種桃李非無主，野老牆低還似家。恰似春風相欺得，夜來吹折數枝花。」〔註37〕詩中慨嘆春蹤易逝，花爲風吹折，不勝惱恨。稼軒此處兼用二事，漫山遍野之桃李縱使繁盛，卻容易轉瞬無跡，多情杜翁常爲年華所惱，故又言：「江上被花惱不徹。」〔註38〕此年秋，加集英殿修撰，命知福州（今福建福州），兼福建安撫使。此時正爲朝廷所用，即便非能適才適所，亦或有所發揮。然年紀老大，亦惱徹稼軒，「桃李漫山總粗俗」句亦暗喻朝廷俗士過多，即便自身資質如梅花玉骨冰姿，卻怕浮沉下僚，難以發揮。《史記·李廣傳》：「初，廣之從弟李蔡與廣俱事孝文帝。……蔡爲人在下中，名聲出廣下甚遠，然廣不得爵邑，官不過九卿，而蔡爲列侯，位至三公。」〔註39〕李廣名聲大於李蔡，然位階卻遠不及，稼軒因此感嘆朝中「桃李」、「李蔡」者甚多，然黃昏中僅有林逋處士可懷想，追憶高風。言下之意，乃生命凋零，未能獲賞識。

吳金夫〈淺談辛棄疾的詠花詞〉中提及：「辛棄疾的詠花詞，多是被罷官後在上饒閒居時所作，但卻不是寫閒適、消極的情趣，發微

〔註37〕《全唐詩》，冊 7，卷 227，頁 2451。

〔註38〕《全唐詩》，冊 7，卷 227，頁 2452。

〔註39〕《史記·卷 109·列傳第 49·李廣傳》，見安平秋分史主編：《史記》（上海：漢語大辭典出版社，2004 年 1 月，《二十四史全譯》本），冊 2，頁 1315。

弱之音，而是充滿豪放之情，鬱勃之氣。」〔註40〕由〈念奴嬌・賦白牡丹，和范廓之韻〉與本闋，稍可窺見風貌。

　　〈新荷葉〉趙茂嘉趙晉臣和韻，見約初秋訪悠然，再用韻

　　　　物盛還衰，眼看春藥秋萁。貴賤交情，翟公門外人稀。酒酣耳熱，又何須幽憤裁詩。茂林修竹，小園曲逕疎籬。　　秋以爲期，西風黃菊開時。拄杖敲門，任他顛倒裳衣。去年堪笑，醉題詩醒後方知。而今東望，心隨去鳥先飛。（卷四，頁 488）

　　本闋作於慶元六年（1200），亦爲閒居瓢泉時期，雖心中有懷才不遇之憾，卻極力排解；想效陶潛拄杖種菊，東望遠山隨飛鳥，忘卻功名、是非。「拄杖敲門」用蘇軾「不論人家與僧舍，拄杖敲門看修竹」，蘇軾因初至黃州貶所，心境枯寂，少與人往來，不問人事，只願寄託於竹。稼軒已於宅邊種竹，「茂林修竹，小園曲逕疎籬。」只求知交相伴，不用在意衣著，同《詩經》所載，朦朧未晞時，顛倒衣裳〔註41〕亦可，與趙茂嘉、趙晉臣相約，共訪傅巖叟悠然閣，亦尋心境之悠然。

　　蘇軾於定惠院作，尚有〈定惠院寓居月夜偶出〉詩，其中「閉門謝客對妻子，倒冠落佩從嘲罵」句（卷二十，頁 997），稼軒亦借鑒，作〈水調歌頭・和趙景明知縣韻〉：「但放平生丘壑，莫管旁人嘲罵，深蟄要驚雷。」（卷一，頁 81）

六、〈同王勝之遊蔣山〉

　　　　到郡席不暖，居民空惘然。好山無十里，遺恨恐他年。欲款南朝寺，同登北郭船。朱門收畫戟，紺宇出青蓮。夾路蒼髯古，迎人翠麓偏。龍腰蟠故國，鳥爪寄層巔。

〔註40〕吳金夫：〈淺談辛棄疾的詠花詞〉，收錄於《1990 上饒辛棄疾國際學術研討會論文集》（香港：天馬圖書有限公司，2003 年 2 月），頁 374。

〔註41〕《詩經・齊風・東方未明》：「東方未晞，顛倒裳衣。倒之顛之，自公令之。」見褚斌杰注：《詩經全注》（北京：人民文學出版社，2007 年 7 月），頁 104。

竹杪飛華屋，松根泫細泉。峰多巧障日，江遠欲浮天。

略彴橫秋水，浮圖插暮煙。歸來踏人影，雲細月娟娟。

（卷二十四，頁 1198）

本詩作於元豐七年（1084），時四十九歲。此時自金陵（今南京）寄家眞州（今江蘇儀征），九月買田宜興（今江蘇宜興），十月至揚州（今屬江蘇），表乞常州（今江蘇常州）居住，十一月過楚州（今江蘇淮安），十二月抵泗州（今屬安徽）度歲。蔣山位於金陵（今南京），然蘇軾此年屢經轉徙，未及停留，便匆忙離去，於沿途風光，往往無暇一覽，詩前聯便言此遺憾。「到郡席不暖，居民空惘然。好山無十里，遺恨恐他年。」匆忙行次席不暇暖，而蔣山去此不及十里，若未能撥冗前往賞遊，恐怕將來遺憾。因此與王勝之〔註42〕前往。詩中描繪景致，寫蔣山種種，蒼松、層巖、竹林、細泉、秋水、暮煙，待至歸來，意猶未盡。

蘇軾過金陵，時王安石亦在金陵（今南京），二人曾共遊，論文說禪，王安石曾言：「不知更幾百年，方有如此人物！」又對蘇軾此詩大表讚賞，「亟取讀之，至『峰如巧障日，江遠欲浮天』，乃撫几曰：『老夫平生作詩，無此二句。』」〔註43〕其餘筆記如《曲洧舊聞》，亦曾記載王蘇二人於金陵相從之事。〔註44〕王安石亦有詩〈和子瞻同王

〔註42〕 王益柔（1015～1086）字勝之，河南洛陽人，益恭弟。少力學，爲文日數千言，抗直尚氣，喜論天下事。神宗朝累官龍圖閣直學士、知應天府。司馬光爲《資治通鑑》，獨能閱之終篇，其好學類此。元祐元年卒，年七十二。

〔註43〕 以上所引見〔宋〕蔡絛：《明鈔本西清詩話》（南京：江蘇古籍出版社，2002 年 4 月），卷上·17，頁 181。

〔註44〕 〔南宋〕朱弁《曲洧舊聞》：「東坡自黃徙汝，過金陵，荊公野服乘驢謁於舟次，東坡不冠而迎揖曰：『軾今日敢以野服見大丞相。』荊公笑曰：『禮豈爲我輩設哉！』東坡曰：『軾亦自知相公門下用軾不著。』荊公無語，乃相招遊蔣山。在方丈飲茶次，公案上大硯，曰：『可集古人詩聯句賦此硯。』東坡應聲曰：『軾請先道一句。』因大唱曰：『巧匠斲山骨。』荊公沈思良久，無以續之，乃曰：『且趁此好天氣，窮覽蔣山之勝，此非所急也。』田畫承君是日與一二客從後觀之承君曰：『荊公尋常好以此困人，而門下士往往多辭以不能，不料東坡

勝之游蔣山〉一首相和。

稼軒借鑒此詩凡三處：

項次	詞 牌	起 句	稼軒詞句	卷次	頁碼	借鑒蘇軾詩句
1	水調歌頭	今日復何日	歸路踏明月，人影共徘徊	卷二	128	歸來踏人影，雲細月娟娟
2	賀新郎	逸氣軒眉宇	蒼官、鬚髯古	卷四	380	夾路蒼髯古，迎人翠麓偏
3	鷓鴣天	山上飛泉萬斛珠	略彴、浮屠	卷四	534	略彴橫秋水，浮屠插暮煙

〈水調歌頭〉九日遊雲洞，和韓南澗尚書韻

　　今日復何日，黃菊爲誰開。淵明謾愛重九，胸次正崔嵬。酒亦關人何事，政自不能不爾，誰遣白衣來。醉把西風扇，隨處障塵埃。　　爲公飲，須一日，三百杯。此山高處東望，雲氣見蓬萊。翳鳳驂鸞公去，落佩倒冠吾事，抱病且登臺。歸路踏明月，人影共徘徊。（卷二，頁128）

〈賀新郎〉和徐斯遠下第謝諸公載酒相訪韻

　　逸氣軒眉宇。似王良輕車熟路，驊騮欲舞。我覺君非池中物，咫尺蛟龍雲雨。時與命猶須天付。蘭佩芳菲無人問，歎靈均欲向重華訴。空壹鬱，共誰語？　　兒曹不料揚雄賦。怪當年甘泉誤說，青蔥玉樹。風引船回滄溟闊，目斷三山伊阻。但笑指吾廬何許。門外蒼官千百輩，盡堂堂八尺鬚髯古。誰載酒，帶湖去？（卷四，頁380）

〈鷓鴣天〉石門道中

　　山上飛泉萬斛珠〔註45〕，懸崖千丈落龍龜。已通樵逕行還礙，似有人聲聽却無。　　閑略彴，遠浮屠。溪南修竹有芳廬。莫嫌杖屨頻來往，此地偏宜着老夫。（卷四，頁534）

不可以此懼伏也。』」見〔南宋〕朱弁撰、孔凡禮點校：《曲洧舊聞》（北京：北京中華書局，2002年8月，《唐宋史料筆記叢刊》，與師友談記、西塘集耆舊續聞合刊），頁151～152。

〔註45〕稼軒〈滿江紅・山居即事〉：「有飛泉日日供明珠，五千斛。」（卷四，頁401）

　　此三闋均作於閒居時期，第一闋作慶元二年（1196），第二闋作於淳熙九年（1182），第三闋不可確考。

　　由上觀之，稼軒借鑒蘇軾此詩，均用成句以寫景。「歸路踏明月，人影共徘徊」，寫人與月共行，源自於李白〈月下獨酌〉：「月既不解飲，影徒隨我身。暫伴月將影，行樂須及春。我歌月裴回，我舞影零亂。」〔註46〕寫作此詞時，稼軒正於江西安撫使任，因王藺劾「用錢如泥沙，殺人如草芥」落職，同時遭遇落職之人生轉折。既人禍難避，僅能將安慰寄託於娟娟月光；解語明月或許不能同飲，但願能有一程同行。

　　又借鑒「蒼官」、「鬖髿古」、「略彴」、「浮屠」等詞，勾勒鄉間生活景況，呈現一幅單純疏淡之景。蘇軾詩中數見「蒼髯」〔註47〕，蒼髯指松：「晉法潛隱剡山，或問勝友者誰，指松曰：『蒼髯叟也。』」〔註48〕然蘇軾此詩寫路旁松樹用「蒼髯」一詞，蒼乃青色，然「蒼髯」又可指灰色鬚鬢，比喻年老，其〈次韻韶倅李通直〉二首其一：「曾陪令尹蒼髯古，又見郎君白髮新。」（卷四十四，頁2258）又如〈失題〉二首其一：「弟子蒼髯年八十，養生世世授遺書。」（卷五十，頁2500）蒼髯與白髮相對，即用此意。

　　又，稼軒詞中二用「蒼髯如戟」，指兩頰之鬚硬且長，用以形容武將相貌威猛，如〈滿江紅·送信守鄭舜舉被召〉：「湖海平生，算不負、蒼髯如戟。」（卷二，頁195）、〈滿江紅·壽趙茂嘉郎中。

〔註46〕《全唐詩》，冊6，卷182，頁1853。
〔註47〕經檢索，蘇軾詩中用「蒼髯」9處，除本詩外，其他如〈游靈隱寺，得來詩，復用前韻〉：「喬松百尺蒼髯鬣」、〈佛日山榮長老方丈〉五絕其一：「山中只有蒼髯叟」、〈和蔡景繁海州石室〉：「蒼髯白甲低瓊戶」、〈送賈訥倅眉〉二首其二：「蒼髯白甲待歸來」、〈中山松醪寄雄州守王引進〉：「鬱鬱蒼髯千歲姿」、〈三月二十日開園〉三首其三：「鬱鬱蒼髯真道友」、〈次韻韶倅李通直〉二首其一：「曾陪令尹蒼髯古」、〈失題〉二首其一：「弟子蒼髯年八十」。又〈戲作種松〉：「夾路鬖髯倉」亦用此典。
〔註48〕〔明〕陳詩教：《花裏活》（臺南：莊嚴文化事業有限公司，1995年9月，《四庫全書存目叢書》本，冊82），卷上·晉，頁246。

前章記兼濟倉事〉：「我對君侯，……看風流杖屨，蒼髯如戟。」（卷四，頁 401）此典出自《南史》，山陰公主見褚彥回悅之，夜就逼迫，彥回整身而立，從夕至曉終志不移。公主言：「君鬚髯如戟，何無丈夫意？」彥回曰：「回雖不敏，何敢首爲亂階。」〔註 49〕然稼軒不僅言丈夫容貌，更有丈夫之志，乃襲用李白〈司馬將軍歌〉：「身居玉帳臨河魁，紫髯若戟冠崔嵬。」〔註 50〕由此亦可見慣對李白及蘇軾詩借鑒之取向。

七、〈寄吳德仁兼簡陳季常〉

東坡先生無一錢，十年家火燒凡鉛。
黃金可成河可塞，只有霜鬢無由玄。
龍丘居士亦可憐，談空說有夜不眠。
忽聞河東獅子吼，拄杖落手心茫然。
誰似濮陽公子賢，飲酒食肉自得仙。
平生寓物不留物，在家學得忘家禪。
門前罷亞十頃田，清溪繞屋花連天。
溪堂醉臥呼不醒，落花如雪春風顛。
我游蘭溪訪清泉，已辦布襪青行纏。
稽山不是無賀老，我自興盡回酒船。
恨君不識顏平原，恨我不識元魯山。
銅駝陌上會相見，握手一笑三千年。（卷二十五，頁 1269）

本詩作於元豐八年（1085），蘇軾五十歲，離黃州（今湖北黃岡），責檢校尚書水部員外郎，汝州（今河南臨池）團練副使，常州（今江蘇常州）居住，不得簽書公事貶所。遂歸宜興（今江蘇宜興），六月

〔註49〕《南史·卷28·褚裕之列傳》：「景和中，山陰公主淫恣，窺見（褚）彥回悅之，以白帝。帝召彥回西上閣宿十日，公主夜就之，備見逼迫，彥回整身而立，從夕至曉，不爲移志。公主謂曰：『君鬚髯如戟，何無丈夫意？』彥回曰：『回雖不敏，何敢首爲亂階。』」楊忠分史主編：《南史》（上海：漢語大辭典出版社，2004 年 1 月，《二十四史全譯》本），冊 22，頁 636。

〔註50〕《全唐詩》，冊 2，卷 29，頁 421。又《全唐詩》，冊 5，卷 163，頁 1694。

初，起知登州（今屬山東）。

　　詩中「濮陽公子」指吳德仁；「龍丘居士」即蘇軾好友陳季常。吳德仁名吳瑛，龍圖閣學士贈太尉吳遵路之子，湖北蘄春人，曾通判池州（今安徽貴池）、黃州（湖北黃岡）。治平三年（1066）吳德仁四十六歲，以虞部員外郎知郴州（今湖南郴州）任滿歸京師，即上書請致仕歸里。朝中知之者莫不挽留，吳德仁不改初衷，眾人嘆服。哲宗時欲召吳德仁為吏部郎中，知蘄州（今湖北黃岡蘄春縣蘄州鎮），吳德仁不受，崇寧三年（1104）卒，享年八十有四。元豐五年（1082）三月上旬，蘇軾至黃州（湖北黃岡）東南三十里之沙湖相田，又順蘭溪下至大江，欲訪吳德仁未果。蘇軾與吳德仁並不相識，但彼此欽慕。〔註51〕

　　蘇軾寄此詩與吳德仁，表達欽慕之意，詩中以示現手法描繪吳德仁隱士生活，「稽山不是無賀老，我自興盡回酒船」句乃用王徽之訪戴逵未遇〔註52〕寫曾訪吳德仁同樣未果之事。詩末以二人未能相識為憾，並期許將來或能相逢，必將一見如故。此詩同寄陳季常，並調侃其懼內，四句反為本詩聞名關鍵。洪邁《容齋三筆》記載：

> 陳慥字季常，公弼之子，居於黃州之岐亭，自稱龍丘居士，又曰方山子。好賓客，喜畜聲妓，然其妻柳氏絕凶妒，故東坡有詩云：「龍丘居士亦可憐……拄杖落手心茫然。」河東獅子，指柳氏也。坡又嘗醉中與季常書云：「一絕乞秀英君」，想是其妾小字。黃魯直元祐中有與季常簡曰……則柳氏之妒名，固彰於外，是以二公皆言之云。〔註53〕

〔註51〕王琳祥：〈解讀蘇東坡「河東獅子吼」〉，《歷史月刊》（卷期：193，民國93年2月），頁127～132。

〔註52〕《世說新語‧任誕第二十三》：「王子猷居山陰，夜大雪，眠覺，開室，命酌酒。四望皎然，因起仿偟，詠左思〈招隱詩〉。忽憶戴安道，時戴在剡，即便夜乘小船就之。經宿方至，造門不前而返。人問其故，王曰：『吾本乘興而行，興盡而返，何必見戴？』」見余嘉錫：《世說新語箋疏》（臺北：華正書局，民國92年11月3刷），頁760。

〔註53〕〔南宋〕洪邁撰，孔凡禮點校：《容齋隨筆》（北京：中華書局，2005

文中「河東獅子，指柳氏」之說，流傳較廣，時至今日，人常稱悍婦
爲河東獅子，婦怒則爲河東獅子吼，蓋由此出。而蘇軾詩集中與陳季
常有關詩，尚有〈陳季常所蓄朱陳村嫁娶圖〉二首、〈陳季常自岐亭
見訪郡中及舊州諸豪爭欲邀致之戲作陳孟公詩〉、〈陳季常見過〉三
首、〈謝陳季常惠一揞巾〉等，以上諸詩用字多半口語，可見蘇詩不
同面貌，亦或許與季常熟稔，故文字較爲俚俗鬆緩。

　　稼軒借鑒〈寄吳德仁兼簡陳季常〉詩四處：

項次	詞牌	起句	稼軒詞句	卷次	頁碼	借鑒蘇軾詩句
1	蝶戀花	洗盡機心隨法喜	高臥石龍呼不起	卷二	127	溪堂醉臥呼不醒，落花如雪春風顚
2	鷓鴣天	指點齋尊特地開	風帆莫引酒船回	卷三	322	稽山不是無賀老，我自興盡回酒船
3	鷓鴣天	石壁虛雲積漸高	溪聲遶屋	卷四	439	門前櫳硾十頃田，清溪遶屋花連天
4	柳稍青	莫鍊丹難	黃河可塞，金可成難	卷四	518	東坡先生無一錢，十年家火燒凡鉛。黃金可成河可塞，惟有雙鬢無由玄

〈蝶戀花〉

　　洗盡機心隨法喜。看取尊前，秋思如春意。誰與先生寬髮
　　齒。醉時惟有歌而已。　　歲月何須溪上記，千古黃花，
　　自有淵明比。高臥石龍呼不起，微風不動天如醉。（卷二，
　　頁 126）

　　此詞作於淳熙九年（1182），或爲帶湖宅第落成之後，因新居初
成，詞中有意於此靜享隱居之樂，以淵明悠然有黃花相伴比喻此時心
境安適，且醉且歌，忘卻歲月，心境爽颯風格明快。

〈鷓鴣天〉

　　指點齋尊特地開，風帆莫引酒船回。方驚共折津頭柳，却
　　喜重尋嶺上梅。　　催月上，喚風來，莫愁餅罄恥金罍。

　　年11月，《唐宋史料筆記叢刊》本），容齋三筆・卷3・8〈陳季常〉
　　條，頁 457。

只愁畫角樓頭起，急管哀絃次第催。（卷三，頁 322）

作於紹熙四年冬（1193），稼軒於紹熙五年（1194）秋罷帥，此詞應作於罷帥前，帥閩時期。〔註 54〕稼軒「風帆莫引酒船回」時借鑒二處。一為蘇軾詩「稽山不是無賀老，我自興盡回酒船。」一為《史記》尋訪三神山典故。

蘇軾此詩除用王徽之訪戴安道典故〔註 55〕，更引李白〈重憶一首〉：「欲向江東去，定將誰舉杯。稽山無賀老，卻棹酒船回。」〔註 56〕賀老指賀知章，昔人已歿，悵然而歸，然蘇軾借鑒此詩反用其意，接近王徽之瀟灑神態。

《史記‧封禪書》記載：「自威、宣、燕昭使人入海求蓬萊、方丈、瀛洲。此三神山者，其傳在渤海中，去人不遠；患且至，則船風引而去。……臨之，風輒引去，終莫能至云。」〔註 57〕滿載理想志氣昂揚，然前方仙山終莫能至，或許反映稼軒任官時期，心中患得患失心情。

〈鷓鴣天〉

石壁虛雲積漸高，溪聲遶屋幾周遭。自從一雨花零落，卻
愛微風草動搖。　　呼玉友，薦溪毛。殷勤野老苦相邀。
杖藜忽避行人去，認是翁來却過橋。（卷四，頁 438）

作於慶元四年至六年（1198～1200），閒居瓢泉時，充滿田園農村之恬淡。詞用蘇軾詩「門前欂檉十頃田，清溪遶屋花連天。」化為「溪聲遶屋幾周遭」；又蘇詩中有「溪堂醉臥呼不醒，落花如雪春風顛。」亦為稼軒化作「自從一雨花零落」。詞中讚景，層次分明，下

〔註 54〕鄧注本，頁 322。
〔註 55〕《世說新語‧任誕第二十三》：「王子猷居山陰，夜大雪，眠覺，開室，命酌酒。四望皎然，因起仿偟，詠左思〈招隱詩〉。忽憶戴安道，時戴在剡，即便夜乘小船就之。經宿方至，造門不前而返。人問其故，王曰：『吾本乘興而行，興盡而返，何必見戴？』」見余嘉錫：《世說新語箋疏》（臺北：華正書局，民國 92 年 11 月 3 刷），頁 760。
〔註 56〕《全唐詩》，冊 6，卷 182，頁 1860。
〔註 57〕《史記‧卷 28‧書第 6‧封禪書》，見安平秋分史主編：《史記》（上海：漢語大辭典出版社，2004 年 1 月，《二十四史全譯》本），冊 1，頁 472。

片更描繪山村父老好客，饒富野趣。〔註58〕或因稼軒由官場所退，面對澆薄人情，反覺村老可愛。

〈柳梢青〉辛酉生日前兩日，夢一道士話長年之術，夢中痛以理折之，覺而賦八難之辭

莫鍊丹難。黃河可塞，金可成難。休辟穀難。吸風飲露，長忍飢難。　勸君莫遠遊難。何處有西王母難。休采藥難。人沉下土，我上天難。（卷四，頁517）

作於嘉泰元年（1201），家居鉛山帶湖（今江西），年六十二，已屬晚年。年歲老大，面對年少時慷慨激昂之情，而今餘幾？或有延年長壽之夢，然醒後而發覺人生實難，故賦「八難」以見。其中用蘇軾詩「黃金可成河可塞，惟有雙鬢無由玄」，蘇軾以為黃金可鍊成，黃河可阻塞，唯有年歲無從挽回。稼軒借鑒句「黃河可塞，金可成難。」欲世人不求長生鍊丹難，欲求返老還童，猶比成金塞河更難。此處借鑒蘇軾句意，而截去尾句，然二人欲表達之重返年少意念相同。

八、〈書林逋詩後〉

吳儂生長湖山曲，呼吸湖光飲山綠。
不論世外隱君子，傭奴販婦皆冰玉。
先生可是絕俗人，神清骨冷無由俗。
我不識君曾夢見，瞳子瞭然光可燭。
遺篇妙字處處有，步遶西湖看不足。
詩如東野不言寒，書似西臺差少肉。
平生高節已難繼，將死微言猶可錄。
自言不作封禪書，更肯悲吟白頭曲。逋臨終詩云：茂陵異日求遺草，猶喜初無封禪書。
我笑吳人不好事，好作祠堂傍修竹。
不然配食水仙王，一盞寒泉薦秋菊。湖上有水仙王廟。

（卷二十五，頁1273）

〔註58〕汪誠：《稼軒詞選析》（臺北：臺灣商務印書館，1993年11月），頁540。

　　本詩與前及〈寄吳德仁兼簡陳季常〉同作於元豐八年（1085）
〔註59〕，時五十歲。

　　林逋（967或968～1028），字君復，杭州錢塘（今浙江杭州）
人。結廬西湖之孤山，二十年足不及城市，自爲墓於廬側，天聖六
年卒，年六十二。宋仁宗賜諡和靖先生。據《宋史・隱逸傳》載，
林逋「善行書，喜爲詩，其詞澄浹峭特，多奇句」，「不娶，無子」，
所居植梅蓄鶴，人因謂梅妻鶴子。〔註60〕蘇軾出生時（宋仁宗景祐
三年 1036），林逋已仙逝，僅能憑藉處士留下之遺德高風，懷想其
行跡。且林逋高潔形象，往往爲後代文人欽仰，作爲精神效法對象。

　　詩中先言西湖周圍景狀，乃因湖光山色，故孕育出塵高人；而後
稱讚林逋「先生可是絕俗人，神清骨冷無由俗。我不識君曾夢見，瞳
子了然光可燭。」未曾相識然曾經夢見，其精神由眼瞳爍爍中傳達。
繼而讚林逋詩文高妙，「遺篇妙字處處有」，且詩、書俱有可觀，「詩
如東野不言寒，書似西臺差少肉」，東野即孟郊，蘇軾稱其詩與賈島
並爲「郊寒島瘦」；西臺，原文作「留臺」，乃李建中〔註61〕，李建中
書稍肥，而林逋書正宜。

〔註59〕王文誥編年，將此詩編入元豐八年（1085）乙丑正月至五月，從泗
　　　　川到宜興之間事，然與蘇軾行實不合。據《豫章集》所載「錢塘有
　　　　水仙王廟，林和靖祠堂近之。東坡先生以爲和靖清節映世，遂移神
　　　　像配食水仙王云。」此或爲元祐四年（1089）七月至元祐六年（1091）
　　　　三月，蘇軾二次知杭時事。
〔註60〕《宋史・卷457・列傳第216・隱逸傳上・林逋》，見倪其心分史主
　　　　編：《宋史》（上海：漢語大辭典出版社，2004年1月，《二十四史全
　　　　譯》本），冊15，頁9905。
〔註61〕古代帝王出巡時，駐守京師之官員以大臣輔太子身分留守，或稱留守、
　　　　留臺、居守，隋後成官名。唐高宗往來長安、洛陽間，在洛陽時於長
　　　　安置西京留守；在長安時，則於洛陽置東都留守。西臺，乃「西京留
　　　　守御史臺」之簡稱，在宋代指洛陽御史臺。〔宋〕張舜民《畫墁錄》：「西
　　　　京留臺李建中，博雅多藝，其子宗魯善相人。」見〔宋〕張舜民著，
　　　　湯勤福整理：《畫墁錄》（鄭州：大象出版社，2006年1月，《全宋筆
　　　　記・第二編・一》），頁217。又《全宋詩》李建中小傳言，曾掌西京
　　　　留守御史臺，故稱。見《全宋詩》，冊1，卷47，頁510～511。

蘇軾此詩即爲林逋手書七言近體五首之跋。詩中有蘇軾自註，可見此詩極有所指，爲蘇軾看重；且詩末又及林逋祭祀，據《山谷集》詩注：「錢塘有水仙王廟，林和靖祠堂近之。東坡先生以爲和靖清節映世，遂移神像配食水仙王云。」〔註62〕將林逋移與水仙王一同祭祀，故有詩中「不然配食水仙王」句，亦顯現對林逋之敬意。

稼軒借鑒此詩凡三處：

項次	詞牌	起句	稼軒詞句	卷次	頁碼	借鑒蘇軾詩句
1	沁園春	有美人兮	待空山自薦，寒泉秋菊	卷二	290	我笑吳人不好事，好作祠堂傍修行。不然配食水仙王，一盞寒泉薦秋菊
2	賀新郎	覓句如東野	水仙祠	卷三	311	不然待配水仙王，一盞寒泉薦秋菊
3	滿江紅	半山佳句	似神清骨冷住西湖，何由俗	卷四	452	先生可是絕俗人，神清骨冷無由俗

〈沁園春〉期思舊呼奇獅，或云碁師，皆非也。余考之荀卿書云：孫叔敖，期思之鄙人也。期思屬弋陽郡。此地舊屬弋陽縣。雖古之弋陽、期思，見之圖記者不同，然有弋陽則有期思也。橋壞復成，父老請余賦，作沁園春以證之

有美人兮，玉佩瓊踞，吾夢見之。問斜陽猶照，漁樵故里；長橋誰記，今故期思？物化蒼茫，神遊彷彿，春與猿吟秋鶴飛。還驚笑：向晴波忽見，千丈虹霓。　　覺來西望崔嵬，更上有青楓下有溪。<u>待空山自薦，寒泉秋菊</u>；中流却送，桂棹蘭旗。萬事長嗟，百年雙鬢，吾非斯人誰與歸。憑闌久，正清愁未了，醉墨休題。（卷二，頁290）

此詞起句「有美人兮」，鄧廣銘注引《詩經》句，然檢索唐宋詞，用「有美人兮」凡七處〔註63〕，且部分寓有「美人不來」、「美人老去」

〔註62〕見〔宋〕黃庭堅著，〔宋〕任淵、史容、史季溫注，黃寶華點校：《山谷詩集注》（上海：上海古籍出版社，2003年12月），卷15，頁380，〈劉邦直送早梅水仙花四首〉之四後詩注。

〔註63〕此7處均爲宋代詞人所作，分別列表如下：

之意，〔註64〕其實乃用司馬相如〈美人賦〉句：「獨處室兮廓無依，思佳人兮情傷悲。有美人兮來何遲？日既暮兮華色衰，敢託身兮長自私。」〔註65〕而詞中借鑒蘇軾詩句「一盞寒泉薦秋菊」，化爲「待空山自薦，寒泉秋菊」。蘇軾景仰林逋德行，以寒泉秋菊與之相映；稼軒亦自許清高，然無人賞識，最後「萬事長嗟，百年雙鬢，吾非斯人誰與歸。」無林逋等人歸與，只得孤芳自賞，與青山爲友。

又如〈賀新郎〉亦同借鑒蘇軾此詩：

〈賀新郎〉和前韻

> 覓句如東野。想錢塘風流處士，水仙祠下。更憶小孤煙浪裏，望斷彭郎欲嫁。是一色空濛難畫。誰解胸中吞雲夢，試呼來草賦看司馬。須更把，上林寫。　　雞豚舊日漁樵社。問先生：帶湖春漲，幾時歸也？爲愛琉璃三萬頃，正臥水亭煙榭。對玉塔微瀾深夜。鷗鷺如雲休報事，被詩逢敵手皆勍者。春草夢，也宜夏。（卷三，頁311）

詞中「想錢塘風流處士，水仙祠下」，又以林逋爲懷想對象，以

序號	詞　牌	作　者	詞題（序）	詞　文
1	沁園春	辛棄疾	期思舊呼奇獅，……作沁園春以證之	有美人兮
2	沁園春	劉過	寄孫竹湖	有美人兮
3	滿江紅	魏了翁	張總領生日，六月十八日	有美人兮
4	憶秦娥	張輯	寓憶秦娥：碧雲深	有美人兮
5	八聲甘州	李曾伯	借八牕叔韻壽之	有美人兮
6	沁園春	方岳	和宋知縣致苔梅	有美人兮
7	賀新涼	方岳	寄兩吳尚書	有美人兮山翠外

〔註64〕如上注表所見魏了翁〈滿江紅〉、李曾伯〈八聲甘州〉、方岳〈賀新涼〉等三闋。此外，關於稼軒詞中之「美人」、「佳人」意象，可見拙作〈稼軒詞佳人意象探析〉，《有鳳初鳴年刊 2》，民國 95.07，頁311～324。

〔註65〕〔漢〕司馬相如〈美人賦〉，見〔清〕嚴可均輯：《全上古三代秦漢三國六朝文・全漢文》（石家庄：河北教育出版社，1997 年 10 月），卷 22，司馬相如 2，頁 459。

其生平德行及隱逸事跡，爲全詞基調。再如〈滿江紅〉：

〈滿江紅〉和傅嚴叟香月韻

半山佳句，最好是「吹香隔屋」。又還怪冰霜側畔，蜂兒成
簇。更把香來薰了月，却教影去斜侵竹。似神清骨冷住西
湖，何由俗。　　根老大，穿坤軸。枝夭嬌，蟠龍斛。快
酒兵長俊，詩壇高築。一再人來風味惡，兩三杯後花緣熟。
記五更聯句失彌明，龍啣燭。（卷四，頁451）

此詞爲賦和香月韻，又提及林逋，其「疏影橫斜水清淺，暗香浮
動月黃昏」〔註66〕句，易與「香」、「月」聯想，更且品格清高，風神
清朗，骨傲如冰；如此脫俗，自不與凡夫俗子同列。

稼軒與蘇軾作品中，多見與林逋有關之句，稼軒借鑒林逋詩句亦
所在多有，詳見本論第六章〈稼軒借鑒其他宋代詩人詩〉，借鑒林逋
詩一節討論。

九、〈寄高令〉

滿地春風掃落花，幾番曾醉長官衙。
詩成錦繡開胸臆，論極冰霜繞齒牙。
別後與誰同把酒？客中無日不思家。
田園知有兒孫委，早晚扁舟到海涯。（卷四十，頁2066）

作於紹聖三年（1096），在寧遠軍節度副使，惠州（今廣東惠陽）
安置，不得簽書公事貶所，時六十一歲。宋哲宗元祐九年四月改元爲
紹聖元年（1094），蘇軾坐元祐黨禍，於定州（今河北定縣）知州任
上接獲朝命，因所作制詞語涉譏訕，責知英州（今廣東英德）軍州事。
六月二十五日抵當塗（今安徽省當塗縣），未及定州，再責授建昌（今
江西南城）軍司馬，惠州（今廣東惠陽）安置，不得簽書公事。

蘇軾二次遭貶，心境較先前貶黃州（今屬湖北）更爲平靜，面對
坎坷之智慧，亦更圓融高深，然心中感慨難免。詩中先言春去已令人
感傷，更何況風來捲落花，一點無痕跡；想當初幾次醉臥官衙，或歡

〔註66〕林逋〈山園小梅〉二首之一，見《全宋詩》，冊2，卷106‧林逋2，
頁1218。

飲，或解愁，「詩成錦繡開胸臆，論極冰霜繞齒牙。」胸中縱有無限抱負，錦繡文章，然又如何？脫口而出文字盡為冰霜，顯示心如死灰，身同槁木。而今又將與高令分別，從今後，向誰訴？「客中無日不思家」，可見蘇軾年紀漸大，對世事漸坦然，平生懷抱者已非田園官職，甚或文章詩名，而惦念歸家，甚或想「乘桴浮於海」，拋卻一切，寄餘生於江海。

稼軒借鑒此詩凡三處：

項次	詞牌	起　句	稼軒詞句	卷次	頁碼	借鑒蘇軾詩句
1	滿江紅	漢水東流	談兵玉帳冰生頰	卷一	46	論極冰霜繞齒牙
2	蝶戀花	莫向樓頭聽漏點	錦繡心胸	卷二	150	詩成錦繡開胸臆
3	水龍吟	稼軒何必長貧	遶齒冰霜	卷二	219	詩成錦繡開胸臆，論極冰霜繞齒牙

〈滿江紅〉

漢水東流，都洗盡髭胡膏血。人盡說君家飛將，舊時英烈：破敵金城雷過耳，談兵玉帳冰生頰。想王郎結髮賦從戎，傳遺業。　　腰間劍，聊彈鋏。尊中酒，堪為別。況故人新擁，漢壇旌節。馬革裹屍當自誓，蛾眉伐性休重說。但從今記取楚樓風，裴臺月。（卷一，頁45）

〈蝶戀花〉用趙文鼎提舉送李正之提刑韻，送鄭元英

莫向樓頭聽漏點。說與行人，默默情千萬。總是離愁無近遠。人間兒女空恩怨。　　錦繡心胸冰雪面。舊日詩名，曾道空梁燕。傾蓋未償平日願。一杯早唱陽關勸。（卷二，頁149）

〈水龍吟〉題瓢泉

稼軒何必長貧，放泉簷外瓊珠瀉。樂天知命，古來誰會，行藏用舍？人不堪憂，一瓢自樂，賢哉回也。料當年曾問：「飯蔬飲水，何為是，恓恓者？」　　且對浮雲山上，莫匆匆去流山下。蒼顏照影，故應零落，輕裘肥馬。遶齒冰霜，滿懷芳乳，先生飲罷。笑挂瓢風樹，一鳴渠碎，問何如啞。（卷二，頁218）

　　稼軒借鑒蘇軾此詩，僅用「詩成錦繡開胸臆，論極冰霜繞齒牙」句，此句亦見於蘇軾詞〈浣溪沙・彭門送梁左藏〉：「怪見眉間一點黃。詔書催發羽書忙。從教嬌淚洗紅妝。　　上殿雲霄生羽翼，論兵齒頰帶風霜。歸來衫袖有天香。」〔註67〕因極為壯闊有氣勢，為稼軒所喜用。

　　第一闋作於淳熙四年（1177），正值青年初任官時期，故而亟思有所發揮，氣勢磅礡，「談兵玉帳冰生頰」句言論兵領軍之犀利，與稼軒曾獻〈九議〉、〈美芹十論〉等策事實相符，詞中更有但願從戎戰場，馬革裹屍無憾句，足見其志願。

　　第二闋「錦繡心胸冰雪面。舊日詩名，曾道空梁燕。傾蓋未償平日願。一杯早唱陽關勸。」作於閒居帶湖時，此時受挫，心境轉而沈鬱，因此即便當年錦繡之才，卻淪為舊時心願，未能得償所願，早離朝廷，唱陽關曲酬鄭元英，只因此去久別，歸來恐再無故人。

　　第三闋題瓢泉居所，然而「遶齒冰霜，滿懷芳乳，先生飲罷。」乃指泉水冷冽，入口清涼。然曾經車馬輕裘，然此刻早已零落；飲罷瓢泉，冷暖只自知，唯有寄身鄉間，安然渡餘年。此處便與蘇軾詩意旨相當。

　　綜上分析，可發現稼軒借鑒蘇軾詩之詞作，多為寄贈友人作品，或因蘇軾詩於稼軒心境貼近，且對好友較能吐露心聲，故擷拾引用，情感亦較為真實。

　　此外，稼軒借鑒蘇軾詩多用蘇軾成句，然卻亦見改用該字詞意思，如偓促、蒼髯等。又或者回歸原典意義，如「三萬六千」回歸李白原典原含意。又發現同用一詞同手法詠一類物事，如有「桃李漫山」句，且同用以反襯，一襯海棠，一襯梅花。以上歸納種種，足見稼軒對蘇軾詩之全面吸納，及純熟之引用手法。

〔註67〕見鄒同慶、王宗堂著：《蘇軾詞編年校注》（北京：中華書局，2002年9月），頁255。

第二節　借鑑蘇軾詩原因分述

經以上探討稼軒借鑑蘇軾詩篇，自重要篇章之析論中，可見稼軒借鑑蘇軾詩之緣由及手法。綜上所論，稼軒多次借鑑蘇軾詩，除蘇軾詩廣爲人知，詩名遠播，且人格受人景仰外，尚可歸出以下三點原因：

一、遭遇及心境近似

蘇軾於宋仁宗時得歐陽脩等人拔擢獲用，卻因神宗變法後，因而遭受詩禍，甚或貶謫，其〈自題金山畫像〉曾言：「心似已灰之木，身如不繫之舟。問汝平生功業，黃州惠州儋州。」（卷五十，頁2475）元豐三年（1080）至黃州後，蘇軾〈答李端叔書〉云：「得罪以來，深自閉塞，扁舟草屨，放浪山水間，與樵漁雜處，往往爲醉人所推罵。輒自喜漸不爲人識……」〔註68〕與山野鄙夫樵相處，因深居簡出，不彰顯官員身份，反被醉人漫罵，卻以爲此事可喜。又〈初入廬山〉三首其三：「可怪深山裡，人人識故侯」（卷二十三，頁1153），則又由反面表達相同意思。遭禍以後，但願藏身山林，不欲與人接觸，在在可見憂懼心態。且於蘇軾詩集中，常見身不由己之觀念，轉而爲詩，則成「吾生如寄」之慨嘆。檢索蘇軾詩，用此一意識之詩作凡十六處，〔註69〕而其中用「吾生如寄耳」句九處，凸顯蘇軾對人生無常之劇烈感受，此九處作品按時間排列如下：

項次	詩　名	詩　句	卷　次	編年	年紀
1	過雲龍山人張天驥	慈孝董邵南，雞狗相乳抱。 吾生如寄耳，歸計失不蚤。	卷十五，頁723	熙寧十年	42歲
2	罷徐州往南京馬上走筆寄子由五首之一	吏民莫扳援，歌管莫淒咽。 吾生如寄耳，寧獨爲此別。	卷十八，頁902	元豐二年	44歲

〔註68〕蘇軾〈答李端叔書〉，見孔凡禮點校：《蘇軾文集》（北京：中華書局，1990年2月），卷49‧書，頁1432。

〔註69〕見蔡孟芳：《蘇軾詩中的生命觀照》（臺北：國立政治大學中國文學研究所碩士論文，民國95年7月），第四章〈蘇軾對生命本質的思考與認知〉，第二節生命本質的思考，表七蘇軾嘆詠「吾生如寄」詩例舉隅，頁155～156。

項次	詩　名	詩　句	卷　次	編年	年紀
3	過淮	黃州在何許，想像雲夢澤。 吾生如寄耳，初不擇所適。 但有魚與稻，生理已自畢。	卷二十，頁983	元豐三年	45歲
4	和王晉卿並敍	吾生如寄耳，何者爲禍福。 不如兩相忘，昨夢那可逐。	卷二十九，頁1461	元祐二年	52歲
5	次韻劉景文登介亭	遠追錢氏餘，近弔祖侯躅。 吾生如寄耳，寸晷輕尺玉。	卷三十二，頁1614	元祐五年	55歲
6	送芝上人遊廬山	吾生如寄耳，出處誰能必？ 江南千萬峰，何處訪子室。	卷三十五，頁803	元祐七年	57歲
7	東府雨中別子由	聚散一夢中，人北雁南翔。 吾生如寄耳，送老天一方。	卷三十七，頁1879	元祐八年	58歲
8	和陶擬古九首之三	吾生如寄耳，何者爲我廬。 去此復何之，少安與汝居。	卷四十二，頁2158	元符元年	63歲
9	鬱孤臺	吾生如寄耳，嶺海亦閒游。 贛石三百里，寒江尺五流。	卷四十五，頁2269	建中靖國元年	66歲

　　此九詩寫作年紀由壯年（42歲）至老年（66歲），即便在朝爲官時期，亦將此句反覆使用，周必大言：「東坡博極群書，無不用之事，波瀾浩渺，千變萬化。復語絕少，獨『人生如寄耳』一句，不啻八九用之。」〔註70〕可見此句足以表達其深刻感受。

　　然而蘇軾對遭遇確實多怨〔註71〕，然此「怨」原來自儒家思想「致君堯舜上」教育，出仕爲唯一人生價值。遭貶後以佛、老思想排遣，外貶時期，或許心境枯槁孤寂，然而卻因此孤寂之心靈，創造文學生命中之高峰。此間心境轉折，由名作〈定風波・三月七日沙湖道中遇雨，雨具先去，同行皆狼狽，余獨不覺。已而遂晴，故作此〉可明。此乃蘇軾坦蕩之胸懷，任天而動，以曲筆寫胸臆，並化入眼前之景，極盡倚聲之能事，不但爲生命之通脫解悟，亦是人

〔註70〕〔南宋〕周必大：《平園續稿・卷15》，見錢鍾書：《管錐編》（臺北：書林出版有限公司，1990年），冊3，頁1159。

〔註71〕蘇軾作品中之「怨」，可參見林宜陵：〈蘇軾詩詞中之「欣然」意——以元豐八年爲例〉（私立東吳大學中國文學系：《東吳中文線上學術論文》第一期，2008年3月），「貳、感嘆詩禍之怨」一節，頁19～32。

生大智慧。

　　稼軒早年曾於金人統治之北方參與科舉考試，紹興二十四年
（1154）、紹興二十七年（1157），辛棄疾各有燕山之行，「嘗令臣兩
隨計吏抵燕山，諦觀形勢。」參加科考同時，更觀察形勢，終於紹興
三十年（1160）考中進士。〔註72〕本可於北方任官，求得顯貴之途，
然受祖父辛贊影響，決心貢獻家國，因此率七、八千人南歸。然卻因
其歸正北人身份，難獲重用，甚遭謗訕而罷官，閒居帶湖、瓢泉長達
二十年時間。對此遭遇，亦有不平之怨氣，如〈鶴鳴亭絕句〉四首之
一：「飽飯閒遊繞小溪，卻將往事細尋思。有時思到難思處，拍碎欄
杆人不知。」〔註73〕同受儒家思想薰陶，然稼軒於遭黜時，未能如蘇
軾如此曠達，「他在詞中寫出了自己心裡的矛盾和痛苦，也時時顯露
出其疏放任情的個性。」〔註74〕如前及〈鷓鴣天〉（起句：桃李漫山
過眼空），借鑒蘇軾〈寓居定惠院之東，雜花滿山，有海棠一株，土
人不知貴也〉一詩，同以自身不受重用，輸與凡俗桃李為背景所作。
其他又如〈臨江仙〉（起句：醉帽吟鞭花不住）、〈臨江仙·戲為期思
詹老壽〉（起句：手種門前烏柏樹）等，亦可見刻意表現曠達，時仍
懷有不平之氣。

　　此外，觀察稼軒借鑒蘇軾詩作，發現所引用之蘇詩多為外任時期
作品，少在朝為官之作；且稼軒借鑒所作詞，亦多為卷二、卷四於帶
湖、瓢泉隱居時期作品。或許因遭遇相似，欲於詩詞作品中表達之聲
息相近，且稼軒有意借蘇軾喜樂不動於心，無入而不自得之隱逸情
懷，作為排解鬱悶之方，故多方借鑒引用。然而，蘇軾詩集中九用「吾
生如寄耳」句，顯現佛老思想，然於稼軒詩詞作品中，無任何一處提

〔註72〕〔宋〕徐夢莘：《三朝北盟會編》（臺北：臺灣商務印書館，《景印文
　　　淵閣四庫全書》本，冊352），頁472。
〔註73〕鄧廣銘輯校審訂、辛更儒箋注：《辛稼軒詩文箋注》（上海：上海古
　　　籍出版社，1995年12月）。
〔註74〕鞏本棟：《辛棄疾評傳》（南京：南京大學出版社，2002年5月），頁
　　　332。

及人生際遇無常言論，似全無生命短暫之感受。或許稼軒心心念念，仍願以有限之生，發揮無限之功，對國家朝廷有所助益。

二、創作手法雷同

蘇軾與稼軒並稱「蘇辛」，乃因二人有極大相似之處。以下略分數點說明：

（一）技巧方面：用典繁複

稼軒用典之頻繁，且技巧多端，在此便不再贅述。然而蘇軾對於作詩用典有獨到見解，認為「詩須要有為而作，用事當以故為新，以俗為雅。好奇務新，乃詩之病。」〔註75〕又「大抵作詩當日鍛月鍊，非欲誇奇鬥異，要當淘汰出合用事。」〔註76〕

蘇軾詩中用典，技巧多端，〔註77〕不僅用語典、用事典，更語事混合用典；其中第三項因難度高，使用者少，然蘇軾卻屢次見用，如〈張子野年八十五尚聞買妾述古令作詩〉詩：「杜下相君猶有齒，江南刺史已無腸。」（卷十一，頁496）後句詩注引〈本事詩〉曰：「劉禹錫罷和州，為主客郎中。李司徒罷鎮在京，慕劉名，邀飲。酒酣，命妙妓歌以送之。劉於席上賦詩曰：『鬢髻梳頭宮樣妝，春風一曲杜韋娘。司空見慣渾閑事，斷盡蘇州刺史腸。』李因以妓贈之。」〔註78〕用劉禹錫語典、事典；又白居易〈山遊示小妓〉詩：「莫唱楊柳枝，無腸與君斷。」白居易曾任蘇州刺史，此處又用白居易語典、事典，二者混用，極盡用典之妙。

又，蘇軾一詩中多次用典不足為奇，更甚者，有一句用三典故者，如〈張安道樂全堂〉：「步兵飲酒中散琴，於此得全非至樂。」（卷十

〔註75〕〈題柳子厚詩二首之二〉，《蘇軾文集》卷67
〔註76〕〈書贈徐信〉，（《蘇軾佚文彙編》卷五）
〔註77〕關於蘇軾詩中用典方式，可參羅鳳珠：〈蘇軾詩典故用語研究〉，第五屆漢語詞彙語意學研討會（新加坡國立大學主辦），2004年6月14～17日。
〔註78〕劉禹錫所賦詩乃〈贈李司空妓〉，《全唐詩》冊11，卷365，頁4121。

三，頁 616）此詩「步兵飲酒中散琴」句便用三典故：

1. 「步兵飲酒」指阮籍，《晉書・阮籍傳》：「籍本有濟世志，屬魏晉之際，天下多故，名士少有全者，籍由是不與世事，遂酣飲爲常。……籍聞步兵廚營人善釀，有貯酒三百斛，乃求爲步兵校尉。」〔註79〕

2. 「中散琴」，中散乃嵇康，嵇康〈與山巨源絕交書〉：「今但願守陋巷，教養子孫，時與親舊疏闊，陳說平生，濁酒一盃，彈琴一曲，志願畢矣。」〔註80〕

3. 全句乃化庾信〈擬詠懷〉二十七首之一：「步兵未飲酒，中散未彈琴。」〔註81〕

《苕溪漁隱叢話》引《漫叟詩話》云：「東坡最善用事，既顯而易讀，又切當。」〔註82〕以上所引詩例，亦足見蘇軾詩中用典，技巧之高，及其才學之深。

（二）形式方面：以文爲詩、用俗語口語

稼軒以文爲詞，於第二章〈稼軒詞借鑒歐陽脩詩〉，第二節「二、創作手法雷同」中已見討論。蘇軾以文爲詩、爲詞，亦其詩詞特色。

晁無咎言：「蘇東坡詞，人謂多不諧音律。然居士詞橫放傑出，自是曲子中縛不住者。」〔註83〕蘇軾亦自言：「（作文）大略如行雲流水，初無定質，但常行於所當行，常止於所不可不止，文理自然，姿

〔註79〕《晉書・卷49・列傳第19・阮籍傳》，見許嘉璐分史主編：《晉書》（上海：漢語大辭典出版社，2004年1月，《二十四史全譯》本），冊12，頁1108。

〔註80〕嵇康〈與山巨源絕交書〉，見〔梁〕蕭統編，〔唐〕李善注：《文選》（湖南：岳麓書社，2002年9月），卷43，頁1324。

〔註81〕〔北周〕庾信撰，〔清〕倪璠注，許逸民校點：《庾子山集》（北京：中華書局，2000年3月），卷3・詩，頁229。

〔註82〕〔宋〕胡仔：《苕溪漁隱叢話・前集》（臺北：木鐸出版社，民國71年8月），卷38・東坡1，頁257。

〔註83〕見〔清〕徐釚編著，王百里校箋：《詞苑叢談校箋》（北京：人民文學出版社，1998年2月），卷4・品藻2，頁217。

態橫生。」〔註84〕釋德洪〈跋東坡悅池錄〉亦言:「東坡蓋五祖戒禪師之後,身以其理通,故其文渙然如水之質,漫衍浩蕩,則其波亦自然成文。蓋非語言文字也,皆理故也。」〔註85〕均說明蘇軾作品風格流暢,豪放自如。然此種風格,均仰賴散文手法出之,而主要表現於以下三點:

1、用散文句法

蘇軾〈遊金山寺〉詩,爲其「以文爲詩」手法代表:

> 我家江水初發源,宦游直送江入海。
> 聞道潮頭一丈高,天寒尚有沙痕在。
> 中泠南畔石盤陀,古來出沒隨濤波。
> 試登絕頂望鄉國,江南江北青山多。
> 羈愁畏晚尋歸楫,山僧苦留看落日。
> 微風萬頃靴文細,斷霞半空魚尾赤。
> 是時江月初生魄,二更月落天深黑。
> 江心似有炬火明,飛焰照山棲鳥驚。
> 悵然歸臥心莫識,非鬼非人竟何物。
> 江山如此不歸山,江神見怪警我頑。
> 我謝江神豈得已,有田不歸如江水!(卷七,頁274~276)

全詩以江水爲線索,用十「江」字貫串思鄉之情。詩中除不避重複用字之外,全詩除「微風萬頃靴文細,斷霞半空魚尾赤」一句對偶,幾乎全爲散文句式。此外,〈韓幹馬十四匹〉:「韓生畫馬眞是馬,蘇子作詩如見畫。」(卷十五,頁747)亦明白通俗,直如散文。

稼軒以文爲詞,散文句式亦多,如〈水調歌頭〉:「我愧淵明久矣,獨借此翁湔洗,素壁寫歸來。」(卷二,頁130)〈水龍吟〉:「古人兮既往,嗟余之樂,樂簞瓢些。」(卷四,頁355)〈惜奴嬌〉:「知否:

〔註84〕蘇軾〈與謝民師推官書〉,又名〈答謝民師書〉,見孔凡禮點校:《蘇軾文集》(北京:中華書局,1990年2月),卷49‧書,頁1418。
〔註85〕〔宋〕釋德洪〈跋東坡悅池錄〉,見〔宋〕釋德洪:《石門題跋》(臺北:新文豐出版公司,民國74年1月,《叢書集成新編》本,冊50),卷2,頁619。

又拚了一場消瘦。」（卷六，頁 581）

2、用虛字

蘇軾詩中多見虛字，如「矣」、「是」、「之」等，如〈送任伋通判黃州兼寄其兄孜〉：「無媒自進誰識之，有才不用今老矣。」（卷六，頁222）〈出都來陳所乘船上有題小詩八首不知何人有感於余心者聊爲和之〉二首之二：「何必擇所安，滔滔天下是！」（卷六，頁238）〈息壤詩〉：「帝息此壤，以藩幽臺。有神司之，隨取而培。」（卷二，頁54）

稼軒詞中用虛字者甚多，如用「了」字，有〈添字浣溪沙〉：「幸自曲生閑去了，又教忙。」（卷四，頁389）用「矣」字，有〈水調歌頭〉：「誰念英雄老矣，不道功名蕞爾，決策尙悠悠。」（卷六，頁583）用「之」字，有〈一翦梅〉：「何幸如之。何幸如之。」（卷六，頁573）

3、用口語、俗語

蘇軾詩中亦常見以通俗之口語，如〈病中游祖塔院〉：「因病得閑殊不惡，安心是藥更無方。」（卷十，頁444）又〈答王鞏〉：「問客何所須？客言我愛山，青山自繞郭，不要買山錢。」（卷十七，頁836）再見〈雨後行茶圃〉：「天公眞富有，膏乳瀉黃壤。……小摘飯山僧，清安寄眞賞。」此外〈次韻答元素〉：「莫把存亡悲六客，已將地獄等天宮」（卷二十一，頁 1084）以及〈復次放魚韻答趙承議陳教授〉：「東坡也是可憐人，披抉泥沙收細碎。」（卷三十四，頁1694）（卷三十九，頁2050）所引詩中「安心是藥」、「我愛山」、「買山錢」、「天公、「富有」、「小摘」、「地獄」、「可憐人」等，均爲及通俗之日常用語。

稼軒詞中用口語、俗語之作極多，如〈戀繡衾〉：「夜長偏冷添被兒。枕頭兒移了又移。我自是笑別人底，卻元來當局者迷。」（卷一，頁99）〈臨江仙〉：「歲晚人欺程不識，怎教阿堵留連。」（卷四，頁390）〈玉樓春〉：「謝公直是愛東山，畢竟東山留不住。」（卷四，頁396）〈生查子〉：「富貴使人忙，也有閒時節。」（卷五，頁547）所引詞中「被兒」、「枕頭兒」、「阿堵」、「留不住」、「也有」等，均爲通俗口語。

（三）議論手法：多用戲筆、調笑

葉燮《原詩》言：「蘇軾之詩，其境界皆開闢古今之所未有，天地萬物，嬉笑怒罵，無不鼓舞於筆端。」〔註86〕「嬉笑怒罵，無不鼓舞於筆端」，與稼軒詞調笑、書憤、戲筆等內容無所不包，極爲相同。經檢索蘇軾詩，詩題中用「戲」字者，多達 102 首，蓋因蘇軾性格爽朗，頗具幽默之意，故慣用戲筆與友人談笑。如〈立春日小集戲李端叔〉：「須煩李居士，重說後三三。」（卷三十七，頁 1908）「後三三」句頗爲難懂，顧禧注：「蓋端叔在定武幕中，特悅營妓董九者，故用九數以爲戲爾。」乃以析數之法嘲李端叔。又見〈張子野年八十五尙聞買妾述古令作詩〉詩（卷十一，頁 496）查愼行注，作此詩原因乃張先年八十餘，家中猶蓄聲妓，蘇軾詩中言：「詩人老去鶯鶯在，公子歸來燕燕忙。」乃用元稹〈鶯鶯傳〉之崔鶯鶯，及漢成帝趙飛燕、張祜妾燕燕戲之。以上所引二詩，俱用嘲笑戲筆，足見朋友交情深厚，堪玩笑戲謔。

又如〈余來儋耳得吠狗曰烏觜甚猛而馴隨余遷合浦過澄邁泅而濟路人皆驚戲爲作此詩〉：

> 烏喙本海獒，幸我爲之主。食餘已瓠肥，終不憂鼎俎。
> 晝馴識賓客，夜悍爲門戶。知我當北還，掉尾喜欲舞。
> 跳踉趁童僕，吐舌端汗雨。長橋不肯躡，徑渡淸深浦。
> 拍浮似鵝鴨，登岸劇虓虎。盜肉亦小疵，鞭箠當貰汝。
> 再拜謝厚恩，天不遣言語。何當寄家書，黃耳定乃祖。
>
> （卷四十三，頁 2215）

詩題饒富趣味，而詩中描寫所養之狗，形象生動活潑，令人莞爾。此外，由「知我當北還，掉尾喜欲舞」句中亦見寄託，「再拜謝厚恩，天不遣言語。」實乃以「戲」轉出之眞實心情。

稼軒詞中，亦多見用以「戲」爲題之作，經檢索發現，詞題中含

〔註86〕〔清〕葉燮《原詩》（上海：上海古籍出版社，2005 年，《續修四庫全書》本，冊 1698），卷 1・內篇上，頁 23。

「戲」字者，凡 21 闋。﹝註87﹞稼軒詞中雖用戲筆，但多半有所際遇；甚或詩題中無「戲」字，然內容亦可見自我嘲諷背後深刻意涵。如〈念

﹝註87﹞此 21 闋詞以「戲」為題之作列表如下：

項次	詞牌	詞題	起句	卷次	頁碼
1	西江月	江行采石岸，戲作漁父詞	千丈懸崖削翠	卷一	62
2	鷓鴣天	戲題村舍	雞鴨成羣晚未收	卷二	193
3	八聲甘州	夜讀李廣傳，不能寐，因念晁楚老、楊民瞻約同居山間，戲用李廣事，賦以寄之	故將軍飲罷夜歸來	卷二	205
4	水龍吟	用瓢泉韻戲陳仁和，兼簡諸葛元亮，且督和詞	被公驚倒瓢泉	卷二	219
5	鵲橋仙	為人慶八十席上戲作	朱顏暈酒	卷二	227
6	江神子	聞蟬蛙戲作	簟鋪湘竹帳籠紗	卷二	292
7	添字浣溪沙	三山戲作	記得瓢泉快活時	卷三	316
8	一枝花	醉中戲作	千丈擎天手	卷三	334
9	南歌子	新開池，戲作	散髮披襟處	卷四	378
10	添字浣溪沙	與客賞山茶，一朵忽墮地，戲作	酒面低迷翠被重	卷四	379
11	水調歌頭	將遷新居不成，有感，戲作。時以病止酒，且遣去歌者，末章及之	我亦卜居者	卷四	383
12	玉樓春	戲賦雲山	何人半夜推山去	卷四	395
13	玉樓春	隱湖戲作	客來底事逢迎晚	卷四	412
14	鷓鴣天	讀淵明詩不能去手，戲作小詞以送之	晚歲躬耕不怨貧	卷四	416
15	六州歌頭	屬得疾，暴甚，醫者莫曉其狀。小愈，困臥無聊，戲作以自釋	晨來問疾	卷四	428
16	鷓鴣天	尋菊花無有，戲作	掩鼻人間臭腐場	卷四	432
17	念奴嬌	於旣爲傅巖叟兩梅賦詞，傅君用席上有請云：「家有四古梅，今百年矣，未有以品題，乞援香月堂例。」欣然許之，且用前篇體制戲賦	是誰調護	卷四	450
18	浣溪沙	偕杜叔高吳子似宿山寺戲作	花向今朝粉面勻	卷四	454
19	烏夜啼	戲贈籍中人	江頭三月清明	卷六	574
20	江城子	戲同官	留仙初試硏羅裙	卷六	580
21	惜奴嬌	戲同官	風骨蕭然	卷六	581

奴嬌・和趙國興知錄韻〉，下片：「怎得身似莊周，夢中蝴蝶，花底人間世。記取江頭三月暮，風雨不爲春計。萬斛愁來，金貂頭上，不抵銀瓶貴。無多笑我，此篇聊當賓戲。」（卷四，頁 399）稼軒此詞和友人韻，然詞中感嘆己身遭遇，以爲不如莊周之夢，如蝴蝶漫遊人間，惹得閒愁無數。最後雖用班固〈答賓戲〉典故，感嘆不能遭時，以致無功；然將此間種種心事，故意化爲「戲語」出之，可見稼軒故作瀟灑，卻耿耿於懷之心境。

（四）內涵方面：書不平之氣

陳師道《後山詩話》以爲：「蘇（軾）詩始學劉禹錫，故多怨刺。」〔註88〕除蘇軾以外，宋詩大家如王安石、黃庭堅、陳師道等人，亦多愛化用劉詩。〔註89〕然蘇軾詩亦同劉禹錫，寓有怨刺之意。

此種於詩詞中寄寓諷刺或自身不平之創作手法，至稼軒，發而爲「以氣爲詞」，如劉辰翁《辛稼軒詞序》言：「詞至東坡，傾蕩磊落，如詩，如文，如天地奇觀。」〔註90〕以己身不平之氣及學識涵養爲根基，創造《稼軒詞》之非凡成就。

而如趙翼《甌北詩話》所評：「以文爲詩，自昌黎始；至東坡益大放厥詞，別開生面，成一代之大觀。……尤其不可及者，天生健筆一枝，爽如哀犁，快爲并剪，有必達之隱，無難顯之情：此所以繼李、杜後爲一大家也。而其不如李、杜處亦在此。」〔註91〕「有必達之隱，無難顯之情」乃指其詩無所不談、無所不寫，甚或用以表達壯志難酬時欲噴發之情懷，此蘇、辛二人正相符合；又因遭遇及人格近似，故稼軒詞於蘇軾詩多所借鑒引用。正如元好問所評論：

〔註88〕〔宋〕陳師道：《後山詩話》（臺北：臺灣商務印書館，1983 年，《景印文淵閣四庫全書》本，冊 1478），頁 283 上。

〔註89〕蕭瑞峰：《劉禹錫詩論》（長春：吉林教育出版社，1995 年），頁 109〜124、234〜264。

〔註90〕〔宋〕劉辰翁：《須溪集》（北京：商務印書館，2005 年，《文津閣四庫全書》本，冊 396），卷 6，〈辛稼軒詞序〉，頁 469。

〔註91〕〔清〕趙翼著，霍松林、胡主佑校點：《甌北詩話》（北京：北京人民文學出版社，1998 年 5 月），卷 5・〈蘇東坡詩〉一，頁 56。

> 唐歌詞多宮體，又皆極力爲之。自東坡一出，情性之外不
> 知有文字，眞有「一洗萬古凡馬空」氣象。……坡以來，
> 山谷、晁無咎、陳去非、辛幼安諸公，俱以歌詞取稱，吟
> 詠性情，留連光景，清壯頓挫，能起人妙思。亦有語意拙
> 直，不自緣飾，因病成妍者皆自坡發之。〔註92〕

其中對蘇軾而起之清壯妙思，及語意拙直之病，皆有批評。因此，稼
軒除與蘇軾同屬豪放派詞人外，蘇軾詞意之放曠，及其言詞之病，皆
爲稼軒所承襲。蘇軾擴大詞之題材，豐富詞之意境，並突破「詩莊詞
媚」之界限，無所不能入詞，故對於詞體之革新與發展，貢獻極大，
然全由於抒胸中之「不平之氣」而起。

三、有共同仰慕對象

　　綜上所論，由稼軒詞借鑒蘇軾詩之數量，以及詩作分析，已可見
稼軒於宋代詩人中，對蘇軾有特別之偏愛，因此借鑒數量之多，且用
法多端。然觀察稼軒所借鑒之蘇軾詩，詩中多有吟詠對象，可由此發
現蘇軾偏愛之前人，且歸納此數人，亦多爲稼軒所喜愛，可見二人具
有共同仰慕之對象。以下分點敘述。

（一）愛陶和陶

　　陶潛於當代不受重視，甚或爲南朝梁・鍾嶸《詩品》列於中品。
直至宋代以後，方廣爲人愛，或許其人格符合宋代文人之期待，文字
風格亦符合當代審美標準，故獲得許多青睞。錢鍾書曾言：「淵明文
名，至宋而極。永叔推《歸去來辭》爲晉文獨一；東坡和陶，稱爲曹、
劉、鮑、謝、李、杜所不及。自是厥後，說詩者幾於萬口同聲，翕然
無問。」〔註93〕宋代詩人如林逋、王安石、蘇軾、蘇轍、黃庭堅、陳

〔註92〕姚奠中、李正民主編：《元好問全集》（山西：山西古籍出版社，2004
　　　　年1月），卷36〈新軒樂府引〉，頁764～765。
〔註93〕周鎮甫、冀勤編著：《錢鍾書《談藝錄》讀本》（上海：上海教育出
　　　　版社，1996年5月初版3刷），三、作家作品論（三）論唐宋人推陶
　　　　詩，頁178。

師道、陸游、楊萬里諸家，要皆爲尊陶、學陶、和陶、宗陶之代表；而此其中，以蘇軾有和陶詩一百二十四首，尤稱經典大宗。〔註94〕蘇軾於貶謫時期多以和陶潛詩爲娛，故有和陶詩百餘首，陶詩之流傳，或許亦多得於蘇軾之功。

陶潛於仕與不仕間，無適而不可，一切順應自然；自然眞率，高尙其志，能急流勇退，不受拘束回歸田園，誠爲宋人最高理想人格。而蘇軾評陶詩，重於神韻氣味，曾評曰：「其詩質而實綺，癯而實腴」〔註95〕；又曰：「外枯而中膏，似淡而實美」〔註96〕，具有枯澹之美；再者認爲：「淵明詩初看若散緩，熟看之有奇句。」〔註97〕由人格至文字，均見蘇軾對陶詩之景仰及品味深刻。

稼軒借鑒蘇軾和陶詩，於本章所見雖只用一處，然稼軒詞作中常提及淵明，依袁行霈統計，稼軒評論陶潛或用陶潛事蹟、詩文等頻率既高，範圍又廣，總計凡 98 次。〔註98〕但若以「淵明」爲關鍵字搜尋，可得 22 處。其中可見「學淵明」、「想淵明」等句，如：

〈蝶戀花〉（起句：洗盡機心隨法喜）：「自有淵明比」；（卷二，頁 126）

〈洞仙歌・開南溪初成賦〉：「待學淵明」；（卷二，頁 144）

〈洞仙歌・訪泉於奇師村，得周氏泉，爲賦〉：「待學淵明」；（卷二，頁 196）

〔註94〕見張高評：〈北宋讀詩詩與宋代詩學——從傳播與接受之視角切入〉（《漢學研究》第 24 卷第 2 期，2006 年 12 月），頁 208。

〔註95〕孔凡禮點校：《蘇軾文集・佚文彙編》（北京：中華書局，1990 年 2 月），卷 4・〈與子由六首〉其五，頁 2514。

〔註96〕孔凡禮點校：《蘇軾文集・佚文彙編》（北京：中華書局，1990 年 2 月），卷 67・〈評韓柳詩〉，頁 2109。

〔註97〕〔宋〕釋惠洪：《冷齋夜話》，卷一〈東坡得陶淵明之遺意〉。見張伯偉編校：《稀見本宋人詩話四種》（南京：江蘇古籍出版社，2002 年），頁 14。

〔註98〕袁行霈：〈陶淵明與辛棄疾〉（香港：天馬圖書有限公司，2003 年 2 月，1990 上饒辛棄疾國際學術研討會論文集），頁 567～568。

〈沁園春・再到期思卜築〉：「不負淵明」。（卷四，頁 353）

稼軒喜愛陶潛，故於詞中多次提及，而二人相契合之處，據袁行霈歸納，約有四點：

> 第一，回歸思想。陶潛〈歸去來辭〉充分表達其歸引思想，而稼軒詞中亦即用〈歸去來辭〉次數最多。

> 第二，愛酒。陶潛愛酒，稼軒寫酒時用陶潛典故甚多。二人多半於酒醉後真情直言。

> 第三，對友情之重視。陶潛〈停雲〉詩表達對親友之思念，多次引發稼軒思友之情，甚有〈聲聲慢〉（停雲靄靄）一闋櫽括〈停雲〉詩而成。

> 第四，陶潛在辛詞中已被形象化，成為代表遺世獨立、瀟灑風流、任真自得之人生態度，同時也代表稼軒自身投射。〔註99〕

其中第四點，即為上所整理「學淵明」、「待淵明」之隱含意思。

　　由陶潛詩文及歷代詩人歌詠中勾勒出之陶潛形象，乃一位富含深蘊之隱逸者，有千載不可及之餘風逸響，遺世獨立，樂天知命，窮達兩忘，於棄官歸隱與為五斗米折腰之間抉擇，毅然選擇適應天性。稼軒長年於任官與閒退間浮沉掙扎，對陶潛果斷之抉擇，通常興起嚮往之情。而綜合以上所引，亦可見稼軒對陶潛之敬仰及極願仿效。

（二）景仰隱士，如林逋

　　除陶潛外，隱士林逋亦為蘇辛二人共同景仰之對象。

　　前及〈書林逋詩後〉已可見蘇軾對林逋之敬佩，而稼軒詞中易屢見提及「西湖處士」林逋。如：

〈念奴嬌・西湖和人韻〉：「遙想處士風流」，（卷一，頁 17）

〈賀新郎〉（起句：覓句如東野）：「風流處士」，（卷三，頁 311）

〈鷓鴣天〉（起句：桃李漫山過眼空）：「剩有西湖處士風」。

〔註99〕袁行霈：〈陶淵明與辛棄疾〉（香港：天馬圖書有限公司，2003 年 2 月，1990 上饒辛棄疾國際學術研討會論文集），頁 568～574。

（卷三，頁 327）

〈念奴嬌・賦傅巖叟香月堂兩梅〉：「總被西湖林處士」，（卷
四，頁 449）

稼軒借鑒林逋詩作部分，留待第六章〈稼軒詞借鑒其他宋代詩人〉一
章討論。

（三）敬佩前人，如歐陽脩、李白

蘇軾於宋仁宗時得歐陽脩等人拔擢獲用，且因此被歸入舊黨，甚
或因此捲入黨爭。而歐陽脩於文學上對蘇軾之影響，蘇軾〈太息一章
送秦少章秀才〉言：

昔吾舉進士，試於禮部，歐陽文忠公見吾文，曰：「此我輩
人也，吾當避之。」方是時，士以剽裂為文，聚而見訕，
訕公者所在成市。曾未數年，忽焉若潦水之歸壑，無復見
一人在此者，此豈復待後世哉。今吾衰老廢學，自視缺然，
而天下之士不吾棄，以為可以與於斯文者，猶以文忠公之
故也。〔註100〕

文中提及歐陽脩對蘇軾之提拔，以及蘇文與歐陽脩文風之近似。歐陽
脩逝世之後，蘇軾又作〈醉翁操〉一曲追悼〔註101〕，兩人之情誼不
可謂不深。稼軒喜借鑒歐陽脩詩入詞，已於第二章「稼軒詞借鑒歐陽
脩詩」中討論。

又，蘇辛二人愛於詩詞中引用李白詩作，或因李白浪漫豪放，馳
騁想像，故喜用誇飾手法；又因作品情感濃烈，易於營造詩詞中之氣
勢。蘇軾〈黃州寒食詩帖〉後世譽為〈蘭亭序〉、〈祭姪文稿〉之後之
「天下第三行書」，黃庭堅於此帖後題跋：「東坡此詩似李太白，猶恐
太白有未到處。此書兼顏魯公、楊少師、李西臺筆意，試使東坡復為
之，未必及此。它日東坡或見此書，應笑我於無佛處稱尊也。」且見

〔註100〕 蘇軾〈太息一章送秦少章秀才〉，題原作太息，題下自註「送秦少
章」。見孔凡禮點校：《蘇軾文集》（北京：中華書局，1990 年 2 月
4 刷），卷 64・雜著，頁 1979。
〔註101〕 《蘇軾詩集合注》，卷 50，頁 2483～2484。

蘇軾詩與李白詩之相合處。

　　蘇辛二人借鑒李白詩部分，可參見本章前節〈贈張刁二老〉、〈同王勝之遊蔣山〉、〈寄吳德仁兼簡陳季常〉三詩之分析。

第五章　稼軒詞借鑒黃庭堅詩

　　稼軒借鑒宋代詩人作品，其中借鑒黃庭堅詩，亦所在多有。黃庭堅爲宋詩大家，亦爲江西詩派開山祖，於當代及後世詩壇，影響甚鉅。經熊篤統計，黃庭堅爲稼軒最喜愛借鑒對象第十八名。〔註1〕經初步統計，稼軒詞中借鑒黃庭堅詩 54 處，數量雖遠遜於借鑒蘇軾之兩百餘處〔註2〕，然亦可明其重要性。

　　本文所舉黃庭堅詩部分採用上海古籍出版社《山谷詩集注》〔註3〕，於所引用詩後附註卷次頁碼，以利檢索。以下先分析稼軒詞中借鑒黃庭堅詩之各種技巧，再進行借鑒黃庭堅重要篇章之析論；進而由重要篇章借鑒中，爬羅稼軒借鑒黃庭堅詩之原由。

〔註1〕熊篤：〈論稼軒詞的用典〉，福建武夷山市舉辦辛棄疾學術研討會宣讀之論文，收入《辛棄疾學術研討會論文彙編》（2004 年 4 月 11日～15 日），頁 263。經熊氏統計，稼軒用黃庭堅詩凡 23 處，與杜牧同列引用次數排序第十八名。然其統計數量遠少於筆者統計之數。

〔註2〕據筆者初步統計，稼軒借鑒東坡詩文作品，近三百處；其中借鑒東坡散文 16 處，借鑒東坡詩 225 處，借鑒東坡詞 47 處，借鑒東坡生平軼事 11 處。

〔註3〕〔宋〕黃庭堅著，〔宋〕任淵、史容、史季溫注，黃寶華點校：《山谷詩集注》（上海：上海古籍出版社，2003 年 12 月）。以下引用皆以此書爲主，不另出注。

第一節　借鑒黃庭堅詩篇章析論

　　稼軒借鑒黃庭堅詩篇章甚夥，不能一一探討。僅列出稼軒重複使用二次之黃庭堅詩，按編年先後〔註4〕為〈演雅〉、〈寄上叔父夷仲三首〉之三、〈次韻斌老冬至書懷示子舟篇末見及之作因以贈子舟歸〉、〈次韻任道食荔支有感三首〉之一、〈王充道送水仙花五十枝欣然會心為之作詠〉、〈四休居士詩三首并序〉之一等六首，對應稼軒詞作，期能發明稼軒借鑒黃庭堅詩之原因。

一、〈演雅〉

桑蠶作繭自纏裹，蛛蝥結網工遮邏。
燕無居舍經始忙，蝶為風光勾引破。
老鶴銜石宿水飲，稚蜂趨衙供蜜課。
鵲傳吉語安得閒，雞催晨興不敢臥。
氣陵千里蠅附驥，枉過一生蟻旋磨。
蝱聞湯沸尚血食，雀喜宮成自相賀。
晴天振羽樂蜉蝣，空穴祝兒成蜾蠃。
蛞蝓轉丸賤蘇合，飛蛾赴燭甘死禍。
井邊蠹李蠐苦肥，枝頭飲露蟬常餓。
天螻伏隙錄人語，射工含沙須影過。
訓狐啄屋真行怪，蟾蛸報喜太多可。
鸕鶿密伺魚蝦便，白鷺不禁塵土涴。
絡緯何嘗省機織，布穀未應勤種播。
五技鼯鼠笑鳩拙，百足馬蚿憐鱉跛。
老蚌胎中珠是賊，醯雞甕裏天幾大？
螳螂當轍恃長臂，熠燿宵行矜照火。
<u>提壺猶能勸沽酒，黃口只知貪飯顆。</u>
伯勞饒舌世不問，鸚鵡纔言便關鎖。
春蛙夏蜩更嘈雜，土蚓壁蟫何碎瑣！

〔註4〕　本節黃庭堅詩編年參照鄭永曉：《黃庭堅年譜新編》（北京：社會科學文獻出版社，1997年12月）。以下黃庭堅行實均以此書為準，不另出注。

江南野水碧於天，中有白鷗閑似我。（卷一，頁21）

此詩作於神宗元豐六年壬戌（1083），時黃庭堅三十九歲，由太和移監德州德平鎮（今山東省商河縣德平鎮）。此詩通篇以動物為比，喻人世受生存需要驅策之庸碌擾攘。詩中近四十種動物，一一敘寫其活動，各有姿態；然均為生活所忙，漸趨不堪，相互賤視嘲笑。詩中以物為人，雖通篇戲筆，然寓有諷世之句；如「井邊蠹李」四句暗指清高德行者輒如枝蟬常餓，小人卻能終日飽食，感嘆身在人世舉止亟需謹慎，一有不當便會招來禍端。而篇末以白鷗自況，閑適與慌忙相對，顯示超然俗務之上，對萬物冷靜之關照洞悉，表達對世人庸俗及爭鬥不以為然。

稼軒借鑒〈演雅〉詩之詞作二首如下：

項次	詞牌	起句	稼軒詞句	卷次	頁碼	借鑒黃庭堅詩句
1	沁園春	杯汝知乎	似提壺卻勸，沽酒何哉	卷四	387	提壺猶能勸沽酒，黃口只知貪飯顆
2	玉樓春	狂歌擊碎村醪	提壺勸	卷四	469	提壺猶能勸沽酒，黃口只知貪飯顆

〈沁園春〉城中諸公載酒入山，余不得以止酒為解，遂破戒一醉，再用韻

杯汝知乎：酒泉罷侯，鴟夷乞骸。更高陽入謁，都稱麴白；杜康初筮，正得雲雷。細數從前，不堪餘恨，歲月都將麴蘗埋。君詩好，<u>似提壺卻勸，沽酒何哉</u>。　君言病豈無媒，似壁上雕弓蛇暗猜。記醉眠陶令，終全至樂；獨醒屈子，未免沉菑。欲聽公言，懇非勇者，司馬家兒解覆杯。還堪笑，借今宵一醉，為故人來。（卷四，頁388）

〈玉樓春〉用韻答葉仲洽

狂歌擊碎村醪醆，欲舞還憐衫袖短。心如溪上釣磯閑，身似道旁官堠嬾。　山中有酒<u>提壺勸</u>，好語憐君堪鮓飯。至今有句落人間，渭水秋風黃葉滿。（卷四，頁469）

此二闋詞作於閒居鉛山帶湖時期，前闋於寧宗慶元二年（1196），

五十七歲止酒之初所作；後闋作於慶元六年（1200），稼軒六十一歲。此二闋均與飲酒有關，蓋稼軒初遭落職，以酒解愁，後因病須得止酒，為此有詩詞數首，多寫其戒酒期間渴甚之狀。如〈賦葡萄〉詩：「高架新莖照水寒，纍纍小摘便堆盤。喜君不釀涼州酒，來救衰翁舌本乾。」、〈止酒〉詩：「淵明愛酒得之天，歲晚還吟酒止篇。日醉得非促齡具？只今病渴已三年。」〔註5〕

前闋詞中所用「罷侯」、「乞骸」，均為官員辭官用語，在此用之，顯然暗喻己身閒居遭遇。上片與酒杯對話，說明自己已戒酒，並痛惜從前因酒虛度光陰。然友人載酒作詩，如山中提壺鳥迭聲勸飲，如此又為何不飲酒？下片且借友人之口言病非由酒來，實因內心之苦悶所致，觀夫醉酒淵明且樂，獨醒屈原益苦；繼而止酒未能止憂，何不一醉？此乃稼軒破戒藉口，亦言醒不如醉之感慨。

前闋尚可見心中幽憤之情；後闋寫鄉間閒居生活，雖狂歌欲舞，閒嬾度日，然提壺鳥亦憐此平淡生活。末句化用賈島〈憶江上吳處士〉：「秋風生渭水，落葉滿長安。」〔註6〕可見最終念茲在茲，仍是黃葉滿地之京師。

黃庭堅「提壺猶能勸沽酒」句，原係以提壺鳥聯想沽酒動作，稼軒此二闋詞襲用之，用以為飲酒之誘發。可見稼軒與酒甚或完全不可分割，無酒澆塊壘，難以平其內心憂鬱。

二、〈寄上叔父夷仲三首〉之三

　　關寒塞雪欲嗣音，燕鴈拂天河鯉沈。
　　百書不如一見面，幾日歸來兩慰心。
　　<u>弓刀陌上望行色</u>，兒女燈前語夜深。
　　更懷父子東歸得，手種江頭柳十尋。（卷八，頁213）

此詩作於哲宗元祐二年丁卯（1087），黃庭堅四十三歲，在秘書

〔註5〕　〔宋〕辛棄疾撰，鄧廣銘審訂，辛更儒箋注：《辛稼軒詩文箋注》（上海：上海古籍出版社，1995年12月），頁197～198。
〔註6〕　《全唐詩》，冊7，卷572，頁6647。

省兼史局。正月，洛、蜀、朔黨爭起。辛未（正月十八日）除著作佐郎，命下，黃庭堅因黨派紛爭，前途不利，加以老母年邁，遂上表請辭。丙午（十二月二十八日），趙挺之彈劾蘇軾，並兼及黃庭堅。

此詩寄予叔父黃廉（夷仲），兩人感情深厚。詩中除思念親長之情，亦含有因遭禍而興起之歸隱念頭。稼軒借鑒〈寄上叔父夷仲三首〉之三詞作如後：

項次	詞 牌	起 句	稼軒詞句	卷次	頁碼	借鑒黃庭堅詩句
1	聲聲慢	征埃成陣	弓刀陌上	卷一	22	弓刀陌上望行色，兒女燈前語夜深
2	木蘭花慢	老來情味減	兒女燈前	卷一	25	弓刀陌上望行色，兒女燈前語夜深

〈聲聲慢〉滁州旅次登奠枕樓作，和李清宇韻

　　征埃成陣，行客相逢，都道幻出層樓。指點簷牙高處，浪涌雲浮。今年太平萬里，罷長淮千騎臨秋。憑欄望：有東南佳氣，西北神州。　　千古懷嵩人去，還笑我身在，楚尾吳頭。看取弓刀陌上，車馬如流。從今賞心樂事，剩安排酒令詩籌。華胥夢，願年年人似舊游。（卷一，頁22）

〈木蘭花慢〉滁州送范倅

　　老來情味減，對別酒，怯流年。況屈指中秋，十分好月，不照人圓。無情水都不管，共西風只管送歸船。秋晚蓴鱸江上，夜深兒女燈前。　　征衫便好去朝天。玉殿正思賢。想夜半承名，留教視草，卻遣籌邊。長安故人問我，道愁腸殢酒只依然。目斷秋霄落雁，醉來時響空弦。（卷一，頁25）

稼軒此二闋均作於孝宗乾道八年壬辰（1172）〔註7〕，年三十三，自司農事寺主簿知滁州（今安徽省滁州市），地僻且瘠，兵燹災荒，民生困苦，經稼軒整頓，一洗貧陋。〔註8〕秋，與周孚客遊於滁，作

〔註7〕　前闋〈聲聲慢〉，據陳滿銘考證，繫年於淳熙元年甲午（1174），然均屬居官江淮兩湖之什。故亦併於此處討論。見陳滿銘：《稼軒詞研究》（臺北：文津出版社，民國69年9月），頁58。
〔註8〕　鄧注本，頁29。

〈奠枕樓記〉、〈奠枕樓賦〉。前闋當是作於奠枕樓初成之時，雖爲登高感懷之作，寫滁州今昔變化，及整頓後繁榮之景，且用華胥國比喻滁州平安康樂。然其中亦暗喻心情。

　　時稼軒治滁有成，登高環顧，志得意滿，並亟思長征北伐。上片即狀寫此情此景。然下片轉寫己身不被重用之處境，原欲朝天子以謀復興大業，卻見笑於此楚尾吳頭之荒郊。於此地無有天子聖顏，遙望欲收復之土亦遠，所見唯有商旅往來，車馬如流。稼軒復感慨從今後賞心樂事只有詩酒等文人從事，而武將殺敵報國之志，從此無關，世事既如虛夢般不實，但願知交故友年年歡聚同遊。

　　後闋送滁州通判范昂離滁赴朝；以送別爲起興，激勵友人奮進，亦抒發己心之苦悶。時稼軒正當壯年，卻言「老來」，可見心境之蕭索。「對別酒」二句係化用蘇軾「對尊前，惜流年」﹝註9﹞句，然由「怯」字可見較蘇軾更多之深沈悲慨。流年偷換，卻壯志未伸，復有歲月之嘆，名將老去之愁。然中秋月圓人卻離散，無情水風遠送歸船去；多情稼軒卻仍設想歸途情景，「秋晚蓴鱸」二句用張翰之典喻歸鄉，且化用黃庭堅詩，乃懸想范昂入朝前返家所享之天倫歡樂。下片揣想其人入朝後勤奮於政事，修詔書、謀邊事，亦是聖上求才若渴，經營積極氣象。然求賢未思及稼軒，故而希望借范昂轉達自己之牢騷困擾，殢酒只因報國無門。末句愁腸更苦，雖見欲振發進取，然原要「馬作的盧飛快，弓如霹靂弦驚」﹝註10﹞上陣殺敵之激切心情，卻只能留待醉時空彈虛發；且以落雁形容自己憂讒畏譏之心情，正如失群之雁，只消空彈弦聲，便無傷自落，處境堪悲。

　　稼軒寫送別依戀不捨之餘，亦深寓有報效家國卻志不得伸之憂困，愁腸百迴，依然期望由邊鄙回朝玉殿，卻仍惆悵作結。

﹝註9﹞ 蘇軾〈江城子・東武雪中送客〉（起句：相逢不覺又初寒）。見鄒同慶、王宗堂：《蘇軾詞編年校注》（北京：中華書局，2002年9月），頁189。

﹝註10﹞ 稼軒〈破陣子・爲陳同甫賦壯詞以寄之〉（起句：醉裡挑燈看劍），卷二，頁242。

　　黃庭堅「弓刀陌上望行色〔註11〕，兒女燈前語夜深」句，刻畫期待相見之迫切心情，且敘寫與叔父天倫團聚，秉燭夜談之景。稼軒前闋用以狀奠枕樓位於交通所在，送往迎來；後闋亦借以描繪家人親愛之情景。

三、〈次韻斌老冬至書懷示子舟篇末見及之作因以贈子舟歸〉

> 二宗性清眞，俱抱歲寒節。常思風雲會，爲國奮忠烈。
> 道方滄波頹，位有豺虎竊。夫婦相魚肉，關中一丈雪。
> 北風夜涔涔，竹枯松柏折。泰來拔茅連，井收寒泉洌。
> 天地復其所，我輩皆慰愜。何爲對樽壺，似見小敵怯。
> 大宗垂紫髯，貴氣已森列。小宗新喚骨，健啗頗腴悅。
> <u>昨宵連環夢，秣馬待明發</u>。寒日一線長，把酒相喻說。
> 人生但安樂，逢世無巧拙。斑衣戲親庭，不作經年別。
> 猶有未歸心，遠寄丁香結。（別集補，頁 1350）

　　自哲宗元祐九年紹聖元年（1094）起，黃庭堅年半百而始遭貶謫。十二月因所修《神宗實錄》遭構陷，遂貶涪州別駕、黔州安置。紹聖二年重加貶謫，又追奪一官。紹聖五年（1098）因避表外兄張向之嫌，自黔州移戎州（今四川省宜賓市）。哲宗元符元年（1098）奉詔移戎州安置，六月抵戎州。

　　黃庭堅連遭打擊，心境頗爲沈鬱；加以身處窮荒，艱難困頓，寓居南寺，以「槁木庵」、「死灰寮」名其室，以示其心如槁木死灰。此詩作於元符二年己卯（1099），五十五歲。初春遷於城南，親作僦舍，名曰「任運堂」。由齋名「槁木死灰」至「任運」，可知黃庭堅心境趨於好轉，且此時慕名而求學者甚多。

　　戎州黃斌老不詳其名，爲著名畫家文同之內姪。斌老弟彝，原字

〔註11〕　〔宋〕任淵注：「退之送鄭尚書序曰：府帥必戎服，左握刀，右屬弓矢，帕首袴鞾，迎于郊。古樂府有陌上桑。莊子曰：車馬有行色。」見《山谷詩集注》，頁 214。

與迪，黃庭堅為之改字子舟，兄弟皆善畫竹。〔註12〕黃庭堅時與之唱和，並借斌老所畫墨竹抒發其內心之感慨。此詩兼送兄弟二人，透露黃氏兄弟原有報效國家之抱負，然最後仍因「連環夢」而決定歸隱，實乃世道不明，正直之士有志難伸，無論愚賢，但求安樂而已。黃庭堅感嘆現實，及己身二次被貶之遭遇，僅灌注不滿於詩；然卻未有歸意，於宦途中繼續浮沈遊歷。

稼軒家居上饒瓢泉，曾借鑒此詩，填詞二闋：

項次	詞牌	起　句	稼軒詞句	卷次	頁碼	借鑒黃庭堅詩句
1	江神子	玉簫聲遠憶驂鸞	夢連環	卷二	221	昨宵連環夢，秣馬待明發
2	水調歌頭	日月如磨蟻	夢連環	卷二	257	昨宵連環夢，秣馬待明發

〈江神子〉和陳仁和韻

　　玉簫聲遠憶驂鸞。幾悲歡，帶羅寬。且對花前，痛飲莫留殘。歸去小窗明月在，雲一縷，玉千竿。　　吳霜應點鬢雲斑。綺窗閒，夢連環。說與東風，歸興有無間。芳草姑蘇臺下路，和淚看，小屏山。（卷二，頁220）

〈水調歌頭〉送楊民瞻

　　日月如磨蟻，萬事且浮休。君看簷外江水，滾滾自東流。風雨瓢泉夜半，花草雪樓春到，老子已菟裘。歲晚問無恙，歸計橘千頭。　　夢連環，歌彈鋏，賦登樓。黃雞白酒，君去村舍一番秋。長劍倚天誰問，夷甫諸人堪笑，西北有神州。此事君自了，千古一扁舟。（卷二，頁257）

前闋作於孝宗淳熙十四年丁未（1187），四十八歲；後闋作於孝宗淳熙、光宗紹熙之間（1189或1190），五十歲左右。均屬帶湖時期。

稼軒此二闋較為溫麗沈鬱，風格漸趨雋逸閒淡；詞中連用數典，

〔註12〕黃寶華：《黃庭堅評傳》（南京：南京大學出版社，1998年12月），頁81。

「菟裘」、「彈鋏」、「登樓」與「夢連環」皆表思歸之意。﹝註13﹞稼軒於此數年間，築別墅於瓢泉，山水靜好，或植有「橘千頭」以自足，遂生歸隱之意；然胸中幾度轉折，仍思北伐大業，不能或忘。後闋「長劍」句用宋玉〈大言賦〉：「長劍耿耿倚天外。」﹝註14﹞典故，說明軍事才能無處發揮，只因朝廷太多如王衍般清談誤國之人。西北神州未收，然己已罷職，隨扁舟飄蕩，抗金大事交與楊民瞻。稼軒雖言隱居，然經國大事反覆重提，可見仍念念不忘，無法釋懷。此處與黃庭堅同用「夢連環」句，卻非真正決定歸隱，乃兩人於前途不盡如意時，規避之想法而已。

四、〈次韻任道食荔支有感三首〉之一

一錢不直程衛尉，萬事稱好司馬公。白髮永無懷橘日，六年怊悵荔支紅。（卷十三，頁331）

此詩作於哲宗元符三年庚辰（1100），年五十六歲，仍在戎州（今四川省宜賓市）。戊寅（五月十二日），戎州太守劉廣之率賓僚宴飲於鎖江亭，並品嚐荔枝，黃庭堅躬逢其盛，作詩數首。此詩感慨母親過世﹝註15﹞，欲懷橘侍親而親已不待，且自紹聖二年乙亥（1095）入蜀至元符三年庚辰（1100），已六逢荔枝紅。其中「一錢不值」二句，係指《漢書·灌夫傳》中所及見辱之程不識﹝註16﹞；及《世說新語》中之司馬徽。﹝註17﹞徽有人倫鑒識，知劉表性暗，必害善人，乃括囊不談議時人。有以人物問徽，初不辨其高下，每輒言佳。稼軒借鑒此

﹝註13﹞鄧廣銘注：「韓愈送張道士：『昨宵夢倚門，手取連環持。』魏懷思注引孫汝聽曰：『持連環以示還意』。」見鄧注本，頁221。

﹝註14﹞見〔清〕嚴可均輯：《全上古三代秦漢三國六朝文·全上古三代文》（石家庄：河北教育出版社，1997年10月），卷10·宋玉，頁128。

﹝註15﹞事在元祐六年（1091）六月。

﹝註16﹞《漢書·卷52·列傳第22·灌夫傳》，見安平秋、張傳璽分史主編：《漢書》（上海：漢語大辭典出版社，2004年1月，《二十四史全譯》本），冊2，頁1131。

﹝註17﹞見余嘉錫：《世說新語箋疏·言語第二》（臺北：華正書局，民國92年11月3刷），頁67，引《司馬徽別傳》言。

句，填詞二闋：

項次	詞　牌	起　句	稼軒詞句	卷次	頁碼	借鑒黃庭堅詩句
1	水調歌頭	君莫賦幽憤	萬事直須稱好	卷二	130	一錢不直程衛尉，萬事稱好司馬公
2	千年調	卮酒向人時	萬事稱好	卷二	159	一錢不直程衛尉，萬事稱好司馬公

〈水調歌頭〉再用韻答李子永提幹

君莫賦幽憤，一語試相開：長安車馬道上，平地起崔嵬。
我愧淵明久矣，猶借此翁湔洗，素壁寫歸來。斜日透虛隙，
一線萬飛埃。　　斷吾生，左持蟹，右持杯。買山自種雲
樹，山下斸煙萊。百鍊都成繞指，<u>萬事直須稱好</u>，人世幾
輿臺。劉郎更堪笑，剛賦看花回。（卷二，頁130）

本闋作於淳熙九年壬寅（1182），稼軒四十三歲。八年（1181）
稼軒在江西安撫任，因平茶商軍及創建飛虎軍之事，遭監察御史王
藺奏劾其「用錢如泥沙，殺人如草芥」，遂落職。九年仲春歸居上饒
帶湖新居。時李子永為分司信州之坑冶司幹官，與稼軒過從唱和，
然不甘此職而多有牢騷。〔註18〕稼軒此詞用以寬慰子永，先言仕途
本易起風波，「斜日」二句用《景德傳燈錄》卷十三：「虛隙日光，
纖埃擾擾；清潭水底，影像昭昭。」〔註19〕以一隙日光中有無數塵
埃飛揚，喻官場之污濁。下片以自況為例證，將啖蟹飲酒，歸去買
山種樹，並勸子永曲意隨人，萬事稱好，度過餘生。末尾回扣首句，
笑劉禹錫寫〈遊玄都觀戲贈看花君子〉詩，益遭貶謫，再次明勸子
永莫賦〈幽憤〉。

此詞看來苦心勸諫，然亦隱含稼軒益發明顯之憂讒畏譏、隱忍怨
艾之心情。次如：

〔註18〕參見鞏本棟：《辛棄疾評傳》（南京：南京大學出版社，《中國思想家
　　　　評傳》，1998年12月），頁290
〔註19〕〔宋〕道原著，顧宏義注譯：《新譯景德傳燈錄》（臺北：三民書局，
　　　　2005年5月），終南山奎峰宗密禪師，頁863。

〈千年調〉蔗菴小閣名曰卮言，作此詞以謝之

　　卮酒向人時，和氣先傾倒。最要然然可可，萬事稱好。滑
　　稽坐上，更對鴟夷笑。寒與熱，總隨人，甘國老。　　少
　　年使酒，出口人嫌拗。此箇和合道理，近日方曉。學人言
　　語，未曾十分巧。看他們，得人憐，秦吉了。(卷二，頁159)

　　本闋作於淳熙十二年乙巳（1185），年四十六歲。乃因信州知州
鄭舜舉（蔗菴）築小閣，取《莊子・寓言》：「寓言十九，重言十七，
卮言日出，和以天倪。」〔註20〕之意，命名「卮言」，亦即「人云亦
云」之意，稼軒填詞以嘲之。全首針對追名逐利者，用「酒卮」、「滑
稽」、「鴟夷」、「甘草」等，諷刺其「然然可可，萬事稱好」，善於調
和避禍之狀，而此般和合道理，稼軒竟至近日方曉，因此出口成災，
招惹禍端。然稼軒此處特反諷而已，實則淳熙六年稼軒上〈論盜賊箚
子〉已言：「平生剛拙自信，年來不爲眾人所容，顧恐言未脫口而禍
不旋踵。」〔註21〕可見其深諳己之個性及處境。
黃庭堅所用「萬事稱好」句，乃用以自況，調侃自己經歷貶謫後一錢
不值，更如司馬徽般無有鋒稜，溫吞處世，不議時人，只求避禍；稼
軒此二闋襲其手法，用以譏嘲附勢小人，實深惡痛絕。

五、〈王充道送水仙花五十枝欣然會心為之作詠〉

　　凌波仙子生塵襪，水上輕盈步微月。
　　是誰招此斷腸魂，種作寒花寄愁絕。
　　含香體素欲傾城，山礬是弟梅是兄。
　　坐對眞成被花惱，出門一笑大江橫。(卷十五，頁378)

　　此詩作於徽宗建中靖國元年辛巳（1101），黃庭堅五十七歲。時
寄寓荊渚沙市（今湖北省江陵縣沙市市），心情頗佳，種菊藝蘭，寫
多首詠花之作。且〈與李端叔書〉云：「數日來驟暖，瑞香、水仙、

〔註20〕　〔清〕郭慶藩撰，王孝魚點校：《莊子集釋・雜篇・寓言第27》（北
　　　　　京：中華書局，1997年10月初版8刷），頁947。
〔註21〕　〔宋〕辛棄疾撰，鄧廣銘審訂，辛更儒箋注：《辛稼軒詩文箋注》（上
　　　　　海：上海古籍出版社，1995年12月），頁108。

紅梅皆開，明窗靜室，花氣撩人，似少年時都下夢也。但多病之餘，懶作詩耳。」〔註22〕可作為本詩小序並讀。本詩詠物，以凌波仙子比水仙花飄逸出塵；以山礬、梅花襯托其令人傾倒之姿。「坐對」二句係化用杜詩〈江畔獨步尋花七絕句〉之一：「江上被花惱不徹，無處告訴祇顛狂。」〔註23〕及李白〈南陵別兒童入京〉：「仰天大笑出門去，我輩豈是蓬蒿人。」〔註24〕

　　杜甫特為尋花而出，所以被花惱顛狂，然黃庭堅坐對水仙，亦將感情投射其上，察其愁絕之思，又被美麗所擾，故而一笑出門。相對李白大笑之曠達瀟灑，黃庭堅僅微笑自嘲多情。出門只見大江橫於前，不為怨情所溺，結尾採「旁入他意」手法〔註25〕，以詩意之跳躍轉換，頓由幽微纖細而轉向開朗壯闊。

　　稼軒借鑒此詩填詞二首：

項次	詞牌	起句	稼軒詞句	卷次	頁碼	借鑒黃庭堅詩句
1	水調歌頭	我飲不須勸	一笑出門去	卷一	47	坐對真成被花惱，出門一笑大江橫
2	賀新郎	雲臥衣裳冷	羅韈生塵凌波去	卷二	135	凌波仙子生塵韈，水上輕盈步微月〔註26〕

　　〈水調歌頭〉淳熙丁酉，自江陵移師隆興，到官之三月被召，司馬監、
　　　　　　趙卿、王漕餞別。司馬賦水調歌頭，席間次韻。時王公
　　　　　　明樞密薨，坐客終夕為興門戶之歎，故前章及之
　　我飲不須勸，正怕酒尊空。離別亦復何恨，此別恨匆匆。
　　頭上貂蟬貴客，苑外麒麟高塚，人世竟誰雄？一笑出門去，

〔註22〕〔宋〕黃庭堅著，劉琳、李勇先、王蓉貴點校：《黃庭堅全集》（成都：四川大學出版社，2004年5月初版1刷），別集卷第14，頁1751。

〔註23〕《全唐詩》，冊7，卷227，頁2452。

〔註24〕《全唐詩》，冊5，卷174，頁1787。

〔註25〕見吳晟：《黃庭堅詩歌創作論》（南昌：江西人民出版社，1998年10月），頁57。

〔註26〕〈賀新郎〉（柳暗凌波路）（卷一，頁80），鄧廣銘以曹植〈洛神賦〉：「凌波微步，羅韈生塵。」注「凌波」、「生塵」句。

千里落花風。　　孫劉輩，能使我，不爲公。余髮種種如
是，此事付渠儂。但覺平生湖海，除了醉吟風月，此外百
無功。毫髮皆帝力，更乞鑑湖東。（卷一，頁47）

〈賀新郎〉賦水仙

雲臥衣裳冷。看蕭然風前月下，水邊幽影。羅韤生塵凌波
去，湯沐煙波萬頃。愛一點嬌黃成暈。不記相逢曾解佩，
甚多情爲我香成陣？待和淚，收殘粉。　　靈均千古懷沙
恨，記當時匆匆忘把，此仙題品。煙雨淒迷僝僽損，翠袂
搖搖誰整？謾寫入瑤琴幽憤。絃斷招魂無人賦，但金杯的
皪銀臺潤。愁殢酒，又獨醒。（卷二，頁135）

前闋作於淳熙五年戊戌（1178），三十九歲，任江西安撫。二月
末三月初被召大理少卿，赴臨安。稼軒自淳熙二年（1175）平茶商軍
後，至八年被劾罷官，期間職務調遣頻繁，頗有不尋常意味。此詞小
序中「門戶之嘆」句，正明白表示稼軒身處之黨派傾軋，故而填詞以
抒腹中牢騷。見朝中紛亂，人生所爭爲何？終成苑外高塚，於是「一
笑出門去」，所伴唯有「千里落花風」。

黃庭堅之笑乃源於被多情自惱；稼軒乃是譏諷而愁苦之強顏歡
笑。二人都因先有困擾之思緒，繼而灑然出門，欲求開脫。

後闋年代不詳，鄧注本以爲乃淳熙九年（1182）左右，賦閑時作。
〔註27〕稼軒連作〈賀新郎〉三首以賦水仙、海棠、琵琶。此處用「翠
袂」、「金杯」、「銀臺」等詞點出水仙；以「看蕭然、風前月下」、「羅
韤生塵凌波去」、「愛一點嬌黃成暈」等，狀寫水仙之風神情意。〔註28〕
所用典故如「凌波仙子」、「解佩」、「靈均」等，均縹緲空靈，幽楚淒
迷，與水仙氣質相契。稼軒此處或以水仙自比，與黃庭堅同將幽憤之
情、閒愁之緒投射於花，寫作手法相似。

〔註27〕鄧注本，頁138。
〔註28〕蘇淑芬：《辛派三家詞研究》（臺北：文史哲出版社，民國94年1月），
　　　　頁216。

六、〈四休居士詩并序〉三首之一

（詩序）太醫孫君昉字景初，爲士大夫發藥多不受謝，自號四休居士。
　　　　山谷問其說。四休笑曰：「粗茶淡飯飽即休，補破遮寒煖即休，
　　　　三平二滿過即休，不貪不妬老即休。」山谷曰：「此安樂法也。
　　　　夫少欲者，不伐之家也；知足者，極樂之國也。」四休家有三
　　　　畝園，花木鬱鬱，客來煮茗傳酒，談上都貴遊、人間可喜事。
　　　　或茗寒酒冷，賓主皆忘。其居與予相望，暇則步草徑相尋，故
　　　　作小詩，遣家僮歌之，以侑酒茗。其詩曰：

　　富貴何時潤髑髏？守錢奴與抱官囚。

　　太醫診得人間病，安樂延年萬事休。（卷十九，頁462）

　　　黃庭堅因徽宗崇寧元年（1102）「元祐黨人碑」事件迫害，六
月領太平州事，九月到任，十七日即罷官。罷官後溯江西上，至鄂
州即逗留不前。崇寧二年癸未（1103），黃庭堅五十九歲，轉運判
官陳舉承執政趙挺之風旨，指其在荊州所作《承天院塔記》數語，
以爲幸災謗國，遂謫宜州。此詩即作於此時，黃庭堅仍留鄂州，同
年亦有名篇〈武昌松風閣〉詩〔註29〕。雖遭沈重打擊，然此時詩篇
均不見怨懟，以「適然」爲當時心境，展現超然之胸襟。本詩以安
樂爲眼，質問富貴榮名豈足潤枯骨？若要延年當安樂，萬事四休可
也。陳叔方《穎川語小》：「俗言三平二滿，蓋三遇平，二遇滿，皆
平穩得過之日。」〔註30〕即黃庭堅此時之願。

　　　稼軒借鑒此詩，填詞二首。

―――――――――――

〔註29〕黃庭堅〈武昌松風閣〉詩：「依山築閣見平川，夜闌箕斗插屋椽，我
　　　　來名之意適然。老松魁梧數百年，斧斤所赦今參天。風鳴媧皇五十
　　　　弦，洗耳不須菩薩泉。嘉二三子甚好賢，力貧買酒醉此筵。夜雨鳴
　　　　廊到曉懸，相看不歸臥僧氊。泉枯石燥復潺湲，山川光輝爲我妍。
　　　　野僧早飢不能饘，曉見寒谿有炊煙。東坡道人已沉泉，張侯何時到
　　　　眼前。釣臺驚濤可晝眠，怡亭看篆蛟龍纏。安得此身脫拘攣，舟載
　　　　諸友長周旋。」見《山谷詩集注》，卷17，頁420。
〔註30〕〔宋〕陳叔方：《穎川語小》（臺北：臺灣商務印書館，民國55年3
　　　　月臺一版，王雲五主編《叢書集成簡編本》），卷下，頁22。

項次	詞牌	起　句	稼軒詞句	卷次	頁碼	借鑒黃庭堅詩句
1	鷓鴣天	雞鴨成群晚未收	飽便休	卷二	193	粗茶淡飯飽即休，補破遮寒煖即休
2	鷓鴣天	莫殢春光花下遊	三平二滿	卷四	373	太醫孫昉四休居士，山谷問其說，四休笑曰：「粗羹淡飯飽即休；補破遮寒煖即休；三平二滿過即休；不貪不妒老即休。」山谷曰：「此安樂法也。」

〈鷓鴣天〉戲題村舍

　　雞鴨成羣晚未收，桑麻長過屋山頭。有何不可吾方羨，要
　　底都無飽便休。　　新柳樹，舊沙洲，去年溪打那邊流。
　　自言此地生兒女，不嫁余家即聘周。（卷二，頁193）

〈鷓鴣天〉登一丘一壑偶成

　　莫殢春光花下遊，便須準備落花愁。百年雨打風吹却，萬
　　事三平二滿休。　　將擾擾，付悠悠。此生於世百無憂。
　　新愁次第相拋舍，要伴春歸天盡頭。（卷四，頁373）

　　前闋年代不詳，皆書村居生活及所見，應爲寓居於帶湖（淳熙
九年，1182）最初之數年間。後闋作於慶元二年丙辰春（1196），
年五十七歲，瓢泉居第初成之時。此二闋皆作於閒居時，借鑒黃庭
堅引四休居士詩，說明自己別無所求，願其生活飽便休，安穩過即
休，乃政治失望後之心情。前闋寫村舍生活，平淡有逸趣；後闋春
遊感觸之作，仍有未解之愁。二闋均爲其欲忘却凌雲壯志，極力融
入園田生活之作。

第二節　借鑒黃庭堅詩原因分述

　　經以上探討稼軒借鑒黃庭堅詩篇，有字面、句意之借鑒，以及同
詠一事之取材；且自重要篇章之析論中，亦可見稼軒借鑒黃庭堅詩之
緣由及手法。綜上所論，稼軒多次借鑒黃庭堅詩，除黃庭堅詩名遠播
外，尚可歸出以下三點原因：

一、理念及遭遇近似

　　黃庭堅一生迭遭黨禍，二次被貶，流寓多處；身處朋黨傾軋之政治鬥爭中，曾提出反對黨爭之主張：

　　　王度無畦畛，包荒用馮河。秦收鄭渠成，晉得楚材多。

　　　用人當其物，不但軸與薦。六通而四僻，玉燭四時和。

　　　（卷四，頁 98）

此為〈和邢惇夫秋懷十首〉之四，為元祐元年（1086）所作，時新舊黨爭激烈，鬥爭非關理念，甚或參入地域宗派之因素，包含南人、北人之衝突。黃庭堅此詩中呼籲用人唯材，不分門戶黨派；甚至其中晚年飽受摧殘，於荊南待命時作〈病起荊江亭即事十首〉之四亦云：「成王小心似文武，周召何妨略不同。不須要出我門下，實用人才即至公。」（卷十四，頁 357）可見黃庭堅雖遭羅織罪名打擊，仍秉持初衷，堅持用人不分黨派之原則。

　　另，黃庭堅早期詩作多有對邊防、時政之見解及關注。〔註 31〕如元祐二年（1087），岷州知州种誼和將作鹽丞游景叔，擒獲勾結西夏叛服無常之西藩首領鬼章青宜結，蘇軾等人有詩祝捷，黃庭堅亦作〈和游景叔月報三捷〉、〈次韻游景叔聞兆河捷報寄諸將四首〉等詩，熱情歌頌邊將戰功，表達其愛國之情懷。其餘篇章，亦多有勉勵守邊友人鞏固國防之意，如〈送范德儒之慶州〉等。〔註 32〕由上述詩作內容，足見其「用人唯才」之固執，及對家國之熱愛。

　　然因其受黨爭之累，屢遭貶謫，畏禍心理，深鑄於心。〈題竹石牧牛詩並引〉云：「石吾甚愛之，勿遣牛礪角。牛礪角尚可，牛鬥殘我竹。」（卷九，頁 239）此四句寫愛石愛竹，同時也諷刺當時黨爭激烈之狀，由黃庭堅愛惜卻又無能為力，可知其苦。處此政治環境，憂懼遂生，不得不收斂直抒胸懷，議論時政之舉，改採「忠信篤敬，

〔註31〕關於黃庭堅論政詩可見林宜陵：《北宋詩歌論政研究》（臺北：文津出版社有限公司，2003 年 3 月），第五章第三節。

〔註32〕見楊慶存：《黃庭堅與宋代文化》（開封：河南大學出版社，2002 年 8 月），頁 121～122。

抱道而居，與時乖違，遇物悲喜，同床而不察，並世而不聞」之處事態度。〔註33〕

　　稼軒身爲歸正北人，自南渡以降，未受信任，雖身懷恢復中原之志，卻屢遭排擠；其間或小有官職，旋遭罷黜閒居，渾無發揮之餘地。於黃庭堅疾呼「不拘一格降人才」之主張，及憂國愛民，批判宋朝妥協求和政策之理念，定深有感觸。同時黃庭堅因挫折而生之懼禍心理，與稼軒詞中時有憂讒畏譏，如驚弓之鳥之心態，亦不謀而合。

二、創作手法雷同

　　黃庭堅之創作手法在「以文爲詩」，進一步發展韓愈之理念，形成宋詩之風貌；稼軒更以「以文爲詞」爲其創作藝術特徵，《詞品》言：「東坡爲詞詩，稼軒爲詞論。」〔註34〕黃、辛二人同以散文方式作詩填詞，創作手法相近，易於借鑒引用。其手法相同之處，更有下列三點：

（一）文字方面：活用俗語、口語

　　黃庭堅詩爲造「奇」，因此「以俗爲雅、以故爲新」，大量使用口語、俗語入詩，如〈次韻柳通叟寄王文通〉：「頭白眼花行作客，兒婚女嫁望還山。」（卷八，頁 193）「頭白眼花」、「兒婚女嫁」乃用俗語。〈賦道院枸杞詩〉：「去家尚勿食，出家安用許。」乃用當時民間諺謠。〈題默軒和遵老〉：「松風佳客共，茶夢小僧圓。」（卷十八，頁 440）「圓夢」一詞即是以俗爲雅。

　　稼軒填詞，亦不避俚俗，其農村詞特別如此，至或白話入詞。如前已提及之〈鷓鴣天・戲題村舍〉：「新柳樹，舊沙洲，去年溪打那邊流。」或〈清平樂・再賦〉：「恁地十分遮護，打窗早有蜂兒。」（卷二，頁266）平白易懂，樸實可親。

〔註33〕黃庭堅〈書王知載〈胸山雜詠〉後〉，見《黃庭堅全集》，正集卷25，頁 666。

〔註34〕〔明〕楊慎：《詞品》（北京：人民文學出版社，1998 年 5 月），卷 4，頁 131。

（二）技巧方面：用典、手法跳盪

黃庭堅用典引用範圍極廣，其論學主張「多讀書」，博覽群書，於其中援引徵用，「點鐵成金」，富贍奧博，取用不盡。然其用典非全然襲用，乃更動其字句以呈新意；且發明「奪胎換骨」，將熟典重新鎔鑄，致使所用典故翻新出奇，特出於他人。

黃庭堅寫作章法特色在曲折馳驟、跌宕跳躍，於其短篇詩作中轉折騰挪，尤為突出。如前曾論析之〈王充道送水仙花五十枝欣然會心為之作詠〉一詩，先寫水仙幽獨素雅之風神，再以山礬相比，形象由婉約轉而粗獷；結尾旁入他意，境界更提升至豪壯。於短短八句中層次轉折，遂生雋永之情姿。〔註35〕

稼軒填詞筆法周折，沈鬱頓挫，且喜用問句，承轉鉤連，抑揚起伏。〈南鄉子‧京口北固亭懷古〉（卷五，頁553）便運用一問一答方式，串連全篇，且用思緒跳躍轉換，虛實相間，造成結構之波折有致。

（三）議論手法：多用戲筆調笑

張載〈東銘〉：「戲言出於思也，戲動作於謀也。」〔註36〕二人好為調笑俳諧之作，必有其因。

黃庭堅詩題以「戲」為名者極多，如戲答、戲贈等，內容更多諧趣戲謔之幽默句子，如〈從斌老乞苦筍〉：「煩君更致蒼玉束，明日風雨皆成竹。」（卷十二，頁309）或〈戲和文潛謝穆父松扇〉笑張耒肥胖：「張侯哦詩松韻寒，六月火雲蒸肉山。」（卷七，頁187）此類戲筆調笑，有於困頓挫折中轉化思緒，調適心境之功用，令黃庭堅於惡劣遭遇下，仍能保持超然悠閒之胸懷。

稼軒詞之俳諧調笑亦多有，第四章〈稼軒詞借鑒蘇軾詩〉中，第二節分析創作手法雷同，已整理稼軒詞中詞題有「戲」字詞作，凡21闋；而由其嬉笑怒罵之中，可抒發胸次，寄託抑鬱心情。如前及

〔註35〕參見《黃庭堅評傳》，頁335。
〔註36〕〔宋〕呂祖謙編：《宋文鑑》（臺北：世界書局，民國51年2月），卷73。

〈千年調・蔗菴小閣名曰卮言，作此詞以謔之〉、〈沁園春・將止酒，戒酒杯使勿近〉（卷四，頁 386）均爲其著名作品。然其戲作實深藏不平之鳴，藉此諷刺妨賢小人。

三、同對蘇軾之景仰步次

　　黃庭堅、稼軒二人，於蘇軾均有深厚感情，且文名並盛，時稱「蘇黃」、「蘇辛」。黃庭堅與蘇軾交遊，自熙寧五年（1072）黃庭堅以古風二首寄蘇軾，兩人因而結交開始，至建中靖國元年（1101）蘇軾逝世爲止，相互唱和，交誼深厚。稼軒詞作，借鑒蘇軾詩文作品及生平軼事之數，達二百多處，撿拾即是，足見其熟讀蘇軾作品及行實。

　　蘇軾學莊、學陶，反應其思想之趨歸，並影響其身處瘴癘蠻荒幽困之地，仍能開適曠達。其百餘首〈和陶詩〉，爲歷代文人學陶最有名之詩篇。如錢鍾書云：

> 淵明文名，至宋而極。永叔推《歸去來辭》爲晉文獨一；
> 東坡和陶，稱爲曹、劉、鮑、謝、李、杜所不及。自是厥
> 後，説詩者幾於萬口同聲，翕然無間。〔註37〕

黃庭堅由少年初學陶詩之「如嚼枯木」，「及棉歷世事」後，方體會其深意，實乃透過蘇軾讀陶有得之論文主張啓發。〔註38〕由黃庭堅古風〈宿舊彭澤懷陶令〉，可知其推崇之意。

　　稼軒詞中借鑒莊、陶作品之數量甚夥，亦可明其受二者影響甚深。稼軒詞中用淵明典如：〈臨江仙・醉宿崇福寺，寄祐之弟。祐之以僕醉先歸〉：「試尋殘菊處，中路候淵明。」（卷二，頁 208）、〈水調歌頭・再用韻，呈南澗〉：「愛酒陶元亮，無酒正徘徊。」（卷二，

〔註37〕周鎭甫、冀勤編著：《錢鍾書《談藝錄》讀本》（上海：上海教育出版社，1996 年 5 月初版 3 刷），三、作家作品論（三）論唐宋人推陶詩，頁 178。

〔註38〕張秉權：《黃山谷的交游及作品》（香港：中文大學出版社，1978 年初版），頁 53、61。

頁 129）亦有〈書淵明〉詩：「淵明避俗未聞道，此是東坡居士云。身似枯株心似水，此非聞道更誰聞？」〔註39〕作品中對淵明時時流露景仰及懷念之情。

淵明能捨棄官場富貴，回歸天性，實爲歷代文人所稱羨之對象。黃庭堅、稼軒亦然，兩人追慕淵明之隱逸歸耕，或是文人藉以排遣失意之寄託，然蘇軾愛陶之舉，實起提倡作用。

〔註39〕〔宋〕辛棄疾撰，鄧廣銘審訂，辛更儒箋注：《辛稼軒詩文箋注》（上海：上海古籍出版社，1995 年 12 月），頁 172。

第六章　稼軒詞借鑒其他宋代詩人詩

　　稼軒借鑒宋代詩人詩作，不包含詞作、軼事等不屬於本文討論範圍者，凡81處。然其中大部分為鄧廣銘援引，以為注解地名、事件，或考證詞語之用。

　　鄧廣銘常引用稼軒友人，如韓元吉、韓淲父子等人詩作以注證稼軒詞，或為稼軒遊歷之事實；或所言及之地名位置；或與共同友人如楊民瞻、吳子似等交遊。又，鄧廣銘常引用宋人詩句以表宋代常用口語，如「此段」猶言「此」。〔註1〕除去此類純注證功能之作品再行統計，可發現，確實為稼軒有意借鑒其詩意、詩句之宋代詩人詩作，僅41處〔註2〕。按借鑒次數多寡序列如下：

借鑒七次：陳師道

借鑒四次：林逋〔註3〕

〔註1〕　見稼軒〈永遇樂・賦梅雪〉，卷四，頁526。

〔註2〕　此41處因稼軒借鑒周必大、陳藻其實各用一詩，即周必大〈嘉泰癸亥元日口占寄呈永和乘成兄〉，與陳藻〈丘叔喬八十〉。鄧廣銘分別引證此二詩注稼軒二詞，因此一詩見二處借鑒，成數為二次而非四次。然周必大與稼軒素不合，稼軒未必借鑒周詩，因鄧注本所注，暫列於此，詳見本章二、借鑑陳藻、周必大詩該節討論。

〔註3〕　其中〈鷓鴣天〉（起句：桃李漫山過眼空）一闋「籬落黃昏」句（卷三，頁327），鄧廣銘引林逋二詩注稼軒一詞句，故五見，然僅借鑒四處。

借鑒三次：范成大

借鑒二次：潘大臨、周必大、陳藻、秦觀、陳與義、陸游

借鑒一次：文同、王禹偁、王溥、邵雍、范仲淹、夏竦、高言、
　　　　　張方平、梁顥、梅堯臣、陳摶、楊徽之、滏水僧寶鏖、
　　　　　劉攽、滕元發、盧贊元、蘇舜欽

由上可知，借鑒最多次者爲陳師道，次數七次；其次爲借鑒林逋詩四次，再次爲范成大詩三次。另有六人借鑒二次，十七人僅借鑒一次。然則稼軒借鑒此二十六位宋代詩人作品，次數多寡不一，有各詩僅用一次者，亦有一詩多用者。如陳師道雖借鑒七次，然七詩各僅用一次；林逋雖借鑒五次，然卻重複借鑒二詩。其他如周必大、陳藻、潘大臨，則二次均借鑒同一詩句。

　　爲發明稼軒借鑒宋代詩人詩作原因，本章以詩人詩作分別探討，按次數多寡爲序，一一探討。然礙於篇幅，本文僅討論借鑒二次以上者。本文所舉宋代詩人詩部分則採用各詩人單行校注本、箋注本，若無單行本者，則採《全宋詩》〔註4〕，並於引詩之後附註卷次頁碼，以利檢索。以下先分析借鑒宋代詩人重要篇章之析論；進而由重要篇章借鑒中，梳理稼軒借鑒宋詩之原因。

第一節　借鑒重要詩人詩篇章析論

　　稼軒借鑒宋代詩人詩作次數懸殊極大，且詩人總數甚多，礙於篇幅，不能一一探討。故本章將稼軒借鑒之宋代詩人劃分二類，分別爲借鑒三次以上之「重要詩人」，及借鑒二次之「次要詩人」；其餘僅借鑒一次者，則不在本論文中討論。

　　稼軒借鑒三次以上之重要詩人，分別爲陳師道、林逋、范成大三人。

〔註4〕傅璇琮等編：《全宋詩》(北京：北京大學出版社，1998年12月2版2刷)。

一、借鑒陳師道詩

　　陳師道（1053～1101）字履常，一字無己，號後山居士，彭城（今江蘇徐州）人，一生安貧樂道，淡薄仕途，平生所好閉門苦吟，有「閉門覓句陳無己」〔註5〕之稱。與蘇軾、黃庭堅等人唱和，為蘇門六君子之一，見黃庭堅詩，愛不釋手，於是燒舊稿，學黃詩，〔註6〕若成一詩，每每「因揭之壁間，坐臥哦詠，有竄易至數十日乃定，有終不如意者，則棄去之。」〔註7〕後致力於學杜甫。

　　陳師道亦為方回《瀛奎律髓》為江西詩派列舉「一祖三宗」之一，一祖即杜甫，三宗乃黃庭堅、陳師道、陳與義。方回且言：「老杜詩為唐詩之冠，黃、陳詩為宋詩之冠。」〔註8〕為江西詩派重要作家。

　　稼軒借鑒陳師道詩凡七次，茲列表如下：

項次	詞牌	起　句	借鑒詞句	卷次	頁碼	借鑒陳師道詩名	借鑒陳師道詩句
1	感皇恩	春事到清明	三山歸路	卷一	20	答寇十一惠朱櫻	故人憐一老，輟食寄三山

〔註5〕　《鶴林玉露》：「（黃）山谷云：『閉門覓句陳無已（按：應為「己」），對客揮毫秦少游。』此傳無已（按：應為「己」）每有詩興，擁被臥床，呻吟累日，乃能成章；少遊則盃觴流行，篇詠錯出，略不經意。」見〔宋〕羅大經撰，王瑞來點校：《鶴林玉露》（北京：中華書局，1997 年 12 月初版 2 刷，《唐宋史料筆記叢刊》本），甲編・卷六・〈作文遲速〉，頁 100。

〔註6〕　陳師道〈答秦覯書〉（按：秦觀之弟）中言：「僕於詩初無法師，然少好之，老而不厭，數以千計，及一見黃豫章，盡焚其稿而學焉。……僕之詩，豫章之詩也。然僕所聞於豫章，願言其詳，豫章不以詩□僕，僕亦不能為足下道也。」見〔宋〕陳師道：《後山集》（臺北：臺灣商務印書館，1983 年，《景印文淵閣四庫全書》本，冊 1114），卷九・〈與秦覯書〉，頁 602。

〔註7〕　〔宋〕徐度撰，朱凱、姜漢椿整理：《卻掃編》（河南：大象出版社，《全宋筆記・第三編・十》，2008 年 1 月），頁 140。

〔註8〕　〔元〕方回選評，李慶甲集評校點：《瀛奎律髓彙評》（上海：上海古籍出版社，2005 年 4 月），冊上・卷 1・登覽類，陳簡齋〈與大光同登封州小閣〉詩後評，頁 42。

項次	詞牌	起句	借鑒詞句	卷次	頁碼	借鑒陳師道詩名	借鑒陳師道詩句
2	菩薩蠻	鬱孤臺下清江水	青山遮不住，畢竟東流去	卷一	41	送何子溫移毫州三首之三	關山遮極目，汴泗只東流
3	鷓鴣天	聚散匆匆不偶然	明朝放我東歸去，後夜相思月滿船	卷一	51	過杭留別曹無逸朝奉	後夜相思隔煙水
4	水調歌頭	酒罷且勿起	多病妨人痛飲	卷二	247	贈王聿脩商子常	畏病忍狂妨痛飲
5	清平樂	此身長健	枉讀平生三萬卷	卷二	278	寄送定州蘇尚書〔註9〕	枉讀平生三萬卷，貂嬋當復坐〔註10〕兜鍪
6	木蘭花慢	路傍人怪問	路傍人怪問	卷四	407	寄鄧州杜侍郎	道傍過者怪相問
7	西江月	畫棟新垂簾幙	功名不用渠多	卷四	445	送外舅郭大夫西川提點刑獄〔註11〕	功名何用多，莫作分外慮

（一）〈答寇十一惠朱櫻〉

故人憐一老，輟食寄三山。厚味非貧具，先嘗貴客間。

甘酸俱可口，衰白不宜顏。妙句那能繼，情深未覺慳。

〔註12〕

本詩作於元符三年（1100）庚辰。陳師道因友人贈朱櫻，味道甘酸可口，且感友人情誼深厚，回贈此詩。「故人憐一老，輟食寄三山」，指自己於山中生活清苦，未曾進餐，友人得憐，故寄贈。「三山」指傳說東海中仙人所居住之三座神山。《史記》:「自威、宣、燕昭使人入海求蓬萊、方丈、瀛洲。此三神山者，其傅在勃海中，……蓋嘗有至者，諸僊人及不死之藥皆在焉。其物禽獸盡白，而黃金銀為宮闕。未至，望之如雲；及到，三神山反居水下；臨之，風輒引去，終莫能

〔註9〕 鄧注本誤注為「送蘇尚書知定州」。

〔註10〕 鄧注本誤作「作」。

〔註11〕 鄧注本誤注為「送外舅郭大夫暨四川提刑」。

〔註12〕 〔宋〕陳師道撰，〔宋〕任淵注，冒廣生補箋，冒懷辛整理:《後山詩注補箋》（北京:中華書局，1995年6月），卷10，頁370。

至云。」〔註13〕因陳師道淡薄仕途，平生所好僅閉門苦吟，故此處應指鄉間山中。然唐太宗曾設瀛洲館以待學士，後人便以「三山」、「三島」、「蓬萊」、「瀛洲」等爲館閣之代稱。

　　稼軒用此詩句，作〈感皇恩・滁州壽范倅〉下片：「席上看君：竹清松瘦。待與青春闘長久。三山歸路，明日天香襟袖。更持金盞起，爲君壽。」（卷一，頁20）詞中以「三山路歸，明日天香襟袖」祝贈范昂，鄧廣銘注：「時後山在館中。詳詞中此句之意，蓋即以館閣從官期范倅也。」〔註14〕寄託高昇之意，並以祝壽詞祝贈他日受重用，富貴香氣盈袖。

（二）〈送何子溫移亳州〉三首之三

　　　復作中年別，仍懷後日憂。關山遮極目，汴泗只東流。
　　　政好遭頻借，詩清得暗投。會看靈壽杖，扶出富民侯。
　　〔註15〕

　　本詩作於元符二年（1099）己卯，爲陳師道送友人之作。詩中爲友人前程擔憂，殷勤勸誡行止當心，保全自身，將來成一番事業，爲百姓謀福。其中「關山遮極目，汴泗只東流」句，除臨別在即，友人將行之處遠而不可見，更隱含李白「總爲浮雲能蔽日」，小人妨賢之擔憂。

　　稼軒借鑒此句，作〈菩薩蠻・書江西造口壁〉，此詞作於稼軒居官江、淮時期，可見蓬勃之英氣與志向。此詞下片：「青山遮不住。畢竟東流去。江晚正愁余，山深聞鷓鴣。」（卷一，頁41）登鬱孤臺欲遠望，卻爲青山遮阻視線。詞中以山喻小人，意指小人無法阻礙自己欲大展抱負之願，畢竟愛國之心如流水不可阻攔，且定能有所作爲，收復北方失土。不用陳師道詩原有之擔憂意境，反以開闊壯盛之

〔註13〕《史記・卷28・書第6・封禪書》，見安平秋分史主編：《史記》（上海：漢語大辭典出版社，2004年1月，《二十四史全譯》本），冊1，頁472。
〔註14〕見鄧注本，頁21。
〔註15〕〔宋〕陳師道撰，〔宋〕任淵注，冒廣生補箋，冒懷辛整理：《後山詩注補箋》（北京：中華書局，1995年6月），卷8，頁300～301。

情懷，展現年少英雄氣慨。

（三）〈過杭留別曹無逸朝奉〉

陳蕃解榻爲留連，俯仰徒驚歲月遷。
故意斯人奈風雨，多情於我獨山川。
可憐顏貌非前日，依舊窮愁似去年。
<u>後夜相思隔煙水，夢魂空寄過江船</u>。〔註16〕

　　此詩亦爲贈別之作，詩中但見不捨情懷，末聯「後夜相思隔煙水，夢魂空寄過江船」，即便相思，已天涯分隔，僅能將相思寄予夢魂，留待寤寐中相見。

　　稼軒借鑒作〈鷓鴣天・離豫章，別司馬漢章大監〉。此闋已見於第二章〈稼軒詞借鑒歐陽脩詩〉二、〈別滁〉。稼軒本詞作於淳熙五年（1178），出爲湖北轉運副使，離豫章（今江西南昌），與同僚司馬倬辭別。離別之際，心中難免惆悵，然只能收拾情緒，「但將痛飲酬風月，莫放離歌入管弦」。下片寫景以寓不捨情懷，「縈綠帶，點青錢。<u>東湖春水碧連天。明朝放我東歸去，後夜相思月滿船</u>。」（卷一，頁51）如此佳景，怎捨離去？然此刻一別，不知是否再有回任之時，僅能記取此間春水連天風景，明朝歸去後，滿載一船相思，以供日後懸念。詞中結句化陳師道詩意，更將相思形象化，滿載一船，可見重量。

（四）〈贈王聿脩商子常〉二首之一

欲作新詩挑兩公，含毫不下思先窮。
貪逢大敵能無懼，強畫修眉每未工。
<u>長病忍狂妨痛飲</u>，晚雲朝雨滯晴空。
正須好句留春住，可使風飄萬點紅。〔註17〕

〔註16〕〔宋〕陳師道撰，〔宋〕任淵注，冒廣生補箋，冒懷辛整理：《後山詩注補箋》（北京：中華書局，1995年6月），後山逸詩箋・卷下，頁556。

〔註17〕〔宋〕陳師道撰，〔宋〕任淵注，冒廣生補箋，冒懷辛整理：《後山詩注補箋》（北京：中華書局，1995年6月），後山逸詩箋・卷下，頁533。

此詩贈王聿脩、商子常。欲賦新詩寄友人。「貪逢大敵」二句推崇友人均為詩文能手，堪稱「大敵」，雖無所畏懼，卻詩無靈感句未成。用韓愈〈南山詩〉：「天空浮修眉，濃綠畫新就。」〔註18〕欲學韓詩之工。「畏病忍狂妨痛飲」乃陳師道此時因病止酒，不能痛飲，幸而尚有詩句可排遣，更要吟出好句，留得春蹤。

稼軒作〈水調歌頭・送信守王桂發〉。本闋送王桂發任滿去職，以「屈指」為界，上半寫王桂發政績卓著，更與人民和樂相處，深受愛戴。下半敘稼軒自身現狀與希望：「屈指吾生餘幾，多病妨人痛飲，此事正愁余。江湖有歸雁，能寄草堂無？」（卷二，頁247）「多病」二句乃稼軒正因病止酒，無法以酒澆愁，使心中愁苦。然此種幽憤寂寥能否相贈與您？以贈別起，以思念結，話語委婉客氣，收放得當。

（五）〈寄送定州蘇尚書〉

初聞簡策侍前疏，又見衣冠送作州。
北府時清惟可飲，西山氣爽更宜秋。
功名不朽聊通袖，海道無違具一舟。
枉讀平生三萬卷，貂蟬當復坐兜鍪。〔註19〕

本詩作於元祐八年（1093）癸酉。陳師道平生雖淡薄於仕途，然此詩中，或可見理想抱負。末聯「枉讀平生三萬卷，貂蟬當復坐兜鍪」用周盤龍典故：「周盤龍以武功為散騎常侍，齊武帝戲之曰：『貂蟬何如兜鍪？』對曰：『貂蟬生于兜鍪。』外大父潁公罷相建節，出帥太原，其詩曰：『兜鍪却自貂蟬出，敢用前言戲武夫！』李待制師中以相業自任，嘗帥秦，以事去，其詩曰：『兜鍪不勝任，猶可冠貂蟬。』」〔註20〕貂蟬與兜鍪之地位孰先孰後，於此段記載中用於調笑。然陳師道詩意，乃用以為蘇尚書抱不平。枉費讀聖賢書三萬卷，卻未適才而

〔註18〕《全唐詩》，冊10，卷336，頁3765。
〔註19〕〔宋〕陳師道撰，〔宋〕任淵注，冒廣生補箋，冒懷辛整理：《後山詩注補箋》（北京：中華書局，1995年6月），卷4，頁146。
〔註20〕〔宋〕陳師道《後山詩話》（北京：商務印書館，2005年，《文津閣四庫全書》本，冊494），頁432。

用，使貂蟬落得兜鍪之職。

　　稼軒作〈清平樂・壽信守王道夫〉。此詞壽王道夫，然竟勸王道夫莫忘情飲酒，保重健康，爲壽詞中少見。上片：「此身長健，還却功名願。<u>枉讀平生三萬卷</u>，滿酌金杯聽勸。」（卷二，頁 278）言需有強健身體，方能完成富貴功名之願。「枉讀」句用陳師道詩意，然稼軒詞意乃嘆王道夫讀書三萬卷，竟屈居信州守，朝廷辜負其才能，故言枉讀。「枉」字見稼軒對友人抱負不平，亦見對自身遭遇之感慨。

　　此外，「貂蟬當復坐兜鍪」之典又見稼軒〈滿江紅・賀王帥宣子平湖南寇〉：「金印明年如斗大，貂蟬卻自兜鍪出。」（卷一，頁 70）〔註21〕

（六）〈寄鄧州杜侍郎〉

南陽老幼如雲屯，連日城東候使君。
後者排前旁捷出，爭先見面作殷勤。
六年重來已白髮，一日再見回青春。
<u>道傍過者怪相問</u>，共言杜母眞吾親。
使君雖老心尚壯，文采風流諸謝上。
名家從昔杜陵人，盛德於今丈人行。
我昔臥病老彭城，畫船鳴鼓千里行。
致書饋奠初未識，丁寧勞苦如平生。
人言此事今未有，古人中求還得否。
忘年屈勢不虛辱，公取爲德吾何取。

〔註21〕〔宋〕周密《齊東野語》：「宣子乃以湛功聞於朝，於是湛以勞復元官，宣子增秩。辛幼安以詞賀之，有云：『三萬卷，龍頭客，渾未得文章力。把詩書馬上，笑驅鋒鏑。金印明年如斗大，貂蟬元自兜鍪出。』宣子得之，疑爲諷己，意頗銜之。殊不知陳後山亦嘗用此語送蘇尚書知定州云：『枉讀平生三萬卷，貂蟬當復坐兜鍪。』幼安正用此。然宣子尹京之時，嘗有書與執政云：「佐本書生，歷官處自有本末，未嘗得罪於清議。今乃蒙置諸士大夫所不可爲之地，而與數君子接踵而進，除目一傳，天下士人視佐爲何等類？終身之累，孰大於此！」是亦宣子之本心耳。」〔宋〕周密撰，張茂鵬點校：《齊東野語》（北京：中華書局，1997 年 12 月 2 刷，《唐宋史料筆記叢刊》本），卷7，頁 130～131。

菊潭之水甘且潔，潭上秋花照山白。

請公酌此壽百年，奕奕長爲此邦伯。

孰先一州後四方，重金疊蓋登廟堂。

請從今日至雲來，月三十斛輸洛陽。〔註22〕

又一陳師道寄贈之作，作於紹聖四年（1097）丁丑。詩中「道傍過者怪相問」二句乃用杜甫〈兵車行〉：「道傍過者問行人，行人但云點行頻。」〔註23〕除襲用句意，問路旁行人外，同時亦以與杜侍郎同姓之杜甫詩句，以路人之眼光道出作者與杜母之形似，或爲親人，意謂陳師道與杜侍郎彷彿兄弟，感情深厚，詩意更有雙關。

稼軒化用此句，作〈木蘭花慢・寄題吳克明廣文菊隱〉，上片：「<u>路傍人怪問</u>：此隱者，姓陶不？甚黃菊如雲，朝吟暮醉，喚不回頭。縱無酒成悵望，只東籬搔首亦風流。與客朝餐一笑，落英飽便歸休。」（卷四，頁407）起首以旁人眼光道出疑問，此人與陶潛有何關連？或者即爲陶潛？將吳克明與愛菊之陶潛相比，足見隱士性格明顯，以及稼軒之敬重。

（七）〈送外舅郭大夫既西川提刑〉

丈人東南來，復作西南去。連年萬里別，更覺貧賤苦。

王事有期程，親年當喜懼。畏與妻子別，已復迫曛暮。

何者最可憐，兒生未知父。盜賊非人情，蠻夷正狼顧。

<u>功名何用多，莫作分外慮</u>。萬里早歸來，九折慎馳騖。

嫁女不離家，生男已當戶。曲逆老不侯，知人公豈誤。

〔註24〕

此詩作於元豐七年（1084）甲子，至八年（1085）乙丑間，陳師道送別岳父，並於詩中表達擔憂之心。世途多險，盜賊蠻夷四顧，此去所爲何事？女不離家，男已當戶，一切生涯俱足。故勸岳父「功名

〔註22〕〔宋〕陳師道撰，〔宋〕任淵注，冒廣生補箋，冒懷辛整理：《後山詩注補箋》（北京：中華書局，1995年6月），卷6，頁210～212。

〔註23〕《全唐詩》，冊7，卷216，頁2255。

〔註24〕〔宋〕陳師道撰，〔宋〕任淵注，冒廣生補箋，冒懷辛整理：《後山詩注補箋》（北京：中華書局，1995年6月），卷1，頁7～11。

何用多，莫作分外慮」，不需多求富貴顯達，乞早日歸來，在外奔走一切當心。

　　稼軒借鑒此詩意，作〈西江月・壽祐之弟，時新居落成〉。本闋祝壽，上片言屋宇華麗，壽族弟辛祐之，同時致意生兒遭母難之太夫人。下片祝贈壽星富貴：「富貴吾應自有，<u>功名不用渠多</u>。只將綠鬢抵羲娥。金印須教斗大。」（卷四，頁445）「富貴」句用《史記・蔡澤傳》典故，蔡澤曰：「富貴吾所自有，吾所不知者壽也，願聞之。」〔註25〕除富貴自有外，亦含有長壽之意。既有富貴，功名則不需多求，此處反用陳師道詩意，陳師道以為功名不必多求，稼軒則認為功名當自來。結句再回應此二句，綠鬢如雲乃長壽，金印如斗則富貴極矣。

二、借鑒林逋詩

　　林逋（967或968～1028），字君復，錢塘人（今浙江杭州）。林逋終身不仕，未娶妻，「梅妻鶴子」作伴隱居於西湖孤山。其性格孤高自好，喜恬淡，不慕名利。宋仁宗賜諡和靖先生。

　　林逋善行書，喜為詩，《宋史》稱：「其詞澄浹峭特，多奇句。既就稿，隨輒棄之。或謂：『何不錄以示後世？』逋曰：『吾方晦迹林壑，且不欲以詩名一時，況後世乎！』然好事者往往竊記之，今所傳尚三百餘篇。」〔註26〕林逋詩大都反映隱居生活，描寫梅花尤其入神，名作〈山園小梅〉、〈梅花〉膾炙人口。蘇軾高度讚賞林逋之詩、書法及其人品，並作詩跋其書：「詩如東野（孟郊）不言寒，書似留臺（李建中）差少肉。」〔註27〕而林逋人品高潔之形象亦往

〔註25〕《史記・卷79・列傳第19・蔡澤傳》，見安平秋分史主編：《史記》（上海：漢語大辭典出版社，2004年1月，《二十四史全譯》本），冊2，頁1044。

〔註26〕《宋史・卷457・列傳第216・隱逸上・林逋》，見倪其心分史主編：《宋史》（上海：漢語大辭典出版社，2004年1月，《二十四史全譯》本），冊5，頁9905。

〔註27〕蘇軾〈書林逋詩後〉，見〔宋〕蘇軾著，〔清〕馮應榴輯注，黃任軻、朱懷春校點：《蘇軾詩集合注》（上海：上海古籍出版社），卷二十五，頁1273。

往見於蘇軾詩中。

　　稼軒借鑒林逋詩四處,用〈山園小梅〉、〈梅花〉二詩。鄧廣銘引二詩注一詞句,故所見有五處。列表如下:

項次	詞牌	起句	借鑒詞句	卷次	頁碼	借鑒詩名	借鑒詩句
1	江神子	暗香橫路雪垂垂	暗香	卷二	293	山園小梅	疏影橫斜水清淺,暗香浮動月黃昏
2	鷓鴣天	桃李漫山過眼空	籬落黃昏	卷三	327	山園小梅	疏影橫斜水清淺,暗香浮動月黃昏
3	念奴嬌	未須草草	總被西湖林處士,不肯分留風月。疏影橫斜,暗香浮動	卷四	449	山園小梅	疏影橫斜水清淺,暗香浮動月黃昏
4	鷓鴣天	桃李漫山過眼空	籬落黃昏	卷三	327	梅花	雪後園林纔半樹,水邊籬落忽橫枝
5	瑞鶴仙	雁霜寒透幙	雪後園林,水邊樓閣	卷三	335	梅花	雪後園林纔半樹,水邊籬落忽橫枝

(一)〈山園小梅〉二首之一

　　眾芳搖落獨暄妍,占盡風情向小園。
　　<u>疏影橫斜水清淺,暗香浮動月黃昏。</u>
　　霜禽欲下先偷眼,粉蝶如知合斷魂。
　　幸有微吟可相狎,不須檀板共金尊。〔註28〕

　　本詩極為著名,尤其「疏影橫斜水清淺,暗香浮動月黃昏」二句。司馬光《續詩話》評論此二句言:「曲盡梅之體態。」〔註29〕且此二句寫盡梅之氣質風韻,既有稀疏特點,又有清幽芬芳,「橫斜」描繪姿態,「浮動」點出神韻,再加以黃昏月下之環境烘托,更突出梅花個性。其實此二句出自五代時南唐詩人江為殘句:「竹影橫斜水清淺,

〔註28〕林逋〈山園小梅〉二首之一,見《全宋詩》,冊2,卷106・林逋2,頁1217～1218。
〔註29〕〔宋〕司馬光《續詩話》(北京:商務印書館,2005年,《文津閣四庫全書》本,冊494),頁419。

桂香浮動月黃昏」，寫竹又寫桂，林逋將二句各改一字，用以形容梅花，確有點鐵成金之妙。《苕溪漁隱叢話》：「林逋『疏影橫斜水清淺，暗香浮動月黃昏』之句，古今詩人，尚不曾道得到，第恐未易壓倒耳。」〔註30〕張炎《詞源》：「詩之賦梅，惟和靖一聯而已。世非無詩，不能與之齊驅耳。」〔註31〕又南宋詞人姜夔有二曲，一為〈疏影〉，一為〈暗香〉，即由此而來。

稼軒借鑒此詩三處。

一為〈江神子‧賦梅，寄余叔良〉。本闋賦梅贈人。起首三句：「暗香橫路雪垂垂，晚風吹，曉風吹。」（卷二，頁293）用〈山園小梅〉詩，寫寒梅凌雪開放，幽香暗來之景，且有以梅喻人，讚余叔良人格高潔之意。

一為〈鷓鴣天〉。本闋見第四章〈稼軒詞借鑒蘇軾詩〉五、〈寓居定惠院之東雜花滿山有海棠一株土人不知貴也〉一節。詞中以桃李及梅花對比，起首以桃李為主，然實為反襯梅花。下片：「尋驛使，寄芳容，隴頭休放馬蹄鬆。吾家籬落黃昏後，剩有西湖處士風。」（卷三，頁327）承接上片「玉骨冰姿」而來，「尋驛使」三句用陸凱〈贈范曄〉：「折花逢驛使，寄與隴頭人。江南無所有，聊贈一枝春。」〔註32〕扣梅花典故，末二句則化入林逋〈山園小梅〉詩，寫散淡隱約風韻，並寫入詞人內心，以冷落於黃昏籬外之梅花自喻，表達幽居塵俗之外，不免清苦寂寞心態。

再一為〈念奴嬌‧賦傅巖叟香月堂兩梅〉。上片：「未須草草，

〔註30〕〔宋〕胡仔：《苕溪漁隱叢話‧後集》（臺北：廣文書局，民國56年6月），卷21〈西湖處士〉，頁1604。

〔註31〕〔南宋〕張炎：《詞源注‧樂府指迷箋釋》（木鐸出版社，民國76年7月），雜論，頁29。

〔註32〕《太平御覽‧卷九百七十‧果部七‧梅》引南朝宋‧盛弘之《荊州記》：「陸凱與范曄相善，自江南寄梅花一枝，詣長安與曄。并贈花范詩曰：『折花逢驛使，寄與隴頭人。江南無所有，聊贈一枝春。』」見〔宋〕李昉等奉敕撰：《太平御覽》（臺北：臺灣商務印書館，2007年7月臺一版7刷），冊5，卷970‧果部7，梅，頁4432上右。

賦梅花，多少騷人詞客。<u>總被西湖林處士，不肯分留風月</u>。疏影橫斜，暗香浮動，把斷春消息。試將花品，細參今古人物。」（卷四，頁 449）本闋為詠梅詞，卻不寫梅之外形，反用典故勾勒神韻。「總被」四句化用林逋事，以為眾家詞人賦梅，皆難超越林逋之詩。朱淑真〈弔林和靖〉：「當時寂寞南窗下，兩句詩成萬古名。」〔註 33〕稼軒〈浣溪沙〉亦言：「自有淵明方有菊，若無和靖即無梅。」（卷四，頁 366）

（二）〈梅花〉三首之一

吟懷長恨負芳時，為見梅花輒入詩。
<u>雪後園林纔半樹，水邊籬落忽橫枝。</u>
人憐紅艷多應俗，天與清香似有私。
堪笑胡雛亦風味，解將聲調角中吹。〔註 34〕

此詩最為人樂道者，乃「雪後園林纔半樹，水邊籬落忽橫枝」二句。將梅花初綻之景以「半樹」和「橫枝」二詞點出，勾勒疏落之梅於冬日獨自妍麗之景。

黃庭堅言：

歐陽文忠公極賞林和靖「疏影橫斜水清淺，暗香浮動月黃昏」之句，而不知和靖別有詠梅一聯云：「雪後園林纔半樹，水邊籬落忽橫枝。」似勝前句，不知文忠公何緣棄此而賞彼。文章大概亦如女色，好惡止繫於人。〔註 35〕

方回《瀛奎律髓》卷二十論及此事：「山谷謂『水邊籬落忽橫枝』，此一聯勝『疏影』、『暗香』一聯，歐公疑未然，蓋山谷專論格，歐公專取意味精神耳。」紀昀批道：「此論平允，然終當以山谷為然。」查

〔註 33〕〔宋〕朱淑真撰，〔宋〕魏仲恭輯，〔宋〕鄭光佐注，冀勤輯校：《朱淑真集注》（北京：中華書局，2008 年 12 月），斷腸詩集・前集・卷 10・雜題，頁 148。

〔註 34〕《全宋詩》，冊 2，卷 106，林逋 2，頁 1218。

〔註 35〕〔宋〕黃庭堅〈書林和靜詩〉（按：靜應為靖），見〔宋〕黃庭堅著，劉琳、李勇先、王蓉貴點校：《黃庭堅全集》（成都：四川大學出版社，2004 年 5 月初版 1 刷），正集卷 25，頁 665。

慎行亦言：「三、四兩句（按：指雪後一聯），不但格高，正以意味勝耳。」〔註36〕王士禛《漁洋詩話》且認爲：「梅詩無過坡公『竹外一枝斜更好』七字，及『雪後園林纔半樹，水邊籬落忽橫枝。』」〔註37〕由以上種種評論可見，此二句與前及〈山園小梅〉：「疏影橫斜水清淺，暗香浮動月黃昏」二句各有偏愛者。

　　稼軒借鑒此詩之〈鷓鴣天〉：「尋驛使，寄芳容，隴頭休放馬蹄鬆。吾家籬落黃昏後，剩有西湖處士風。」（卷三，頁 327）已見前段。又一闋爲〈瑞鶴仙・賦梅〉，下片：「寂寞。家山何在？雪後園林，水邊樓閣。瑤池舊約，鱗鴻更杖誰托？粉蝶兒只解，尋桃覓柳，開遍南枝未覺。但傷心冷落黃昏，數聲畫角。」（卷三，頁 335）以一「寂寞」點出梅花心境。因故鄉不見，故梅花亦深感寂寞。「雪後」二句用林逋〈梅花〉詩，然更有深意，暗示「富貴非吾願」、棲隱亦非吾所期之微旨。故後續「瑤池」二句顯示隱約難達之衷情，正同〈摸魚兒〉（起句：能消幾番風雨）：「長門事、准擬佳期又誤。」（卷一，頁66）聲息相通，表達不甘寂寞之意。〔註38〕更且林逋〈山園小梅〉：「霜禽欲下先偷眼，粉蝶如知合斷魂。」此處之粉蝶只知親近桃柳，不管滿園梅花開遍；無人得知梅花心意，更顯淒涼。

　　龍沐勛評論此詞：「題是『賦梅』，從梅花未開寫到將落，借用環境烘托，層次是很分明的。它的骨子裡卻隱藏著個人身世之感和關懷國家之痛，他那『磊硍不平之氣』還是躍然紙上的。」〔註39〕賦梅而將花情與人情融爲一體，詞末「傷心」一詞已分不清憐花，抑或自憐。

〔註36〕以上所引均見〔元〕方回選評，李慶甲集評校點：《瀛奎律髓彙評》（上海：上海古籍出版社，2005 年 4 月），冊 2，卷 20・梅花類，頁 785。

〔註37〕〔清〕王士禛著，袁世碩主編：《王世禛全集》（濟南：齊魯書社，2007 年 6 月），雜著之 16，《漁洋詩話》卷上，頁 4762。

〔註38〕龍沐勛：《倚聲學——詞學十講》（臺北：里仁書局，民國 92 年 9 月 30 日初版 3 刷），第七講・論結構，頁 115。

〔註39〕龍沐勛：《倚聲學——詞學十講》（臺北：里仁書局，民國 92 年 9 月 30 日初版 3 刷），第七講・論結構，頁 114。

三、借鑒范成大詩

范成大（1126～1193），字致能，號石湖居士，諡文穆，吳郡（今江蘇蘇州）人。與楊萬里、陸游、尤袤等合稱南宋「中興四大詩人」。宋孝宗乾道六年（1170），范成大奉命使金，於金主面前「詞氣慷慨」，命在旦夕，然無所畏懼，最後「全節而歸」，爲朝野所稱道〔註40〕，具有強烈愛國情操。後寫成使金日記《攬轡錄》。淳熙時官至參知政事，因與孝宗意見相左，兩月即去職，晚年隱居故鄉石湖。

退隱石湖十年間，范成大寫作許多田園詩，其中以《四時田園雜興》最爲著名。此組詩共六十首七言絕句，每十二首爲一組，分詠春日、晚春、夏日、秋日及冬日之田園生活。此組田園詩之獨特，在於將田園詩歷來傳統爲描寫士大夫隱逸情懷（如王維、孟浩然），及反映農村生活疾苦（如元稹、張籍）二種風格內容，合爲一體，更爲全面且眞切地描寫農村生活各種細節，反映農村生活。

范成大詩風格輕巧，但好用僻典、佛典，於當代即有顯著影響，至清初更流傳著「家劍南而戶石湖」〔註41〕之說法，與陸游《劍南詩稿》並列。

稼軒借鑒范成大詩三處：

項次	詞牌	起句	借鑒詞句	卷次	頁碼	借鑒詩名	借鑒詩句
1	滿江紅	直節堂堂	浩歌莫遣魚龍泣	卷一	56	愛雪歌	歌呼達曉魚龍愁
2	最高樓	吾衰矣	一人口插幾張匙	卷三	331	丙午新正書懷詩十首之四	口不兩匙休足穀，身能幾屐莫言錢

〔註40〕《宋史・卷386・列傳第145・范成大傳》，見倪其心分史主編：《宋史》（上海：漢語大辭典出版社，《二十四史全譯》，2004年1月），冊13，頁8507。

〔註41〕〔清〕蔡景眞《笠夫雜錄》引《宋詩淵流》奚七柱言，見鄧橋彬、宮洪濤：〈《石湖詞》敍論〉（蘇州大學學報：哲學社會科學版，2009年5月第3期），頁66。

項次	詞牌	起句	借鑒詞句	卷次	頁碼	借鑒詩名	借鑒詩句
3	鷓鴣天	莫避春陰上馬遲	短篷炊飯鱸魚熟，除卻松江枉費詩	卷四	364	四時田園雜興：秋日田園雜興十二絕，十二首之一〔註42〕	細擣根虀買鱠魚，西風吹上四腮鱸。雪鬆酥膩千絲縷，除卻松江到處無〔註43〕

（一）〈愛雪歌〉

平生愛雪如子猷，江湖乘興常泛舟。

長篙斲冰陰火迸，玉板破碎凝不流。

淙琤大響出船底，兩舷戞擊鏘鳴球。

棹夫披蓑舞白鳳，灘子挽繂拖素虹。

四開蓬窗愛清供，風卷花絮飛來稠。

飄飄著衣寶唾住，片片入酒春酥浮。

醉中榜入玉煙去，耳熱不管寒颼颼。

大千空濛到何許？日暮未肯回船頭。

夜深凍合隨處泊，<u>歌呼達曉魚龍愁</u>。

明朝掬雪頮且漱，揮毫落紙雲煙遒。

新詩往往成故事，至今句法留滄洲。

推遷華年弦柱換，俯仰歸鬢塘蒲秋。

曉衾聞雪亦健起，徑欲一棹追昔遊。

氊衫胖肛束渾脫，絮帽匼匝蒙兜鍪。

十步出門九步坐，兒女遮說相苛留。

謂言此是少年事，歲晚戶牖當綢繆。

萬景無窮鼎鼎至，百年有限垂垂休。

夢隨落雁墮沙嘴，愁對飢鷗蹲瓦溝。

重尋勝踐可復許，且把清寒揩病眸。

須臾未遽妨性命，呼童盡捲風簾鈎。〔註44〕

〔註42〕鄧注本誤注為「晚春田園」。

〔註43〕鄧注本漏引詩句，略注為「西風吹上四鰓鱸，除卻松江到處無」。

〔註44〕〔宋〕范成大著，富壽蓀標校：《范石湖集》（上海：上海古籍出版社，2006年4月），卷33，頁439～440。

本詩寫愛雪之興。效法王徽之雪夜訪戴逵，泛舟出遊，途中雪勢甚大，卻不願回頭。其中「夜深凍合隨處泊，歌呼達曉魚龍愁」二句寫雪夜寒甚，泛舟歌唱直至破曉，使水中魚龍因歌聲喧擾而發愁。

稼軒借鑒此句，作〈滿江紅・題冷泉亭〉，歌詠杭州名景。下片先寫冷泉，再推向亭臺：「山木潤，琅玕濕。秋露下，瓊珠滴。向危亭橫跨，玉淵澄碧。醉舞且搖鸞鳳影，<u>浩歌莫遣魚龍泣</u>。恨此中風月本吾家，今為客。」（卷一，頁 56）有泉使山木潤澤，且泉水清洌，水青如碧，引來龍鳳於四周盤繞，藉以暗示水之美。然「浩歌莫遣魚龍泣」陡轉為悲憤，引出下句方知悲傷心情乃因四周景物近似家鄉，而身已離家千里。

范成大詩句寫歡樂，稼軒詞句則用以寫悲情，造景相同而情意兩致。

（二）〈丙午新正書懷〉十首之四

窮巷閒門本閴然，強將爆竹聒堦前。
人情舊雨非今雨，老境增年是減年。
<u>口不兩匙休足穀</u>，身能幾屐莫言錢。
掃除一室空諸有，龐老家人總解禪。〔註45〕

此詩為新年有感所作，見年歲老大，故有「人情舊雨非今雨，老境增年是減年」之感。人情冷暖老自知，舊雨多於新友；老來又添年歲，年紀增加亦代表終年即將到來。「口不兩匙」二句言人生花費實屬少數，又何苦執著多求？趁新年掃除屋舍及心房，趁早清靜頓悟。「口不兩匙休足穀」句下有范成大自注：「吳諺云，一口不能著兩匙。」

稼軒借鑒此句，作〈最高樓・吾擬乞歸，犬子以田產未置止我，賦此罵之〉。上片借前人之例，說明不急於官場中抽身之害，應學穆先生及陶潛。下片轉寫歸隱之樂趣：「待葺箇園兒名『佚老』，更作箇亭兒名『亦好』，閑飲酒，醉吟詩。千年田換八百主，<u>一人口</u>

〔註45〕〔宋〕范成大著，富壽蓀標校：《范石湖集》（上海：上海古籍出版社，2006 年 4 月），卷 26，頁 362。

插幾張匙。休休休，更說甚，是和非。」（卷三，頁331）歸老園亭
雖好，閒來飲酒吟詩亦佳。人事代謝無常，又說甚是與非？「千年
田換八百主，一人口插幾張匙」謂富貴無常，人應知足勿貪求。「一
人口插幾張匙」乃當時流行之俗諺口語，用以諷刺貪得無厭之人。
且題名雖曰罵子，其實乃借題發揮，罵盡因聲名利祿迫害稼軒之當
權小人。

（三）〈四時田園雜興：秋日田園雜興十二絕〉十二首之十一

> 淳熙丙午，沉疴少紓，復至石湖舊隱。野外即事，輒書一絕，終歲得
> 六十篇，號《四時田園雜興》
> 細擣榧薑買鱠魚，西風吹上四腮鱸。
> 雪鬆酥膩千絲縷，除卻松江到處無。〔註46〕

　　范成大晚年所作《四時田園雜興》六十首為其代表作，錢鍾書《宋
詩選注》評論曰：「不但是他的最傳誦，最有影響的詩篇，也算得中
國古代田園詩的集大成。」〔註47〕本詩寫秋日田園之景，看菊花明媚，
天星月影，秋來家家農忙，戶戶打稻堆倉。除此，秋日正是萬物成熟
時，肥魚熟橘，凡此種種均令人期待，尤其秋日松江鱸鱠肉質細膩，
更要以細薑調佐，方為絕佳滋味。詩中所描繪桑麻菽麥之景，耕耘紡
織之事，以及為生計忙碌之辛酸，期待豐年之心願，如此方構成田園
詩之真實內容，從中亦可見范成大跨越士大夫角度，進入農人鄉居生
活之感悟。

　　稼軒借鑒此詩作〈鷓鴣天·送歐陽國瑞入吳中〉。上片寫別時情
景，下片轉而別後相思：「梅似雪，柳如絲，試聽別語慰相思。短篷
炊飯鱸魚熟，除却卻松江枉費詩。」（卷四，頁364）古人折梅寄友，
折柳送別，詞中以梅、柳象徵依依不捨之別情，且以吳地特產之鱸魚

〔註46〕〔宋〕范成大著，富壽蓀標校：《范石湖集》（上海：上海古籍出版
　　　　社，2006年4月），卷27，頁375。

〔註47〕錢鍾書：《宋詩選註（增訂本）》（臺北：書林出版有限公司，民國79
　　　　年9月），頁255。

入詞，想像友人歐陽國瑞至吳中享用美食，然此刻莫忘見寄書信歸來。此處用張翰因秋風起，思吳中菰菜、蓴羹、鱸膾，遂歸吳之典故〔註48〕，期盼友人因吳中鱸膾而思故鄉故友。

第二節　借鑒次要詩人詩篇章析論

此節所討論對象，乃稼軒詞借鑒二次之宋代詩人，計有潘大臨、周必大、陳藻、秦觀、陳與義、陸游等六人。然稼軒借鑒周必大、陳藻其實各一詩，鄧廣銘分別引證二詩注稼軒二詞，因此一詩見二處借鑒，成數爲二次而非四次。故此節中將周必大、陳藻二詩合於一段，一併討論。

一、借鑒潘大臨詩

潘大臨，生卒年不詳，字君孚，一字邠老，原籍長樂三溪（今屬福州），黃州（今屬湖北）吝安鎮人，北宋詩人。其子潘振鏞以繪畫聞名。

稼軒借鑒潘大臨殘句二次，見表列：

項次	詞牌	起句	借鑒詞句	卷次	頁碼	借鑒詩名	借鑒詩句
1	踏莎行	夜月樓臺	重陽節近	卷二	264	《冷齋夜話》引	滿城風雨近重陽
2	水龍吟	只愁風雨重陽	只愁風雨重陽	卷四	520	《冷齋夜話》引	滿城風雨近重陽

宋代惠洪《冷齋夜話》卷四有一則記載，爲此殘句之由來：

　　黃州潘大臨，工詩，多佳句，然甚貧。東坡、山谷尤喜之。臨川謝無逸，以書問有新作否？潘答書曰：「秋來景物件件是佳句，恨爲俗氣所蔽翳。昨日閑臥，聞攪林風雨聲，欣

〔註48〕《世說新語箋疏・識鑒第7・10》：「張季鷹辟齊王東曹掾，在洛見秋風起，因思吳中菰菜羹、鱸魚膾，曰：『人生貴得適意爾，何能羈宦數千里以要名爵！』遂命駕便歸。俄而齊王敗，時人皆謂爲見機。」見余嘉錫：《世說新語箋疏》（臺北：華正書局，民國92年11月3刷），頁393。

－177－

然起題其壁曰：『滿城風雨近重陽。』忽催租人至，遂敗意。
止此一句奉寄。」聞者笑其迂闊。〔註49〕

潘大臨忽有靈感，卻因為家貧，為催租人擾亂詩興，遂僅餘此殘句。此句後多見引用，如宋人姚述堯〈朝中措〉：「滿城風雨近重陽，小院更淒涼。」〔註50〕後世以「滿城風雨」比喻事情喧騰，眾口議論紛紛。

稼軒借鑒此句，作〈踏莎行・庚戌中秋後二夕，帶湖篆岡小酌〉。本闋悲秋之作，詞中不見悲傷之事，或因秋氣誘使情緒，使人如宋玉見秋淒涼悲如許。結句：「問他有甚堪悲處？思量却也有悲時：重陽節近多風雨。」（卷二，頁 264）似有淒苦而說不出，故道重陽多風雨。意境略似〈醜奴兒・書博山道中壁〉：「卻道天涼好個秋」。（卷二，頁 170）

又〈水龍吟・別傅倅先之。時傅有召命〉起首二句：「只愁風雨重陽，思君不見令人老。」（卷四，頁 520）「風雨重陽」點明季節，「只愁」又見擔心，怕風雨阻礙會面，表達情誼深厚。然而逢此佳節，即便風雨無阻，卻仍因有召命不得相會，故思君而不見君，令人憔悴。

二、借鑒陳藻、周必大詩

陳藻，字元潔，號樂軒。生平事蹟甚少見著，《宋元學案》卷四十七記載：「（陳藻）開門授徒，不足自給，至浮游江湖，崎嶇嶺海。歸買田數畝，輒為人奪去。士之窮，無過于此矣，而以樂軒自扁（按：應為貶）。」〔註51〕其生活貧困，且數畝田且為人所奪，如此尚能自樂自嘲，可見德行。

鄧廣銘以陳藻、周必大各一詩，同注稼軒二詞，列表如下：

〔註49〕 《冷齋夜話・卷4・滿城風雨近重陽》，見張伯偉編校：《稀見本宋人詩話四種・日本五山版冷齋夜話》（南京：江蘇古籍出版社，2002年4月），頁40。

〔註50〕 《全宋詞》，冊3，頁1558。

〔註51〕 〔清〕黃宗羲原著，全祖望補修，陳金生、梁運華點校：《宋元學案》（北京：中華書局，2007年1月3刷），卷47・〈艾軒學案・網山門人尹、王四傳，文遠陳樂軒先生藻〉，頁1280。

項次	詞牌	起句	借鑒詞句	卷次	頁碼	借鑒詩名	借鑒詩句
1	鵲橋仙	朱顏暈酒	人間八十最風流，長貼在兒兒額上	卷二	227	陳藻〈丘叔喬八十〉	大家於此且貪生，八十孩兒題向額
2	鵲橋仙	朱顏暈酒	人間八十最風流，長貼在兒兒額上	卷二	227	周必大〈嘉泰癸亥元日口占寄呈永和乘成兄〉〔註52〕	兄弟相看俱八十，研朱贏得祝嬰孩
3	鵲橋仙	八旬慶會	臙脂小字點眉間	卷二	228	陳藻〈丘叔喬八十〉	大家於此且貪生，八十孩兒題向額
4	鵲橋仙	八旬慶會	臙脂小字點眉間	卷二	228	周必大〈嘉泰癸亥元日口占寄呈永和乘成兄〉〔註53〕	兄弟相看俱八十，研朱贏得祝嬰孩

（一）陳藻〈丘叔喬八十〉

　　樂欲永千年，愁難禁一夕。大家於此且貪生，八十孩兒題向額。今朝門下慶相符，坐有繡衣為上客。況乎二弟古稀餘，左酬右勸皆精力。阿婆才纔三五秋，卜婚日者神無敵。燈火鼇山弧矢晨，姓名往往登仙籍。借問人間見幾多，答云造化慳斯席。〔註54〕

　　本詩為丘喬壽，卻於詩中提及戒慎小心之意。

　　宋代習俗，每朱書「八十」字於小兒額上以求長生〔註55〕，詩家多以入詩。「大家於此且貪生，八十孩兒題向額」除宋人習俗外，更用韋誕典故。魏明帝安榜於高處，使韋誕登梯題之。既下，頭鬢皓然，因敕兒孫勿復學書。劉孝標注引衛恆《四體書勢》曰：「誕善楷書，魏宮觀多誕所題。明帝立陵霄觀，誤先釘榜，乃籠盛誕，轆轤長絙引上，使就題之。去地二十五丈，誕甚危懼。乃戒子孫，絕此楷法，

〔註52〕鄧注本誤注為「三月三日會客詩」。
〔註53〕鄧注本誤注為「三月三日會客詩」。
〔註54〕《全宋詩》，冊50，卷2667，頁31312。
〔註55〕見鄧注本，頁228。

箸之家令。」〔註56〕韋誕因善書，繼而不得已登高處題額，危險極矣，因此不願兒孫遭遇此事，故戒之。陳藻此詩意謂人人皆貪生，又常爲涉險，如八十老者或孩兒登高題額。

稼軒作〈鵲橋仙・爲人慶八十席上戲作〉，下片：「今朝盛事，一杯深勸，更把新詞齊唱。人間八十最風流，長貼在兒兒額上。」（卷二，頁227）此詞爲人壽八十生日，故將宋人於小兒額上朱書「八十」習俗，對比八十老者，以爲八十歲最爲風流，一切新生，如孩兒一般。

又〈鵲橋仙・慶岳母八十〉，上片：「八旬慶會，人間盛事，齊勸一杯春釀。臙脂小字點眉間，猶記得舊時宮樣。」（卷二，頁 228）同樣壽人八十，亦以宋人習俗出之，且因對象爲女性，以青春永駐，仍記舊時美麗模樣爲頌。

（二）周必大〈嘉泰癸亥元日口占寄呈永和乘成兄〉

此外，鄧注本又注稼軒借鑒周必大詩〈嘉泰癸亥元日口占寄呈永和乘成兄〉。

周必大（1126～1204），字子充，一字洪道，晚年自號平園老叟。原籍管城（今河南鄭州）。

周必大聲名遠播，功績顯赫，乃極富才幹之政治家。紹興二十一年（1151）進士，二十七年（1157）舉博學宏詞科。官至左丞相，封益國公、許國公。自淳熙十四年（1187）二月，拜右丞相，至慶元元年（1195）致仕，任宰相八年時間，無論輔佐朝廷或主政地方，均「立朝剛正」，不避權貴。《宋史・周必大傳》記載數事，俱見其處事有謀，「每見宰相不能處之事，卿以數語決之，三省本未可輟卿也。」或曰：「卿眞有先見之明。」〔註57〕治政勤奮，深獲重視，周必大學識淵博，

〔註56〕《世說新語・巧藝第21・3》，〔南朝梁〕劉孝標注引衛恆《四體書勢》，見余嘉錫：《世說新語箋疏》（臺北：華正書局，民國 92 年 11 月 3 刷），頁 716。

〔註57〕《宋史・卷 391・列傳第 150・周必大傳》，見倪其心分史主編：《宋史》（上海：漢語大辭典出版社，2004 年 1 月，《二十四史全譯》本），

熟悉當朝人物及掌故。其散文及著作《二老堂詩話》中，均保存不少宋代文學掌故資料，足爲研究之用。其詩初學黃庭堅，後由白居易溯源杜甫。喜用典，尚未能擺脫江西詩派影響。

其詩曰：

> 歸田初不隔江淮，底事新元未往來。
> 賭酒彈棋眞夢爾，膠牙藍尾亦悠哉。
> 莫思樂事年年減，且喜春花日日開。
> 兄弟相看俱八十，研朱贏得祝嬰孩。〔註58〕

周必大此詩自注亦云：「趙永年通判每云：朱書八十字于褓褓兒領上，欲其壽如此也。」此詩贈兄，且於詩中勸慰兄長，莫惦念年華逝去，來日無多，且歡喜眼前景致佳麗，春花日開。「兄弟相看」二句意即兄弟二人相看仍不覺年老，如舊時研朱書字於額上之嬰孩模樣。

然周必大素反對稼軒所作所爲，如淳熙十年（1183），稼軒臺臣王藺彈劾「用錢如泥沙，殺人如草芥」〔註59〕落職後，周必大於友人信中提及稼軒創建飛虎軍之事，言：「辛卿又竭一路民力爲此舉，欲自爲功，且有利心焉。」〔註60〕以爲飛虎軍乃稼軒爲求得功績之一己之私，卻窮竭一路百姓之力爲之。又金埴《不下帶編》卷七載：「王（淮）丞相欲進〈擬辛幼安〉除一師，周益公（周必大）堅不允，王問周：『幼安帥材，何不用之？』益公答云：『不然。凡幼安所殺人命，在吾輩執筆者當之。』」〔註61〕以上所見，均知稼

　　　　冊 13，頁 8599。

〔註58〕《全宋詩》，冊 43，卷 2329，頁 26795。

〔註59〕〔元〕脫脫等同修：《宋史・卷 401・列傳第 160・辛棄疾傳》，見倪其心分史主編：《宋史》（上海：漢語大辭典出版社，2004 年 1 月，《二十四史全譯》本），冊 14，頁 8774。

〔註60〕淳熙十年〈與黃林中少卿〉，見〔南宋〕周必大：《文忠集》（臺北：臺灣商務印書館，1983 年，《景印文淵閣四庫全書》本，冊 1149），卷 195，頁 219。

〔註61〕〔清〕金埴：《不下帶編》（北京：中華書局，1997 年 12 月，《清代史料筆記叢刊》），卷 7，頁 123。又此載同見〔宋〕張端義《貴耳集》

軒與周必大有忤，因此稼軒未必借鑒周必大之詩。故鄧廣銘以周必大此詩注稼軒詞，僅可見「八十」乃宋人習俗，化爲口語，常爲詩人所用而已。

三、借鑒秦觀詩

秦觀（1049～1100），字少游、太虛，號淮海居士，揚州高郵（今屬江蘇）人。與張耒、晁補之、黃庭堅並稱「蘇門四學士」。

《宋史》記載：「少豪雋，慷慨溢於文詞，舉進士不中。強志盛氣，好大而見奇，讀兵家書與己意合。見蘇軾於徐，爲賦黃樓，軾以爲有屈、宋才。又介其詩於王安石，安石亦謂清新似鮑、謝。」登第曾任定海（今浙江定海）主簿、蔡州（今河南汝南）教授，又蘇軾「以賢良方正薦於朝，除太學博士，校正祕書省書籍。遷正字，而復爲兼國史院編脩官，上日有硯墨器幣之賜。」〔註62〕然於新舊黨爭中爲新黨所斥，紹聖年出通判杭州，後御史劉拯彈劾其增損實錄，貶監處州（今浙江麗水）酒稅。又遭謁告寫佛書爲罪，削秩徙郴州（今湖南郴縣），繼編管橫州（今廣西），又徙雷州（今廣東）。徽宗時放還，卒於藤州（今廣西藤縣）途中。

稼軒借鑒秦觀詩二處，列表如下：

項次	詞牌	起句	借鑒詞句	卷次	頁碼	借鑒詩名	借鑒詩句
1	浣溪沙	新葺茆簷次第成	老依香火苦翻經	卷四	382	題法海平闍黎〔註63〕	因循移病依香火，寫得彌陀七萬言
2	鷓鴣天	一夜清霜變鬢絲	一夜清霜變鬢絲	卷四	392	春日	一夕輕雷落萬絲

卷下。

〔註62〕以上見《宋史‧卷444‧列傳第203‧文苑6‧秦觀傳》，見倪其心分史主編：《宋史》（上海：漢語大辭典出版社，2004年1月，《二十四史全譯》本），冊15，頁9630。

〔註63〕鄧注本誤注爲「紹聖元年將自青田以歸因往山中修懺自書絕句於住僧寺壁」。

（一）〈題法海平闍黎〉

寒食山州百鳥喧，春風花雨暗川原。

因循移病依香火，寫得彌陀七萬言。〔註64〕

法海，為寺廟名。闍黎則為梵語，佛教中指能教授弟子法式，糾正弟子行為，並為其模範者為「阿闍梨」，簡稱「闍黎」，亦即僧徒之師。本詩作於紹聖元年（1094）四月至元符三年（1100）八月間，為秦觀於紹聖初年被貶處州（今浙江麗水）時。

本詩寫於禪院內，以外在春光山色明媚，反襯院內清淨寂寥，以及作者因養病暫借禪院休息，靠抄寫經書平靜度日之生活。周濟《宋四家詞目錄選序論》評秦觀詞風有言：「少游意在含蓄，如花初胎，故少重筆。」〔註65〕以清淡之筆畫寫意境，乃秦觀之長。

稼軒借鑒此詩，作〈浣溪沙·瓢泉偶作〉，其下片詞境與本詩相同：「病怯杯盤甘止酒，老依香火苦翻經。夜來依舊管弦聲。」（卷四，頁382）同樣因養病而讀經度日，然稼軒乃因病酒而止酒，同樣展現為求得解脫與慰藉，同時參雜無奈之心境。

（二）〈春日〉五首之二

一夕輕雷落萬絲，霽光浮瓦碧差差。

有情芍藥含春淚，無力薔薇臥曉枝。〔註66〕

作於元祐四年（1089）至五年（1090）五月間。

秦觀詩風略似其詞風，然為人所病者亦此詩風，其抒情短章細密精巧，然為人批評秀麗有餘，氣魄較弱，如本詩即充分展現秦觀詩特色。一聲輕雷後雨絲紛落，細雨停後瓦上日光反射碧色。雨後芍藥帶露彷彿含淚，受風雨摧折之薔薇軟弱無力，低臥枝間。末兩

〔註64〕周義敢、程自信、周雷編注：《秦觀集編年校注》（北京：人民文學出版社，2001年7月），卷14，頁312。

〔註65〕見唐圭璋編：《詞話叢編》（北京：中華書局，2005年10月2版5刷），冊2，頁1643。

〔註66〕周義敢、程自信、周雷編注：《秦觀集編年校注》（北京：人民文學出版社，2001年7月），卷9，頁213。

句為意象精巧之抒情佳作，然元好問亦以此二句批評秦觀詩為「女郎詩」〔註67〕，孫器之評詩曰：「秦少游如時女步春，終傷婉弱。」〔註68〕均指出秦觀詩之弱點。

稼軒借鑒此詩，作〈鷓鴣天〉。本闋作於因病止酒，遣去歌者阿錢後。詞中以白描手法寫思念之情，上片：「一夜清霜變鬢絲，怕愁剛把酒禁持。玉人今夜相思不？想見頻將翠枕移。」（卷四，頁392）一夜白髮，彷彿清霜降於鬢間，因思念之苦想以酒澆塊壘，卻又怕更添愁緒，故又止酒。想念之玉人或亦因相思屢移翠枕，如同自己也因相思輾轉反側，夜不成眠。

此詞極為纏綿，用秦觀格調柔靡之詩，意境亦恰好相合。張炎《詞源》評論秦觀詞風：「體製淡雅，氣骨不衰，清麗中不斷意脈，咀嚼無滓，久而知味。」〔註69〕或亦可用以評論此詩。

四、借鑒陳與義詩

陳與義（1090～1138），字去非，號簡齋，洛陽（今屬河南）人。為南宋朝廷重臣，愛國詩人。徽宗政和三年（1113）甲科進士，授開德府教授。宋室南渡後，避亂於襄漢。高宗建炎四年（1130）召為兵部員外郎，紹興元年（1131）遷中書舍人，「五年（1135），召除給事中」〔註70〕，六年（1136）拜翰林學士，八年（1138）以資政殿學士知湖州，因病卒。〔註71〕

〔註67〕元好問《論詩三十首》之二十四：「『有情芍藥含春淚，無力薔薇臥晚枝。』拈出退之《山石》句，始知渠是女郎詩。」見劉澤：《元好問論詩三十首集說》（山西：山西人民出版社，1992年10月），頁202。

〔註68〕〔明〕楊慎撰，王大厚箋證：《升庵詩話新箋證》（北京：中華書局，2008年12月），冊上，卷4，〈敔器之評詩〉，頁198。

〔註69〕〔宋〕張炎著，夏承燾校注：《詞源注》（臺北：木鐸出版社，民國76年7月，與《樂府指迷箋釋》合刊），雜論，頁31。

〔註70〕〔宋〕談鑰纂修：《〔嘉泰〕吳興志》（上海：上海古籍出版社，2005年，《續修四庫全書》本，冊704），談志14，頁172上右。

〔註71〕〔宋〕張嵲：《紫微集·卷35·陳公資政墓誌銘》（北京：商務印書館，2005年，《文津閣四庫全書》本，冊378），頁216。

　　《宋史》稱之「容狀儼恪，不妄言笑，平居雖謙以接物，然內剛不可犯。」文學方面「尤長於詩，體物寓興，清邃紆餘，高舉橫厲，上下陶、謝、韋、柳之間。」﹝註72﹞其詩風可以金兵入侵為界，分為前後時期。前期詩風明快，少用典，以〈墨梅〉詩受徽宗賞識﹝註73﹞；南渡之後，經歷家國動盪，轉學杜甫，題材廣泛，感時傷事，成為南宋學杜詩有成者。呂本中作《江西詩社宗派圖》，未列陳與義之名。元代方回《瀛奎律髓》稱杜甫為江西派的「一祖」，黃庭堅、陳師道、陳與義為「三宗」。

　　稼軒借鑒陳與義詩二處，列表如下：

項次	詞牌	起句	借鑒詞句	卷次	頁碼	借鑒詩名	借鑒詩句
1	賀新郎	把酒長亭說	無態度	卷二	236	陪粹翁舉酒於君子亭下海棠方開﹝註74﹞	去國衣冠無態度
2	水調歌頭	高馬勿捶面	一壑一丘吾事	卷四	373	山中	風流丘壑真吾事

（一）〈陪粹翁舉酒於君子亭亭下海棠方開〉

　　　世故驅人殊未央，聊從地主借繩床。
　　　春風浩浩吹遊子，暮雨霏霏濕海棠。
　　　<u>去國衣冠無態度</u>，隔簾花葉有輝光。
　　　使君禮數能寬否，酒味撩人我欲狂。﹝註75﹞

　　陳與義同友人飲於亭下，見海棠花開，故作此詩。詩中「去國衣冠無態度，隔簾花葉有輝光」，用鮮妍之花與殘破之山河相對。無態

﹝註72﹞ 以上見《宋史・卷445・列傳第204・文苑7・陳與義傳》，見倪其心分史主編：《宋史》（上海：漢語大辭典出版社，2004年1月，《二十四史全譯》本），冊15，頁9644。

﹝註73﹞ 見《宋史・卷445・列傳第204・文苑7・陳與義傳》，見倪其心分史主編：《宋史》（上海：漢語大辭典出版社，2004年1月，《二十四史全譯》本），冊15，頁9644。

﹝註74﹞ 鄧注本誤注為「陪粹翁舉酒於君子亭」。

﹝註75﹞ 吳書蔭、金德厚點校：《陳與義集》（北京：中華書局，2007年9月2版2刷），卷20，頁317。

度,指毫無生氣,不成模樣。破敗之故國毫無生氣,然天地不言,新生之海棠仍有輝光,於衰敗中讓有一絲生機。

稼軒借鑒此詩作〈賀新郎·陳同父自東陽來過余……〉。陳亮字同父,號龍川先生,稼軒摯友。此詞追憶與陳亮聚會,並抒發離情之作。上片寫送別情景:「把酒長亭說。看淵明風流酷似,臥龍諸葛。何處飛來林間鵲,蹙踏松梢殘雪。要破帽多添華髮。剩水殘山無態度,被疏梅料理成風月。兩三鴈,也蕭瑟。」(卷二,頁 236)風景與心景均因離別在即,一片蕭颯。「剩水殘山無態度」就眼前所見寫冬日之景抒寫,除松梢殘雪,疏梅、兩三鴈均點染離愁,更暗示山河破碎,歸家無望之意。

(二)〈山中〉

當復入州寬作期,人間踏地有安危。

風流丘壑真吾事,籌策廟堂非所知。

白水春陂天澹澹,蒼峰晴雪錦離離。

恰逢居士身輕日,正是山中多景時。〔註76〕

稼軒借鑒此詩作〈水調歌頭·席上爲葉仲洽賦〉,爲閒居瓢泉與友人飲,即席賦詞之作。上片:「高馬勿捶面,千里事難量。長魚變化雲雨,無使寸鱗傷。一壑一丘吾事,一斗一石皆醉,風月幾千場。鬚作蝟毛磔,筆作劍鋒長。」(卷四,頁 372)「一壑一丘」用《世說新語》謝鯤典故。劉孝標注:「鯤隨王敦下,入朝,見太子於東宮,語及夕,太子從容問鯤曰:『論者以君方庾亮,自謂孰愈?』對曰:『宗廟之美,百官之富,臣不如亮。縱意丘壑,自謂過之。』」〔註77〕與庾亮相比,廟堂富貴不如亮,然論以縱情山水風流,則又過之。「一壑」三句指吾人既然有幸得此山水風月,應放懷痛飲,吟賞自樂。詞

〔註76〕吳書蔭、金德厚點校:《陳與義集》(北京:中華書局,2007 年 9 月 2 版 2 刷),卷 24,頁 388。

〔註77〕《世說新語·品藻第九·17》,〔南朝梁〕劉孝標注引《晉陽秋》。見余嘉錫:《世說新語箋疏》(臺北:華正書局,民國 92 年 11 月 3 刷),頁 513。

中對友人之人品、酒品、詩品、畫品種種一一寫來，情眞意切，不見
激憤，頗有憐才傷士之感。

五、借鑒陸游詩

　　陸游（1125～1210），字務觀，號放翁，越州山陰（今浙江紹興）
人。出生隔年逢靖康之亂，隨父陸宰南歸。因幼時常見父輩「相與言及
國事，或裂眥嚼齒，或流涕痛哭，人人自期以殺身翊戴王室」〔註78〕，
因此立下「上馬擊狂胡，下馬草軍書」〔註79〕之志。

　　稼軒借鑒陸游詩二處：

項次	詞牌	起句	借鑒詞句	卷次	頁碼	借鑒詩名	借鑒詩句
1	水龍吟	玉皇殿閣微涼	鳳麟	卷二	153	哀北	窮追殄犬羊，旁招出鳳麟。努力待傳檄，勿謂吳無人
2	醜奴兒	晚來雲淡秋光薄	十四絃	卷二	165	長歌行	人歸華表三千歲，春入箜篌十四絃

（一）〈哀北〉

　　太行天下脊，黃河出崑崙。山川形勝地，歷世多名臣。
　　哀哉六十年，左衽淪胡塵。抱負雖奇偉，沒齒不得伸。
　　老夫實好義，北望常酸辛。何當擁黃旗，徑涉白馬津？
　　窮追殄犬羊，<u>旁招出鳳麟</u>。努力待傳檄，勿謂吳無人！

〔註80〕

　　本詩爲淳熙九年（1182）九月作於山陰，乃陸游之愛國詩，末二
聯極望北伐成功，招來賢人能士，追逐北方敗逃部族，戮力爲國，勿
謂無人能承擔大任。

〔註78〕陸游〈跋傅給事帖〉，見〔宋〕陸游：《渭南文集》（臺北：光復書局，
　　　　不著出版年，《四部叢刊初編》本），卷31，頁276。
〔註79〕陸游〈觀大散關圖有感〉，見〔宋〕陸游著，錢仲聯校注：《劍南
　　　　詩稿校注》（上海：上海古籍出版社，2005年4月），卷4，頁357。
〔註80〕〔宋〕陸游著，錢仲聯校注：《劍南詩稿校注》（上海：上海古籍出
　　　　版社，2005年4月），卷14，頁1144。

　　詩中「鳳麟」為祥瑞之兆，後用以比喻賢才俊士；稼軒亦用此意，作〈水龍吟‧次年南澗用前韻為僕壽，僕與公生日相去一日，再和以壽南澗〉。本詞為韓南澗壽，詞中以「鳳麟飛走」為意思分界，前半盛讚韓南澗，望之為國效勞，多所奔走，下片三句「依然盛事：貂蟬前後，<u>鳳麟飛走</u>。」（卷二，頁 153）意謂當得功勳之時，不僅衣錦還鄉，更且武官前後簇擁，賢人為奔走效勞。不僅推崇，更寄寓期盼。

（二）〈長歌行〉

> 燕燕尾涎涎，橫穿乞巧樓，低入吹笙院。
> 鴨鴨觜喋喋，朝浮杜若洲，暮宿蘆花夾。
> 嗟爾自適天地間，將儔命侶意甚閑。
> 我今獨何為，一笑乃爾慳！
> 世上悲歡亦偶然，何時爛醉錦江邊？
> 人歸華表三千歲，春入箜篌<u>十四絃</u>。〔註81〕

　　本詩淳熙七年（1180）六月作於撫州（今屬江西）。箜篌為似瑟而較小之弦樂器。弦數由五根，至二十五根，以木撥彈奏。宋代無名氏《鬼董》記載：「十四弦，胡樂也。江南舊無之，淳熙間，木工周寶以小商販易安豐場，得其製于敵中，始以獻辇闈，遂盛行。」〔註82〕又《御製律呂正義後編》記載：「箏似瑟而小，十四絃。……通體用桐木金漆，四邊繪金夔龍，梁及尾邊用紫檀，弦孔用象牙為飾。……今箏十四弦則五聲二變為七，倍之十四也。」〔註83〕用名貴材質進行彩繪、雕刻等工藝，由此可知當時古箏裝飾之考究，且箏原為十四絃，故此處所指即為箏，如此則常見詩家所用以入詩。

〔註81〕〔宋〕陸游著，錢仲聯校注：《劍南詩稿校注》（上海：上海古籍出版社，2005 年 4 月），卷 12，頁 979。

〔註82〕〔宋〕無名氏：《鬼董》（上海：上海古籍出版社，2005 年，《續修四庫全書》本，冊 1266），卷 5，頁 399 上。

〔註83〕〔清〕聖祖御定，〔清〕允祿、張照等奉敕纂：《御製律呂正義後編》（臺北：臺灣商務印書館，1983 年，《景印文淵閣四庫全書》本，冊 217），卷 73，頁 208～209。

稼軒〈醜奴兒‧醉中有歌此詩以勸酒者，聊檃括之〉亦提及此樂器，表達傷秋情懷，下片：「從渠去買人間恨，字字都圓。字字都圓。腸斷西風十四絃。」（卷二，頁 165）詞中並未提及因何而感觸，然因西風傳來淒涼絃聲，引人腸斷。元代顧瑛〈漁莊展席小瓊英調鳴箏飛觴傳令與客賦款歌〉二首之二：「錦箏彈盡鴛鴦曲，都在秋風十四絃。」〔註84〕便是用稼軒此詞句。

第三節　借鑒宋代詩人詩原因分述

經以上探討稼軒借鑒宋代詩人詩篇，自重要及次要詩人篇章之析論中，可見稼軒借鑒宋代詩人詩之緣由及手法。綜上所論，稼軒多次借鑒宋詩，除同時代之作品，往往可得，且所借鑒多半爲名詩家名作，盛名遠播外，尚可歸出以下三點原因：

一、切合詞境與心境

稼軒所借鑒者，多半爲當代詞壇名家，且已具有一定影響力者，如范成大、陸游等。且所借鑒詩篇，通常爲名家名作，膾炙人口，引用亦屬當然。但除此之外，切合稼軒詞所營造之詞境，及詞人內在之心境，方爲借鑒之首要原因。

如借鑒陳師道〈過杭留別曹無逸朝奉〉：「後夜相思隔煙水，夢魂空寄過江船。」及〈寄送定州蘇尙書〉：「枉讀平生三萬卷，貂蟬當復坐兜鍪。」或化用其詩意，或截取字面另出新意，而成新詞新境。

又如借鑒林逋〈山園小梅〉、〈梅花〉二詩凡四處，乃用膾炙人口之名句，且詞題均爲賦梅花，林逋此二詩已成賦梅重要典故，或借鑒或反用其意，絕少賦梅而不用此二詩者。用潘大臨殘句「滿城風雨近重陽」，亦因此句早爲熟典，容易聯想使用。

〔註84〕〔元〕顧瑛〈漁莊展席小瓊英調鳴箏飛觴傳令與客賦款歌〉二首之二，見〔元〕顧瑛：《玉山璞稿》（北京：商務印書館，2005年，《文津閣四庫全書》本，冊401），別集，頁591。

較爲特別者，爲借鑒秦觀〈題法海平闍黎〉、〈春日〉五首之二等二詩。秦觀此二詩風格柔美，與稼軒詞豪壯特質出入；然稼軒詞中亦有少部分婉約溫柔風格，觀察借鑒秦觀此二詩之詞作，亦屬此類少見柔媚抒情之作，借鑒乃爲符合詞境。

二、生平遭遇或理想近似

觀察稼軒借鑒之宋代詩人，除少數隱居之士，如林逋、陳藻、陳師道外，多半均曾擔任官職，或多或少爲國家朝廷有政治上之貢獻，且多半有貶謫或落職之遭遇。

如范成大范曾出使金國，爲稼軒出生地，而淳熙時官至參知政事，因與孝宗意見相左，兩月即去職，晚年隱居故鄉石湖；周必大聲名遠播，功績顯赫，曾任宰相八年，有一系列富國安民之主張；陳與義爲南宋朝廷重臣，位居高官。

另外又如秦觀於新舊黨爭中爲新黨所斥，屢遭貶謫；陸游金戈鐵馬，然終於鬱悶亡身。

以上諸詩人戮力爲國之心志，與稼軒時時欲報效國家，收復失土之心意相同；且遭讒遭貶，於志不得行時鬱鬱寡歡之心情，亦如出一轍。

三、好「江西詩派」作品

觀察稼軒借鑒宋代詩人，多與「江西詩派」有關。

南宋呂本中作《江西詩社宗派圖》：元代方回《瀛奎律髓》稱杜甫爲江西派的「一祖」，黃庭堅、陳師道、陳與義爲「三宗」，確立「一祖三宗」之說。

稼軒詞中多見借鑒杜甫詩，此一現象及作品，已見吳秀蘭《蘇辛詞借鑒杜詩之研究》〔註85〕；稼軒詞借鑒黃庭堅詩作，亦已見於本論文第五章〈稼軒詞借鑒黃庭堅詩〉析論；本章第二、第三節「稼軒詞借鑒宋代詩人詩」，亦見陳師道、陳與義作品，「一祖三宗」詩均爲稼

〔註85〕吳秀蘭：《蘇辛詞借鑒杜詩之研究》（私立東吳大學中國文學系碩士在職專班碩士論文，民國97年1月）。

軒借鑒。

　　除此之外，陸游曾師事曾幾，又私淑呂本中，對曾、呂二人服膺終生，直到七十歲時尚對曾幾指點津津樂道，言：「我得茶山一轉語，文章切勿參死句。」〔註 86〕曾幾曾有〈讀呂居仁舊師有懷其人作詩寄之〉：「學詩如參禪，愼勿參死句；縱橫無不可，乃在歡喜處。」〔註87〕將作詩之法，與參禪之功相結合。曾、呂二人皆爲江西詩派成員。而陸游早年學詩時也曾仿效過黃庭堅、呂本中等江西詩人風格。

　　江西詩派詩法學習黃庭堅發明之「點鐵成金」、「奪胎換骨」法，更動原典字句以呈新意，又將熟典重新鎔鑄，致使所用典故翻新出奇，特出於他人。此種借鑒、引用之技巧，爲慣常使用典故之稼軒活用，更且江西詩人作品中所用典故擷拾即是，故爲稼軒喜愛。

〔註86〕陸游〈贈應秀才〉，見〔宋〕陸游著，錢仲聯校注：《劍南詩稿校注》（上海：上海古籍出版社，2005 年 4 月），卷 31，頁 2115。

〔註87〕陸游〈贈應秀才〉詩後注，引《前賢小集・拾遺卷 4》所載，見〔宋〕陸游著，錢仲聯校注：《劍南詩稿校注》（上海：上海古籍出版社，2005 年 4 月），卷 31，頁 2115。

第七章 結 論

　　宋代詞壇普遍彌漫借鑒風氣，好引用唐代詩人作品，大量擷採經史典籍以及人物掌故以入詞。而稼軒填詞，借鑒前人經典亦極為尋常，且技巧繁複，拉雜運用，變化多端。詞中處處可見借鑒宋代詩人詩作之例，經統計，稼軒詞借鑒宋詩約四百處，數量不為不多；且稼軒借鑒宋代詩人，亦有偏愛者，其中以借鑒蘇軾詩二百多處為最多，其次有歐陽脩、王安石、黃庭堅等人作品，亦為稼軒詞所喜愛援用借鑒者。

　　經統計分析，稼軒詞借鑒宋代詩人詩作，可得以下結論：

一、借鑒歐陽脩詩

　　稼軒詞借鑒之八首歐陽脩詩，分別為〈縣舍不種花惟栽楠木冬青茶竹之類因戲書七言四韻〉、〈別滁〉、〈贈王介甫〉、〈和韓學士襄州聞喜亭置酒〉、〈禮部貢院閱進士就試〉、〈清明前一日韓子華以靖節斜川詩見招遊李園既歸遂苦風雨三日不能出窮坐一室家人輩倒殘壺得酒數杯泥深道路無人行去市又遠索於筐筥得枯魚乾蝦數種彊飲疾醉昏然便寐既覺索然因書所見奉呈聖俞〉、〈明妃曲和王介甫作〉、〈讀易〉等。

　　觀察稼軒借鑒之歐詩，均為歐陽脩任官時期作品，僅有兩首於貶官時期作。歐陽脩二次遭貶，惶恐不安，然為官時亦屢遭調任，旅次動盪，心情亦多有起伏，不若貶謫退職時期詩作，反顯安定、舒緩。

因篇章數量較少，且各篇均有可觀之處。

推究稼軒借鑒歐陽脩詩原因，可得出以下三點：一為遭遇及心境近似，又可包含（一）遭誣與遭貶、（二）多次轉任、（三）曾經略滁州、南昌、（四）為欲抒陳之心境相同。二為創作手法雷同、三為視歐詩為原典。

二、借鑒王安石詩

稼軒借鑒王安石詩總數應為 46 處，用王安石詩 47 首。然此 47 首詩，稼軒各詩僅用一次，不若借鑒其他宋代詩人詩作，可由借鑒詩作次數多寡窺其愛好或用意。因此本章不以個別詩作討論為分析方式，改採王安石詩分期為界，統計稼軒借鑒王安石各時期詩作數量，再以王安石各時期經歷、行蹤等為背景，析論稼軒借鑒王安石詩，並發明借鑒意義。

王安石詩可分為六期，而稼軒借鑒王安石詩，以第四期任度支判官遷知制誥時期，及第六期閒居江寧時期為最多。第三期知常州、官饒州時期則未見借鑒。

推究稼軒借鑒王安石詩原因，可得出以下三點：一為遭遇與心境近似、二為創作手法雷同，又可細分為（一）技巧方面：好用典鍊字、（二）形式方面：好以散文入詩、（三）內涵方面：以才學為詩、三為傾慕王安石抱負及心胸。

三、借鑒蘇軾詩

稼軒詞借鑒蘇軾詩，經統計有 255 處。然礙於篇幅，僅將稼軒借鑒三次以上之九首詩作列入討論範圍，分別為：借鑒五次之〈於潛僧綠筠軒〉、借鑒四次之〈贈張刁二老〉、〈寄吳德仁兼簡陳季常〉、〈寓居定惠院之東，雜花滿山，有海棠一株，土人不知貴也〉；借鑒三次之〈越州張中舍壽樂堂〉、〈與梁左藏會飲傅國博家〉、〈同王勝之遊蔣山〉、〈書林逋詩後〉、〈寄高令〉等。

　　由分析可發現稼軒借鑒蘇軾詩之詞作，多爲寄贈友人作品，或因蘇軾詩於稼軒心境貼近，且對好友較能吐露心聲，故撿拾引用，情感亦較爲眞實。

　　此外，稼軒借鑒蘇軾詩多用蘇軾成句，然卻亦見改用該字詞意思，如偃蹇、蒼髯等。又或者回歸原典意義，如「三萬六千」回歸李白原典原含意。又發現同用一詞同手法詠一類物事，如有「桃李漫山」句，且同用以反襯，一襯海棠，一襯梅花。以上歸納種種，足見稼軒對蘇軾詩之全面吸納，及純熟之引用手法。

　　推究稼軒借鑒蘇軾詩原因，可得出以下三點：一爲遭遇及心境近似、二爲創作手法雷同，又可細分爲（一）技巧方面：用典繁複、（二）形式方面：以文爲詩、用俗語口語，主要表現於三點：1.用散文句法、2.用虛字、3.用口語、俗語；（二）議論手法：多用戲筆、調笑、（三）內涵方面：書不平之氣。三爲有共同仰慕對象，其中又可分爲（一）愛陶和陶、（二）隱士如林逋、（三）前人如歐陽脩、李白等。

四、借鑒黃庭堅詩

　　稼軒詞中借鑒黃庭堅詩五十餘處，數量雖遠遜於借鑒蘇軾之兩百餘處，然亦可明其重要性。

　　本文僅列出稼軒重複使用二次之黃庭堅詩，按編年先後爲〈演雅〉、〈寄上叔父夷仲三首〉之三、〈次韻斌老冬至書懷示子舟篇末見及之作因以贈子舟歸〉、〈次韻任道食荔支有感三首〉之一、〈王充道送水仙花五十枝欣然會心爲之作詠〉、〈四休居士詩三首并序〉之一等六首。

　　推究稼軒借鑒黃庭堅詩原因，可得出以下三點：一爲理念及遭遇近似、二爲創作手法雷同，又可分爲（一）文字方面：活用俗語、口語、（二）技巧方面：用典、手法跳盪、（三）議論手法：多用戲筆調笑，三爲同對東坡之景仰步次。

五、借鑒其他宋代詩人詩

　　稼軒有意借鑒其詩意、詩句之宋代詩人詩作，凡 41 處。本文按借鑒次數多寡序列討論，採借鑒二次以上之詩人，分別如下：借鑒七次：陳師道、借鑒四次：林逋、借鑒三次：范成大、借鑒二次：潘大臨、陳藻、周必大、秦觀、陳與義、陸游等。

　　推究稼軒借鑒宋代詩人詩原因，可得出以下三點：一為切合詞境與心境、二為生平遭遇或理想近似、三為好「江西詩派」作品。

主要參考書目

一、專　書

（一）稼軒詞相關專書

1. 《辛棄疾集》，劉乃昌編選，南京：鳳凰出版社，2006 年。
2. 《稼軒長短句》，辛棄疾，臺北：世界書局，1955 年。
3. 《稼軒詞》，辛棄疾，臺北：臺灣商務印書館，1988 年《景印文淵閣四庫全書》本。
4. 《稼軒詞編年箋注》，鄧廣銘箋注，臺北：華正書局，2003 年。
5. 《辛稼軒詩文箋注》，鄧廣銘輯校審訂、辛更儒箋注，上海：上海古籍出版社，1995 年。
6. 《辛棄疾詞鑒賞》，齊魯書社編輯，濟南：齊魯書社，1986 年。
7. 《辛棄疾詞選集》，吳則虞，上海：上海古籍出版社，1993 年。
8. 《稼軒詞選析》，汪誠，臺北：臺灣商務印書館，1993 年。
9. 《辛棄疾詞選評》，施議對，上海：上海古籍出版社，2002 年。
10. 《辛棄疾詞新釋輯評》，朱德才、薛祥生、鄧紅梅編著，北京：中國書店，2006 年。
11. 《辛稼軒先生年譜》，梁啓超，臺北：臺灣中華書局，1960 年。
12. 《辛稼軒年譜》，鄭騫先生，臺北：華世出版社，1977 年。
13. 《辛棄疾資料彙編》，辛更儒編，北京：中華書局，2005 年。
14. 《辛棄疾評傳》，劉維崇，臺北：黎明文化事業股份有限公司，1983 年。

15. 《辛棄疾評傳》，鞏本棟，南京：南京大學出版社，《中國思想家評傳》1998 年。

16. 《稼軒詞研究》，陳滿銘，臺北：文津出版社，1980 年。

17. 《辛派三家詞研究》，蘇淑芬，臺北：文史哲出版社，2005 年。

18. 《辛棄疾研究論文集》，孫崇恩、劉德仕、李福仁主編，北京：中國文聯出版公司，1993 年。

19. 《辛棄疾國際學術研討會論文集》，周保策、張玉奇編，香港：天馬圖書有限公司，2003 年。

（二）宋代詩人相關專書

1. 《歐陽脩全集》，李逸安，北京：中華書局，2001 年。

2. 《歐陽修詩文集校箋》，洪本健，上海：上海古籍出版社，2009 年。

3. 《蘇文忠公詩編著集成》，〔清〕王文誥，臺北：臺灣學生書局，1987年。

4. 《歐陽修評傳》，黃進德，南京：南京大學出版社，《中國思想家評傳》，1998 年。

5. 《王安石集》，臺北：廣文書局，1974 年。

6. 《王荊公詩注補箋》，李之亮，成都：巴蜀書社，2002 年。

7. 《王安石詩文繫年》，李德身，西安：陝西人民教育出版社，1987年。

8. 《王安石詩文編年選釋》，劉乃昌、高洪奎，濟南：山東教育出版社，1992 年。

9. 《王安石詩文選評》，高克勤，上海：上海古籍出版社，2002 年。

10. 《王安石年譜三種》，〔宋〕詹大和等著，裴汝誠點校，北京：中華書局，1994 年。

11. 《蘇軾全集》，傅成、穆儔標點，上海：上海古籍出版社，2000 年。

12. 《蘇軾文集》，孔凡禮點校，北京：中華書局，1990 年。

13. 《蘇軾詩集合注》，〔清〕馮應榴輯注，黃任軻、朱懷春校點，上海：上海古籍出版社，2001 年。

14. 《東坡詩選註》，吳鷺山、夏承燾、蕭湄合編，天津，百花文藝出版社，1982 年。

15. 《東坡樂府編年箋注》，石聲淮、唐玲玲箋注，臺北：華正書局，2000年。

16. 《蘇軾詞編年校注》，鄒同慶、王宗堂，北京：中華書局，2002 年。

17. 《蘇軾詞新釋輯評》，朱靖華、饒學剛、王文龍、饒曉明編著，北京：中國書店，2007 年。

18. 《蘇軾評傳》，王水照、朱剛，南京：南京大學出版社，2004 年。

19. 《山谷詩集注》，〔宋〕任淵、史容、史季溫注，黃寶華點校，上海：上海古籍出版社，2003 年。

20. 《黃庭堅詩集注》，〔宋〕任淵、史容、史季溫注，劉尚榮校點，北京：中華書局，2003 年。

21. 《黃庭堅年譜新編》，鄭永曉，北京：社會科學文獻出版社，1997 年。

22. 《黃山谷的交游及作品》，張秉權，香港：中文大學出版社，1978 年。

23. 《黃庭堅詩歌創作論》，吳晟，南昌：江西人民出版社，1998 年。

24. 《黃庭堅與宋代文化》，楊慶存，開封：河南大學出版社，2002 年。

25. 《全宋詩》，傅璇琮等編，北京：北京大學出版社，1998 年。

26. 《宋文鑑》，〔宋〕呂祖謙編，臺北：世界書局，1962。

27. 《朱淑真集注》，〔宋〕魏仲恭輯，〔宋〕鄭光佐注，冀勤輯校，北京：中華書局，2008 年。

28. 《後山集》，陳師道，臺北：臺灣商務印書館，1983 年《景印文淵閣四庫全書》本。

29. 《後山詩注補箋》，〔宋〕任淵注，冒廣生補箋，冒懷辛整理，北京：中華書局，1995 年。

30. 《曾鞏集》，陳杏珍、晁繼周點校，北京：中華書局，1998 年。

31. 《秦觀集編年校注》，周義敢、程自信、周雷編注，北京：人民文學出版社，2001 年。

32. 《嘉祐集箋注》，曾棗莊、金成禮箋註，上海：上海古籍出版社，2001 年。

33. 《范石湖集》，富壽蓀標校，上海：上海古籍出版社，2006 年。

34. 《梅堯臣集編年校注》，朱東潤編年校注，上海：上海古籍出版社，2006 年。

35. 《陳與義集》，吳書蔭、金德厚點校，北京：中華書局，2007 年。

36. 《渭南文集》，〔南宋〕陸游，臺北：光復書局，不著出版年，《四部叢刊初編》本。

37. 《劍南詩稿校注》，錢仲聯校注，上海：上海古籍出版社，2005 年。

38. 《須溪集》，〔南宋〕劉辰翁，北京：商務印書館，2005 年《文津閣四庫全書》本。

39. 《後村先生大全集》，〔南宋〕劉克莊，臺北：臺灣商務印書館，1967
    年《四部叢刊初編縮本》。

40. 《後村題跋》，〔南宋〕劉克莊，臺北：新文豐出版公司，1985 年《叢
    書集成新編本》。

（三）詩　話

1. 《能改齋漫錄》，〔宋〕吳曾，臺北：木鐸出版社，不著出版年。

2. 《潁川語小》，〔宋〕陳叔方，臺北：臺灣商務印書館，1966 年《叢
   書集成簡編本》。

3. 《宋朝事實類苑》，〔宋〕江少虞編纂，臺北：源流出版社，1982 年。

4. 《苕溪漁隱叢話‧前集》，〔宋〕胡仔，臺北：木鐸出版社，1982 年。

5. 《苕溪漁隱叢話‧後集》，〔宋〕胡仔，臺北：廣文書局，1967 年。

6. 《三朝北盟會編》，〔宋〕徐夢莘，臺北：臺灣商務印書館，1983 年
   《景印文淵閣四庫全書》本。

7. 《竹莊詩話》，〔宋〕何谿汶，臺北：臺灣商務印書館，1983 年《景
   印文淵閣四庫全書》本。

8. 《後山詩話》，〔宋〕陳師道，臺北：臺灣商務印書館，1983 年《景
   印文淵閣四庫全書》本。

9. 《絜齋集》，〔宋〕袁燮，臺北：臺灣商務印書館，1983 年《景印文
   淵閣四庫全書》本　。

10. 《宮教集》，〔宋〕崔敦禮，臺北：臺灣商務印書館，1983 年《景印
    文淵閣四庫全書》本。

11. 《石門題跋》，〔宋〕釋德洪，臺北：新文豐出版公司，1985 年《叢
    書集成新編》本。

12. 《詞源注》，〔宋〕張炎著，夏承燾校注，臺北：木鐸出版社，1987
    年。

13. 《涑水紀聞》，〔宋〕司馬光撰，鄧廣銘、張希清點校，北京：中華
    書局，1997 年《唐宋史料筆記叢刊》本。

14. 《齊東野語》，〔宋〕周密撰，張茂鵬點校，北京：中華書局，1997
    年《唐宋史料筆記叢刊》本。

15. 《默記》，〔宋〕王銍撰，朱杰人點校，北京：中華書局，1997 年《唐
    宋史料筆記叢刊》本。

16. 《鶴林玉露》，〔宋〕羅大經撰，王瑞來點校，北京：中華書局，1997
    年《唐宋史料筆記叢刊》本。

17. 《臨漢隱居詩話》，〔宋〕魏泰著，陳應鸞校注，成都：巴蜀書社，

2001 年。

18. 《冷齋夜話》，〔宋〕釋惠洪，南京：江蘇古籍出版社，2002 年《稀見本宋人詩話四種》。

19. 《明鈔本西清詩話》，〔宋〕蔡絛，南京：江蘇古籍出版社，2002 年。

20. 《夢溪筆談》，〔宋〕沈括著，侯眞平校點，湖南：岳麓出版社，2002 年。

21. 《侯鯖錄》，〔宋〕趙令畤，北京：中華書局，2002 年，《唐宋筆記史料叢刊》本。

22. 《滄浪詩話校釋》，〔宋〕嚴羽著，郭紹虞校釋，北京：人民文學出版社，2005 年。

23. 《石林詩話》，〔宋〕葉夢得，北京：商務印書館，2005 年《文津閣四庫全書》本。

24. 《海棠譜》，〔宋〕陳思，北京：商務印書館，2005 年《文津閣四庫全書》本。

25. 《紫微集》，〔宋〕張嵲，北京：商務印書館，2005 年《文津閣四庫全書》本。

26. 《歲寒堂詩話》〔宋〕張戒，北京：商務印書館，2005 年，《文津閣四庫全書》本。

27. 《詩話總龜》，〔宋〕阮閱，北京：商務印書館，2005 年《文津閣四庫全書》本。

28. 《韻語陽秋》，〔宋〕葛立方，北京：商務印書館，2005 年《文津閣四庫全書》本。

29. 《續詩話》，〔宋〕司馬光，北京：商務印書館，2005 年《文津閣四庫全書》本。

30. 《鬼董》，〔宋〕無名氏，上海：上海古籍出版社，2005 年《續修四庫全書》本。

31. 《避暑錄話》，〔宋〕葉夢得，河南：大象出版社，2006 年《全宋筆記》。

32. 《畫墁錄》，〔宋〕張舜民著，湯勤福整理，鄭州：大象出版社，2006 年《全宋筆記》。

33. 《太平御覽》，〔宋〕李昉等奉敕撰，臺北：臺灣商務印書館，2007 年。

34. 《卻掃編》，〔宋〕徐度撰，朱凱、姜漢椿整理，河南：大象出版社，2008 年《全宋筆記》。

35. 《桯史》，〔南宋〕岳珂撰，吳企明點校，北京：中華書局，1997 年《唐宋史料筆記叢刊》。

36. 《詩人玉屑》，〔南宋〕魏慶之著，王仲聞點校，北京：中華書局，2007 年。

37. 《曲洧舊聞》，〔南宋〕朱弁撰、孔凡禮點校，北京：中華書局，2002 年《唐宋史料筆記叢刊》。

38. 《容齋隨筆》，〔南宋〕洪邁撰，孔凡禮點校，北京：中華書局，2005 年《唐宋史料筆記叢刊》。

（四）詞　話

1. 《詞源注・樂府指迷箋釋》，〔南宋〕張炎，臺北：木鐸出版社，1987 年。

2. 《吳中舊事》，〔元〕陸友，北京：商務印書館，2005 年《文津閣四庫全書》本。

3. 《瀛奎律髓彙評》，〔元〕方回選評，李慶甲集評校點，上海：上海古籍出版社，2005 年。

4. 《元好問論詩三十首集說》，劉澤，山西：山西人民出版社，1992 年。

5. 《升庵詩話新箋證》，〔明〕楊慎撰，王大厚箋證，北京：中華書局，2008 年。

6. 《詞品》，〔明〕楊慎，北京：人民文學出版社，1998 年。

7. 《足本隨園詩話及補遺》，〔清〕袁枚，臺北：長安出版社，1978 年，。

8. 《詞林紀事、詞林紀事補正合編》，〔清〕張宗橚編，楊寶霖補正，上海：上海古籍出版社，1998 年，。

9. 《甌北詩話》，〔清〕趙翼著，霍松林、胡主佑校點，北京：北京人民文學出版社，1998 年。

10. 《金粟詞話》，〔清〕彭孫遹，北京：中華書局，2005 年《詞話叢編》本。

11. 《蒿庵論詞》，〔清〕馮煦，北京：中華書局，2005 年《詞話叢編》本。

12. 《藝概・詞概》，〔清〕劉熙載，北京：中華書局，2005 年《詞話叢編》。

13. 《原詩》，〔清〕葉燮，上海：上海古籍出版社，2005 年《續修四庫全書》本。

14. 《昭昧詹言》，〔清〕方東樹，上海：上海古籍出版社，2005 年《續修四庫全書》本。

15. 《雨村詩話校正》，〔清〕李調元，詹杭倫、沈時蓉校正，四川：巴蜀書社，2006 年。

16. 《帶經堂詩話》〔清〕王士禎著，張宗柟纂集，戴鴻森校點，北京：人民文學出版社，2006 年。

（五）詩文集

1. 《詩經全注》，褚斌杰注，北京：人民文學出版社，2007 年。

2. 《楚辭補注》，〔東漢〕王逸章句、〔宋〕洪興祖補注，臺北：漢京文化事業有限公司，1983 年《四部刊要》本。

3. 《全上古三代秦漢三國六朝文》，〔清〕嚴可均輯，石家庄：河北教育出版社，1997 年。

4. 《文選》，〔梁〕蕭統編，〔唐〕李善注，湖南：岳麓書社，2002 年。

5. 《全唐詩》，北京：中華書局，1996 年 1 月 6 刷。

6. 《宋玉集》，吳廣平編注，長沙：岳麓書社，2001 年。

7. 《庾子山集》，〔北周〕庾信撰，〔清〕倪璠注，許逸民校點，北京：中華書局，2000 年。

8. 《柳宗元集》，〔唐〕柳宗元，北京：中華書局，2000 年。

9. 《韓愈全集校注》，屈守元、常思春主編，成都：四川大學出版社，1996 年。

10. 《元稹集編年箋注（詩歌卷）》，楊軍箋注，西安：三秦出版社，2002 年。

11. 《陶淵明集校箋》，〔晉〕陶潛著，龔斌校箋，上海：上海古籍出版社，1999。

12. 《勉齋集》，〔南宋〕黃榦，臺北：臺灣商務印書館，1983 年《景印文淵閣四庫全書》本。

13. 《玉山璞稿》，〔元〕顧瑛，北京：商務印書館，2005 年《文津閣四庫全書》本。

14. 《元好問全集》，姚奠中、李正民主編，山西：山西古籍出版社，2004 年。

15. 《王世禎全集》，〔清〕王士禎著，袁世碩主編，濟南：齊魯書社，2007 年。

（六）詞學論著

1. 《中國詞曲史》，王易，臺北：洪氏出版社，1981 年。
2. 《詞苑叢談校箋》，〔清〕徐釚編著，王百里校箋，北京：北京人民出版社，1998 年。
3. 《倚聲學——詞學十講》，龍沐勛，臺北：里仁書局，2003 年。
4. 《人間詞話》，王國維，北京：中國人民大學出版社，2004 年。
5. 《唐詩與宋詞之對應關係》，王師偉勇，臺北：文史哲出版社，2004 年。
6. 《詞學專題研究》王師偉勇，臺北：文史哲出版社，2005 年。
7. 《詞話叢編》，唐圭璋編，北京：中華書局，2005 年。
8. 《唐五代兩宋詞簡析》，劉永濟，北京：中華書局，2007 年。

（七）史　籍

1. 《春秋左傳會注》，高雄：復文圖書出版社，1986 年。
2. 《戰國策》，上海：上海古籍出版社，2008 年。
3. 《吳越春秋》，〔漢〕趙曄撰，〔元〕徐天祐音注，苗麓校點，辛正審訂，南京：江蘇古籍出版社，1999 年《江蘇地方文獻叢書》。
4. 《漢書》，臺北：鼎文書局，1979 年。
5. 《史記》，安平秋分史主編，上海：漢語大辭典出版社，2004 年《二十四史全譯》本。
6. 《漢書》，安平秋、張傳璽分史主編，上海：漢語大辭典出版社，2004 年《二十四史全譯》本。
7. 《三國志》，許嘉璐分史主編，上海：漢語大辭典出版社，2004 年《二十四史全譯》本。
8. 《晉書》，許嘉璐分史主編，上海：漢語大辭典出版社，2004 年《二十四史全譯》本。
9. 《南史》，楊忠分史主編，上海：漢語大辭典出版社，2004 年《二十四史全譯》本。
10. 《宋史》倪其心分史主編，上海：漢語大辭典出版社，2004 年《二十四史全譯》本。
11. 《宋史翼》，〔清〕陸心源輯，北京：北京圖書館出版社，2006 年《宋代傳記資料叢刊》本。
12. 《續資治通鑑長編》，〔宋〕李燾撰，上海師範大學古籍整理研究所、華東師範大學古籍整理研究所點校，北京：中華書局，2004 年。

13. 《宋元學案》，〔清〕黃宗羲原著，全祖望補修，陳金生、梁運華點校，北京，中華書局，2007 年。

14. 《嘉泰吳興志》，〔宋〕談鑰纂修，上海：上海古籍出版社，2005 年《續修四庫全書》本。

（八）筆記、小說

1. 《淮南子譯注》，〔漢〕劉安撰，高誘注，趙宗乙譯注，哈爾濱：黑龍江人民出版社，2004 年。

2. 《殷芸小説》，〔南朝梁〕殷芸，上海：上海古籍出版社，1999 年《漢魏六朝筆記小説大觀》本。

3. 《酉陽雜俎》，〔唐〕段成式著，杜聰校點，濟南：齊魯書社，2007 年。

4. 《太平廣記》，〔宋〕李昉等編，北京：中華書局，1995 年。

5. 《錢氏私誌》，〔宋〕錢世昭，北京：商務印書館，2005 年《文津閣四庫全書》本。

6. 《花裏活》，〔明〕陳詩教，臺南：莊嚴文化事業有限公司，1995 年《四庫全書存目叢書》本。

7. 《不下帶編》，〔清〕金埴，北京：中華書局，1997 年《清代史料筆記叢刊》。

8. 《陔餘叢考》，〔清〕趙翼著，欒保群、呂宗力點校，石家庄：河北人民出版社，2003 年。

9. 《列仙傳》王叔岷，臺北：中央研究院中國文哲研究所籌備處，1995 年。

10. 《世説新語箋疏》，余嘉錫，臺北：華正書局，2003 年。

（九）其　他

1. 《四書章句集注》，朱熹撰，徐德明校點，上海：上海古籍出版社、安徽教育出版社，2001 年。

2. 《列子集釋》，楊伯峻，北京：中華書局，1996。

3. 《法言義疏》，汪榮寶，上海：上海古籍出版社，2005 年《續修四庫全書》本。

4. 《御製律呂正義後編》，〔清〕聖祖御定，〔清〕允祿、張照等奉敕纂，臺北：臺灣商務印書館，1983 年《景印文淵閣四庫全書》本。

5. 《莊子纂箋》，錢穆，臺北：東大圖書股份有限公司，1993 年。

6. 《莊子集釋》，〔清〕郭慶藩撰，王孝魚點校，北京：中華書局，1997

年。

7. 《莊子釋譯》，莊周原著，歐陽景賢、歐陽超釋譯，臺北：里仁書局，2001 年。

8. 《景德傳燈錄》，宋‧釋拱辰，上海：上海古籍出版社，2003 年《續修四部叢書》本。

9. 《新譯景德傳燈錄》，〔宋〕道原著，顧宏義注譯，臺北：三民書局，2005 年。

10. 《談藝錄（補訂本）》，錢鍾書，北京：中華書局，1993 年 3 月。

11. 《錢鍾書《談藝錄》讀本》，周鎮甫、冀勤編著，上海：上海教育出版社，1996 年。

12. 《劉禹錫詩論》，蕭瑞峰，長春：吉林教育出版社，1995 年。

13. 《韓詩臆說》，程學恂，臺北：臺灣商務印書館，1970 年《人人文庫》本。

14. 《景午叢編‧上集‧從詩到曲》，鄭騫先生，臺北：台灣中華書局，1972 年。

15. 《北宋詩歌論政研究》，林宜陵，臺北：文津出版社有限公司，2003 年。

二、會議與期刊論文

1. 〈唐宋俳諧詞敘論〉，劉揚忠，《詞學第十輯》，上海華東師範大學出版社，1992 年 12 月。

2. 〈陶淵明與辛棄疾〉，袁行霈，1990 上饒辛棄疾國際學術研討會論文集，香港，天馬圖書有限公司，2003 年 2 月。

3. 〈淺談辛棄疾的詠花詞〉，吳金夫，《1990 上饒辛棄疾國際學術研討會論文集》，香港，天馬圖書有限公司，2003 年 2 月。

4. 〈論稼軒詞的用典〉，熊篤，福建武夷山市舉辦辛棄疾學術研討會宣讀之論文，收入《辛棄疾學術研討會論文彙編》，2004 年 4 月 11 日～15 日。

5. 〈蘇軾詩典故用語研究〉，羅鳳珠，第五屆漢語詞匯語意學研討會（新加坡國立大學主辦），2004 年 6 月 14～17 日。

6. 〈論歐陽修對韓愈詩歌的接受與宋詩的奠基〉，谷曙光，北京師範大學學報社會科學版，2005 年第 3 期，總第 189 期。

7. 〈青山欲共高人語　連翩萬馬來無數——論稼軒詞與山〉，陶文鵬、路成文，收錄於《稼軒新論》（2004 年武夷山辛棄疾研究學術研討會論文集），福州，海風出版社，2005 年 12 月。

8. 〈南宋惟一稼軒可比昌黎從「以文爲詩」到「以文爲詞」〉，趙曉嵐，江海學刊，2005 年 5 期。

9. 〈解讀蘇東坡「河東獅子吼」〉，王琳祥，《歷史月刊》，卷期 193，2006 年 2 月。

10. 〈稼軒詞借鑒山谷詩分析研究〉，吳雅萍，《東方人文學誌 5:1》2006 年 3 月。

11. 〈稼軒詞佳人意象探析〉，吳雅萍，《有鳳初鳴年刊 2》，2006 年 7 月。。

12. 〈身世頓成風六鷁——論曹貞吉詞中之身世之感〉，吳雅萍，「論劍指南」2006 年政大中文系全國研究生論文發表會，2006 年 12 月 2 ～3 日。

13. 〈北宋讀詩詩與宋代詩學—從傳播與接受之視角切入〉，張高評，《漢學研究》，第 24 卷第 2 期，2006 年 12 月。

14. 〈蘇軾詩詞中之「欣然」意——以元豐八年爲例〉，林宜陵，私立東吳大學中國文學系，《東吳中文線上學術論文》第一期，2008 年 3 月。

15. 〈《石湖詞》敘論〉，鄧橋彬、宮洪濤，蘇州大學學報：哲學社會科學版，2009 年 5 月第 3 期。

三、學位論文

1. 《王安石詩研究》，陳錚，私立東吳大學中國文學研究所博士論文，1992 年。

2. 《稼軒詞借鑒東坡作品及其軼事之研究》，鄧佳瑜，國立成功大學中國文學研究所在職專班碩士論文，2005 年。

3. 《辛稼軒軍事文學與兵學思想研究》，王偉建，臺北私立東吳大學中國文學系碩士在職專班碩士論文，2006 年。

4. 《蘇軾詩中的生命觀照》，蔡孟芳，臺北國立政治大學中國文學研究所碩士論文，2006 年。

5. 《稼軒詞借鑒杜詩研究》，吳秀蘭，私立東吳大學中國文學系碩士在職專班碩士論文，2008 年。

四、電子檢索系統及資料庫。

1. 辛棄疾研究（上饒師院中文與新聞傳播系中國古代文學（省級重點課程）主要研究方向之一）http://xqj.sru.jx.cn/xqj/

2. 網路展書讀‧宋詩 http://cls.hs.yzu.edu.tw/QSS/home.htm

3. 網路展書讀・唐宋詞 http://cls.hs.yzu.edu.tw/CSP/W_DB/index.htm

4. 網路展書讀・全唐詩 http://cls.hs.yzu.edu.tw/tang/Database/index.html

5. 【宋人與宋詩】地理資訊系統
http://cls.hs.yzu.edu.tw/SUNG/sung/index.html

6. 宋代名家詩 http://cls.hs.yzu.edu.tw/SUNG/sung/SMP_MenPoem.html

7. 詩詞曲典故 http://cls.hs.yzu.edu.tw/ORIG/q_home.htm

8. 故宮【寒泉】古典文獻全文檢索資料庫 http://libnt.npm.gov.tw/s25/

附　錄

一、稼軒詞借鑑歐陽脩詩一覽表

（一）鄧廣銘漏注部分

項次	詞　牌	起　句	借鑑詞句	借鑑詩名	卷次	頁碼	借　鑑　詩　句
1	太常引	仙機似欲織纖羅	世路苦風波	讀易	卷四	505	昔賢軒冕如遺屣，世路風波偶脫身

（二）鄧廣銘出注部分

項次	詞　牌	起　句	借鑑詞句	借鑑詩名	卷次	頁碼	借　鑑　詩　句
1	鷓鴣天	聚散匆匆不偶然	莫放離歌入管絃	別滁	卷一	51	我亦且如常日醉，莫教絃管〔註1〕作離聲
2	賀新郎	下馬東山路	雙白鳥，又飛去	和韓學士襄州聞喜亭置酒詩	卷四	421	清川萬古流不盡，白鳥雙飛意自閑
3	賀新郎	鳳尾龍香撥	記出塞黃雲堆雪。馬上離愁三萬里，望昭陽宮殿孤鴻沒	明妃曲和王介甫作〔註2〕	卷二	137	不識黃雲出塞路，豈知此聲能斷腸

〔註1〕 鄧注本誤作「管絃」。
〔註2〕 鄧注本僅注「明妃曲」。

項次	詞牌	起句	借鑒詞句	借鑒詩名	卷次	頁碼	借鑒詩句
4	賀新郎	鳳尾龍香撥	推手含情還却手	明妃曲和王介甫作〔註3〕	卷二	137	推手為琵卻手琶，胡人共聽亦咨嗟
5	沁園春	我試評居	一片心從天外歸	句〔註4〕	卷二	291	一句坐中得，片心天外來
6	太常引	君王著意履聲間	道吏部文章泰山	寄王介甫	卷二	125	翰林風月三千首，吏部文章二百年
7	水調歌頭	文字戲天巧	君家風月幾許	寄王介甫	卷二	133	翰林風月三千首，吏部文章二百年
8	滿江紅	老子平生	問近來風月幾篇詩	寄王介甫	卷四	505	翰林風月三千首，吏部文章二百年
9	水調歌頭	頭白齒牙缺	堆豗	清明前一日韓子華以靖節斜川詩見招遊李園既歸遂苦風雨三日不能出窮坐一室家人輩倒殘壺得酒數杯泥深道路無人行去市又遠索於筐筥得枯魚乾蝦數種彊飲疾醉昏然便寐既覺索然因書所見奉呈聖俞〔註5〕	卷二	243	三日不出門，堆豗類寒鴉
10	臨江仙	祇恐牡丹留不住	魏紫	縣舍不種花惟栽楠木冬青茶竹之類因戲書七言四韻〔註6〕	卷四	398	伊川洛浦尋芳遍，魏紫姚黃照眼明
11	鷓鴣天	白苧新袍入嫩涼	春蠶食葉響迴廊	禮部貢院閱進士就試詩	卷二	185	無譁戰士銜枚勇，下筆春蠶食葉聲
12	賀新郎	世路風波惡	世路風波惡〔註7〕	讀易	卷六	577	昔賢軒冕如遺屣，世路風波偶脫身
13	最高樓	西園買	居士譜		卷二	202	六一居士，著有洛陽牡丹記

〔註3〕鄧注本僅注「明妃曲」。
〔註4〕為歐陽脩殘句補遺，鄧注本注「苦吟」。
〔註5〕鄧注本僅注「清明前一日韓子華以靖節斜川詩見招邀李園詩」。
〔註6〕鄧注本僅注「縣舍不種花惟栽楠木冬青茶竹之類因戲書詩」。
〔註7〕鄧注本注稼軒亦用歐陽脩〈聖無憂〉詞：「世路風波惡」，見卷六，頁577。

二、稼軒詞借鑒王安石詩一覽表

（一）第一期：讀書應舉時期

項次	詞牌	起句	借鑒詞句	卷次	頁碼	借鑒王安石詩名	借鑒王安石詩句	編年
1.	鷓鴣天	去歲君家把酒杯	去歲君家把酒杯	卷四	509	過外弟飲	一自君家把酒杯，六年波浪與塵埃	1043

（二）第二期：游宦鄞縣舒州時期

項次	詞牌	起句	借鑒詞句	卷次	頁碼	借鑒王安石詩名	借鑒王安石詩句	編年
1	定風波	百紫千紅過了春	百紫千紅過了春	卷四	494	越人以幕養花游其下二首其一〔註8〕	幕天無日地無塵，百紫千紅占得春	1047
2	一剪梅	塵灑衣裾客路長	雲遮望眼	卷六	573	登飛來峯	不畏浮雲遮望眼，自緣身在最高層	1047
3	沁園春	佇立瀟湘	雪浪黏天江影開	卷一	93	舟還江南阻風有懷伯兄	白浪黏天無限斷	1050

（三）第四期：任度支判官遷知制誥時期

項次	詞牌	起句	借鑒詞句	卷次	頁碼	借鑒王安石詩名	借鑒王安石詩句	編年
1	滿江紅	過眼溪山	笑塵勞三十九年非	卷一	60	省中	身世自知還自笑，悠悠三十九年非	1059
2	水調歌頭	木末翠樓出	削出四面玉崔嵬	卷三	329	次韻和甫詠雪〔註9〕	奔走風雲四面來，坐看山隴玉崔嵬	1059

〔註8〕又作「越人以幕養花因遊其下」，《王安石詩文編年選釋》歸入第五期，入參大政主持變法時期，且以爲「詩雖詠花，隱隱融入了身世之感，或許作者預感到新法前景艱難而藉物遣懷有所寓托。」見頁130。然可不必刻意多作聯想。

〔註9〕本詩《王安石編年選釋》歸入第五期入參大政主持變法時期，因以末四句：「勢合便疑包地盡，功成終欲放春回。寒鄉不念豐年瑞，只憶青天萬里開。」判斷爲執政時期所作。見頁112～133。

項次	詞牌	起　句	借鑒詞句	卷次	頁碼	借鑒王安石詩名	借鑒王安石詩句	編年
3	水調歌頭	萬事到白髮	萬事到白髮	卷二	158	愁臺	萬事因循今白髮，一年容易即黃花	1060
4	武陵春	桃李風前多嫵媚	草草杯盤不要收	卷四	465	示長安君	草草杯盤供笑語，昏昏燈火話平生	1060
5	鷓鴣天	樽俎風流有幾人	當年未遇已心親	卷一	54	和貢父燕集之作〔註10〕	心親不復異新舊	1061
6	定風波	仄月高寒水石鄉	史君子細與平章	卷二	179	和微之藥名勸酒	史君子細看流光	1064
7	西江月	宮粉厭塗嬌額	宮粉厭塗嬌額	卷二	204	與微之同賦梅花得香字	漢宮嬌額半塗黃，粉色凌寒透薄粧	1064
8	浣溪沙	梅子生時到幾回	晚雲挾雨喚歸來	卷四	365	江上	晚雲含雨却低佪	1064〔註11〕
9	浣溪沙	歌串如珠箇箇匀	向來驚動畫梁塵	卷四	454	和王微之登高齋有感三首〔註12〕	登高一曲悲亡國，想繞紅梁落暗塵	1064
10	水調歌頭	簪履競晴晝	高插侍中貂	卷二	258	賈魏公挽辭二首〔註13〕	戎冠再插侍中貂	1065
11	玉蝴蝶	古道行人來去	春已去光景桑麻	卷四	466	出郊	風日有情無處着，初回光景到桑麻	1066
12	六么令	倒冠一笑	放浪兒童歸舍	卷二	124	和惠思歲二日二絕	爲嫌歸舍兒童聒	1067

（四）第五期：入參大政主持變法時期

項次	詞牌	起　句	借鑒詞句	卷次	頁碼	借鑒王安石詩名	借鑒王安石詩句	編年
1	一剪梅	獨立蒼茫醉不歸	白石岡頭曲岸西	卷一	28	出金陵	白石岡頭草木深	1068

〔註10〕鄧注本作「和劉貢甫燕集之作」。

〔註11〕《王安石詩文編年選釋》編入第六期閒居江寧時期，見頁180。《王安石詩文選評》亦歸入退隱鍾山時期，見頁189。

〔註12〕鄧注本誤注爲「次韻登微之高齋有感」。

〔註13〕鄧注本誤注爲「文元賈公挽辭」。

項次	詞牌	起　句	借鑒詞句	卷次	頁碼	借鑒王安石詩名	借鑒王安石詩句	編年
2	浣溪沙	細聽春山杜宇啼	而今堪誦北山移	卷三	307	松間	野人休誦北山移	1068
3	一剪梅	獨立蒼茫醉不歸	白石岡頭曲岸西	卷一	28	中書即事	何時白石岡頭路，度水穿雲取次行	1070
4	鷓鴣天	拋却山中詩酒窠	白髮栽埋日許多	卷三	318	偶成二首之二	年光斷送朱顏老，世事栽培白髮生	1075

（五）第六期：閒居江寧時期

項次	詞牌	起　句	借鑒詞句	卷次	頁碼	借鑒王安石詩名	借鑒王安石詩句	編年
1	卜算子	百郡怯登車	乞得膠膠擾擾身	卷四	492	答韓持國芙蓉堂二首之二〔註14〕	乞得膠膠擾擾身，五湖煙水替風塵	1077
2	醜奴兒	鵝湖山下長亭路	明月臨關	卷四	531	贈長寧僧首	更邀江月夜臨關〔註15〕	1077
3	滿江紅	幾箇輕鷗	看雲連麥隴，雪堆蠶簇	卷四	401	木末〔註16〕	繰成白雪〔註17〕桑重綠，割盡黃雲稻正青	1080
4	驀山溪	小橋流水	野花啼鳥，不肯入詩	卷四	413	送程公辟得謝歸姑蘇〔註18〕	吳王花鳥入詩來	1081
5	玉樓春	無心雲自來還去	無心雲自來還去	卷四	396	即事二首之一	雲從無心來，還向無心去。無心無處尋，莫覓無心處	1082
6	鷓鴣天	誰共春光管日華	閒愁投老無多子	卷四	433	擬寒山拾得詩二十首之十	佛法無多子	1082

〔註14〕鄧注本依《臨川先生文集》注爲「芙蓉堂」。
〔註15〕鄧注本注爲「更邀明月夜臨關」。
〔註16〕鄧注本注爲「絕句」詩。
〔註17〕鄧注本注爲「白雲」。
〔註18〕鄧注本誤注爲「送程公闢還姑蘇」。

項次	詞牌	起 句	借鑒詞句	卷次	頁碼	借鑒王安石詩名	借鑒王安石詩句	編年
7	行香子	雲岫如簪	岸輕烏白髮鬖鬖	卷四	510	次吳氏女子韻二首之一	孫陵西曲岸烏紗	1082
8	水調歌頭	文字覷天巧	一水田將綠繞	卷二	133	書湖陰先生壁二首之一	一水護田將綠繞，兩山排闥送青來	1083
9	滿江紅	快上西樓	最憐玉斧修時節	卷一	14	題扇〔註19〕	玉斧修成寶月圓，月邊仍有女乘鸞	1085
10	祝英臺近	寶釵分	煙柳暗南浦	卷一	96	晚歸	煙迴重重柳，川低渺渺河。不愁南浦暗，歸伴有嫦娥	1085
11	江神子	玉簫聲遠憶驂鸞	雲一縷，玉千竿	卷二	220	金陵報恩大師西堂方丈二首之二	蕭蕭出屋千竿玉，靄靄當窗一炷雲	1085
12	鷓鴣天	陌上柔桑破嫩芽	細草、黃犢、斜日	卷二	225	題舫子	愛此江邊好，流連至日斜。眠分黃犢草，作占白鷗沙	1085
13	哨遍	一壑自專	一壑自專	卷四	424	偶書	我亦暮年專一壑，每逢車馬便驚猜	1085
14	歸朝歡	我笑共工緣底怒	倚蒼苔，摩挲試問：千古幾風雨	卷四	463	謝公墩	摩挲蒼苔石，點檢屐齒痕	1085
15	江神子	兩輪屋角走如梭	兩輪屋角走如梭	卷四	518	客至當飲酒二首之二	天提兩輪光，環我屋角走。自從紅顏時，照我至白首	1085

〔註19〕又作「題畫扇」。

三、稼軒詞借鑒蘇軾詩一覽表

（一）鄧廣銘漏注部分

項次	詞牌	起句	借鑒詞句	卷次	頁碼	借鑒詩名	借鑒詩句
1	添字浣溪沙	總把平生入醉鄉	三萬六千場	卷四	389	贈張刁二老	共成二百七十歲，各飲三萬六千場
2	太常引	君王著意履聲間	似江左風流謝安	卷二	125	跋王進叔所藏畫五首·徐熙杏花	江左風流王謝家，盡攜書畫到天涯。
3	賀新郎	鳳尾龍香撥	賀老	卷二	137	虞美人	定場賀老今何在？幾度新聲改。

（二）鄧廣銘出注部分

項次	詞牌	起句	借鑒詞句	卷次	頁碼	借鑒詩名	借鑒詩句
1	水調歌頭	文字覷天巧	詩尋醫	卷二	133	七月五日二首	避謗詩尋醫，畏病酒入務
2	水調歌頭	十里深窈窕	青山屋上，流水屋下綠橫溪	卷四	497	二十七日，自陽平至斜谷，宿於南山中蟠龍寺〔註20〕	起觀萬瓦鬱參差，目亂千岩散紅綠
3	臨江仙	夜語南堂新瓦響	交情莫作碎沙團，死生貧富際，試向此中看	卷四	391	二公再和亦再答之〔註21〕	親友如摶沙，放手還復散
4	玉蝴蝶	貴賤偶然渾似	交友摶沙	卷四	391	二公再和亦再答之〔註22〕	親友如摶沙，放手還復散
5	摸魚兒	望飛來半空鷗鷺	人間兒戲千弩	卷一	38	八月十五日看潮五絕	安得夫差水犀手，三千強弩射潮低
6	摸魚兒	望飛來半空鷗鷺	悄慣得吳兒不怕蛟龍怒	卷一	38	八月十五日看潮五絕	吳兒生長狎濤淵，冒利輕生不自憐

〔註20〕鄧注本誤注為「宿南山蟠龍寺詩」。
〔註21〕鄧注本誤注為「再答橋太博段屯田詩」。
〔註22〕鄧注本誤注為「再答橋太博段屯田詩」。

項次	詞牌	起句	借鑑詞句	卷次	頁碼	借鑑詩名	借鑑詩句
7	賀新郎	逸氣軒眉宇	蒼官、髯鬣古	卷四	380	三月二十日開園三首	鬱鬱蒼髯眞道友，絲絲紅蕚是鄉人
8	好事近	綵勝鬪華燈	紅旗鐵馬響春冰	卷二	302	上元夜（惠州作）〔註23〕	牙旗穿夜市，鐵馬響春冰
9	鷓鴣天	一榻清風殿影涼	有底忙	卷二	186	大風留金山兩日	細思城市有底忙，卻笑蛟龍爲誰怒
10	念奴嬌	晚風吹雨	望湖樓下，水與雲寬窄	卷一	17	六月二十七日望湖樓醉書五首之一	黑雲翻墨未遮山，白雨跳珠亂入船捲地風來忽吹散，望湖樓下水如天
11	臨江仙	記取年年爲壽客	白繭烏絲	卷三	308	文與可有詩見寄雲待將一段鵝溪絹掃取寒梢萬尺長次韻答之〔註24〕	爲愛鵝溪白繭光，掃殘雞距紫毫鋩
12	水調歌頭	萬事一杯酒	古井不生波	卷四	452	出都來陳所乘船上有題小詩八首不知何人作有感餘心者聊爲和之〔註25〕	年來煩惱盡，古井無由波
13	水調歌頭	文字覷天巧	五畝園中秀野	卷二	133	司馬君實獨樂園	中有五畝園，花竹秀而野
14	水調歌頭	十里深窈窕	青山屋上，流水屋下綠橫溪	卷四	497	司馬君實獨樂園	青山在屋上，流水在屋下
15	滿江紅	兩峽嶄巖	人似秋鴻無定住，是如飛彈須圓熟	卷四	506	正月二十日，與潘、郭二生出郊尋春，忽記去年是日同至女王城作詩，乃和前韻〔註26〕	人似秋鴻來有信，事如春夢了無痕

〔註23〕鄧注本僅注「上元夜詩」。
〔註24〕鄧注本僅注「文與可有詩見寄次韻答之詩」。
〔註25〕鄧注本僅注「出都來陳所乘船上有題小詩八首聊爲和之」。
〔註26〕鄧注本僅注「與潘郭二生出郊尋春詩」。

項次	詞牌	起句	借鑒詞句	卷次	頁碼	借鑒詩名	借鑒詩句
16	臨江仙	祇恐牡丹留不住	玉盤盂	卷四	398	玉盤盂詩二首	有序云……詩中有一聯云：「兩寺粧成寶璠珞，一枝爭看玉盤盂」
17	鷓鴣天	濃紫深黃一畫圖	玉盤盂	卷四	508	玉盤盂詩二首	有序云……詩中有一聯云：「兩寺粧成寶璠珞，一枝爭看玉盤盂」
18	沁園春	一水西來	解頻教花鳥，前歌後舞	卷四	353	再用前韻	鳥能歌舞花能言
19	醜奴兒	年年索盡梅花笑	雪豔冰魂	卷四	532	再用前韻	羅浮山下梅花村，玉雪爲骨冰爲魂
20	永遇樂	烈日秋霜	椒桂搗殘堪吐	卷四	529	再和二首	最後數篇君莫厭，搗殘椒桂有餘辛
21	生查子	百花頭上開	折我最繁枝	卷二	298	再和楊公濟梅花十絕其八〔註27〕	湖面初驚片片飛，尊前折我最繁枝
22	沁園春	三徑初成	軒窗臨水	卷一	92	再和楊公濟梅花十絕詩其三〔註28〕	白髮思家萬里回，小軒臨水爲花開
23	玉樓春	江頭一帶斜陽樹	惟有沙洲雙白鷺	卷五	556	再和潛師	惟有飛來雙白鷺，玉羽瓊枝鬭清好
24	水調歌頭	今日復何日	歸路踏明月，人影共徘徊	卷二	128	同王勝之游蔣山	歸來踏人影，雲細月娟娟

〔註27〕鄧注本僅注「再和楊公濟梅花十絕」。
〔註28〕鄧注本僅注「再和楊公濟梅花十絕」。

項次	詞牌	起句	借鑒詞句	卷次	頁碼	借鑒詩名	借鑒詩句
25	賀新郎	逸氣軒眉宇	蒼官、髯髯古	卷四	380	同王勝之游蔣山〔註29〕	夾路蒼髯古，迎人翠麓偏〔註30〕
26	鷓鴣天	山上飛泉萬斛珠	略彴、浮屠	卷四	534	同王勝之遊蔣山	略彴橫秋水，浮屠插暮煙
27	水調歌頭	造物故豪縱	造物故豪縱	卷一	43	同正輔表兄遊白水山〔註31〕	偉哉造物眞豪縱，攫土搏沙爲此弄
28	水調歌頭	千古老蟾口	攫土搏沙兒戲	卷二	130	同正輔表兄遊白水山〔註32〕	偉哉造物眞豪縱，攫土搏沙爲此弄
29	玉樓春	山行日日妨風雨	已向甕間防吏部	卷四	393	成伯家宴造坐無由輒欲效顰而酒已盡入夜不欲煩擾戲作小詩求數酌而已〔註33〕	隔離不喚鄰翁飲，抱甕須防吏部來
30	鷓鴣天	樽俎風流有幾人	淡畫眉兒淺注唇	卷一	54	成伯席上贈所出妓川人楊姐	生來眞個好相宜，深注唇兒淺畫眉
31	鷓鴣天	漠漠輕陰撥不開	漠漠輕陰撥不開	卷二	191	有美堂暴雨	遊人腳底一聲雷，滿座頑雲撥不開
32	漢宮春	秦望山頭	看亂雲急雨，倒立江湖	卷五	540	有美堂暴雨	天外黑風吹海立，浙東飛雨過江來
33	水調歌頭	我飲不須勸	鑑湖	卷一	47	次韻子由使契丹至涿州見寄四首	哪知老病渾無用，欲向君王乞鏡湖

〔註29〕鄧注本僅注「遊蔣山詩」。
〔註30〕蘇軾〈同王勝之游蔣山，又韻韶俯李通直二首其一〉亦有句：「曾陪令尹蒼髯古，又見郎君白髮新。」。
〔註31〕鄧注本僅注「遊白水山詩」。
〔註32〕鄧注本僅注「遊白水山詩」。
〔註33〕鄧注本僅注「成伯家宴造坐無由戲作小詩」。

項次	詞牌	起句	借鑒詞句	卷次	頁碼	借鑒詩名	借鑒詩句
34	瑞鷓鴣	暮年不賦短長詞	君自不歸歸甚易	卷五	550	次韻子由與顏長道同遊百步洪，相地築亭種柳〔註34〕	劍關大道車方軌，君自不去歸何難
35	唐河傳	春水	春水，千里，孤舟浪起	卷二	144	次韻王定國南遷回見寄	桃花春漲孤舟起
36	滿江紅	天與文章	衫裁新碧	卷一	87	次韻王郎子立風雨有感	爲君裁春衫，高會開桂籍
37	木蘭花慢	老來情味減	目斷秋宵落雁，醉來時響空弦	卷一	25	次韻王雄州送侍其涇州	聞道名城得眞將，故應驚羽落空弦
38	滿江紅	照影溪梅	筆端醉墨鴉棲壁	卷一	57	次韻王鞏南遷初歸	平生痛飲處，遣墨鴉棲壁
39	鷓鴣天	莫上扁舟訪剡溪	一段奇	卷二	152	次韻王鞏留別	不辭千里別，此成一段奇
40	沁園春	三徑初成	三徑初成	卷一	92	次韻周邠	南遷欲舉力田科，三徑初成樂事多
41	水調歌頭	日月如磨蟻	君看簷外江水，滾滾自東流	卷二	257	次韻前篇	長江袞袞空自流，白髮紛紛寧少借
42	南鄉子	何處望神州	不盡長江滾滾流	卷五	548	次韻前篇	長江滾滾空自流
43	西江月	粉面都成醉夢	字居羅趙前頭	卷四	385	次韻孫莘老見贈，時莘老移盧州，因以別之〔註35〕	龔黃側畔難言政，羅趙前頭且眩書
44	水調歌頭	文字覷天巧	攬鬚	卷二	133	次韻答邦直子由	瀟灑使君殊不俗，尊前容我攬鬚不
45	臨江仙	莫向空山吹玉笛	中路候淵明	卷二	208	次韻答孫侔	但得低頭拜東野，不辭中路伺淵明

〔註34〕鄧注本僅注「次韻子由相地築亭種柳詩」。
〔註35〕鄧注本僅注「次韻孫莘老見贈詩」。

項次	詞牌	起句	借鑒詞句	卷次	頁碼	借鑒詩名	借鑒詩句
46	滿江紅	兩峽崢嶸	人似秋鴻無定住，是如飛彈須圓熟	卷四	506	次韻答參寥〔註36〕	新詩如彈丸〔註37〕，脫手不暫停
47	最高樓	花好處	縞袂	卷四	462	次韻楊公濟奉議梅花十首其一	月黑林間逢縞袂，霸陵醉尉誤誰何
48	臨江仙	記取年年為壽客	絃管生衣	卷三	308	次韻劉貢父李公擇見寄二首	何人勸我此間來，絃管生衣甑有埃
49	永遇樂	紫陌長安	白髮憐君	卷二	222	次韻劉景文西湖席上	白髮憐君略相似，青山許我定相從
50	水龍吟	倚欄看碧成朱	白髮憐君	卷二	296	次韻劉景文西湖席上	白髮憐君略相似，青山許我定相從
51	念奴嬌	我來弔古	江頭風怒，朝來波浪翻屋	卷一	11	次韻劉景文登介亭	濤江少醞藉，高浪翻雪屋
52	浣溪沙	新葺茆簷次第成	病怯杯盤甘止酒	卷四	382	次韻樂著作送酒	少年多病怯盃觴
53	定風波	金印纍纍配陸離	玉堂元自要論思	卷三	324	次韻蔣穎叔	豈敢便為雞黍約，玉堂金殿要論思
54	婆羅門引	不堪鶗鴃	玉殿論思	卷四	457	次韻蔣穎叔	以敢便為雞黍約，玉堂金殿要論思
55	霜天曉角	暮山層碧	軟紅	卷一	75	次韻蔣穎叔錢穆父從駕景靈宮	半白不羞垂領髮，軟紅猶戀屬車塵
56	最高樓	金閨老	如川	卷二	303	次韻鄭介夫	祝君眉壽似增川

〔註36〕鄧注本誤注為「答王鞏」，查〈答王鞏〉詩中無此句，應出自本詩。
〔註37〕蘇軾〈次韻王定國謝韓子華過飲〉中亦有「新詩如彈丸，脫手不移晷。」

項次	詞牌	起句	借鑒詞句	卷次	頁碼	借鑒詩名	借鑒詩句
57	浣溪沙	草木於人也作疏	抱節	卷四	412	此亭	寄語庵前抱節君
58	賀新郎	覓句如東野	對玉塔微瀾深夜	卷三	311	江月五首其一〔註38〕	一更山吐月，玉塔臥微瀾；正似西湖上，湧金門外看……
59	生查子	昨宵醉裏行	山吐三更月	卷二	203	江月五首其三	三更山吐月，栖鳥亦驚起
60	浣溪沙	花向今朝粉面勻	自笑好山如好色	卷四	454	自徑山回，得呂察推詩，用其韻招之，宿湖上〔註39〕	多君貴公子，愛山如愛色
61	念奴嬌	倘來軒冕	蒙頭雪	卷二	272	行宿、泗間，見徐州張天驥，次舊韻〔註40〕	祇今霜雪已蒙頭
62	鷓鴣天	一榻清風殿影涼	一榻清風	卷二	186	佛日山榮長老方丈五絕	食罷茶甌未要深，清風一榻抵千金
63	卜算子	百郡怯登車	一榻清風	卷四	492	佛日山榮長老方丈五絕	食罷茶甌未要深，清風一榻抵千金
64	滿江紅	老子平生	兩翁相對清如鵠	卷四	505	別子由三首兼別遲其二〔註41〕	想見茅簷照水開，兩翁相對清如鵠
65	賀新郎	鳳尾龍香撥	鳳尾龍香撥	卷二	137	宋叔達家聽琵琶〔註42〕	數絃已品龍香撥，半面猶遮鳳尾槽
66	滿江紅	照影溪梅	銅瓶泣	卷一	57	岐亭五首並敍	醒時夜向闌，唧唧銅瓶泣

〔註38〕鄧注本注為「惠州作江月五首其一」。
〔註39〕鄧注本僅注「自徑山回和呂蔡推詩」。
〔註40〕鄧注本僅注「行宿泗間見徐州張天驥詩」。
〔註41〕鄧注本誤注為「題別子由詩後」。
〔註42〕鄧注本僅注「聽琵琶詩」。

項次	詞牌	起句	借鑒詞句	卷次	頁碼	借鑒詩名	借鑒詩句
67	婆羅門引	落花時節	岐亭買酒	卷四	455	岐亭五首並敘	三年黃州城，飲酒但飲濕……定應好事人，千石供李白
68	賀新郎	世路風波惡	世路風波惡	卷六	577	李行中秀才醉眠亭三首其一	從教世路風波惡，賀監偏不水底眠
69	生查子	誰傾滄海珠	穿雲笛	卷二	204	李委吹笛詩小引	既奏新曲，又快作數弄，嘹然有穿雲裂石之聲……
70	賀新郎	覓句如東野	小孤、彭郎	卷三	311	李思訓畫長江絕島圖	舟中賈客莫漫狂，小姑前年嫁彭郎
71	水調歌頭	我飲不須勸	除了醉吟風月，此外百無功	卷一	47	秀州報本禪院鄉僧文長老方丈	我除搜句百無功
72	臨江仙	老去渾身無著處	老去渾身無著處	卷五	557	豆粥	我老此身無著處，賣書來向東家住
73	感皇恩	七十古來稀	天香襟袖	卷一	21	和子由除夜元日省宿致齋	朝回兩袖天香滿〔註43〕
74	瑞鷓鴣	聲名少日畏人知	安心法	卷五	550	和子由寄題孔平仲草菴	逢人欲覓安心法，到處先爲問道菴
75	鷓鴣天	夢斷京華故倦遊	陽關莫作三疊唱	卷二	266	和孔密州五絕見邸家園留題〔註44〕	陽關三疊君須秘，除卻膠西不解歌
76	念奴嬌	晚風吹雨	新荷、雲錦	卷一	17	和文與可洋川園池三十首：橫湖	貪看翠蓋擁紅粧，不覺湖邊一夜霜卷卻天邊雲錦段，從教匹練寫秋光

〔註43〕蘇軾〈蘇軾韓康公坐上侍兒求書扇上二首其二〉亦有「天香滿袖人知否」句。

〔註44〕鄧注本僅注「和孔密州五絕」。

項次	詞牌	起句	借鑒詞句	卷次	頁碼	借鑒詩名	借鑒詩句
77	定風波	百紫千紅過了春	畢竟花開誰作主	卷四	494	和王晉卿送梅花次韻次韻王晉卿惠花栽，栽所寓張退傳第中次韻王晉卿上元侍宴端門〔註45〕	若問此花誰是主，天教閑客管青春
78	水調歌頭	上界足官府	不知清廟鐘磬，零落有誰編	卷二	141	和田國博喜雪	歲豐君不樂，鐘磬幾時編
79	菩薩蠻	游人占卻巖中屋	白雲只在檐頭宿	卷四	509	和李太白〔註46〕	白雲南山來，就我簷下宿
80	菩薩蠻	鬱孤臺下清江水	江晚正愁予	卷一	41	和邵同年戲贈買收秀才三首其一	煙波渺渺正愁予
81	鷓鴣天	萬事紛紛一笑中	一笑中	卷四	405	和邵同年戲贈買收秀才三首其一	傾蓋相歡一笑中
82	念奴嬌	未須草草	草草	卷四	449	和秦太虛梅花	去年花開我已病，今年對花還草草
83	念奴嬌	是誰調護	悃恨立馬行人，一枝最愛，竹外橫斜好	卷四	450	和秦太虛梅花	東坡先生心已灰，爲愛君詩被花惱多情立馬待黃昏，殘雪消遲月出早江天千樹春欲闇，竹外一枝斜更好
84	滿江紅	快上西樓	一聲吹裂	卷一	14	和崗字同柳子玉游鶴林、招隱，醉歸，呈景純〔註47〕	一聲吹裂翠崖崗
85	水調歌頭	上古八千歲	醉淋浪	卷二	200	和張子野見寄	醉墨淋浪不整齊〔註48〕

〔註45〕鄧注本僅注「次韻王晉卿惠花詩」。
〔註46〕蘇軾〈和李太白〉：「寄臥虛寂堂，月明浸疏竹。冷然洗我心，欲飲不可掬。流光發永歎，自昔非余獨。行年四十九，還此北窗宿。緬懷卓道人，白首寓醫卜。謫仙固遠矣，此士亦難復。世道如弈棋，變化不容覆。惟應玉芝老，待得蟠桃熟。」與鄧注本所引注詩句不同。
〔註47〕鄧注本引《春渚紀聞》，詩題爲「和崗字詩」。
〔註48〕蘇軾〈見題壁〉亦有「醉墨淋漓不整齊」句。

項次	詞牌	起句	借鑒詞句	卷次	頁碼	借鑒詩名	借鑒詩句
86	水龍吟	渡江天馬南來	風雲犇走	卷二	145	和張昌言喜雨	百神奔走會風雲
87	滿江紅	蜀道登天	新詩準備	卷二	147	和張昌言喜雨	秋來定有豐年喜，剩有新詩準備君
88	蝶戀花	洗盡機心隨法喜	法喜	卷二	126	和陶止酒〔註49〕	子室有孟光，我室惟法喜（按：佛語法喜，謂見法生歡喜）
89	鷓鴣天	晚歲躬耕不怨貧	千載後，百篇存，更無一字不清眞	卷四	416	和陶飲酒二十首其三〔註50〕	道喪士失己，出語輒不情……淵明獨清眞，談笑得此生
90	賀新郎	甚矣吾衰矣	江左沈酣求名者，豈識濁醪妙理	卷四	515	和陶飲酒二十首其三〔註51〕	道喪士失己，出語輒不情江左風流人，醉中亦求名淵明獨清眞，談笑得此生
91	水調歌頭	君莫賦幽憤	斜日透虛隙，一綫萬飛埃	卷二	130	和陶雜詩十一首其一	斜日照孤隙，始知空有塵
92	水調歌頭	千古老蟾口	風雨化人來	卷二	129	和黃龍清老三首	靜嘿（默）堂中有相憶，清江誰遣化人來
93	八聲甘州	故將軍飲罷夜歸來	紗窗外，斜風細雨，一陣輕寒	卷二	205	和劉道原詠史	獨掩陳編弔興廢，窗前山雨夜浪浪
94	洞仙歌	婆娑欲舞	半篙水	卷二	144	和鮮于子駿郵州新堂月夜二首其一〔註52〕	池中半篙水，池上千尺柳

〔註49〕鄧注本誤注爲「和淵明止酒詩」。
〔註50〕鄧注本誤注爲「和陶淵明飲酒詩」。
〔註51〕鄧注本誤注爲「和陶淵明飲酒詩」。
〔註52〕鄧注本僅注「郵州新堂月夜詩」。

項次	詞牌	起句	借鑒詞句	卷次	頁碼	借鑒詩名	借鑒詩句
95	生查子	溪邊照影行	非鬼亦非仙	卷二	176	夜泛西湖五絕其五	湖光非鬼亦非仙，風恬浪靜光滿川
96	浣溪沙	妙手都無斧鑿瘢	飽參佳處	卷二	287	夜直玉堂，攜李之儀端叔詩百餘首，讀至夜半，書其後	暫借好詩消永夜，每逢佳處輒參禪
97	水調歌頭	官事未易了	莫管旁人嘲罵	卷一	81	定惠院寓居月夜偶出	但當謝客對妻子，倒冠落佩從嘲罵
98	鷓鴣天	春入平原薺菜花	青裙縞袂誰家女	卷二	187	於潛女	青裙縞袂於潛女，兩足如霜不穿屨
99	行香子	雲岫如簪	青裙	卷四	510	於潛女	青裙縞袂於潛女
100	滿江紅	天上飛瓊	揚州鶴	卷二	181	於潛僧綠筠軒	若對此君仍大嚼，世間那有揚州鶴
101	滿庭芳	西崦斜陽	騎鶴楊州	卷四	405	於潛僧綠筠軒	若對此君仍大嚼，世間那有揚州鶴
102	六州歌頭	晨來問疾	食無魚	卷四	428	於潛僧綠筠軒	可使食無肉，不可使居無竹
103	賀新郎	聽我三章約	醫俗士，苦無藥	卷四	473	於潛僧綠筠軒	人瘦尚可肥，士俗不可醫
104	滿江紅	幾箇輕鷗	飽看脩竹何妨肉	卷四	401	於潛僧綠筠軒〔註53〕	可使食無肉，不可使居無竹，無肉令人瘦，無竹令人俗
105	西江月	明月別枝驚鵲	明月別枝驚鵲	卷二	301	杭州牡丹開時，僕猶在常、潤，周令作詩見寄，次其韻，復次一首送赴闕其二〔註54〕	天靜傷鴻猶戢翼，月明驚鵲未安枝〔註55〕

〔註53〕鄧注本僅注「綠筠軒詩」。
〔註54〕鄧注本僅注「杭州牡丹詩」。
〔註55〕蘇軾〈次韻蔣穎叔〉亦有「月明驚鵲未安枝，一樺飄然影自隨」句。

項次	詞牌	起句	借鑒詞句	卷次	頁碼	借鑒詩名	借鑒詩句
106	鷓鴣天	歡息頻年廩未高	廩未高	卷四	439	東坡八首其一	喟然釋耒歎，我廩何時高
107	賀新郎	柳暗凌波路	葡萄漲	卷一	80	武昌西山	春江綠漲葡萄醅，武昌官柳知誰栽
108	永遇樂	紫陌長安	芒鞋竹杖	卷二	222	初入廬山三首其三	芒鞋青竹杖，自挂百錢遊
109	臨江仙	偶向停雲堂上坐	竹杖、芒鞋	卷五	558	初入廬山三首其三	芒鞋青竹杖，自挂百錢遊
110	御街行	闌干四面山無數	簟紋如水	卷二	251	南堂五首	掃地焚香閉閣眠，簟紋如水帳如煙客來夢覺知何處，挂起西窗浪接天
111	臨江仙	夜語南堂新瓦響	夜語南堂新瓦響，三更急雨珊珊	卷四	391	南堂五首	他時夜語困移床，坐厭愁聲點客腸一聽南堂新瓦響，似聞東塢小荷香
112	鷓鴣天	老病那堪歲月侵	霎時光景值千金	卷四	417	春夜〔註56〕	春宵一刻值千金
113	鷓鴣天	翰墨諸公久擅場	却看龍蛇落筆忙	卷四	433	是日，偶至野人汪氏之居，有神降於其室，自稱天人李全，字德通。善篆字，用筆奇妙，而字不可識，云，天篆也。與予言，有所會者。復作一篇，仍用前韻〔註57〕	已聞龜策通神語，更看龍蛇筆痕
114	清平樂	靈皇醮罷	無災無難公卿	卷二	142	洗兒戲作	人皆養子望聰明，我被聰明誤一生惟願孩兒愚且魯，無災無難到公卿

〔註56〕鄧注本誤注爲「春宵詩」。
〔註57〕鄧注本僅注爲「偶至野人汪氏居仍用前韻詩」。

項次	詞牌	起句	借鑑詞句	卷次	頁碼	借鑑詩名	借鑑詩句
115	江神子	暗香橫路雪垂垂	雪霜姿	卷二	293	紅梅	故作小紅桃杏色，尚餘孤瘦雪霜姿
116	破陣子	醉裡挑燈看劍	八百里	卷二	242	約公擇飲是日大風	要當啖公八百里，豪氣一洗儒生酸
117	鷓鴣天	別恨粧成白髮新	陳人	卷一	53	述古以詩見責屢不赴會，復次前韻〔註58〕	但愁新進笑陳人
118	念奴嬌	君詩好處	下筆如神彊押韻	卷四	460	迨作淮口遇風詩戲用其韻	君看押彊韻，已勝郊與島
119	憶王孫	登山臨水送將歸	昔人非	卷二	284	陌上花三首其一	江山猶是昔人非
120	水調歌頭	千古老蟾口	愛酒陶元亮	卷二	129	乘舟過賈收水閣，收不在，見其子，三首其一〔註59〕	愛酒陶元亮，能詩張志和
121	哨遍	蝸角鬪爭	火鼠論寒，冰蠶語熱	卷四	422	徐大正閑軒	冰蠶不知寒，火鼠不知暑
122	水調歌頭	上古八千歲	醉淋浪	卷二	200	捕蝗，至浮雲嶺，山行疲苶，有懷子由弟二首其二〔註60〕	尚能村醉舞淋浪
123	賀新郎	肘後俄生柳	右手淋浪才有用，開卻持螯左手	卷四	447	捕蝗，至浮雲嶺，山行疲苶，有懷子由弟二首其二〔註61〕	尚能村醉舞淋浪
124	小重山	旋製離歌唱未成	陽關先畫出，柳邊亭	卷二	134	書林次中所得李伯時歸去來陽關二圖後	查慎行補注：「張芸叟（舜民）畫墁集云：『京兆安汾叟赴辟臨洮幕府，南舒李伯時自畫陽關圖並詩已送行』」……

〔註58〕鄧注本僅注「次韻答陳述古詩」。
〔註59〕鄧注本僅注「乘舟過賈收詩」。
〔註60〕鄧注本僅注「捕蝗至浮雲嶺山行疲苦有懷子由詩」。
〔註61〕鄧注本僅注「捕蝗至浮雲嶺山行疲苦有懷子由詩」。

項次	詞牌	起句	借鑒詞句	卷次	頁碼	借鑒詩名	借鑒詩句
125	沁園春	有美人兮	待空山自薦，寒泉秋菊	卷二	290	書林逋詩後	我笑吳人不好事，好作祠堂傍修行不然配食水仙王，一盞寒泉薦秋菊
126	賀新郎	覓句如東野	水仙祠	卷三	311	書林逋詩後〔註62〕	不然待配水仙王，一盞寒泉薦秋菊
127	滿江紅	半山佳句	似神清骨冷住西湖，何由俗	卷四	451	書林逋詩後〔註63〕	先生可是絕俗人，神清骨冷無由俗
128	念奴嬌	對花何似	夜深花睡	卷二	182	海棠	只恐夜深花睡去，高燒銀燭照紅粧
129	鷓鴣天	病繞梅花酒不空	燒銀燭	卷三	327	海棠	只恐夜深花睡去，高燒銀燭照紅粧
130	水調歌頭	折盡武昌柳	二年魚鳥江上	卷一	68	留別雩泉	二年飲泉水，魚鳥亦相識
131	洞仙歌	飛流萬壑	弄泉手	卷二	196	留別雩泉〔註64〕	還將弄泉手，遮日向西秦
132	臨江仙	記取年年為壽客	清風	卷三	308	袁公濟和劉景文〈登介亭〉詩，復次韻答之	君詩如清風〔註65〕
133	水龍吟	玉皇殿閣微涼	鳳麟	卷二	153	送子由使契丹	不辭馹騎凌風雪，要使天驕識鳳麟
134	聲聲慢	東南形勝	便直饒萬家淚眼，怎抵得，這眉間黃色一點	卷二	256	送李公恕赴闕	忽然眉上有黃氣，吾君漸欲收英髦

〔註62〕鄧注本注為「題林逋詩」。
〔註63〕鄧注本注為「題林逋詩後」。
〔註64〕鄧注本注為「別雩泉詩」。
〔註65〕又，蘇軾〈新渡寺席上，次趙景貺、陳履常韻，送歐陽叔弼。比來諸君唱和，叔弼但袖手傍睨而已，臨別，忽出一篇，頗有淵明風致，坐皆驚歎〉亦有「子詩如清風」句。

項次	詞牌	起句	借鑒詞句	卷次	頁碼	借鑒詩名	借鑒詩句
135	菩薩蠻	稼軒日向兒童說	頭白早歸來	卷一	95	送表弟程六知楚州	功成頭白早歸來，共藉梨花作寒食
136	鷓鴣天	秋水長廊水石間	靖長官	卷四	440	送范景仁游洛中〔註66〕	試與劉夫子，重尋靖長官自注云：「劉几云，曾見人嵩山幽絕處，眼光如貓，意其爲靖長官也」
137	念奴嬌	倘來軒冕	長庚應伴殘月	卷二	272	送張軒民寺丞赴省試	人競春蘭笑秋菊，天教明月伴長庚
138	沁園春	我見君來	抖擻塵埃	卷四	431	送曹煥往筠	君到高安幾日回，一時抖擻舊塵埃
139	臨江仙	住世都知菩薩行	金花湯沐誥	卷一	65	送程建用	會看金花詔，湯沐奉朝請
140	江神子	看君人物漢西都	放教疏	卷四	482	送楊奉禮	更誰哀老子，令得放疏慵
141	瑞鶴仙	片帆何太急	舟人好看客	卷三	338	送楊傑	過江風急浪如山，寄語舟人好看客
142	沁園春	三徑初成	軒窗臨水	卷一	92	送賈訥倅眉	父老得書知我在，小窗臨水爲君開
143	小重山	旋製離歌唱未成	夜雨共誰聽	卷二	134	送劉寺丞赴餘姚	中和堂後石楠樹，與君對床聽夜雨
144	滿江紅	瘴雨蠻煙	看依然舌在齒牙牢	卷二	138	送劉攽倅海陵〔註67〕	君不見阮嗣宗臧否不挂口，莫誇舌在牙齒牢，是中惟可飲醇酒

〔註66〕鄧注本僅注爲「送范景仁詩」。
〔註67〕鄧注本誤注爲「送劉邠通判泰州詩」。

項次	詞牌	起句	借鑒詞句	卷次	頁碼	借鑒詩名	借鑒詩句
145	鷓鴣天	出處從來自不齊	出處從來自不齊	卷四	415	送歐陽主簿	出處年來恨不齊，一樽臨水計分攜
146	滿江紅	過眼溪山	樓觀纔成人已去	卷一	60	送鄭戶曹	樓成君已去，人事固多乖
147	水調歌頭	官事未易了	瓊瑰先夢滿吾懷	卷一	81	送鄭戶曹	遲君爲座客，新詩出瓊瑰
148	滿庭芳	傾國無媒	幸一枝粗穩，三徑新治	卷一	82	除夜病中贈段屯田〔註68〕	三徑粗成資，一枝有餘暖〔註69〕
149	蝶戀花	洗盡機心隨法喜	高臥石龍呼不起	卷二	126	寄吳德仁兼簡陳季常	溪堂醉臥呼不醒，落花如雪春風顛
150	鷓鴣天	指點齋尊特地開	風帆莫引酒船回	卷三	322	寄吳德仁兼簡陳季常	稽山不是無賀老，我自興盡回酒船
151	鷓鴣天	石壁虛雲積漸高	溪聲遶屋	卷四	438	寄吳德仁兼簡陳季常	門前罷亞十頃田，清溪遶屋花連天
152	柳稍青	莫鍊丹難	黃河可塞，金可成難	卷四	517	寄吳德仁兼簡陳季常	東坡先生無一錢，十年家火燒凡鉛黃金可成河可塞，惟有雙鬢無由玄
153	臨江仙	老去惜花心已嬾	膾向青山餐秀色	卷二	226	寄怪石石斛與魯元翰〔註70〕	秀色亦堪餐
154	滿江紅	漢水東流	談兵玉帳冰生頰	卷一	45	寄高令	論極冰霜遶齒牙
155	蝶戀花	莫向樓頭聽漏點	錦繡心胸	卷二	149	寄高令	詩成錦繡開胸臆
156	水龍吟	稼軒何必長貧	遶齒冰霜	卷二	218	寄高令	詩成錦繡開胸臆，論極冰霜遶齒牙

〔註68〕鄧注本誤注爲「除夜病中贈柳屯田詩」。

〔註69〕鄧注本注爲「三徑初成貲，一枝有餘煖」，又，蘇軾〈次韻周邠〉有「三徑初成樂事多」句。

〔註70〕鄧注本僅注「寄怪石石斛與魯元翰詩」。

項次	詞牌	起句	借鑒詞句	卷次	頁碼	借鑒詩名	借鑒詩句
157	瑞鷓鴣	聲名少日畏人知	寄當歸	卷五	550	寄劉孝叔	故人屢寄山中信，只有當歸無別語
158	永遇樂	投老空山	萬松手種	卷四	411	寄題刁景純藏春塢	白首歸來種萬松，待看千尺舞霜風
159	最高樓	吾衰矣	富貴是危機	卷三	331	宿州次韻劉涇	晚覺文章真小技，早知富貴有危機
160	水調歌頭	折盡武昌柳	二年魚鳥江上	卷一	68	常潤道中，有懷錢塘，寄述古五首其	二年魚鳥渾相識，三月鶯花付與公
161	定風波	山路風來草木香	故應知	卷二	178	張先生	熟視空堂竟不言，故應知我未天全
162	千秋歲	塞垣秋草	尊俎上，英雄表	卷一	13	張安道樂全堂	我公天與英雄表，龍張鳳姿照魚鳥
163	謁金門	遮素月	金蛇	卷二	261	望海樓晚景五絕	雨過潮平江海碧，雷光時擊紫金蛇〔註71〕
164	清平樂	斷崖脩竹	路轉清溪三百曲	卷二	194	梅花二首	幸有清溪三百曲，不辭相送到黃州
165	生查子	誰傾滄海珠	誰傾滄海珠，簸弄千明月	卷二	204	移合浦郭功甫見寄	莫趁明珠弄明月
166	清平樂	清詞索笑	莫厭銀杯小	卷四	442	莫笑銀杯小答喬太博〔註72〕	莫笑銀杯小詩題
167	新荷葉	人已歸來	崔徽	卷一	30	章質夫寄惠崔徽真	宋援注……

〔註71〕蘇軾〈起伏龍行〉亦有「眼光作電走金蛇」句。
〔註72〕鄧注本僅注「莫笑銀杯小」。

項次	詞牌	起句	借鑒詞句	卷次	頁碼	借鑒詩名	借鑒詩句
168	最高樓	花好處	心似鐵，也須忙	卷四	462	章質夫寄惠崔徽真〔註73〕	君援筆賦梅花，未害廣平心似鐵〔註74〕
169	玉樓春	青山不解乘雲去	人間踏地出租錢	卷四	395	魚蠻子詩	人間行路難，踏地出賦租
170	瑞鷓鴣	期思溪上日千回	只緣多病又非才	卷五	558	喬太博見和復次韻答之	非才更多病，二事可并案
171	念奴嬌	對花何似	華屋金盤	卷二	182	寓居定惠院之東，雜花滿山，有海棠一株，土人不知貴也〔註75〕	自然富貴出天資，不待金盤薦華屋
172	鷓鴣天	桃李漫山過眼空	桃李漫山過眼空，也曾惱損杜陵翁	卷三	327	寓居定惠院之東，雜花滿山，有海棠一株，土人不知貴也〔註76〕	嫣然一笑竹籬間，桃李漫山總粗俗
173	新荷葉	物盛還衰	拄杖敲門	卷四	488	寓居定惠院之東，雜花滿山，有海棠一株，土人不知貴也〔註77〕	不論人家與僧舍，拄杖敲門看修竹
174	滿江紅	老子平生	金盤華屋	卷四	505	寓居定惠院之東，雜花滿山，有海棠一株，土人不知貴也〔註78〕	自然富貴出天資，不待金盤薦華屋
175	菩薩蠻	萬金不換囊中術	河豚欲上來	卷二	270	惠崇春江晚景二首其一	蔞蒿滿地蘆芽短，正是河豚欲上時
176	臨江仙	老去渾身無著處	老去渾身無著處	卷五	557	景純見和，復次韻贈之，二首其二	老去此身無處著，為翁栽插萬松岡

〔註73〕鄧注本僅注「題崔徽真詩」。
〔註74〕鄧注本注為「未道廣平心如鐵」。
〔註75〕鄧注本僅注「詠定惠院東土山海棠詩」。
〔註76〕鄧注本僅注「定惠院海棠詩」。
〔註77〕鄧注本僅注「定惠院海棠詩」。
〔註78〕鄧注本僅注「詠定惠院東土山海棠詩」。

項次	詞牌	起句	借鑒詞句	卷次	頁碼	借鑒詩名	借鑒詩句
177	江神子	梨花著雨晚來晴	酒兵昨夜壓愁城	卷二	168	景貺、履常屢有詩，督叔弼、季默倡和，已許諾矣，復以此句挑之〔註79〕	君家文律冠西京，旋築詩壇按酒兵
178	滿江紅	半山佳句	酒兵、詩壇	卷四	451	景貺、履常屢有詩，督叔弼、季默倡和，已許諾矣，復以此句挑之〔註80〕	君家文律冠西京，旋築詩壇按酒兵
179	洞仙歌	松關桂嶺	石樓	卷四	512	游羅浮山一首示兒子過，施元之注引鄒師正羅浮指掌圖〔註81〕	山高三千六百丈，袤直五百里，周三百里上有大小石樓，相去五里，皆高出雲表，登之可望滄海，夜半見日初出
180	臨江仙	一自酒情詩興嬾	一自酒情詩興嬾，舞裙歌扇闌珊	卷四	390	答陳述古	聞到使君歸去後，舞衫歌扇總成塵
181	摸魚兒	更能消幾番風雨	畫簷蛛網	卷一	66	虛飄飄	畫簷蛛結網
182	菩薩蠻	青山欲共高人語	青山欲共高人語	卷一	32	越州張中舍壽樂堂	青山偃蹇如高人，常時不肯入官府高人自與山有素，不待招邀滿庭戶
183	生查子	青山招不來	青山招不來	卷二	299	越州張中舍壽樂堂	青山偃蹇如高人，常時不肯入官府

〔註79〕鄧注本僅注「景貺履常屢有詩督叔弼季默唱和詩」。
〔註80〕鄧注本僅注「景貺履常屢有詩督叔弼季默唱和詩」。
〔註81〕此處所引爲詩注。

項次	詞牌	起句	借鑒詞句	卷次	頁碼	借鑒詩名	借鑒詩句
184	洞仙歌	松關桂嶺	又卻怪先生多取	卷四	512	越州張中舍壽樂堂	但恐造物怪多取
185	賀新郎	翠浪吞平野	煙雨偏宜晴更好，約略西施未嫁	卷三	309	飲湖上初晴後雨	水光瀲灩晴偏好，山色空濛雨亦奇，欲把西湖比西子，淡妝濃抹總相宜
186	水調歌頭	說與西湖客	淡妝濃抹西子	卷三	315	飲湖上初晴後雨	水光瀲灩晴偏好，山色空濛雨亦奇，欲把西湖比西子，淡妝濃抹總相宜
187	摸魚兒	望飛來半空鷗鷺	組練	卷一	38	催試官考較戲作	八月十八潮，壯觀天下無鯤鵬水擊三千里，組練長驅十萬夫
188	水調歌頭	萬事到白髮	一笑偶相逢	卷二	158	遊西菩寺	一笑相逢那易得
189	沁園春	疊嶂西馳	疊嶂西馳，萬馬回旋，眾山欲東	卷四	376	遊徑山	眾峰來自天目山，勢若駿馬奔平川中途勒破千里足，金鞭玉鐙相回旋
190	玉蝴蝶	貴賤偶然渾似	功名破甑	卷四	467	遊徑山	功名一破甑，棄置何用顧
191	賀新郎	曾與東山約	高人讀書	卷四	471	遊道場山何山	高人讀書夜達旦
192	水調歌頭	木末翠樓出	詩眼	卷三	329	僧清順新作垂雲亭	天工爭向背，詩眼巧增損〔註82〕

〔註82〕又，蘇軾〈次韻吳傳正枯木歌〉亦有「君雖不作丹青手，詩眼亦自工識拔」句。

項次	詞牌	起句	借鑑詞句	卷次	頁碼	借鑑詩名	借鑑詩句
193	菩薩蠻	功名飽聽兒童說	看公兩眼如月	卷二	210	臺頭寺雨中送李邦直赴史館，分韻得憶字人字，兼寄孫巨源二首其二〔註83〕	看君兩眼明如鏡
194	賀新郎	逸氣軒眉宇	時與命猶須天付	卷四	380	與毛令方尉遊西菩寺	人生此樂須天付，莫遣兒曹〔註84〕取次知
195	蝶戀花	淚眼送君傾似雨	老馬臨流癡不渡，應惜障泥	卷二	121	與周長官、李秀才遊徑山，二君先以詩見寄，次其韻二首其一〔註85〕	癡馬惜障泥，臨流不肯渡
196	蘇武慢	帳暖金絲	障泥繫馬	卷六	585	與周長官、李秀才遊徑山，二君先以詩見寄，次其韻二首其一〔註86〕	癡馬惜障泥，臨流不肯渡
197	水調歌頭	白日射金闕	說劍論詩餘事	卷二	117	與梁左藏會飲傅國博家	將軍破賊自草檄，論詩說劍均第一
198	念奴嬌	道人元是	別駕風流	卷二	273	與梁左藏會飲傅國博家	風流別駕貴公子，欲把笙歌煖鋒鏑
199	瑞鶴仙	黃金堆到斗	風流別駕	卷二	275	與梁左藏會飲傅國博家	風流別駕貴公子，欲把笙歌煖鋒鏑
200	滿江紅	笳鼓歸來	白羽風生貔虎譟	卷一	70	與歐育等六人飲酒	苦戰知君使白羽，……引杯看劍坐生風
201	滿江紅	漢節東南	澒落我材無所用	卷三	321	蒜山松林中可卜居，余欲僦其〕	我材澒落本無用，虛名驚世

〔註83〕鄧注本僅注「臺頭寺雨中送李邦直赴史館詩」。
〔註84〕鄧注本作「莫遣兒郎」。
〔註85〕鄧注本僅注「與周長官李秀才游徑山詩」。
〔註86〕鄧注本僅注「與周長官李秀才游徑山詩」。

項次	詞牌	起句	借鑒詞句	卷次	頁碼	借鑒詩名	借鑒詩句
						地，地屬金山，故作此詩與金山元長老〔註87〕	終何益
202	鷓鴣天	莫上扁舟訪剡溪	淺斟低唱正相宜	卷二	152	趙成伯家有麗人，僕忝鄉人，不肯開樽，徒吟春雪美句，次韻一笑〔註88〕	自注：「世傳陶穀學士買得党太尉家故妓，遇雪，陶取雪水烹團茶，謂妓曰：『党家應不識此』妓曰：『彼粗人，安有此景，但能於銷金帳中淺斟低唱，喫羊羔兒酒耳』陶默然，媿其言」
203	水調歌頭	寄我五雲字	雕弓挂壁無用，照影落清杯	卷二	116	劉顗宮苑，退老于廬山石碑菴，顗，陝西人，本進士換武，家有聲伎其二〔註89〕	彤弓掛壁恥言動，笑入漁樵便作群
204	沁園春	杯汝知乎	似壁上雕弓蛇暗猜	卷四	387	劉顗宮苑，退老于廬山石碑菴，顗，陝西人，本進士換武，家有聲伎其二〔註90〕	彤弓掛壁恥言動，笑入漁樵便作群
205	水調歌頭	酒罷且勿起	重挽使君鬚	卷二	247	慶源宣義王丈，以累舉得官，為洪雅主簿，雅州戶掾。遇吏民如家人，人安樂之。既謝事，居眉之青神瑞草橋，	青衫半作霜葉枯，遇民如兒吏如奴吏民莫作官長看，我是識字耕田夫妻啼兒號刺史怒，時有野人

〔註87〕鄧注本僅注「與金山長老詩」。
〔註88〕鄧注本作「趙成伯家有妹麗吟春雪謹依元韻詩」。
〔註89〕鄧注本僅注「劉顗宮院退老於廬山石碑菴詩」。
〔註90〕鄧注本僅注「劉顗宮院退老於廬山石碑菴詩」。

項次	詞牌	起句	借鑑詞句	卷次	頁碼	借鑑詩名	借鑑詩句
						放懷自得。有書來求紅帶，既以遺之，且作詩爲戲，請黃魯直、秦少游。各爲賦一〔註91〕	來挽鬚拂衣自注下下考，芋魁飯豆吾豈無
206	最高樓	金閨老	地行仙	卷二	303	樂全先生生日以鐵拄杖爲壽二首	先生眞是地行仙，住世因循五百年
207	水調歌頭	上界足官府	上界足官府，公是地行仙	卷二	140	樂全先生生日以鐵拄杖爲壽二首其一〔註92〕	先生眞是地行仙，住世因循五百年
208	水調歌頭	淵明最愛菊	素琴濁酒喚客	卷四	441	蔡景繁官舍小閣	素琴濁酒容一榻
209	鷓鴣天	翠蓋牙籤幾百株	翠蓋牙籤幾百株，楊家姊妹夜游初	卷四	508	虢國夫人夜遊圖	未引注
210	沁園春	疊嶂西馳	龍蛇、風雨	卷四	376	戲作種松	我昔少年日，種松滿東岡……不見十餘年，想作龍蛇長
211	鷓鴣天	萬事紛紛一笑中	獨立斜陽數過鴻	卷四	405	縱筆	溪邊大路三岔口，獨立斜陽數過人
212	水調歌頭	萬事一杯酒	古井不生波	卷四	452	臂痛謁告作三絕句示四君子	心有何求遣病安，年來古井不生瀾
213	西江月	千丈懸崖削翠	閒管興亡則甚？	卷一	62	臨安三絕將軍樹〔註93〕	不會人間閑草木，豫人何事管興亡
214	賀新郎	細把君詩說	自昔佳人多薄命	卷二	240	薄命佳人	自古佳人多命薄，閉門春盡楊花落

〔註91〕鄧注本僅注「慶源宣義王丈求紅帶戲作詩」。
〔註92〕鄧注本誤注爲「以拄杖壽張安道詩」。
〔註93〕鄧注本僅注：「將軍樹詩」。

項次	詞牌	起句	借鑒詞句	卷次	頁碼	借鑒詩名	借鑒詩句
215	上西平	九衢中	要圖畫還我漁簑	卷五	545	謝人見和前篇	漁簑句好應須畫，柳絮才高不道鹽
216	上西平	九衢中	凍吟	卷五	545	謝人見和前篇	忍凍孤吟筆退尖
217	鷓鴣天	拋却山中詩酒窠	此生已覺渾無事	卷三	318	歸宜興留題竹西寺	此生已覺都無事，今歲仍逢大有年
218	鷓鴣天	點盡蒼苔色欲空	看取蕭然林下風	卷三	326	題王逸少帖	謝家夫人淡丰容，蕭然自有林下風
219	水調歌頭	淵明最愛菊	政爾橫看成嶺	卷四	441	題西林壁〔註94〕	橫看成嶺側成峰，遠近高低各不同不是廬山眞面目，只緣身在此山中
220	江神子	簟鋪湘竹帳籠紗	水底沸鳴蛙	卷二	292	贈王子直秀才	水底笙歌蛙兩部
221	鵲橋仙	豸冠風采	三萬六千場	卷二	289	贈張刁二老	共成二百七十歲，各飲三萬六千場
222	添字浣溪沙	總把平生入醉鄉	大都三萬六千場	卷四	389	贈張刁二老	共成二百七十歲，各飲三萬六千場
223	臨江仙	醉帽吟鞭花不住	三萬六千場	卷四	520	贈張刁二老	共成二百七十歲，各飲三萬六千場
224	臨江仙	手種門前烏柏樹	更從今日醉，三萬六千場	卷四	532	贈張刁二老	共成二百七十歲，各飲三萬六千場
225	鷓鴣天	漠漠輕陰撥不開	江南細雨熟黃梅	卷二	191	贈嶺上梅	不趁青梅嘗煮酒，要看細雨熟黃梅

〔註94〕鄧注本作「廬山與總老同遊西林詩」。

項次	詞牌	起句	借鑒詞句	卷次	頁碼	借鑒詩名	借鑒詩句
226	六州歌頭	晨來問疾	鶴止庭隅	卷四	428	鶴歎	園中有鶴馴可呼，我欲呼之立坐隅
227	六州歌頭	晨來問疾	口不能言臆對	卷四	428	鶴歎	鶴有難色側睨予，豈欲臆對如鵬乎

四、稼軒詞借鑒黃庭堅詩一覽表

（一）鄧廣銘漏注部份

項次	詞牌	起句	借鑒詞句	卷次	頁碼	借鑒詩名	借鑒詩句
1	水調歌頭	頭白齒牙缺	一百八盤狹路	卷二	243	次韻楊宗悏別二首之一〔註95〕	一百八盤天上路，去年明日送流人

（二）鄧廣銘出注部份

項次	詞牌	起句	借鑒詞句	卷次	頁碼	借鑒詩名	借鑒詩句
1	蝶戀花	洗盡機心隨法喜	微風不動天如醉	卷二	126	二月丁卯喜雨吳體爲北門留守文潞公作	微風不動天如醉，潤物無聲春有功
2	水調歌頭	我飲不須勸	一笑出門去	卷一	47	王充道送水仙花五十枝欣然會心爲之作詠〔註96〕	坐對眞成被花惱，出門一笑大江橫
3	賀新郎	雲臥衣裳冷	羅韈生塵凌波去	卷二	135	王充道送水仙花五十枝欣然會心爲之作詠〔註97〕	凌波仙子生塵襪，水上輕盈步微月〔註98〕

〔註95〕此處鄧注本漏注。

〔註96〕鄧注本僅注「水仙花詩」。

〔註97〕鄧注本僅注「王充道送水仙花詩」。

〔註98〕〈賀新郎〉（柳暗凌波路）（卷一，頁80），鄧廣銘以曹植〈洛神賦〉：「凌波微步，羅韈生塵。」注「凌波」、「生塵」句。

項次	詞牌	起句	借鑒詞句	卷次	頁碼	借鑒詩名	借鑒詩句
4	臨江仙	冷雁寒雲渠有恨	多病近來渾止酒	卷四	371	王立之以小詩送並蒂牡丹戲答二首之二	多病廢詩仍止酒，可憐誰在與誰同
5	滿江紅	曲几團蒲	曲几團蒲	卷二	190	以小團龍及半挺贈无咎并詩用前韻爲戲〔註99〕	曲几團蒲聽煮湯，煎成車聲繞羊腸
6	鷓鴣天	雞鴨成群晚未收	飽便休	卷二	193	四休居士詩三首之一并序〔註100〕	粗茶淡飯飽即休，補破遮寒煖即休
7	鷓鴣天	莫殢春光花下遊	三平二滿	卷四	373	四休居士詩三首之一并序〔註101〕	太醫孫昉四休居士，山谷問其說，四休笑曰：「粗羹淡飯飽即休；補破遮寒煖即休；三平二滿過即休；不貪不妬老即休。」山谷曰：「此安樂法也。」
8	滿江紅	快上西樓	十常八九	卷一	14	用明發不寐有懷二人爲韻寄李秉彝德叟之三	人生不如意，十事恆八九〔註102〕
9	念奴嬌	看公風骨	與公臭味	卷四	498	再答冕仲	秋堂一笑共燈火〔註103〕，與公草木臭味同
10	行香子	雲岫如簪	挼藍	卷四	510	同世弼韻作寄伯氏在濟南兼呈六舅祠部	山光掃黛水挼藍，聞說樽前愜笑談
11	水調歌頭	今日復何日	胸次正崔嵬	卷二	128	次韻子瞻武昌西山	平生四海蘇太史，酒澆不下胸崔嵬
12	賀新郎	雲臥衣裳冷	羅韈生塵凌波去	卷二	135	次韻子瞻送李豸	驥子墮地追風日，未試千里誰能識
13	新荷葉	人已歸來	水繞山圍	卷一	30	次韻石七三六言七首之七	欲行水繞山圍，但見鯤化鵬飛

〔註99〕鄧注本誤注爲「以小龍團得半挺贈無咎並詩」。
〔註100〕鄧注本作「四休居士詩序引孫昉詩」。
〔註101〕鄧注本作「四休居士詩序」。
〔註102〕鄧注本誤注爲「十事常八九」。
〔註103〕鄧注本誤注爲「秋堂一笑共燈滅」。

項次	詞牌	起句	借鑒詞句	卷次	頁碼	借鑒詩名	借鑒詩句
14	水調歌頭	君莫賦幽憤	萬事直須稱好	卷二	130	次韻任道食荔支有感三首之一	一錢不直程衛尉〔註104〕，萬事稱好司馬公
15	千年調	卮酒向人時	萬事稱好	卷二	159	次韻任道食荔支有感三首之一	一錢不直程衛尉〔註105〕，萬事稱好司馬公
16	水龍吟	渡江天馬南來	當年墮地	卷二	145	次韻答邢惇夫〔註106〕	渥洼麒麟兒，墮地志千里
17	菩薩蠻	阮琴斜挂香羅綬	笑倩春風伴	卷二	269	次韻答曹子方雜言	往時盡醉冷卿酒，侍兒琵琶春風手
18	江神子	玉簫聲遠憶驂鸞	夢連環	卷二	220	次韻斌老冬至書懷示子舟篇末見及之作因以贈子舟歸〔註107〕	昨宵連環夢，秣馬待明發
19	水調歌頭	日月如磨蟻	夢連環	卷二	257	次韻斌老冬至書懷示子舟篇末見及之作因以贈子舟歸〔註108〕	昨宵連環夢，秣馬待明發
20	玉樓春	人間反覆成雲雨	一百八盤天上路	卷四	394	次韻棯宗送別二首之一	一百八盤天上路，去年明日送流人
21	西江月	八萬四千偈後	胸中不受一塵侵	卷四	503	次韻蓋郎中率郭郎中休官二首之二	世態已更千變盡，心源不受一塵侵
22	水調歌頭	白日射金闕	白髮寧有種	卷二	117	次韻裴仲謀同年	白髮齊生如有種，青山好去坐無錢
23	江神子	梨花著雨晚來晴	酒兵昨夜壓愁城	卷二	168	行次巫山宋楙宗遣騎送折花廚醞	攻許愁城終不開，青州從事斬關來
24	沁園春	一水西來	酒聖詩豪	卷四	353	和舍弟中秋月	少年氣與節物競，詩豪酒聖難爭鋒

〔註104〕　鄧注本作「一錢不值程衛尉」。
〔註105〕　鄧注本作「一錢不值程衛尉」。
〔註106〕　鄧注本誤注爲「次韻邢敦夫詩」。
〔註107〕　鄧注本僅注「次韻斌老贈子舟歸詩」。
〔註108〕　鄧注本僅注「次韻斌老贈子舟歸詩」。

項次	詞牌	起句	借鑒詞句	卷次	頁碼	借鑒詩名	借鑒詩句
25	滿江紅	塵土西風	雁行	卷二	212	宜陽別元明用觸字韻	千林風雨鶯求友，萬里雲天鴈斷行
26	水調歌頭	今日復何日	胸次正崔嵬	卷二	128	送王郎	酒澆胸次之磊隗〔註109〕，菊制短世之頹齡
27	鷓鴣天	壯歲旌旗擁萬夫	壯歲旌旗擁萬夫	卷四	483	送范德孺知慶州	春風旆旗擁萬夫，幕下諸將思草枯
28	聲聲慢	征埃成陣	弓刀陌上	卷一	22	寄上叔父夷仲三首之三〔註110〕	弓刀陌上望行色，兒女燈前語夜深
29	木蘭花慢	老來情味減	兒女燈前	卷一	25	寄上叔父夷仲三首之三〔註111〕	弓刀陌上望行色，兒女燈前語夜深
30	水調歌頭	淵明最愛菊	新工	卷四	441	寄杜家父二首之二	徑欲題詩嫌浪許，杜郎覓句有新功〔註112〕
31	沁園春	佇立瀟湘	道江南佳句，只有方回	卷一	93	寄賀方回	解道江南斷腸句，只今惟有賀方回
32	賀新郎	路入門前柳	歲晚淒其無諸葛	卷四	446	宿舊彭澤懷陶令	歲晚以字行，更始號元亮。淒其望諸葛，骯髒猶漢相
33	臨江仙	春色饒君白髮了	翠鬟催喚出房櫳	卷二	164	清人怨戲效徐庾慢體三首之一	秋水無言度，荷花趁意紅。主人敬愛客，催喚出房櫳〔註113〕
34	玉樓春	何人半夜推山去	何人半夜推山去	卷四	395	湖口人李正臣蓄異石九峰，東坡先生名曰壺中九華，并爲作詩。後八年，自海外歸過湖口，石已爲好事者所取，乃和前	有人夜半持山去，頓覺浮嵐暖翠空

〔註109〕 鄧注本作「酒澆胸次正磊隗」。
〔註110〕 鄧注本誤注爲「寄叔父夷仲詩」。
〔註111〕 鄧注本誤注爲「寄叔父夷仲詩」。
〔註112〕 鄧注本誤注爲「覓句有新工」。
〔註113〕 鄧注本後注「此詩首二句寫女子，亦即詞中之『翠鬟』也」。

項次	詞牌	起句	借鑒詞句	卷次	頁碼	借鑒詩名	借鑒詩句
						篇以爲笑，實建中靖國元年四月十六日。明年當崇寧之元五月二十日，庭堅繫舟湖口，李正臣持此詩來。石既不可復見，東坡亦下世矣。感歎不足，因次前韻〔註114〕	
35	水調歌頭	長恨復長恨	歸與白鷗盟	卷三	317	登快閣	萬里歸船弄長笛，此心吾與白鷗盟
36	鷓鴣天	秋水長廊水石間	大小山	卷四	440	答余洪範二首之一	道在東西祖，詩如大小山
37	上西平	九衢中	整整、斜斜	卷五	545	詠雪奉呈廣平公	夜聽疏疏還密密，曉看整整復斜斜
38	婆羅門引	綠陰啼鳥	細和陶詩	卷四	456	跋子瞻和陶	飽喫惠州飯，細和淵明詩
39	蝶戀花	淚眼送君傾似雨	書來不用多行數	卷二	121	新喻道中寄元明用觴字韻〔註115〕	但知家裏俱無恙，不用書來細作行
40	沁園春	杯汝知乎	似提壺卻勸，沽酒何哉	卷四	387	演雅	提壺猶能勸沽酒，黃口只知貪飯顆
41	玉樓春	狂歌擊碎村醪	提壺勸	卷四	469	演雅	提壺猶能勸沽酒，黃口只知貪飯顆
42	水調歌頭	帶湖吾甚愛	窺魚	卷二	115	劉邦直送早梅水仙花四首之二	鴛鴦浮弄婢娟影，白鷺窺魚凝不知
43	菩薩蠻	人間歲月堂堂去	風味惡	卷二	268	醇道得蛤蜊復索舜泉舜泉已酌盡官醞不堪不敢送	商略督郵風味惡，不堪持到蛤蜊前
44	生查子	高人千丈崖	六月火雲	卷四	475	戲和文潛謝穆父松扇	張侯哦詩松韻寒，六月火雲蒸肉山

〔註114〕　鄧注本僅注「次韻東坡壺中九華詩」。
〔註115〕　鄧注本僅注「新喻道中寄元明詩」。

項次	詞牌	起 句	借鑒詞句	卷次	頁碼	借 鑒 詩 名	借 鑒 詩 句
45	蕎山溪	飯蔬飲水	病來止酒，辜負麴蠶杓	卷四	403	戲答王子予送凌風菊二首之一	病來孤負麴蠶杓，禪板蒲團入眼中
46	賀新郎	下馬東山路	政爾良難君臣事，晚聽秦箏聲苦	卷四	421	戲答俞清老道人寒夜三首之一	平明視清鏡，政爾良獨難
47	最高樓	相思苦	鼻亭山下鷓鴣吟	卷二	245	戲詠零陵李宗古居士家馴鷓鴣二首之二	終日憂兄行不得，鷓鴣應是鼻亭公
48	卜算子	百郡怯登車	急雨珠跳瓦	卷四	492	謝黃從善司業惠寄山泉	急呼烹鼎供茗事，晴江急雨看跳珠
49	菩薩蠻	無情最是江頭柳	小山生桂枝	卷二	210	題子瞻寺壁小山枯木二首之一	卻來獻納雲臺表，小山桂枝不相忘
50	念奴嬌	君詩好處	丘壑胸中物	卷四	460	題子瞻枯木	胸中原自有丘壑〔註116〕，故作老木蟠風霜
51	水調歌頭	說與西湖客	觀水更觀山	卷三	315	題胡逸老致虛菴	觀山觀水皆得妙，更將何物污靈臺
52	水龍吟	補陀大士虛空	蜂房萬點，似穿如礙，玲瓏窗戶	卷二	175	題落星寺四首之三	蜂房各自開戶牖，處處煮茶藤一枝
53	雨中花慢	馬上三年	恨溪山舊管，風月新收	卷四	480	贈李輔聖	舊管新收幾粧鏡，流行坎止一虛舟

五、稼軒詞借鑒宋代其他詩人詩一覽表

（一）稼軒詞借鑒主要詩人

1、借鑒陳師道詩

項次	詞牌	起 句	借鑒詞句	卷次	頁碼	借 鑒 詩 名	借 鑒 詩 句
1	感皇恩	春事到清明	三山歸路	卷一	20	答寇十一惠朱櫻	故人憐一老，輟食寄三山
2	菩薩蠻	鬱孤臺下清江水	青山遮不住，畢竟東流去	卷一	41	送何子溫移亳州三首之三	關山遮極目，汴泗只東流

〔註116〕 鄧注本誤注爲「胸中元自有丘壑」。

項次	詞牌	起句	借鑒詞句	卷次	頁碼	借鑒詩名	借鑒詩句
3	鷓鴣天	聚散匆匆不偶然	明朝放我東歸去，後夜相思月滿船	卷一	51	過杭留別曹無逸朝奉	後夜相思隔煙水
4	水調歌頭	酒罷且勿起	多病妨人痛飲	卷二	247	贈王聿脩商子常	畏病忍狂妨痛飲
5	清平樂	此身長健	枉讀平生三萬卷	卷二	278	寄送定州蘇尚書〔註117〕	枉讀平生三萬卷，貂嬋當復坐〔註118〕兜鍪
6	木蘭花慢	路傍人怪問	路傍人怪問	卷四	407	寄鄧州杜侍郎	道傍過者怪相問
7	西江月	畫棟新垂簾幙	功名不用渠多	卷四	445	送外舅郭大夫西川提點刑獄〔註119〕	功名何用多，莫作分外慮

2、借鑒林逋詩

項次	詞牌	起句	借鑒詞句	卷次	頁碼	借鑒詩名	借鑒詩句
1	江神子	暗香橫路雪垂垂	暗香	卷二	293	山園小梅	疏影橫斜水清淺，暗香浮動月黃昏
2	鷓鴣天	桃李漫山過眼空	籬落黃昏	卷三	327	山園小梅	疏影橫斜水清淺，暗香浮動月黃昏
3	念奴嬌	未須草草	總被西湖林處士，不肯分留風月。疏影橫斜，暗香浮動	卷四	449	山園小梅	疏影橫斜水清淺，暗香浮動月黃昏
4	鷓鴣天	桃李漫山過眼空	籬落黃昏	卷三	327	梅花	雪後園林纔半樹，水邊籬落忽橫枝
5	瑞鶴仙	雁霜寒透幙	雪後園林，水邊樓閣	卷三	335	梅花	雪後園林纔半樹，水邊籬落忽橫枝

〔註117〕　鄧注本誤注爲「送蘇尚書知定州」。
〔註118〕　鄧注本誤作「作」。
〔註119〕　鄧注本誤注爲「送外舅郭大夫曁四川提刑」。

3、借鑒范成大詩

項次	詞牌	起句	借鑒詞句	卷次	頁碼	借鑒詩名	借鑒詩句
1	滿江紅	直節堂堂	浩歌莫遣魚龍泣	卷一	56	愛雪歌	歌呼達曉魚龍愁
2	最高樓	吾衰矣	一人口插幾張匙	卷三	331	丙午新正書懷詩十首之四	口不兩匙休足穀，身能幾屐莫言錢
3	鷓鴣天	莫避春陰上馬遲	短篷炊飯鱸魚熟，除卻松江枉費詩	卷四	364	四時田園雜興：秋日田園雜興十二絕，十二首之一〔註120〕	細擣根虀買鱠魚，西風吹上四腮鱸。雪鬆酥膩千絲縷，除卻松江到處無〔註121〕

（二）稼軒詞借鑒次要詩人

1、借鑒潘大臨詩

項次	詞牌	起句	借鑒詞句	卷次	頁碼	借鑒詩名	借鑒詩句
1	踏莎行	夜月樓臺	重陽節近	卷二	264	《冷齋夜話》引	滿城風雨近重陽
2	水龍吟	只愁風雨重陽	只愁風雨重陽	卷四	520	《冷齋夜話》引	滿城風雨近重陽

2、借鑒陳藻（周必大）詩

項次	詞牌	起句	借鑒詞句	卷次	頁碼	借鑒詩名	借鑒詩句
1	鵲橋仙	朱顏暈酒	人間八十最風流，長貼在兒兒額上	卷二	227	陳藻〈丘叔喬八十〉	大家於此且貪生，八十孩兒題向額
2	鵲橋仙	朱顏暈酒	人間八十最風流，長貼在兒兒額上	卷二	227	周必大〈嘉泰癸亥元日口占寄呈永和乘成兄〉〔註122〕	兄弟相看俱八十，研朱贏得祝嬰孩

〔註120〕 鄧注本誤注為「晚春田園」。

〔註121〕 鄧注本漏引詩句，略注為「西風吹上四鰓鱸，除却松江到處無」。

〔註122〕 鄧注本誤注為「三月三日會客詩」。

項次	詞牌	起句	借鑑詞句	卷次	頁碼	借鑑詩名	借鑑詩句
3	鵲橋仙	八旬慶會	臙脂小字點眉間	卷二	228	陳藻〈丘叔喬八十〉	大家於此且貪生，八十孩兒題向額
4	鵲橋仙	八旬慶會	臙脂小字點眉間	卷二	228	周必大〈嘉泰癸亥元日口占寄呈永和乘成兄〉〔註123〕	兄弟相看俱八十，研朱贏得祝嬰孩

3、借鑑秦觀詩

項次	詞牌	起句	借鑑詞句	卷次	頁碼	借鑑詩名	借鑑詩句
1	浣溪沙	新葺茆簷次第成	老依香火苦翻經	卷四	382	題法海平闍黎〔註124〕	因循移病依香火，寫得彌陀七萬言
2	鷓鴣天	一夜清霜變鬢絲	一夜清霜變鬢絲	卷四	392	春日	一夕輕雷落萬絲

4、借鑑陳與義詩

項次	詞牌	起句	借鑑詞句	卷次	頁碼	借鑑詩名	借鑑詩句
1	賀新郎	把酒長亭說	無態度	卷二	236	陪粹翁舉酒於君子亭下海棠方開〔註125〕	去國衣冠無態度
2	水調歌頭	高馬勿捶面	一壑一丘吾事	卷四	373	山中	風流丘壑眞吾事

5、借鑑陸游詩

項次	詞牌	起句	借鑑詞句	卷次	頁碼	借鑑詩名	借鑑詩句
1	水龍吟	玉皇殿閣微涼	鳳麟	卷二	153	哀北	窮追殘犬羊，旁招出鳳麟。努力待傳檄，勿謂吳無人
2	醜奴兒	晚來雲淡秋光薄	十四絃	卷二	165	長歌行	人歸華表三千歲，春入箜篌十四絃

〔註123〕鄧注本誤注爲「三月三日會客詩」。
〔註124〕鄧注本誤注爲「紹聖元年將自青田以歸因往山中修懺自書絕句於住僧寺壁」。
〔註125〕鄧注本誤注爲「陪粹翁舉酒於君子亭」。